N'AVOUE JAMAIS

Écrivaine américaine, Lisa Gardner a grandi à Hillsboro, dans l'Oregon. Autrice de plusieurs thrillers traduits dans trente pays, elle est considérée comme l'une des grandes dames du roman policier. Elle a reçu le Grand Prix des lectrices de *Elle* en 2011 dans la catégorie Policier pour *La Maison d'à côté*.

Paru au Livre de Poche :

À MÊME LA PEAU
ARRÊTEZ-MOI
DERNIERS ADIEUX
DISPARUE
FAMILLE PARFAITE
LA FILLE CACHÉE
JUSQU'À CE QUE LA MORT NOUS SÉPARE
JUSTE DERRIÈRE MOI
LUMIÈRE NOIRE
LA MAISON D'À CÔTÉ
LES MORSURES DU PASSÉ
PREUVES D'AMOUR
RETROUVE-MOI
LE SAUT DE L'ANGE
SAUVER SA PEAU
TU NE M'ÉCHAPPERAS PAS
LA VENGEANCE AUX YEUX NOIRS

LISA GARDNER

N'avoue jamais

ROMAN TRADUIT DE L'ANGLAIS (ÉTATS-UNIS)
PAR CÉCILE DENIARD

ALBIN MICHEL

Titre original :

NEVER TELL
Chez Dutton, New York.

© Lisa Gardner, Inc., 2019.
© Éditions Albin Michel, 2022, pour la traduction française.
ISBN : 978-2-253-24943-6 – 1re publication LGF

*À la mémoire de Wayne Rock,
enquêteur et être humain exceptionnel.
Tu nous manques, l'ami.*

1

Evie

Je fais marche arrière dans le garage. Mes mains tremblent sur le volant. Je me répète que je n'ai aucune raison d'être aussi nerveuse. Que je n'ai rien fait de mal. Je reste quand même sur mon siège un instant de plus, le regard fixe, comme si une solution miracle à ce gâchis qu'est devenue ma vie allait s'afficher sur le pare-brise.

Mais rien.

Avec quelques précautions, j'arrive à m'extraire de la voiture en souplesse. Je me suis arrondie, mais pas encore trop. C'est plutôt mon gros blouson qui me donne du fil à retordre pour contourner le volant, et la bandoulière de mon gigantesque sac à main. Un cadeau de Conrad à Noël. Un modèle de chez Coach, du cuir véritable. Plusieurs centaines de dollars au moins. Sur le moment, j'avais été tellement ravie que je m'étais jetée à son cou avec des petits cris de joie. Il avait ri : quand il m'avait vue loucher sur ce sac dans la boutique, il avait su qu'il devait me l'offrir.

Ce jour-là, lorsque je l'avais pris dans mes bras, il m'avait rendu mon étreinte. Et quand, tout étourdie de plaisir, j'avais ouvert cet immense sac gris pour en explorer toutes les poches, il avait ri avec moi.

Le matin de Noël. Bientôt un an.

Nous sommes-nous enlacés depuis ? Avons-nous ri ?

À voir mon ventre rond, on pourrait penser que nous avons bien dû trouver un moyen de nous rapprocher ; et pourtant, sans les guirlandes lumineuses multicolores et les décorations criardes dans tout le quartier, rien chez nous ne rappellerait que Noël et sa magie approchent. D'ailleurs, nous sommes les seuls de la rue à n'avoir toujours pas décoré notre maison. Une couronne sur la porte d'entrée, c'est tout. Tous les week-ends, nous nous promettons d'acheter un sapin. Et tous les week-ends, nous ne le faisons pas.

Je prends mon temps pour ajuster la bandoulière de mon sac sur mon épaule ; puis je me tourne vers la porte qui donne dans la maison.

Un vrai zombie, me dis-je. Et quelque chose se brise en moi. Je ne pleure pas. Mais je ne sais pas pourquoi.

La porte est ouverte. Légèrement entrebâillée. Comme si je ne l'avais pas bien tirée en partant. « On chauffe la rue », aurait dit mon père. Et mon cœur se serre une nouvelle fois.

Je pousse le battant, referme derrière moi avec conviction. Et voilà. Je suis à la maison. Dans le vestibule. Une journée de plus qui s'achève. Une nuit de plus qui commence.

Suspendre le sac. Retirer le blouson. Enlever les chaussures. Blouson sur le portemanteau. Chaussures sur le tapis. Je sors mon téléphone de mon sac à main et je le mets à charger sur la console. Dernier instant de répit.

Inspirer. Expirer.

Je tends l'oreille.

La cuisine ? Il pourrait y être attablé. En train d'attendre devant le dîner maintenant froid. Ou d'avaler sa dernière bouchée d'un air de reproche. À moins qu'il ne soit dans le salon, calé dans son fauteuil relax, les doigts de pied en éventail, une bière à la main et les yeux rivés sur la chaîne sportive. Le dimanche, il y a football. Allez, les Patriots ! Je vis à Boston depuis suffisamment longtemps pour le savoir. Mais le mardi soir ? Je ne me suis jamais passionnée pour le sport. Lui regarde les matchs ; moi, je lis. À l'époque où nous passions notre vie collés l'un à l'autre, il semblait naturel de prendre aussi du temps chacun de son côté.

Je n'entends ni bruits de vaisselle dans la cuisine, ni télé dans le séjour.

La porte était ouverte, ça me revient. Ma main vient se poser sur la discrète courbure de mon ventre.

Le couloir me conduit à la cuisine. Une table frêle devant la fenêtre du jardin. Aucune trace du dîner. Ah, si : une assiette rincée, soigneusement posée dans l'évier.

Inspirer. Expirer.

Je me dis que je devrais m'inventer une excuse. Un prétexte. Un mensonge. N'importe quoi. Mais, dans le silence qui s'épaissit, mes pensées se mettent à tourbillonner, mon cerveau s'emballe.

Comme un zombie. *Une* zombie ?

Je vais vomir. Je pourrais mettre ça sur le compte du bébé. On peut tout mettre sur le compte d'une grossesse. Je suis nauséeuse, fatiguée, idiote, j'ai perdu la notion du temps. Je n'ai plus deux neurones d'intelligence, la faute aux hormones. Pendant neuf mois, je ne suis plus responsable de rien. Et pourtant…

Pourquoi est-ce que je suis rentrée, ce soir ? En même temps, où aurais-je pu aller ? Depuis que j'ai rencontré Conrad, il y a dix ans… Il m'avait remarquée. Il m'avait vue. Il m'avait pardonné.

Et je l'ai aimé.

Dix longues années d'amour.

Je sors de la cuisine. C'est une petite pièce et, comme le reste de notre pavillon des années 1950, elle aurait cruellement besoin d'un coup de neuf. Nous étions pleins d'espoir et d'ambition quand nous avons acheté cette maison. D'accord, le jardin était grand comme un mouchoir de poche et chaque pièce plus étriquée que la précédente, mais la maison était à nous. Et, comme nous étions jeunes et débrouillards, nous allions la retaper, casser les cloisons et faire une bonne affaire en la revendant.

Aujourd'hui, quand je remonte le couloir étroit au papier peint lépreux, je fais de mon mieux pour ne pas le voir.

Le salon. L'antre de monsieur, plutôt, avec son fauteuil La-Z-Boy chéri, le canapé sans prétention et, cela va de soi, l'immense télé à écran plat. Personne dans le relax. La télé est éteinte. La pièce, vide.

Mais la porte était ouverte, me redis-je.

On ne peut rentrer qu'une voiture dans notre garage et c'est déjà un luxe d'en avoir un en ville. Conrad gare la sienne dans la rue. Je jette un coup d'œil dehors. Je l'ai aperçue quand j'ai tourné dans notre allée et, de fait, elle est bien là. Une Jeep noire. Le long du trottoir, pile devant la maison. Une place idéale, qu'il a dû être bien content de trouver, je suis sûre, parce que même avec les permis de stationnement résidentiel, il n'y a pas assez d'offre pour répondre à la demande. Me laisser le garage est une délicatesse de sa part.

« *C'est normal, chérie. Je ne veux pas que tu marches seule dans la rue le soir. J'aime te savoir en sécurité.* »

Comme un zombie.

Ne vomis pas maintenant.

Et c'est là que…

C'est là…

« La porte était ouverte », me dis-je tout bas. En remarquant enfin ce qui aurait dû me frapper depuis le début.

L'odeur. J'étais à l'affût des bruits que pouvait faire mon mari. Tintements de vaisselle dans la cuisine. Choc sourd de son relax se dépliant dans le salon. Mais des bruits, il n'y en a pas. Pas un seul.

La maison est silencieuse. Tranquille. Figée.

Comme déserte.

Mais cette odeur…

L'escalier qui monte à l'étage est à l'image du reste de la maison : étroit, exigu, grinçant. Conrad en a refixé la rampe il y a trois mois. Quand je lui ai annoncé la grande nouvelle. Debout dans la chambre, nous regardions le petit bâtonnet. Mes mains tremblaient si fort qu'il a dû me le prendre.

Je me souviens qu'à ce moment-là non plus, je ne me sentais pas bien. Je m'efforçais de ne pas vomir – c'était cette sensation de malaise quasi permanente qui m'avait poussée à faire le test. Un mariage est une mosaïque composée de mille et un moments, mille et un souvenirs précieux. Ce jour-là, où j'ai regardé ses mains se refermer sur les miennes. Ses doigts puissants, calleux me prendre sans trembler le test des mains pour mieux le regarder.

J'ai éprouvé cette impression d'irréalité qui me saisit parfois. Celle où je m'absente de ma propre vie et où, même après toutes ces années, je me retrouve dans la cuisine de mes parents. Le fusil entre les mains. Avec cette odeur de sang dans les narines.

Et Conrad, parce que c'était lui, m'a regardée droit dans les yeux. Il a lu en moi.

« Evie, m'a-t-il dit, tu mérites ce bonheur. On le mérite tous les deux. »

Et là, je suis retombée amoureuse. D'un seul coup. À cet instant-là, je l'ai adoré. Nous nous sommes pris les mains. Il a pleuré. Et ensuite, j'ai dû le quitter pour aller vomir pour de bon, mais ça nous a fait rire tous les deux, il m'a passé un gant de toilette sur le visage et je me suis laissé faire.

Mille et un moments. Mille et un souvenirs.

Tout au fond de moi, j'éprouve de nouveau cette douleur familière, tandis que, lourdement appuyée contre le mur, loin de la rampe en laquelle je n'ai plus confiance, je monte l'escalier.

Cette odeur.

Une puanteur qui me prend à la gorge, maintenant. Et qui n'a rien de léger, d'insaisissable ou d'ambigu. Aucun doute possible. Est-ce que je le sais depuis le début ? Depuis le moment où j'ai tourné dans notre allée ? Où j'ai rentré la voiture dans le garage ? Avec cette porte qui était ouverte, ouverte, ouverte…

Que soupçonnait déjà mon inconscient, bien avant que le reste de mon cerveau ne s'en avise ?

À l'étage. Pas dans la chambre, non. Dans la deuxième petite pièce sur la gauche, le bureau de Conrad. Cette porte-là aussi est ouverte.

Il y a des bruits qui vont avec cette odeur. Des hurlements de sirènes. Au bout de la rue. De plus en plus forts. De plus en plus proches. Forcément.

La cuisine de mes parents.

Le bureau de mon mari.

Du sang.

Noirâtre, visqueux. Des projections. Une flaque.

C'est plus fort que moi. J'ai seize ans. J'ai trente-deux ans. Je tends la main vers l'éclaboussure la plus proche. Je barbouille le bout de mes doigts de rouge. Je regarde le sang remplir les sillons de mes empreintes digitales.

Mon père. Mon mari.

Du sang.

Encore des bruits. On frappe à la porte. Si loin. Des cris, des questions, des ordres.

Mais ici, rien de tout cela n'a d'importance. Il n'y a que moi et ces derniers instants avec Conrad. Son corps effondré dans le fauteuil de bureau, l'arrière du crâne projeté sur le mur derrière lui.

Avant même de tourner les yeux, j'ai peur de ce que je vais voir sur l'écran de l'ordinateur. Mais je m'oblige à le faire. À prendre acte de ces images. À les enregistrer dans ma mémoire. Ceci est l'ordinateur de mon mari, et voilà ce qu'il regardait juste avant de mourir.

À la porte, les coups redoublent. La police. On leur a signalé des coups de feu, ils ne renonceront pas.

« *C'était un accident*, me souffle ma mère avec insistance au creux de l'oreille. *Juste un malheureux accident.* »

Je m'approche de l'ordinateur. Je ferme les images. Et ensuite, parce que je sais d'expérience que ça ne suffira pas, je prends le pistolet dans la main inerte de mon mari, je referme mes doigts sur la crosse quadrillée, place mon index sur la détente froide.

Et je commence à tirer.

Quand la police finit par enfoncer la porte d'entrée, je suis en haut de l'escalier, les mains en l'air, le pistolet bien en vue, mais tournée de telle manière que nul ne puisse ignorer mon ventre rond.

« Lâchez votre arme, lâchez votre arme ! » crie le premier agent depuis le pied de l'escalier.

J'obtempère.

Il monte quatre à quatre, menottes à la main. J'espère pour lui qu'il ne va pas essayer de s'accrocher à la rampe.

Un mariage est une mosaïque. Mille et un moments. Mille et un souvenirs.

L'agent me tord les bras dans le dos. Il m'attache les poignets bien serrés, me palpe comme s'il s'attendait à trouver d'autres armes, pendant qu'une kyrielle de policiers déboulent chez moi.

« Mon mari, dis-je comme une automate. On lui a tiré dessus. Il est mort.

— Est-ce qu'il y a quelqu'un d'autre dans la maison, madame ?

— Non. »

Mille et un moments. Mille et un souvenirs.

« Vous avez le droit de garder le silence. Tout ce que vous direz pourra être retenu contre vous devant une cour de justice. Vous avez le droit de parler à un avocat et d'être assistée par un avocat lors de tout interrogatoire. »

L'agent m'entraîne au rez-de-chaussée, puis dehors, loin du corps de mon mari.

« Vous croyez que j'aurai le droit d'organiser les funérailles ? » je lui demande.

Il me regarde d'un drôle d'air et me largue à l'arrière d'une voiture de police, sur une banquette en plastique dur.

Encore des policiers. Encore des sirènes. Les voisins qui sortent pour ne pas rater le spectacle. Je connais la suite. Trajet jusqu'au poste. Recherche de sang sur mes mains, de résidus de tir. Prise d'empreintes digitales. Constitution du dossier.

Et là, quand mes antécédents s'afficheront à l'écran...

« *Un accident*, souffle de nouveau ma mère dans un coin de ma tête. *Juste un malheureux accident.* »

Un frisson irrépressible me parcourt.

Elle va venir me chercher. Et, plus encore que le reste, c'est cette idée qui me pousse à poser une main sur mon ventre et à dire à mon bébé, à ce petit être fragile et palpitant qui n'a pas encore eu sa chance dans la vie, à quel point je suis sincèrement désolée.

2

D.D.

« OK. Même stratégie que la dernière fois : je vais tout droit, Alex, tu prends le flanc gauche. Jack, tu es prêt ? »

Jack répondit d'un signe de tête. Le commandant D.D. Warren prit une grande inspiration pour rester zen. À trois contre un, pas de raison que ça tourne mal, si ?

Premier pas vers la cible. Comme sur des œufs, en déroulant bien la plante du pied pour ne faire aucun bruit. Alex, appliquant la même technique, s'approchait en diagonale de manière à couper toute possibilité de retraite. Ils avaient fait cela suffisamment de fois pour savoir que le tout était d'être silencieux. S'ils donnaient l'alerte trop tôt, tout serait fichu : l'adversaire était à la fois plus rapide et (D.D. commençait à s'en apercevoir) plus maligne qu'eux trois réunis.

Ce qui rendait la situation particulièrement tragique, étant donné qu'il y allait de la survie de ses bottines noires préférées.

D.D. entra à pas feutrés dans la salle à manger, où Kiko s'était judicieusement réfugiée sous la table avec son butin. Allongée sur le tapis, la meilleure chienne tachetée de tout l'Est américain continuait à se faire les dents avec entrain sur le talon de la chaussure, pendant que D.D. et Alex poursuivaient leur manœuvre d'encerclement.

De son côté, Jack, cinq ans, avait pris position dans le salon. Sa mission : attraper Kiko au vol quand elle ne manquerait pas de jaillir de sous la table en merisier. On pouvait en effet prévoir qu'à ce moment-là, elle foncerait vers l'enfant, son éternel complice, plutôt que vers les deux adultes de la maison...

Une lame de parquet gémit sous le pied de D.D., qui se figea. Kiko leva la truffe.

Le temps s'arrêta. Enquêtrice et chienne se regardèrent dans le blanc des yeux. D.D. avait une bottine au pied, Kiko tenait l'autre entre ses pattes.

Alex apparut à gauche sur le pas de la porte. « Kiko ! Donne ! Vilain chien ! »

Alors Kiko prit la bottine entre ses crocs et tenta le tout pour le tout.

D.D. se jeta vers la droite. C'était une manœuvre désespérée et la chienne, une croisée dalmatien et braque allemand à poil court, le savait aussi bien qu'elle. Tonique et haute sur pattes, elle esquiva sans effort. Alex se rua depuis les lignes arrière.

Kiko galopa droit vers Jack, qui cria « Ouais, ouais, ouais ! » avec un ravissement de petit garçon, juste avant de lancer dans les airs le jouet préféré de la chienne.

Fidèle à elle-même, cette dernière lâcha la bottine et bondit vers son hippopotame en peluche.

D.D. s'empara de sa chaussure. Kiko attrapa son jouet. Puis Jack et elle s'éloignèrent, traversant le salon dans une tornade d'énergie canine et enfantine.

« Des dégâts ? » demanda Alex en rejoignant D.D. Il était encore hors d'haleine. D.D. aussi, d'ailleurs.

Elle examina sa bottine. Le bas du talon avait été mordillé, mais le cuir restait intact.

« Il faut que tu penses à les ranger dans la penderie, commenta Alex en voyant les marques de crocs.

— Je sais.

— Ça lui passera, mais il faut le temps.

— Je sais !

— Alors, qui sera dressée la première, à ton avis : elle ou toi ? »

D.D. adressa un grognement à son mari, qui lui répondit par un sourire.

« Ouais, ouais, ouais ! » ajouta Jack depuis l'autre bout de la pièce. À présent, il faisait du trampoline sur les coussins du canapé pendant que Kiko sautait par terre au même rythme que lui. C'étaient Alex et Jack qui avaient eu l'idée d'adopter un chien dans le refuge le plus proche. D.D., enquêtrice à la brigade criminelle, avait objecté qu'ils n'étaient pas suffisamment à la maison. À quoi Alex, sans pitié, avait répliqué que cet argument ne valait que pour elle. Lui, qui enseignait l'analyse de scènes de crime à l'école de police, avait des horaires fixes ; quant à Jack, son emploi du temps au jardin d'enfants n'était pas exactement le

19

bagne. « Un chien, c'est très bien pour un petit garçon », avait assuré Alex à D.D.

Ce qui, pour autant qu'elle puisse en juger, était exact. En tout cas, Jack et Kiko faisaient déjà la paire. La chienne d'un an au pelage noir et blanc dormait dans le lit de Jack. Elle s'asseyait à ses pieds sous la table de la cuisine et imitait le gamin en tout, qu'il s'agisse de sauter sur les meubles ou de faire la course dans le jardin.

Le fils de D.D. était heureux. Son mari était heureux. En fin de compte, un talon de bottine mâchouillé était un faible prix à payer. En attendant, Kiko et Jack couraient maintenant en rond dans le salon.

« Il faut que j'aille au boulot, dit D.D.

— Emmène-moi avec toi, la supplia Alex.

— Et te priver de ces instants magiques ?

— Si je te le demande à genoux ?

— Désolée, dit D.D. en enfilant sa bottine esquintée. Un type descendu par sa femme hier soir. Elle a été arrêtée, mais j'ai envie de jeter un coup d'œil à la scène de crime. Tu serais forcément de parti pris.

— Elle a déjà été inculpée et tu veux quand même y aller ? » Blessée dans le cadre de ses fonctions deux ans auparavant, D.D. avait été mutée à un poste de superviseuse. Mais, comme ses collègues de la brigade criminelle pouvaient en témoigner (et Alex le constater de son côté), l'idée qu'elle se faisait de sa mission la conduisait à aller beaucoup plus souvent sur le terrain qu'il n'était strictement nécessaire.

« Je porte un intérêt personnel à cette affaire. » D.D. se dirigea vers la porte d'entrée, jeta un coup d'œil dans le jardin que le givre avait recouvert de son éclat cristallin et prit son manteau de laine noir. Un mois plus tôt, le fond de l'air était frisquet, mais le soleil chauffait. Et maintenant, ça. Bienvenue en Nouvelle-Angleterre.

D.D. accorda un dernier regard au duo survolté et, malgré le bazar (non, à cause du bazar) que la chienne et son fils mettaient, cette vision lui fit chaud au cœur. « Ils s'adorent vraiment.

— C'est un euphémisme », renchérit Alex. Il se tenait tout près d'elle. Ils venaient de passer ensemble quatre jours de congé, un plaisir rare. Et, comme d'habitude, ils éprouvaient tous les deux des sentiments contradictoires devant les exigences de la vie professionnelle de D.D. Alex avait toujours respecté le tempérament de bourreau de travail de sa femme. Mais, par moments, disparaître dans le trou noir d'une enquête pour meurtre s'avérait pénible, même pour elle. En particulier ces derniers temps.

« En quoi cette affaire te regarde-t-elle ? » demanda Alex.

D.D. boutonnait son manteau. « L'accusée, Evelyn Carter, née Hopkins : je l'ai déjà croisée dans le cadre d'une enquête pour homicide.

— Elle avait tué un premier mari ?

— Non. Son père. C'était soi-disant un accident. Mais franchement, deux morts par arme à feu, ça ne peut pas être une coïncidence... »

Alex hocha la tête d'un air docte. « Ce coup-ci, tu vas la coincer. »

D.D. sourit, s'approcha de son mari pour un bref baiser, puis adressa un signe d'au revoir aux deux autres, toujours déchaînés. « Y a intérêt. »

Evelyn Carter et son mari, Conrad, vivaient à Winthrop, une ville parmi les plus petites et les plus anciennes du Massachusetts. Fondée en 1630 et située sur une péninsule à quelques kilomètres de l'aéroport de Boston, elle offrait une vue sur l'Atlantique à ses résidents les plus chanceux, et à tous les autres une belle promiscuité avec leurs voisins dans des quartiers très denses. Le domicile des Carter se trouvait dans une rue bordée de modestes pavillons coloniaux typiques des années 1950. À l'origine, ce devaient être des logements ouvriers, mais, avec la flambée des prix de l'immobilier, Dieu seul savait ce qu'il en était à présent, surtout aussi près du front de mer. D.D. était même étonnée de voir autant de maisons d'époque encore debout. Ces derniers temps, on aurait dit que tout Boston s'embourgeoisait : les promoteurs débarquaient, rasaient l'ancien et reconstruisaient en mieux et en plus grand. À titre personnel, D.D. préférait les maisons qui avaient du cachet, mais de toute façon, avec son salaire d'enquêtrice, ce ne serait pas demain la veille qu'elle habiterait dans ces quartiers.

Phil, son ancien coéquipier, qui lui avait autrefois servi de mentor, l'avait contactée dès la première heure pour l'informer du meurtre. Une affaire simple comme bonjour, d'après lui. Les voisins avaient signalé des coups de feu. Les agents qui étaient intervenus avaient découvert la femme en haut de l'escalier, l'arme encore à la main. Elle s'était rendue sans résistance et avait été conduite à la maison d'arrêt de South Bay.

Enceinte, avait précisé Phil. Assez pour que ce soit visible, mais pas encore jusqu'aux yeux.

D.D. n'arrivait pas à se faire à cette idée. L'Evie Hopkins qu'elle avait connue était une jeune fille de seize ans. Mince, les cheveux châtain clair, d'immenses yeux de biche marron. Assise à la table de la cuisine, à quelques pas du cadavre ensanglanté de son père, elle tremblait comme une feuille.

Elle ne pleurait pas. D.D., alors toute jeune enquêtrice, avait trouvé cela bizarre. Mais quelque chose dans l'expression apathique de la jeune fille, associé à ses violents tremblements, l'avait touchée. État de choc. Une sorte de réaction à retardement, qui avait convaincu D.D. qu'elle souffrait réellement – au point, en fait, de ne pas en avoir conscience.

Il s'était avéré impossible de la faire sortir de cette cuisine pour la conduire au commissariat conformément au code de procédure. Sur le coup, cela ne paraissait pas très grave. Evie, couverte de sang, ne niait rien. La balle était partie. Voilà, elle avait tiré et son père était mort.

Après ça, elle ne tenait plus sur ses jambes. Elle ne pouvait ni se lever, ni marcher. À moins de la porter, D.D. et son collègue Gary Speirs ne pouvaient pas l'emmener. Speirs, qui avait plus de bouteille, avait pris le parti de ne pas insister, craignant que la jeune fille ne fasse une crise de nerfs, ce qui aurait mis un terme définitif à l'interrogatoire.

Ils étaient donc restés à côté du cadavre, des placards éclaboussés, de la traînée de sang sur le réfrigérateur.

La mère attendait dans le salon d'apparat. Une vraie pièce de réception, qui avait exercé une étrange fascination sur D.D. Elle savait que ce genre de chose existait, mais de là à le voir de ses propres yeux... Les Hopkins vivaient dans une somptueuse demeure de style colonial à Cambridge, comme il seyait à un professeur d'Harvard. Un intérieur impeccablement tenu, chaque chose à sa place. Si l'on faisait abstraction, bien sûr, de la scène de crime dans la cuisine.

Est-ce que cela avait faussé le jugement de D.D., à l'époque ? Le luxe de cette maison bourgeoise ? La mère tirée à quatre épingles ? Leur jeune suspecte visiblement en état de choc, ses épaules frêles secouées de tremblements ?

La mère, interrogée séparément dans le grand salon, avait confirmé de A à Z les déclarations de sa fille. Ils avaient acheté ce fusil peu de temps auparavant à cause de la multiplication des cambriolages dans le quartier. Le père avait voulu en faire une démonstration à sa fille. L'adolescente essayait de comprendre comment vérifier que la chambre était vide quand le coup était parti, atteignant son père à bout portant en pleine poitrine. Un tragique accident. La suite des auditions n'avait pas permis de découvrir la moindre animosité entre le père et la fille. En fait, toute la famille était décrite comme des gens bien, d'excellents voisins. La fille était douée pour le piano. La mère s'investissait dans des programmes d'alphabétisation et de soutien aux femmes battues. Depuis toutes ces années, jamais D.D. ne s'était reposé de questions sur cette affaire.

Mais avec ce nouvel épisode…

Un ruban jaune de scène de crime barrait l'accès au jardin. Plusieurs places de stationnement vides avaient été neutralisées, sans doute pour les agents qui avaient travaillé toute la nuit avant de rentrer chez eux au petit matin. Ne restaient que deux voitures de police.

Dans l'ensemble, le calme semblait régner dans la maison. Pas de voisins rôdant dans la rue. Pas de techniciens de scène de crime en train de s'affairer ni d'agents en tenue menant l'enquête de voisinage. Phil l'avait dit : c'était une affaire vite réglée. Un homme avait été tué par balles. Sa femme était à la maison d'arrêt.

D.D. descendit de voiture. S'approchant de la porte d'entrée, elle remarqua que le chambranle était fendu et la couronne de Noël de travers. Les intervenants avaient dû la forcer. Intéressant.

Elle entra. Comme de nombreux logements construits à la hâte après la guerre pour répondre à la demande croissante des jeunes familles, la maison obéissait à un plan très simple. Le long du mur de gauche, un escalier étroit montait directement à l'étage. À droite, le séjour en façade. Un couloir étriqué conduisait à la modeste cuisine, qui faisait également office de salle à manger. Toilettes à droite. Et à gauche, juste avant la cuisine, un vestiaire qui donnait accès au garage.

La cuisine présentait des signes de travaux récents : des placards repeints en gris tourterelle ; des plans de travail neufs, en Corian moucheté de noir ; des appareils en inox. En revanche, le couloir, avec son papier jaune déchiré et son parquet éraflé, aurait eu bien besoin qu'on s'occupe de lui.

Manifestement une maison achetée dans le but de la mettre au goût du jour, même si, vu l'engouement actuel pour les espaces ouverts, la partie n'était pas gagnée. Les Carter faisaient-ils les travaux eux-mêmes ?

S'étaient-ils déjà attaqués à la chambre d'enfant ?

D.D. se surprit une main posée sur le ventre. Et l'écarta précipitamment. Ces derniers temps, elle pensait trop souvent à l'époque où elle était enceinte de Jack. Cet enfant qu'elle n'aurait jamais pensé avoir. Son miracle absolu, son grand amour. En règle générale…

« Tiens, tu es là ! »

D.D. se retourna et découvrit Carol Manley dans le couloir. Depuis son accident, cette enquêtrice format poche (à peine un mètre cinquante-cinq et cinquante kilos toute mouillée) avait pris sa place au sein de l'équipe. Manley était tout à fait compétente ; Phil et Neil semblaient l'apprécier et l'avaient adoptée comme troisième membre de leur trio. D.D., en revanche, trouvait toujours qu'on ne pouvait pas se fier à une policière qui s'appelait Carol.

Parfaitement déraisonnable, mais on ne la referait pas.

Elle prit donc soin de discipliner ses traits et se rappela qu'une partie de son travail consistait à se montrer bonne camarade avec ses collègues. C'était l'aspect du métier pour lequel elle était le moins douée, mais bon.

« Le corps a été découvert à l'étage, expliquait Carol. Il devait être assis à son bureau quand elle lui a tiré dessus. Ensuite, elle a mitraillé l'ordinateur portable.

— On connaît le mobile ? demanda D.D. en emboîtant le pas à Carol, qui se dirigeait vers l'escalier.

— Elle refuse de parler. Phil dit que tu la connais ?

— Je l'ai interrogée dans le cadre d'un autre homicide, il y a seize ans. À l'époque, l'enquête avait conclu à l'accident. Mais aujourd'hui je me pose des questions.

— Méfie-toi de la rampe, signala Carol en attaquant les premières marches. Elle n'est pas bien fixée. Ça doit faire partie de ces choses qu'ils n'avaient pas encore trouvé le temps de réparer. »

D.D. testa la rampe en bois d'une secousse : exact, elle avait du jeu. « Ne me dis pas que l'arme du crime est un fusil ? demanda-t-elle.

— Non. Un Sig Sauer P226, déclaré au nom de la victime, Conrad Carter. Monsieur gardait apparemment son neuf millimètres dans le tiroir de la table de chevet.

— À la portée de n'importe qui.

— Oh, mais rassure-toi, les munitions étaient dans une boîte à chaussures dans la penderie.

— Aucun risque, donc. J'adore ces gens qui se croient malins avec leurs armes à feu.

— Mais que deviendrions-nous sans eux ? »

D.D. lui laissa le dernier mot. Elles étaient arrivées en haut de l'escalier. Le palier était minuscule, il n'y avait le choix qu'entre trois portes. Deux chambres et une salle de bains, certainement. Mais D.D. n'eut pas besoin d'inspecter les trois pièces pour trouver la scène de crime. L'odeur suffit à la guider.

Conrad avait fait de la plus petite des deux chambres son bureau personnel. Un grand fauteuil de direction en cuir noir, le dossier désormais maculé de taches de sang foncées. Tout un mur de meubles classeurs en stratifié d'un mètre de haut, couverts de piles de dossiers et de catalogues. En face, un grand bureau en chêne, tellement criblé de balles et jonché d'éclats métalliques qu'il aurait pu être inscrit aux anciens combattants.

Sacré carnage pour une si petite pièce, songea D.D. L'épouse n'y était pas allée de main morte.

« C'est ce qui reste de l'ordinateur ? demanda-t-elle en montrant les débris sur le bureau.

— Exact. Les techniciens l'ont emporté. La femme l'avait refermé avant de vider le chargeur dessus. Pas une cible énorme, donc notre amie savait ce qu'elle faisait.

— Qu'en disent les experts ?

— Il leur faudra un peu de temps pour le démonter et faire l'inventaire des dégâts. Il y a un paquet de composants dans un ordinateur portable : batterie, mémoire vive, carte mère, carte wifi, disque dur, processeur et j'en passe. Donc ça fait beaucoup de choses à détruire mais, en théorie, certaines auront pu en réchapper. Cela dit, avec une douzaine de projectiles de ce calibre dans une cible de cette taille… »

D.D. haussa le sourcil. « Combien de balles pour le mari ?

— Trois. »

Le chargeur d'un Sig P226 pouvait en contenir quinze. Autrement dit : « Trois pour le mari, douze pour l'ordinateur ? Si on considère le portable comme la deuxième victime, on dirait que c'est surtout après lui qu'elle en avait.

— Ou alors elle avait quelque chose à cacher.

— Et elle a essayé de supprimer une information qui se trouvait dans l'ordinateur, conclut D.D. Est-ce qu'on sait si c'était exclusivement celui du mari ou s'ils se le partageaient ?

— Aucune idée.

— Et elle n'a rien dit quand la police est arrivée ? Pas de "je n'avais pas le choix", "c'est lui qui avait commencé", "j'ai entendu des voix dans ma tête…" ou autre ?

— Elle a demandé si elle pourrait organiser les funérailles de son mari. »

D.D. secoua la tête. « Et son attitude ? D'après l'agent qui l'a arrêtée, est-ce qu'elle paraissait sous le choc, terrassée de chagrin, soulagée ?

— Calme et coopérante. Elle s'est laissé menotter et emmener à la voiture de patrouille. On l'a conduite au commissariat et inculpée sans incident. »

D.D. fit la grimace, ne sachant trop encore quoi en penser. Elle observa le fauteuil maculé de sang,

les éclaboussures sur le mur du fond de la pièce.
« Qu'est-ce qu'il faisait, le mari ?

— Commercial. Il travaillait pour une de ces sociétés qui vendent des fenêtres sur mesure, répondit Carol en désignant la pile de catalogues sur le meuble de rangement. D'après les voisins, il était souvent en déplacement, il allait prendre des mesures chez les clients, ce genre de chose. Mais quand il n'était pas sur les routes, il travaillait dans ce bureau.

— Le contenu des placards ?

— Phil les a passés en revue. Des dossiers clients, apparemment. Rien qui sorte de l'ordinaire. »

D.D. hocha la tête et se remit à inspecter les dégâts. Elle aurait dû amener Alex, se dit-elle. C'était comme ça qu'ils s'étaient rencontrés : en examinant des traces de sang sur les lieux d'une tuerie familiale. Son mari lui manquait quand elle analysait une scène de crime, voilà qui en disait long sur leur couple…

« Et Evie ? Son métier ?

— Evelyn ? Elle est prof d'algèbre au lycée. »

D.D. ne put s'empêcher de sourire. « Son père était professeur à Harvard. Une sorte de génie des mathématiques ; rien que l'intitulé de ses cours me filait la migraine.

— Elle est enceinte. De cinq mois.

— Est-ce qu'ils étaient proches des voisins ? Des infos croustillantes de ce côté ? »

Carol doucha ses espoirs. « Les gens de la rue n'avaient rien de négatif à signaler. Le couple avait acheté la maison il y a quatre ans. Ils faisaient des travaux quand ils avaient le temps. Evelyn aimait jardiner l'été. Elle saluait les voisins qui passaient devant chez elle, mais n'était pas vraiment du genre bavard. *Discrète*, c'est le mot qui est revenu le plus souvent. Conrad, au contraire, était sociable. Beaucoup plus susceptible de s'arrêter pour tailler une bavette. Cela dit, les agents n'ont trouvé aucun voisin qui aurait été invité pour un dîner, un barbecue, un verre ou autre. Ils ne le prenaient pas mal, ils se disaient juste que les Carter étaient un jeune couple très occupé.

— Donc, selon toute apparence, ils étaient heureux en ménage ?

— Pas de signalement de querelles domestiques, pas de cris de dispute.

— Et, au moment de son arrestation, Evelyn ne portait aucune trace de lutte avec son mari ?

— Pas la moindre.

— Ça exclut la légitime défense.

— Mais pas un syndrome de la femme battue, rappela Carol. Il y a des types qui savent comment faire mal sans que ça se voie, et si ça durait depuis un moment…

— On ne sait jamais ce qui se passe derrière les portes closes », reconnut D.D. en repensant à la première scène de crime, à cette majestueuse demeure coloniale, à ce salon d'apparat à la décoration impeccable. Une fois encore, toute jeune enquêtrice, n'avait-elle vu à l'époque que ce qu'on voulait bien montrer aux étrangers ?

« Parle-moi du cadavre, reprit-elle en désignant le mur ensanglanté devant elle. Trois balles ?

— Deux dans la poitrine, une à la tête. Celles du torse sont restées logées dans la cage thoracique, sans doute après avoir ricoché sur les côtes. Celle de la tête l'a traversée de part en part. »

D'où l'état du mur et la puanteur qui régnait encore dans la pièce.

« À bout portant ?

— Les trajectoires sont en cours d'analyse, mais oui, la présence de lésions punctiformes autour des orifices d'entrée indiquerait une distance de quelques dizaines de centimètres. »

D.D. examina la pièce, le nombre de pas qui séparaient la porte du fauteuil de bureau. « Le fauteuil devait être tourné vers la porte, on est d'accord ?

— Exact.

— Pas de blessures défensives sur les mains, pas de traces de dispute ?

— Rien du tout.

— Evelyn prend l'arme dans la chambre, réfléchit D.D. à voix haute. Elle la charge avec les munitions sorties du placard.

— On a retrouvé la boîte à chaussures ouverte sur le lit, des balles en vrac à côté.

— Elle entre dans le bureau, interpelle peut-être son mari.

— Il pivote dans son fauteuil.

— Elle se rapproche encore, ouvre le feu. Tout de suite. Forcément, puisqu'il n'a même pas eu le temps de lever la main. Juste "coucou, chéri" et bang, bang, bang.

— Ou alors, "espèce de salaud", bang, bang, bang.

— Quelque chose comme ça. Trois balles. Assez pour être certaine de lui avoir réglé son compte, mais pas assez pour que ce soit un crime passionnel. Elle a réservé ça à l'ordinateur, ajouta D.D. d'un air perplexe. Je serais vraiment curieuse de savoir ce qu'il contenait. »

Carol avança des hypothèses : « Qu'est-ce qui pourrait pousser une femme à tuer son mari ? Du porno ? Les messages d'une maîtresse ? Une addiction aux paris en ligne ? Ce ne sont pas les raisons qui manquent pour dézinguer mari et ordinateur portable. Si ça se trouve, il était juste accro aux jeux vidéo ; ou alors elle était sous l'emprise des hormones de grossesse. »

D.D. décocha un regard ironique à sa collègue sans enfant.

« Si les hormones de grossesse conduisaient au meurtre, il n'y aurait plus que des veuves. Et puis tu l'as dit toi-même : Evelyn a fait preuve de maîtrise pendant les tirs et ensuite elle s'est montrée calme et coopérante. Pas une femme en proie à une crise de folie meurtrière. Ça cache autre chose. De plus grave.

— Elle était comment, il y a seize ans ?

— Jeune et traumatisée. Je suis étonnée qu'après cette première tragédie, elle ait autorisé la présence d'une arme sous son toit. On aurait pu croire qu'elle voudrait s'en tenir aussi éloignée que possible. Cela dit... » D.D. jeta un coup d'œil à Carol. « Deux balles dans le torse, une dans la tête, une douzaine dans l'ordinateur. Même d'aussi près, ne pas en rater une...

— Ça donne à penser qu'elle avait un certain entraînement, reconnut Carol. Peut-être cette bonne vieille technique qui consiste à affronter ses peurs ? Après le drame, elle a voulu s'assurer qu'elle n'aurait plus jamais d'"accident", alors elle a pris des leçons, elle s'est inscrite à un club de tir ?

— Ça vaudrait le coup de se renseigner. On a cherché des résidus de tir sur ses mains ?

— Bien sûr. Les tests ont été concluants. Sans parler des éclaboussures de sang sur ses vêtements et sur ses mains.

— C'est elle, conclut D.D. Evelyn Carter a tué son mari.

— Un dossier vite classé. Les policiers interviennent après un signalement de coups de feu. Ils trouvent la femme en haut de l'escalier, le Sig Sauer encore à la main. Elle n'a même pas nié.

— Les intervenants ont défoncé la porte. Pourquoi ?

— Ils avaient entendu de nouveaux coups de feu.

— Mais c'était déjà un signalement de coups de feu par les voisins qui avait déclenché l'intervention. Combien de temps ont-ils mis à arriver ?

— Huit minutes. »

D.D. pencha la tête. « Donc quinze tirs en huit minutes ? » dit-elle en interrogeant l'enquêtrice du regard.

Carol haussa les épaules. « On en est encore à recueillir les faits. Mais, à vue de nez, je dirais que la première salve correspond au meurtre du mari. Et la deuxième, une fois la police arrivée, à la destruction de l'ordinateur.

— Avec un intervalle entre les deux. Le temps de faire quoi ?

— Va savoir. Peut-être de refermer des fichiers sur l'ordinateur ? Pour dissimuler quelque chose ? Mais quand elle a entendu les sirènes et compris que la police allait débarquer… elle a opté pour une méthode plus expéditive. »

C'était possible, mais ça faisait quand même beaucoup de « si », songea D.D. « Cherchait-elle à dissimuler quelque chose, s'interrogea-t-elle tout bas, ou à le sauvegarder ?

— Comment ça ?

— Visiblement, cet ordinateur contenait quelque chose d'important. Est-ce qu'elle a juste voulu le détruire ou est-ce qu'elle a aussi voulu récupérer des données ? L'adresse électronique de la soi-disant maîtresse, je ne sais pas. En tout cas, on n'a pas besoin de huit minutes pour fermer des fichiers ou éteindre un ordinateur. En revanche, pour sauvegarder des informations précieuses, peut-être. »

Carol approuva lentement d'un signe de tête. « D'accord. Je vais vérifier ça. Si elle a copié des fichiers, il y a des chances que ce soit sur une clé USB. Elle n'avait rien sur elle quand elle a été incarcérée à South Bay, mais elle l'avait peut-être planquée dans la maison ? Je vais regarder.

— Encore une chose à savoir : le père d'Evie, le prof d'Harvard. Il était connu pour sa mémoire photographique. Ça faisait partie des raisons de sa réussite.

Il lui suffisait de voir quelque chose une fois pour que l'image reste gravée toute sa vie.

— Et donc, Evelyn... ?

— Peut-être qu'elle n'avait pas besoin de sauvegarder quoi que ce soit. Qu'il lui suffisait de le regarder.

— Génial », marmonna Carol.

D.D. sourit. « Pas de quoi s'inquiéter, hein ? Une affaire vite classée, comme tu disais. »

Carol grommela de nouveau, mais cette fois-ci ce fut un autre genre de mot qui sortit de sa bouche.

D.D. quitta sa collègue, qui allait procéder à une nouvelle inspection de la scène de crime. Elle venait de sortir de la maison quand elle remarqua quelqu'un de l'autre côté de la rue. Une femme seule. Blonde. Des yeux gris. Une carrure fluette qui ne laissait pas deviner sa force.

Flora Dane. Une ancienne victime d'enlèvement devenue justicière de l'ombre et défenseuse des survivants. Accessoirement, c'était aussi la nouvelle indic de D.D. À peine un mois plus tôt, elles avaient collaboré pour retrouver une adolescente de seize ans qui avait disparu après l'assassinat de toute sa famille – si toutefois on pouvait employer le terme « collaborer » s'agissant de D.D. ou de Flora.

D.D., interloquée, considéra son indicatrice sur le trottoir d'en face.

« Quoi ? » lança-t-elle. Quand Flora pointait le bout de son nez, les problèmes ne tardaient généralement pas à suivre.

Flora ne la rejoignit pas. Elle se dandinait d'un pied sur l'autre dans sa grosse doudoune, la tête rentrée dans les épaules. Pour un peu, D.D. l'aurait crue nerveuse.

Quelques secondes s'écoulèrent, puis D.D. soupira et traversa elle-même la rue. Flora observait la maison des Carter comme si elle essayait d'en disséquer le contenu aux rayons X. Cette fille possédait de nombreux talents (y compris celui de crocheter les serrures et de déclencher des feux chimiques), mais voir à travers les murs n'en faisait probablement pas partie.

« Quoi ? répéta-t-elle.

— J'ai vu la photo du type, à la télé.

— Celle de la victime ? Conrad Carter ?

— C'est sa femme qui l'a tué ?

— On dirait. Pourquoi ? Vous connaissez Evie ? »

Flora animait un groupe de soutien pour survivantes. Après avoir tué son père de ses propres mains, Evie se considérait peut-être comme telle. On voyait de tout.

« Non, pas elle. Lui. Je l'ai reconnu. » Flora jeta un regard à D.D. et celle-ci put constater que son indicatrice, qui avait pourtant une réputation de dure à cuire, était bel et bien agitée.

« Je l'avais rencontré. Dans un bar. À l'époque où j'étais avec Jacob. »

Jacob Ness était l'homme qui avait kidnappé et violé Flora pendant quatre cent soixante-douze jours. Il était mort six ans plus tôt, au cours de l'assaut du FBI qui avait permis la libération de la jeune femme.

D.D. eut de nouveau le pressentiment qu'un pan de cette histoire lui échappait. Evie Carter était de retour dans sa vie et D.D. allait payer le prix de ses erreurs.

« Flora...

— Jacob le connaissait, murmura son indicatrice en la regardant de ses yeux gris acier. Conrad Carter. Jacob Ness. Je crois... je suis pratiquement certaine qu'ils étaient en relation. »

3

Flora

Tous les jours, je fais du sport. Je cours. Je m'arrête aux diverses stations installées le long de la Charles River à l'intention des mordus de fitness comme moi. Tractions sur des barres. Pompes sur des bancs en bois. Ramenés des genoux, rotations des hanches, travail des mollets et des pectoraux, fentes, fentes, fentes. Peu importe qu'on soit en décembre par moins dix, qu'il pleuve ou qu'il fasse une chaleur infernale. J'ai besoin de ma dose matinale de sérotonine comme d'autres ne peuvent pas se passer de leur *latte* avec double ration de mousse.

La vérité, c'est que, comme beaucoup de survivants, j'ai appris à mes dépens à faire abstraction de l'inconfort physique. Car quand on reste affamé, maltraité, coupé du monde pendant un certain temps, on peut apprendre à faire abstraction d'à peu près n'importe quoi.

C'est vrai que ce qui ne tue pas rend plus fort.

Mais personne n'a jamais dit qu'il n'y avait pas un prix à payer.

Après ma séance d'endurance, je retrouve mon petit deux-pièces et sa porte bardée de verrous. Les propriétaires, un vieux couple adorable, me le louent pour un loyer très inférieur au prix du marché. Je gagne un peu d'argent en travaillant à la pizzéria du coin, mais ça ne va pas chercher loin. J'ai un livret d'épargne, heureusement, que ma mère a ouvert à ma libération. Un compte garni par les chèques, modestes ou généreux, qu'avaient envoyés de parfaits inconnus parce qu'ils étaient désolés pour moi. Au début, cet argent me faisait horreur. Mais aujourd'hui que les années ont passé et que je me retrouve sans diplôme ni vrai projet d'avenir, je suis bien contente de pouvoir compter dessus. J'essaie quand même de ne piocher dedans qu'avec parcimonie. Il ne durera pas éternellement et jusqu'ici, ma seule vocation (aider d'autres victimes) tient plutôt du bénévolat. Ah oui, j'oubliais : je suis aussi devenue indicatrice pour une certaine D.D. Warren, enquêtrice à la brigade criminelle, et je mets mes talents au service de la résolution d'enquêtes. N'empêche, ça non plus, ça ne paye pas. Le contraire m'aurait étonnée.

Je prends une douche. Interminable. Après avoir croupi pendant des mois dans ma saleté, je ne jure que par la propreté. Ensuite, café.

J'allume la télévision. Le journal local fait partie de mes petites habitudes du matin. Je me tiens au courant des alertes enlèvement, des affaires de disparition, des avancées dans les enquêtes criminelles de tout le pays

– au grand désarroi de ma mère. Mais, au bout de six ans, nous savons que nous ne serons jamais d'accord sur ce point.

Je ne regarde pas l'écran, les présentateurs me servent plutôt de fond sonore pendant que je furète dans ma petite cuisine, à la recherche de provisions qui auraient dû apparaître comme par magie. Seulement, ça fait un moment que ma mère n'est pas descendue de sa ferme dans le Maine pour me faire de bons gâteaux. Je redoute et j'espère tout à la fois ses visites. Ma mère s'est battue pour moi. Petite étudiante de Boston naïve et stupide, j'étais allée passer des vacances de printemps en Floride. Grisée par les perspectives sans limites que m'offrait cette virée, j'avais trop bu. Et je me suis fait enlever. Pendant quatre cent soixante-douze jours, ma mère et mon frère ont connu l'enfer. Ils ont fait la tournée des chaînes d'info nationales, orchestré de grandes campagnes sur les réseaux sociaux pour supplier mon ravisseur de me libérer.

Et quand c'est arrivé…

Je crois que nous sommes tous d'accord sur un point : la Flora qui est revenue n'est pas la jeune fille qui était partie en Floride. Mon frère, Darwin, a fini par aller vivre en Europe. Ça lui faisait trop mal de me voir. Ma mère est d'une autre trempe. Après toutes ces années, elle reste convaincue que la gentille petite fille qui gambadait dans les forêts du Maine et qui apprivoisait les renards est toujours là, au fond de moi.

J'admire son courage, même si je ne sais pas encore très bien quoi penser de son optimisme. Ce qui est sûr, c'est qu'à cet instant précis, ses muffins aux myrtilles me manquent vraiment.

Derrière moi, la télévision annonce qu'un meurtre s'est produit hier soir à Boston. Une femme enceinte a descendu son mari. Je continue à manipuler ma cafetière avec un haussement d'épaules philosophe. Pour une fois que la femme enceinte a eu le dessus – c'est la première idée qui me vient. Depuis le temps que la moitié des assassins sont des maris infidèles qui suppriment leur épouse enceinte pour ne pas avoir à lui verser de pension alimentaire…

Ce n'est qu'une fois la machine à café en marche que je me retourne pour jeter un œil au petit téléviseur posé sur le meuble à l'autre bout de la pièce.

Et je me mets à trembler comme une feuille. Mes mains, mes épaules, mon corps tout entier. Mes pieds, eux, sont comme pris dans du béton. Incapable de bouger, je reste plantée au milieu de la cuisine. Secouée de frissons.

La terreur à l'état pur. Moi qui étais censée ne plus éprouver ce genre d'émotion.

Un hôtel bas de gamme. Une robe bustier rose vif trop moulante et qui se fait la malle. Jacob qui me file une claque. « Arrête de t'agiter. Putain, t'as une gueule de déterrée. C'est comme ça que tu me remercies ? Retourne dans la salle de bains essayer de t'arranger. »

Je fais ce qu'on me dit. Je retourne dans la salle de bains minable et j'observe mon reflet dans le miroir. J'ai ordre de « ressembler à une femme qu'on a envie de retrouver en rentrant chez soi ». J'ai les joues creuses. Les yeux cernés. Jacob m'a abandonnée plusieurs jours dans ce motel, peut-être une semaine, sans rien à manger. Juste l'eau du robinet pour me désaltérer. Au début, je m'attendais à ce qu'il revienne d'un moment à l'autre. À la fin, j'étais roulée en boule par terre, à moitié inconsciente d'inanition.

Et voilà qu'il était rentré. Comme si de rien n'était. Mais pas les bras chargés de victuailles. Juste avec cette robe atroce et en m'annonçant qu'on allait sortir. Tout de suite. Que je me grouille un peu d'aller me laver.

Je rassemble assez d'énergie pour tourner le robinet mal fixé. Je suis encore affaiblie par la faim et clairement pas en possession de tous mes moyens, mais quand Jacob donne un ordre, il n'y a pas le choix.

Je retire la microrobe en me tortillant, fais de mon mieux pour passer un gant mouillé sur mes bras squelettiques, sur ma peau encrassée de sueur. Je lave mes cheveux sans ressort avec un pain de savon. Il n'y a qu'un essuie-mains pour me sécher. Et je remets cette robe que seule une pute envisagerait de porter.

Cette fois-ci, quand je ressors de la salle de bains, Jacob me gratifie d'un grognement approbateur. Je lui emboîte le pas sur le parking.

Je ne sais pas où nous allons, mais ce sera forcément mieux qu'ici.

Une odeur de pop-corn chaud. Je la sens à la seconde où nous entrons dans le bar faiblement éclairé et mon estomac réclame. Par chance, le juke-box qui braille une chanson de Montgomery

Gentry couvre les borborygmes. Je ne sais pas dans quelle ville nous sommes. Un quelconque trou perdu de l'Alabama ? Je ne suis autorisée à sortir de ma caisse en bois que la nuit, alors je rate une bonne partie des trajets. Mais de toute évidence, nous sommes dans une zone rurale. Les gens du coin, qui portent des jeans ajustés, des bottes usées et des vêtements beaucoup plus couvrants que les miens, tournent autour des tables de billard, se payent à boire, descendent des chopes de bière et s'envoient du pop-corn gratuit par poignées entières.

Mon estomac gronde de nouveau. Gênée, je pose une main sur mon ventre, mais Jacob se contente de rire. Il a les yeux trop brillants. Il est shooté à quelque chose, c'est sûr, et il n'en est que plus dangereux.

Lui n'a pas pris la peine de faire une toilette. Ses cheveux gras forment une mince calotte au-dessus de son visage luisant. Les boutons-pressions de sa chemise de cow-boy sont mis à rude épreuve par son ventre bedonnant, que la maigreur de ses bras et de ses jambes fait encore plus ressortir.

Autrefois, j'ignorais totalement qu'il existait des hommes comme Jacob Ness. Je croyais que la vie était juste et que, si j'étais sage, je serais toujours en sécurité, protégée et aimée. Ensuite je suis partie en vacances, je me suis un peu trop amusée à enchaîner les shots dans un bar de Floride avec mes amies de fac. Et voilà le résultat.

Jacob nous trouve une place au comptoir, me fait signe de prendre le tabouret et reste debout derrière moi. En protecteur, penseraient certains. Mais non.

En propriétaire. Il commande deux bières. Une pour lui, une pour moi. Pas souvent que je suis aussi gâtée.

Je prends ma bière, en aspire nerveusement une petite gorgée.

Du pop-corn. Servi dans une barquette à carreaux rouges et blancs. Tout mon corps se crispe, mais je n'esquisse pas le moindre geste, je consulte Jacob du regard ; je connais les règles, maintenant.

Sur un hochement de tête de sa part, je prends les premiers grains de maïs soufflé. Chauds et salés. Je voudrais tout dévorer, renverser le contenu de la barquette dans ma bouche. Mais je me retiens juste à temps. Si je me donne en spectacle, si j'attire l'attention... Je m'oblige à ralentir. Quelques bouchées par-ci, par-là.

Ça craque sous la dent. Un délice salé. Mes paupières se ferment...

Et, l'espace d'un instant, je pourrais redevenir cette petite fille dans la cuisine de sa mère, qui balance ses jambes sous sa chaise en attendant que la machine à pop-corn finisse son œuvre et qui demande : « Qu'est-ce qu'on fait aujourd'hui, Darwin ? »

Quand je rouvre les yeux, un type a fait son apparition à côté de Jacob et me dévisage.

Jacob le salue d'un signe de tête presque... amical. Et il ne proteste même pas quand l'autre approche le tabouret voisin et se commande une bière.

J'attrape une nouvelle poignée de pop-corn. Il faut que je garde un rythme raisonnable. J'ai découvert que manger trop vite après une période de privation forcée fait vomir. Jacob me tuera si je suis malade en public. Mais l'homme à côté de nous continue à m'observer.

Et Jacob continue de le laisser faire.

Il va se passer quelque chose de grave. Je le sais, même si je ne comprends pas la situation.

Une petite gorgée de bière. Toute petite. À présent, je me tiens sur mes gardes, j'essaie désespérément d'être attentive.

« Elle est pas bien épaisse, votre copine, dit l'homme.

— Les gonzesses aujourd'hui, répond Jacob avec désinvolture. Dès qu'elles pèsent plus qu'une plume, elles se trouvent trop grosses. »

Un grain de maïs. L'attraper. Mâcher, mâcher, mâcher.

« Vous venez souvent ici ? demande l'autre.

— Et comment. Je suis un habitué », répond Jacob, et les deux hommes s'esclaffent, mais je ne vois pas ce qu'il y a de drôle.

« Je suis en voyage d'affaires, explique l'autre. Commercial. Bonne excuse, voyez, pour les déplacements.

— Tout ce que madame ne sait pas..., suggère Jacob.

— Exactement. Vous êtes sûr que ça ne l'ennuie pas ? » demande l'homme avec un signe de tête dans ma direction.

Un nouveau voyant rouge s'allume dans ma tête.

« Non. C'est une gentille fille, elle fait ce qu'on lui dit. » Jacob se tourne brusquement vers moi. « Hein, Molly ? »

Je détourne les yeux. Sans un mot.

Je viens de comprendre. Du moins, j'ai une idée de la menace. Jacob a déjà essayé de me forcer à lever des hommes au hasard dans des bars, histoire de tester mon degré de soumission. À chaque fois, j'ai réussi à me dérober. Parce qu'au fond de moi, je sais que, même si Jacob peut trouver amusant de me jeter dans les bras d'un autre, jamais il ne me reprendrait après ça. Pas parce que c'est le Grand Méchant Jacob Ness. Mais parce que c'est un homme. Et qu'aucun homme ne veut des restes d'un autre.

Mais c'est ça que je ne comprends toujours pas... les autres fois, les hommes étaient des inconnus, par exemple un cow-boy surpris à me mater depuis l'autre bout de la salle. Celui-là, au contraire, il est venu droit vers nous. Et puis cette manière qu'a eue Jacob de se tourner vers lui, d'engager la conversation... On aurait presque dit qu'ils s'attendaient à se voir ici.

Que mijote Jacob ? Qu'a-t-il promis à cet homme qui n'est pas tout à fait un inconnu pour lui ?

Je racle le fond de la barquette de pop-corn et je reprends ma bière. Finies, les petites gorgées. Et glou, et glou, et glou. Je cherche désespérément une échappatoire. Je réfléchis vite, mais peut-être pas assez.

L'homme nous offre une deuxième tournée. Jacob ne proteste pas, mais il me regarde d'un air méfiant.

Des nachos. Une assiette passe à côté de nous, débordant de fromage fondu et de crème aigre. Je la suis avec des yeux ronds, sans piper mot. L'inconnu nous en commande aussitôt une assiette. Jacob me plante son index dans la cuisse. Je lève vers lui un regard innocent et termine ma deuxième bière.

Ensuite, c'est la course. Manger. Boire. Jacob et l'autre parlent à voix basse de choses que je n'entends pas et dont je me contre-fiche. Et Jacob a beau se méfier, il est lui-même accro à la malbouffe et incapable de résister aux nachos, bientôt suivis de mini-hamburgers, puis d'ailes de poulet (tout ça sur le compte de notre nouvel ami).

Sauf que le nouveau n'a pas l'air si nouveau que ça. Et Jacob, qui ne fraye jamais avec personne, parle avec lui, rigole, lui tape dans le dos.

Manger. Boire. Plus vite, toujours plus vite. Il ne reste pas beaucoup de temps. Je ne sais pas ce qui se trame, mais c'est pour bientôt. L'homme ne me quitte plus des yeux, la prunelle presque aussi brillante que celle de Jacob.

Le barman rallume les lumières. On ferme. Notre nouvel ami sort son portefeuille. Balance un billet de cent avec la même désinvolture que si c'était un billet de dix. Le sourire satisfait de Jacob s'élargit.

Finis les bières, les nachos, le poulet, les pop-corn. J'ai mal au ventre. Je tiens à peine sur mes jambes. Jacob m'attrape par le bras, me fait descendre de force du tabouret, m'entraîne vers la porte, et l'homme nous emboîte le pas.

Allez, allez, allez.

Je sens un voile de sueur sur mon front blême. J'hésite, j'essaie de freiner le mouvement, même si je sais que c'est une cause perdue. Jacob enfonce ses doigts dans mon bras décharné et me décoche un regard qui me promet d'autres souffrances si je n'arrête pas mon cirque. Tout de suite.

Renards. Alligators. Plages de Floride. Si loin de chez moi. Jacob est l'être le plus pervers que j'aie jamais rencontré. Mais les hommes sont tous pareils.

Jacob m'entraîne jusqu'au parking, vers une voiture qui ne lui appartient pas. Le vent du soir frappe mes bras nus, mon front moite. Et enfin, grâce au ciel, ce que j'avais prévu, ce que j'attendais...

Je me retourne et, dans un mouvement d'une sublime beauté, j'arrose de vomi le nouvel ami de Jacob.

« Nom de Dieu ! » dit-il en reculant d'un bond.

Son esquive ne le sauve pas. Sept jours à mourir de faim, suivis de trois heures à m'empiffrer. Je me jette en avant et je l'ateins de nouveau, un épais dégueulis d'aliments à peine digérés.

Un attroupement se forme. Les gens n'en reviennent pas. Je le remarque à peine et je tombe à quatre pattes. Mon estomac se soulève à vide au-dessus de l'asphalte chaud, il se contracte douloureusement et de la bile amère monte du fond de ma gorge. Je vais le payer. C'est sûr, de cent manières différentes.

Mais en attendant, les yeux de notre inconnu s'écarquillent de dégoût. Il tourne les talons et s'éloigne sans demander son reste... Jacob a ses petits jeux. Moi, j'ai ma capacité de rébellion.

Peut-être bien qu'il finit toujours par l'emporter, mais je ne suis pas encore complètement brisée.

« Ça va, ça va, dit Jacob pour disperser les curieux. Elle n'a jamais tenu la bière. C'est bon, c'est pas la première fois que vous voyez quelqu'un dégueuler à la sortie d'un bar, alors cassez-vous. »

Il m'attrape par le bras. Je tremble de tous mes membres, trop faible ne serait-ce que pour me relever.

Mais cet inconnu qui n'en était pas un est parti. Dans l'immédiat, la menace est écartée.

Ce qui fait que je me retrouve seule avec Jacob.

« Tu l'as fait exprès ! gronde-t-il à mon oreille.

— J'ai pas eu le choix. L'idée d'être séparée de toi... Je t'en prie. Tu étais parti depuis une semaine. J'avais juste envie d'être avec toi. Rien qu'avec toi. »

Il plisse les yeux, me dévisage.

« Salope », dit-il, mais sans hargne désormais.

Il me hisse sur mes pieds. Je m'appuie lourdement sur lui. Au bout d'un moment, il finit par passer son bras autour de moi.

Et je survis une nuit de plus.

Six ans plus tard, Cambridge, Massachusetts. Je suis toujours debout dans ma cuisine. Le visage du mari assassiné apparaît, disparaît, revient à l'écran. Suivi d'images de sa femme, de la façade de leur maison, de kilomètres de ruban de scène de crime. Je tremble. Aussi fort que je tremblais ce soir-là, il y a si longtemps.

Mais je serre le poing et m'oblige à me concentrer. À respirer profondément. Jacob n'est plus là. Jacob est mort. Il ne pourra plus jamais me faire de mal.

Cet homme à la télévision, Conrad Carter, je ne l'ai jamais revu après cette soirée. Et maintenant, lui aussi est mort. Encore un bon point pour sa femme.

Mais tant d'idées me traversent l'esprit en même temps que je dois m'accrocher à une chaise pour ne pas tomber.

Au bout d'un certain temps, je finis par retrouver le contrôle de mes jambes. Je vais chercher mon portable sur la table basse. Je ne passe qu'un seul coup de fil.

« Samuel, c'est moi. Tu te souviens quand je t'ai dit que je ne te parlerais qu'une seule fois de ce que j'avais vécu avec Jacob et qu'après ce serait fini ? Eh bien, je t'ai menti. »

4

Evie

Il est plus de minuit quand on me conduit au commissariat central. J'ai la brève vision d'un monstrueux bâtiment en verre, qu'il me semble avoir déjà vu à la télévision. L'agent m'escorte à travers un vaste hall, puis dans un labyrinthe de couloirs. Premier arrêt : les empreintes digitales. On ne me les a pas prises, la dernière fois. Ironie du sort, c'est en tant qu'enseignante que je suis fichée. J'ai dû me soumettre à une vérification de mes antécédents pour pouvoir encadrer les sorties pédagogiques et activités extrascolaires. Je m'étais inquiétée, à ce moment-là : et si, trahie par mes empreintes, le drame de mon adolescence (« *juste un malheureux accident* », chuchote ma mère) refaisait surface et était étalé à la vue de tous ? Tout ira bien, n'avait cessé de me répéter Conrad. Tu n'étais qu'une gamine et il n'y a même pas eu de poursuites.

En fin de compte, c'est ça qui m'a sauvée : il n'y avait pas eu de poursuites, ce qui signifiait que je n'avais pas le moindre casier judiciaire, alors que même des mentions théoriquement effacées parce que vous étiez mineur au moment des faits peuvent revenir vous hanter par la suite.

Après avoir relevé les empreintes de chaque doigt avec le lecteur numérique, l'agent en tenue (qu'un collègue appelle Bob) me conduit dans une pièce aseptisée où une femme en blouse blanche me passe un produit sur les mains et retire tout ce qui pourrait se trouver sous mes ongles à l'aide d'une lime métallique. « Il me faudra ses vêtements », indique-t-elle à l'agent, qui hoche la tête comme si c'était une demande bien naturelle.

Si on me prend mes habits, dans quelle tenue vais-je me retrouver ? Personne ne prend la peine de me le dire et je n'ai pas le courage de poser la question.

Je suis fatiguée. L'effet de choc, l'adrénaline sont en train de se dissiper. Je me sens surtout comme une femme enceinte qui devrait être au lit depuis longtemps, avec la douloureuse impression que ce n'est pas seulement moi que la police est en train d'arrêter, mais aussi mon enfant à naître.

Je n'ai même pas encore fait connaissance avec mon bébé et déjà je croule sous les regrets.

Ascenseur. Un autre étage, des kilomètres de moquette bleue. On ne me laisse pas le loisir de visiter. Mon chaperon me conduit tout droit dans une petite pièce avec deux chaises, une table et un mur doté d'un grand miroir. Une salle d'interrogatoire, forcément, et je ne peux pas m'empêcher de me faire la réflexion qu'elle est beaucoup plus agréable que celles qu'on voit à la télé. Puis l'agent Bob me fait asseoir sur une chaise et libère mon poignet gauche des menottes, mais pour m'enchaîner à un anneau fixé à la table, et toutes mes premières bonnes impressions à l'arrivée dans cette pièce s'évanouissent.

L'agent Bob s'en va. J'ai encore mes vêtements, c'est déjà ça. Ma main libre vient se poser sur mon ventre rond. Comme si elle pouvait protéger mon bébé de ce qui va venir.

La porte s'ouvre. Entre un monsieur d'un certain âge. Des cheveux bruns clairsemés, une veste mouchetée marron et or sur une chemise bleu ciel. Un pantalon à plis en sergé : un modèle démodé depuis dix ans, mais qu'apprécient encore les gens d'une certaine génération. Il a un visage avenant. Sérieux, mais pas cruel. Pas le méchant flic, me dis-je, plutôt la figure paternelle stricte.

Je suis soulagée de ne pas le reconnaître. Et ensuite, je me demande si on l'a choisi parce que, vu mes antécédents, la figure paternelle stricte est la stratégie qui s'impose.

« Evelyn Carter ? Phil LeBlanc, enquêteur. »

Une absurde envie me prend de lui adresser un petit coucou de la main. Des années de bonne éducation. Je me contente d'un bref hochement de tête.

« J'ai cru comprendre que vous étiez enceinte ? »

Nouveau hochement de tête.

« Je peux vous apporter quelque chose ? Un verre d'eau ? Un Canada Dry ? Ma femme en raffolait. »

C'est bien ça : il joue les papas attentionnés. Je lui souris, c'est plus fort que moi. Il ne comprend pas.

Ils n'ont jamais compris. Et maintenant... Mon bébé. Mon pauvre petit.

« J'aimerais passer mon appel téléphonique, dis-je. Et je ne dirai pas un mot de plus avant de l'avoir fait. »

Il y a deux personnes que je pourrais appeler. L'option numéro un est la plus évidente, mais je ne peux pas m'y résoudre. De toute façon, l'option numéro deux mettra l'option numéro un au courant de la situation, donc ça n'a guère d'importance. Par ailleurs, l'option numéro deux était le meilleur ami de mon père. Il a de nombreuses raisons de douter de moi, et c'est précisément pour ça que je me fie davantage à lui.

Il n'a pas l'air surpris que j'appelle en pleine nuit. Est-ce une déformation professionnelle ? Ou parce qu'il me connaît par cœur ? Je l'informe des événements de la soirée, du moins dans les grandes lignes. Conrad a été tué par balles. Je suis entre les mains de la police.

« Est-ce qu'on t'a mise en état d'arrestation ? me demande alors maître Dick Delaney, ténor du barreau de Boston.

— Je crois. »

Les événements de ces derniers mois, sans parler de ces dernières heures, commencent à peser de tout leur poids sur mes épaules et à m'entraîner vers le fond, là où tout devient irréel. La dernière fois, on ne m'avait pas menottée. Pas embarquée dans une voiture de police, pas conduite au commissariat pour relever mes empreintes, rédiger les procès-verbaux, m'interroger.

Je ne comprends pas ces procédures. C'est comme si je regardais un vieux film, mais que le scénario avait changé.

Je ne connais pas la fin de l'histoire.

« Où es-tu ? demande M. Delaney.

— Au commissariat central.

— Que leur as-tu dit ?

— Rien.

— Continue comme ça. Ils sont chez toi, ils procèdent aux constatations ? »

Je hoche la tête, avant de me souvenir qu'il faut parler dans le combiné. « Oui. Ils ont relevé mes empreintes. Et ils m'ont passé des produits sur les mains. Du sang. J'avais du sang sur les mains.

— Recherche de traces de sang et de résidus de tir certainement, murmure M. Delaney, qui semble parler pour lui-même plutôt que pour moi. Tu tiens le coup ?

— Je suis fatiguée.

— Est-ce que tu as mal quelque part, tu veux voir un médecin ? Comment va le bébé ?

— Je vais bien.

— Il se pourrait que tu sois en état de choc. Tu devrais peut-être être mise en observation.

— Je vais bien », répété-je.

Ça ne doit pas être la bonne réponse, parce qu'il garde le silence un long moment. Peut-être qu'il essayait de me faire passer un message et que je n'ai pas compris.

« Evie… il va falloir que tu restes au moins une nuit en prison. »

Je ne sais pas comment encaisser ça. Une fois de plus, l'histoire ne se déroule pas comme elle le devrait. Pourtant, je sais ce que c'est, une mort par balles. Le sang, l'épouvante, le chagrin, je connais.

Mais la suite n'était pas censée ressembler à ça.

« On est en pleine nuit, reprend M. Delaney. Il ne pourra rien se passer avant demain. À ce moment-là, les charges contre toi seront officiellement présentées au tribunal et il y aura une mise en accusation. Je serai là pour te représenter et, avec un peu de chance, je te ferai libérer sous caution. Mais, je te le répète, tout cela devra attendre demain.

— Ils veulent mes vêtements. Est-ce qu'ils ont le droit de les prendre ?

— Oui. Ils vont essayer de t'interroger, Evie. Ta mission consiste à ne rien dire. Ensuite, ils te conduiront à la maison d'arrêt du comté pour la nuit. Vu la gravité de l'accusation, tu seras mise à l'isolement. Mais tu seras officiellement écrouée. On te prendra tes affaires et elles seront inventoriées. »

Sauf que je n'ai rien sur moi. C'est seulement maintenant que je m'en aperçois. J'avais retiré mon manteau, posé mon sac à main. Je n'ai pas mon téléphone portable. Même pas mon portefeuille. Je sens une bulle d'hystérie se former en moi.

« On te prendra tes vêtements, qui seront considérés comme des pièces à conviction, continue M. Delaney, et on les remettra à un agent. »

Donc à mon chaperon, l'agent Bob.

« En échange, on te donnera une combinaison orange. »

Je ne dis rien, mais un rire nerveux recommence à me chatouiller le fond de la gorge. Une combinaison de prisonnière. Comme dans la série *Orange Is the New Black*. Je serai la petite dernière. De la chair fraîche. Jusqu'à ce que j'arrive à faire leur conquête avec le récit de mes malheurs. Et qu'on me donne comme nouvelle compagne de cellule une lesbienne sympa. Ou alors, ce sera moi la grosse pointure qui prendrai une petite chose fragile et délicate sous mon aile. Après tout, j'ai deux meurtres à mon actif. Je peux me faire tatouer deux larmes sur la joue, parader dans la cour de la prison avec mon ventre de femme enceinte qui ne tardera pas à devenir énorme. Venez pas me chercher des noises, bande de salopes.

Je déraille, là. Je vais exploser de rire. Et quand j'aurai commencé, je ne pourrai plus m'arrêter.

Mon pauvre, pauvre, pauvre petit bébé. Conrad.

M. Delaney promet de me retrouver au tribunal. Il me redonne pour consigne de ne rien dire. Me rappelle que j'ai droit à des soins médicaux et que je peux à tout moment demander à parler à mon avocat. « Tu vas t'en sortir, m'encourage-t-il avec gentillesse. Tiens bon. Ne fais pas de bêtises. »

Comme la dernière fois ?

Quand je raccroche, l'enquêteur revient. Il me regarde d'un air déçu. J'ai gâché son interrogatoire, je ne suis pas marrante.

Ensuite l'agent Bob revient à son tour, me détache de la table et c'est reparti. En route pour la prison du comté de Suffolk.

Assise à l'arrière de la voiture, je laisse mes paupières se fermer d'épuisement. Conrad, son visage illuminé par un sourire quand il m'a vue pour la première fois. Conrad, dont la main tremblait quand il m'a passé un simple anneau d'or au doigt, le jour de notre mariage. Conrad, et cet air à la fois émerveillé et étonné quand nous regardions tous les deux le test de grossesse.

Conrad, effondré dans son fauteuil de bureau, la moitié du crâne projetée sur le mur derrière lui.

Mille et un moments. Mille et un souvenirs. Certains qui me semblaient d'une perfection absolue. Et dont je sais à présent qu'ils étaient totalement faussés. N'empêche...

Je t'aimais, me dis-je en posant une nouvelle fois la main sur mon ventre. Ce n'est pas seulement mon bébé, c'est le nôtre. Le meilleur de nous deux. En tout cas, c'est ce qu'espèrent tous les parents.

Même les miens, à l'époque.

La voiture ralentit, tourne, s'immobilise. Dehors, je ne vois rien que la lumière crue de projecteurs bien trop nombreux. Du genre qui cherchent à dépouiller de tous leurs secrets même les âmes les plus pures.

La maison d'arrêt de South Bay.

On y est.

J'ai grandi dans une somptueuse maison, à Cambridge. Une demeure historique de style colonial, avec des boiseries sombres, une magnifique rampe à la courbure élégante et des rosaces au plafond des deux bow-windows de la façade. Ma mère a un faible pour les tapis d'Orient richement colorés, les fauteuils bergères tapissés de soie et les guéridons chargés de carafes en cristal taillé et autres plateaux de service en argent.

On ne touche pas : c'est une des premières phrases que j'ai apprises. Vite rejointe par : *On ne court pas dans la maison. Coiffe-toi. Ferme la bouche quand tu manges. Tiens-toi droite sur ta chaise. Redresse les épaules.*

Ne fais pas honte à ton père : cette phrase-là n'était jamais dite à voix haute, mais toujours sous-entendue.

Mon père n'était pas seulement professeur à Harvard ; à l'époque de ma naissance, il était déjà considéré comme un des grands esprits mathématiques de sa génération. Licence de psychologie, maîtrise d'informatique, doctorat en statistiques. Il détenait des diplômes honorifiques d'universités du monde entier et les murs de son bureau étaient couverts de diverses récompenses. Chez nous, on ne recevait pas seulement à dîner ; tous les vendredis soir, mon père et d'autres grosses têtes jouaient au poker tout en discutant théorie du chaos, analyse de données et théorie des cordes, en même temps qu'ils rivalisaient à qui arriverait à compter les cartes.

Pour autant que je m'en souvienne, très peu de femmes assistaient à ces soirées. Il y avait bien des mathématiciennes, évidemment, et même des physiciennes, des informaticiennes, des ingénieures, mais pas tant que ça. Ou peut-être que ma mère ne se donnait pas beaucoup de mal pour les faire inviter. L'idée que des femmes brillantes et accomplies puissent côtoyer son mari… ? Je ne sais pas. À l'époque, je n'étais qu'une enfant.

J'avais conscience que mon père était un grand homme. Je supposais, à en juger par la splendeur de notre maison et la longueur du collier de perles de ma mère, que nous menions une existence que d'autres nous enviaient. De fait, je passais mes semaines dans un pensionnat d'élite, où mes professeurs étaient dûment impressionnés par mon intelligence. Certes, ils avaient dû annoncer à mon père que je n'étais pas un prodige des mathématiques, mais enfin j'étais douée, incontestablement. J'avais même une petite chance de comprendre une partie des conversations que j'épiais avidement le vendredi soir. Mais mon père, son cerveau, les rouages de son intellect… jusqu'au bout, il sera resté une énigme pour moi.

Il m'aimait. Il était fier de mes résultats scolaires, invariablement excellents. Et il pouvait rester des heures les yeux fermés dans le grand salon, à m'écouter répéter des pièces de Bach, Mozart, Beethoven. Il disait que quand je jouais du piano, c'était comme un raz-de-marée mathématique. Il existe un rapport très étroit entre les mathématiques et la musique. Alors, sans doute n'associais-je pas les maths aux salles de classe, mais plutôt au piano, aux notes, aux gammes, aux accords que je trouvais sans effort et que je rejouais jour après jour de manière obsessionnelle.

Mon père me disait que j'étais géniale.

À l'époque, assise au clavier du demi-queue, je le croyais.

Enfant unique dans une maison bâtie du temps où les familles en avaient huit et trois domestiques, je disposais d'une aile rien qu'à moi. Ma suite occupait toute la façade du premier étage. Une banquette recouverte de coussins courait le long de la rangée de fenêtres. J'avais des murs lavande et un lit à baldaquin en fer forgé habillé de kilomètres de tissu vaporeux. Une salle de bains privative, cela va sans dire, et une petite pièce, sans doute une chambre d'enfant à l'origine, qui avait été convertie en dressing avec miroir encastré et coiffeuse. Mais ma pièce préférée, c'était le salon attenant. Quatre murs d'étagères garnies de toutes sortes de livres : des enquêtes de Nancy Drew, des partitions, des romans historiques. J'aimais découvrir les histoires de gens qui avaient vécu dans des pays lointains à des époques reculées. Leurs pères n'étaient jamais des génies connus dans le monde entier. En fait, dans la plupart de ces romans, les deux parents étaient morts – mais pas d'inquiétude : la courageuse héroïne allait s'en sortir toute seule.

J'avais de la place plus qu'il n'en fallait pour les soirées pyjamas et les après-midi jeux entre amis, mais, bizarrement, les autres enfants n'avaient pas envie de fréquenter une fille de professeur. Surtout quand elle avait plus de facilité à jouer du piano pendant des heures qu'à soutenir une banale conversation. La mode, les ragots, la musique pop ? Dans ces moments-là, je me sentais comme mon père. J'aurais voulu que quelqu'un distribue des jetons de poker en lançant une discussion sur les dix formules mathématiques les plus utiles (mon père avait une passion pour l'identité d'Euler, mais j'ai passé de nombreux vendredis soir à écouter des débats enflammés sur les différents candidats à ce palmarès). De temps à autre, ma mère organisait des petits goûters avec une autre mère et sa fille ; sa complice et elle lançaient des regards en coulisse vers moi et ma camarade de jeux (qui était manifestement là contre son gré), en attendant que la sauce prenne comme par magie.

Ces goûters m'ont appris que les autres mères avaient peur de la mienne et que personne n'avait vraiment envie d'être amie avec une fille aussi bizarre que moi.

Les apparences comptaient beaucoup aux yeux de ma mère, donc mes draps étaient toujours faits du coton égyptien le plus soyeux. Quand je ne portais pas l'uniforme écossais de mon école privée, j'avais le choix entre du Laura Ashley, du Laura Ashley ou encore du Laura Ashley. Ma mère me jugeait trop jeune pour posséder mon propre rang de perles, mais j'avais le droit de porter un pendentif en argent et diamant en forme de cœur que mon père m'avait offert pour mes treize ans.

À en juger par la tête qu'il avait faite quand j'avais ouvert l'écrin de chez Tiffany, c'était en réalité ma mère qui avait choisi ce bijou de bon goût, mais j'avais quand même étreint mon père avec gratitude. Et lui m'avait rendu mon étreinte avec enthousiasme, me chatouillant la joue de sa barbe. Les génies sont une race à part, vous savez. On ne peut pas attendre d'eux qu'ils gaspillent leur talent à s'occuper de choses aussi triviales que le cadeau d'anniversaire de leur fille. Les épouses sont là pour ça, vous dirait ma mère.

Si ma vie était restée sur ses rails, je serais allée au Radcliffe College, j'aurais épousé un génie en herbe, peut-être même un des poulains de mon père, et j'aurais reçu mon propre collier de perles, à porter dans une autre propriété de Cambridge, où j'aurais donné des cours de piano ou toute autre occupation aussi respectable.

Si ma vie était restée sur ses rails.

« Accroupissez-vous », dit l'infirmière.

Je suis nue comme un ver. Comme prévu, on m'a retiré mes habits pour les emporter, même mes sous-vêtements. Je suis seule avec une infirmière qui (vu mon bidon et peut-être l'absence de traces d'aiguille sur mes bras) fait de son mieux pour avoir l'air gentille.

J'éprouve quand même toujours ce sentiment d'irréalité. Ça ne peut pas être moi ; ça ne peut pas être ma vie. Il est trois heures du matin. Je devrais être à la maison. Avec Conrad.

Je ne sais pas quoi faire de mes mains. Les poser sur mon ventre, comme je le fais maintenant depuis des mois ? Ou sur mes seins nus ? Mon pubis offert aux regards ? J'opte pour le ventre. Le reste de moi-même a comme déjà cessé d'exister.

« *Juste un malheureux accident...* »

Elle viendra. Je suis la prochaine sur la liste. Et c'est là qu'on passera aux choses sérieuses.

« Ma belle, dit l'infirmière en enfilant un gant sur sa main droite, plus vite ce sera fait, plus vite on pourra toutes les deux reprendre le cours de nos vies. »

J'approuve. Je m'accroupis. Elle inspecte. Instruction suivante. Je me penche en avant, de mon mieux. Elle inspecte.

Je ne pleure pas. Je n'ai jamais été douée pour les larmes. Ma mère, elle, se met dans tous ses états pour un rien. Il y a seize ans, elle a assez pleuré pour deux. Alors que moi…

Stress, disparition d'un être cher, douleur aiguë ?

Je ne pleure jamais.

À la place… un gouffre se creuse en moi. Un insondable puits d'angoisse.

C'est ce que j'éprouve à cet instant, en pensant à mon bébé. Qui ne grandira pas dans une imposante demeure coloniale du quartier huppé de Cambridge, ni même dans une maison de Winthrop que ses propriétaires pleins de bonnes intentions se proposaient de retaper.

Mais je retire ce que je viens de dire : si je suis jugée coupable du meurtre de Conrad et que cette fois-ci je vais en prison, on me prendra mon bébé à la naissance. Et il n'y a qu'une personne à qui on envisagera de le confier.

Je suis parcourue d'un frisson et ça ne s'arrête plus.

L'infirmière croit que j'ai froid. Étant donné que je suis toujours nue des pieds à la tête, je ne peux pas le lui reprocher. Elle me tend la combinaison orange promise et une gigantesque culotte. Puis elle s'éloigne de quelques pas, le temps que j'enfile ça tant bien que mal. Cette culotte ne ressemble à rien : on dirait un croisement entre une gaine de grand-mère et un boxer pour homme. La combinaison aussi est dix fois trop grande et le tissu gratte à cause des produits chimiques agressifs qu'il contient. Je peux la refermer sur mon ventre, mais mon buste nage dedans. L'encolure me remonte pratiquement jusqu'aux oreilles et les jambes sont assez longues pour une détenue qui ferait deux fois ma taille. L'infirmière, prise de pitié, m'aide à faire des ourlets de fortune avant que je ne me prenne les pieds dedans.

Les principaux renseignements ont déjà été notés. Signalement, date de naissance, tatouages. Simples hors-d'œuvre avant ce plat de résistance.

Voilà, c'est fait. Je suis enregistrée. Pas encore comme détenue, m'explique-t-on, seulement sous mandat de dépôt, ce qui est considéré comme provisoire. Tout dépendra du talent de mon avocat, maître Dick Delaney, et de ce qui se passera au tribunal dans quelques heures.

« Vous serez seule dans votre cellule, m'informe l'infirmière en jetant ses gants et en prenant son écritoire. Comment vous sentez-vous ? me demande-t-elle en montrant mon ventre d'un signe de tête.

— Fatiguée. »

Elle hésite. « Vous pouvez demander à être mise en observation médicale. Si vous êtes inquiète pour votre santé ou pour celle du bébé. »

J'ai l'impression d'avoir déjà vécu cette scène. M. Delaney m'a posé les mêmes questions tout à l'heure. Je ne les ai pas comprises à ce moment-là et je ne les comprends pas davantage maintenant.

« Votre pouls est normal, ajoute l'infirmière en me regardant droit dans les yeux. Étonnamment robuste, d'ailleurs. »

Je n'ai pas de larmes. Juste un insondable abîme d'angoisse.

« Vos paramètres vitaux sont stables. Sincèrement, à votre place, j'opterais pour ma cellule. Mais bien sûr vous avez le droit…

— Qu'est-ce qui se passera en observation ?

— L'infirmerie se trouve dans un autre quartier. Ça ressemble plus à un hôpital. Vous auriez votre propre chambre et accès à du personnel médical vingt-quatre heures sur vingt-quatre. Vous êtes déprimée ? me demande-t-elle soudain.

— Je suis fatiguée, lui redis-je.

— Si vous êtes anxieuse, si vous étiez tentée de vous faire du mal, à vous ou à votre bébé…

— Je ne ferais jamais rien qui puisse nuire à mon enfant ! »

Elle hoche la tête. « Ce quartier-ci n'est pas bien insonorisé. Les canalisations, les murs, les détenus des étages supérieurs… Vous allez entendre du bruit, toute la nuit. »

Je souris ; pour ce qu'il reste de nuit…

« Mais l'infirmerie… disons que les cris stridents qu'on peut y entendre ne ressemblent à rien d'autre. Là-bas, les détenus souffrent moins de maladies physiques que de troubles mentaux. Les autres les appellent les gueulards. Mais, je vous le répète, si vous

vous faites le moindre souci pour votre santé ou celle du bébé... »

Je finis par comprendre. Ils s'imaginent tous que je vais mettre fin à mes jours. Ou à ceux du bébé. Or ni M. Delaney ni cette infirmière ne veulent avoir ma mort sur la conscience. Même s'il faut pour cela m'infliger une nuit au milieu de déments la bave aux lèvres.

« Je vais bien », confirmé-je.

C'est plié. Une surveillante revient et m'entraîne hors de la salle d'examen. J'ai droit à une petite trousse d'articles de toilette : une brosse à dents transparente grande comme le petit doigt ; un petit déodorant translucide ; un shampoing transparent ; et du dentifrice blanc. Je porte aux pieds la paire de tennis blanches la plus laide du monde, mais au moins elles sont confortables. La surveillante a refermé les menottes sur mes poignets.

Le couloir est large et froid. En béton. Les murs sont épais, mais l'infirmière avait raison ; j'entends l'immense prison gémir et gronder autour de nous. Chocs sur les tuyaux, ronflement de machines, murmures lointains de centaines voire de milliers d'êtres humains qui tentent de survivre à une nouvelle nuit en cage.

Nous arrivons à une cellule. Des murs en béton couleur crème. Des toilettes en acier inoxydable d'un bloc, sans lunette. Un fin matelas en mousse, une simple couverture beige.

Je ne dis rien. J'entre. Je présente mes poignets. La surveillante me retire les menottes.

Elle ferme et verrouille la lourde porte métallique, dont la lucarne permet de me tenir à l'œil en permanence.

Je m'affale sur la couchette dure. Je replie mes jambes, mes tennis toujours aux pieds. Et je ferme les yeux en formant le vœu que tout disparaisse.

Mon père. Conrad. Cambridge et sa beauté. Winthrop, durement gagné. Les choix qu'on fait. Les cycles qui se répètent. Une ronde infernale.

Et voilà qu'aujourd'hui grandit avec détermination dans mes entrailles une nouvelle génération marquée au sceau de la tragédie.

Il faut que je fasse mieux. Impérativement.

Mais, à l'heure qu'il est, incarcérée dans l'attente d'être officiellement inculpée pour meurtre…

Je n'ai aucune réponse à mes questions. Juste les notes lointaines de morceaux de musique que je n'ai pas joués depuis une bonne dizaine d'années.

Il était une fois une petite fille dans une grande maison qui aimait tellement son père qu'elle était persuadée qu'il ne l'abandonnerait jamais.

Sauf qu'il l'avait fait.

Et maintenant, ce nouveau drame.

Je ferme les yeux et, recroquevillée autour de mon bébé, je m'efforce de dormir.

5

D.D.

Flora Dane rendait D.D. dingue. C'était bien pour cette raison, songea-t-elle pour la énième fois, que jamais une enquêtrice avertie ne devrait recruter comme indicatrice une justicière autoproclamée capable de tout et n'importe quoi. Car si D.D. était tenue de suivre des règles et des procédures, Flora n'en avait cure.

« Reprenons : vous pensez avoir reconnu la victime, Conrad Carter, que vous auriez vue en compagnie de Jacob Ness pendant votre captivité. Et vous croyez qu'ils entretenaient des relations ou que, du moins, ils se connaissaient.

— Puisque je vous le dis ! » Flora ne tenait pas en place. Elle tournait en rond sur le trottoir, se frictionnait les bras. Jamais D.D. ne l'avait vue aussi agitée. Raison de plus pour enregistrer son témoignage.

« Dans ce cas, il faut que vous m'accompagniez au commissariat pour faire une déposition.

— Pas question !

— Flora…

— Je parlerai ! Mais nous savons toutes les deux que ce ne sera pas à vous. »

C'était là l'autre écueil : Flora était certes étudiante à la fac de Boston à l'époque de son enlèvement, mais elle se trouvait en vacances en Floride au moment des faits. Résultat : du jour où Jacob avait posté une première carte postale railleuse depuis une petite ville du Sud en l'adressant à la mère de Flora dans le Maine, l'affaire était devenue fédérale, donc du ressort du FBI.

Les fédéraux avaient bien fait leur boulot. Ils avaient fini par établir que Jacob était un routier longue distance et suivi la trace de son poids lourd jusqu'à un motel bas de gamme. Une dizaine de membres des brigades d'intervention avaient pris la chambre d'assaut, avec assez de munitions et de grenades paralysantes pour neutraliser un village entier. Jacob n'avait pas survécu ; Flora, si.

D'après ce que savait D.D., c'était à l'hôpital, alors que sa mère était dans l'avion pour la rejoindre, que Flora avait fait sa déposition. Elle avait conclu un marché : elle parlerait de son enlèvement une fois et une seule, à une seule personne. Après quoi, elle avait confié son histoire atroce, un mot après l'autre, au docteur Samuel Keynes, victimologue du FBI.

La rumeur disait que Keynes (qui avait pourtant derrière lui une longue carrière à interroger des victimes d'enlèvements internationaux) avait réussi à rejoindre la salle de bains juste à temps avant de vomir.

Depuis ce jour, il existait entre Keynes et Flora une relation que D.D. avait du mal à cerner, mais qui n'entrait sans doute pas strictement dans le cadre des directives du service d'aide aux victimes du FBI. Rien de romantique là-dessous : aux dernières nouvelles, au contraire, le psychologue connu pour son tempérament réservé avait fini par avouer ses sentiments à la mère de Flora, une femme à l'esprit libre, adepte de yoga, d'agriculture bio et de muffins faits maison. De quoi ces deux-là pouvaient bien se parler, D.D. n'en avait aucune idée, mais elle avait pu constater par elle-même que le courant passait entre eux…

Il serait donc sorti au moins une bonne chose de l'épreuve traversée par Flora et sa famille.

Mais le problème restait entier : Keynes était le confesseur attitré de Flora, or il travaillait pour le FBI. Ce qui signifiait qu'à la seconde où Flora lui confierait avoir vu Conrad Carter en compagnie de Jacob Ness, le FBI s'immiscerait dans l'enquête pour meurtre de D.D. Ou, pire, la lui retirerait.

« Combien de fois avez-vous vu Conrad ? » tenta D.D. Puisque Flora refusait de faire une déposition officielle, elle se contenterait de renseignements officieux.

« Une fois. Dans un bar.

— Il y a combien de temps ?

— Je ne sais pas. Ça faisait un petit moment que j'étais avec Jacob. Le temps était plus frais, dit Flora en se frictionnant les bras. C'était peut-être l'hiver dans le Sud. »

D.D. se livra à un petit calcul mental. L'hiver où Flora était captive, ça les ramenait sept ans en arrière. Manley lui avait indiqué que Conrad était souvent en déplacement pour son travail, ce pouvait être une bonne couverture pour des activités diverses et variées.

« Et la femme ? insista D.D. Est-ce que le visage d'Evelyn Carter vous dit quelque chose ?

— Elle n'était pas là, affirma Flora, qui s'immobilisa net. Est-ce qu'elle était déjà mariée à ce Conrad ? Que sait-on de leur vie ?

— Pas grand-chose. Pour l'instant.

— Si elle lui a tiré dessus, on peut penser qu'elle n'était pas très heureuse. Est-ce qu'elle aurait été maltraitée ? Victime de sévices ? Les journalistes ont dit qu'elle était enceinte ! »

La voix de Flora était montée dans les aigus.

« N'allons pas trop vite en besogne. Dans une enquête, il faut procéder par étapes et nous en avons encore beaucoup devant nous. Pour votre information, les voisins les décrivent comme un couple normal et heureux.

— Les voisins n'en savent rien du tout », rétorqua Flora avec une moue dédaigneuse.

D.D., philosophe, haussa les épaules. C'était un point sur lequel elles pouvaient s'accorder.

« Est-ce que vous savez dans quel bar vous étiez ? Quand Jacob et Conrad se sont rencontrés ? demanda D.D. pour ramener son indicatrice à leur sujet.

— Je... Jacob m'avait abandonnée pendant des jours. » La voix de Flora baissa d'un ton. « J'avais faim, très faim, mais je n'osais pas partir parce que

Jacob m'aurait retrouvée et tuée. C'était ce qu'il disait à chaque fois qu'il me quittait, et je le croyais.

— D'accord », répondit D.D., d'une voix douce elle aussi. C'était la première fois que Flora lui en disait aussi long sur Jacob. Elle aurait vraiment aimé lui poser certaines questions, bien sûr, mais Flora ne dérogeait jamais à la règle qu'elle s'était fixée : elle avait raconté son histoire une bonne fois pour toutes. Et D.D. ne pouvait qu'admirer la créature engendrée par le monstre, car, si Jacob était ce qui se faisait de pire, celle qui lui avait survécu était ce qui se faisait de plus résistant. Qu'il l'ait su ou pas, Jacob avait agi comme une sorte de forgeron, et la Flora qui était sortie de ses mains quatre cent soixante-douze jours plus tard était en acier trempé.

En tant qu'enquêtrice, D.D. admirait la résilience de cette femme. Mais en tant que mère, elle était triste de voir ce qu'elle avait perdu en chemin.

« Vous étiez dans le Sud, reprit-elle. Sur un itinéraire que Jacob avait emprunté avec son camion ?

— Oui.

— Vous disiez qu'il vous avait laissée. Dans un motel.

— Oui.

— Est-ce que vous vous souviendriez du nom ? De l'en-tête sur le papier à lettres ?

— Jacob ne s'arrêtait pas dans des hôtels avec papier à lettres.

— Je vois. Une enseigne clignotante ? Ça ferait tout aussi bien l'affaire.

— Le Motel… Motel Upland, dit Flora en se creusant la cervelle. Je crois. Peut-être.

— Motel Upland, répéta D.D. Un nom typique de certaines régions. On peut déjà partir de là. »

Flora se frotta les bras et recommença à faire les cent pas.

D.D. hésita. Puis décida qu'au point où elle en était…

« Flora, je ne pense pas qu'Evelyn ait été la victime de Conrad. Elle est d'ici, elle a de la famille à Cambridge.

— Vous la connaissez ?

— Disons simplement que je ne suis pas plus surprise que ça de ce qui vient de se passer. La dernière fois que je lui ai parlé, elle venait juste de tuer son père "par accident". »

Flora releva brusquement la tête. D.D. avait désormais toute son attention et se trouvait soumise à son regard dur, un regard capable de convaincre n'importe qui de lui remettre tous ses objets de valeur ou de confesser ses péchés. D.D. comprit alors de quoi Flora avait réellement peur : elle craignait de ne pas avoir suffisamment parlé de Jacob. Et, pour avoir respecté son vœu de silence après son premier témoignage, d'avoir laissé d'autres victimes sur le bord de la route.

Pour une femme qui consacrait désormais sa vie à aider des survivantes, une telle idée devait être une torture.

« Flora, je crois que vous devriez venir avec moi. Il faut que vous voyiez quelqu'un.

— Pardon ? Où ça ?

— Accompagnez-moi au tribunal. Evelyn Carter doit être mise en accusation ce matin. Ce serait bien que vous la voyiez en chair et en os. Comme ça, vous sauriez exactement pour qui vous vous faites du souci. »

Les tribunaux sont des lieux où règne un genre de folie tout particulier. D.D. évitait autant que possible de s'y rendre, même si, dans son métier, c'était difficile. Le pire n'était pas tant les procès proprement dits. Ceux-là mettent en scène un nombre donné de protagonistes, dans une salle déterminée à l'avance – en réalité, ils sont beaucoup plus ennuyeux que tout ce qu'on peut voir à la télévision.

En revanche, les audiences matinales de mise en accusation sont une véritable foire d'empoigne, entre avocats à cran et prévenus désorientés (ou totalement assommés par une gueule de bois). Les accusés s'entassent pendant que les défenseurs commis d'office surmenés essaient d'identifier lequel de ces menottés sera son cavalier pour le bal. Les marches du tribunal sont encombrées de journalistes qui s'ennuient à cent sous de l'heure en attendant qu'il se passe quelque chose d'intéressant, de petits cercles d'avocats qui, serviette sous le bras, essaient de conclure des transactions et de familles qui se dévissent le cou pour apercevoir l'époux, l'enfant, l'ami ou autre qui vient de passer une nuit derrière les barreaux et qui risque de ne pas rentrer à la maison.

À l'intérieur, c'était pire, et D.D. dut se frayer un chemin dans la cohue à coups d'épaule, tout en suivant les panneaux pour trouver la bonne salle. Flora marchait avec raideur à côté d'elle, le front haut, et son œil gris semblait leur tailler un chemin au rayon laser. À un moment donné, un gangster musculeux et couvert de tatouages s'arrêta à côté de l'agent qui l'escortait le temps de la toiser.

Deux dominants qui se mesuraient du regard ? se demanda D.D. Duel de prédateurs ? Elle n'était jamais sûre de rien avec Flora, mais, une demi-seconde plus tard, le malfrat détournait les yeux le premier.

« Ça vous plaît, hein ? murmura D.D., qui venait de repérer Phil devant la porte de la salle d'audience.

— C'est vrai », reconnut Flora sans se fendre de la moindre explication.

« On en est encore à dérouler le rôle », annonça Phil en guise de bonjour. En tant qu'enquêteur chargé de l'affaire, lui avait une bonne raison de se trouver là, et D.D. voyait bien que sa présence l'exaspérait. Il n'entrait pas vraiment dans les missions d'une superviseuse de se rendre personnellement sur une scène de crime, ni d'assister à une audience de mise en accusation. Le fait qu'elle soit accompagnée de Flora n'arrangeait rien. Les deux anciens coéquipiers de D.D., Phil et Neil, avaient une opinion très mitigée sur cette adepte de l'autodéfense. Leur méfiance tenait pour une bonne part aux circonstances de leur rencontre : Flora, en tenue d'Ève et les mains ligotées devant elle, se tenait au-dessus du cadavre calciné d'un homme qui avait voulu la violer, de sorte que, quand Phil et Neil étaient arrivés, ils ne savaient plus qui des deux ils étaient venus arrêter.

Phil, qui se considérait comme la voix de la raison alors que D.D. avait tendance à foncer tête baissée, n'avait pas été ravi d'apprendre qu'elle avait recruté Flora comme indicatrice. Visiblement, il n'avait pas changé d'avis.

« Flora a reconnu la victime, lança d'emblée D.D. pour tuer les protestations de Phil dans l'œuf. Elle a rencontré Conrad Carter dans un bar à l'époque où elle était avec Jacob. »

La manœuvre s'avéra fructueuse. Phil passa aussitôt de la désapprobation paternelle à la curiosité d'enquêteur.

Malheureusement, si Phil ne portait pas Flora dans son cœur, c'était réciproque. « Je n'en dirai pas plus sur le sujet », le prévint-elle.

Phil reprit son air sévère, à l'intention de Flora comme de D.D.

« Je veux qu'elle voie Evelyn, expliqua cette dernière. Ça pourrait faire remonter des souvenirs. Ou l'aider à se faire une idée sur cette affaire. »

Phil se rendit à l'argument. « La mère est là, indiqua-t-il.

— C'était à prévoir.

— Et un bon avocat. Pas un commis d'office. Un pénaliste spécialisé dans les affaires criminelles, maître Dick Delaney.

— Génial. » D.D. leva les yeux au ciel. Elle avait déjà eu affaire à cet avocat aux cheveux argentés sur d'autres dossiers. C'était une pointure.

Phil ouvrit la porte. Ils furent d'abord frappés par la chaleur qui montait de la foule, puis par les coups de marteau autoritaires du juge qui s'efforçait de maintenir un semblant d'ordre dans ce qui était par définition un examen de dossiers à la chaîne. Déjà, deux huissiers faisaient sortir une jeune femme aux traits tirés, les cheveux ternes et le regard affolé, et une porte s'ouvrait sur le côté, laissant apparaître deux autres agents.

Pas de combinaison de prisonnière pour la suivante. Evie Carter se présenta, pâle et légèrement tremblante, vêtue d'un pantalon noir et d'un modeste cardigan crème qu'étirait légèrement son ventre arrondi. La jeune fille que D.D. avait rencontrée seize ans plus tôt était une adolescente terrifiée. La femme d'aujourd'hui avait toujours les mêmes cheveux châtain clair, mais coupés court, avec une frange qui mettait en valeur ses grands yeux marron. La tenue, devina D.D., avait été fournie par sa mère, Joyce ; celle-ci, assise au premier rang, avec ses cheveux blonds méchés dont pas un ne dépassait, couvait des yeux sa fille unique.

Evie elle-même, remarqua D.D., n'accorda pas un regard à sa mère en venant prendre place à côté de son avocat à la table de la défense. Elle avait les cheveux en bataille, les yeux cernés. L'élégance de la tenue ne changeait rien au fait qu'elle venait de passer une nuit en prison.

« C'est elle ? glissa Flora à l'oreille de D.D. Elle ne ressemble pas du tout à ce que j'imaginais.

— C'est sa mère qui l'a habillée », murmura D.D. en retour.

Flora hocha la tête, comme si cela expliquait tout.

« Madame le juge, commença la procureure du comté de Suffolk, Danielle Fitzpatrick. Le ministère public requiert des poursuites pour meurtre avec préméditation contre l'accusée, Evelyn Carter, dont le mari a été tué par balles. Étant donné la gravité des charges, nous demandons l'incarcération sans possibilité de libération sous caution.

— Madame le juge ! bondissait déjà maître Delaney. Ce chef d'inculpation est ridicule. Le ministère public n'a pas assez de preuves pour porter une accusation de préméditation, et vu l'état délicat de ma cliente…

— La cliente soi-disant délicate, reprit Fitzpatrick sur un ton sarcastique, a tiré trois fois sur son mari. Quant aux preuves, la police l'a trouvée sur les lieux du crime, l'arme encore à la main. J'ajoute que les tests ont confirmé la présence de résidus de tir et de sang sur ses mains. Nous estimons disposer d'éléments suffisants, madame le juge, et cela même sans aller chercher dans le passé de Mme Carter…

— Objection ! Cette remarque est irrecevable et parfaitement hors de propos. Si vous continuez à vous livrer à ce type d'insinuations sournoises, menaça Delaney en regardant Fitzpatrick d'un air furieux, je me verrai obligé de demander un dépaysement de l'affaire dans une ville où les jurés n'auront pas été influencés. »

Le juge abattit de nouveau son marteau. « Objection accordée, même si je ne sais pas très bien à propos de quelles insinuations sournoises vous vous écharpez. Il me semble que nous avons déjà bien assez de sujets de discussion avec l'affaire présente. »

Flora lança un regard interrogateur à D.D., qui lui glissa à l'oreille : « Evie a tué son père d'un coup de fusil quand elle avait seize ans. À l'époque, ça a été considéré comme un accident et il n'y a pas eu de poursuites – je suis bien placée pour le savoir, puisque j'ai moi-même participé à l'enquête. Delaney a raison : en l'absence de poursuites, ces faits n'ont pas à entrer en ligne de compte. Mais Fitzpatrick ne s'adresse pas au juge. Elle s'adresse aux journalistes, et je peux vous certifier qu'ils sont déjà en train de faire des pieds et des mains pour savoir ce qu'il y a dans le passé de Mme Carter qui vaut la peine de faire tant d'histoires. »

« Madame le juge, reprit maître Delaney. Ma cliente ne nie pas s'être trouvée sur les lieux du crime, ni même avoir tenu l'arme. Au contraire, elle est même prête à reconnaître qu'elle a tiré. Mais ce que Mme le procureur a omis de mentionner, ce sont les incohérences de la chronologie établie par la police. »

Le juge se tourna avec intérêt vers Fitzpatrick, tandis qu'à côté de D.D., Phil se raidissait. D.D. comprit une seconde plus tard. « Et merde ! »

« Madame le juge…, commença Fitzpatrick, mais Delaney était lancé.

— Huit minutes, madame le juge. Il s'est passé huit minutes entre le moment où les voisins ont signalé des coups de feu et celui où les policiers sont arrivés sur place et ont *à leur tour* entendu des coups de feu. Ceci parce qu'il n'y a pas eu qu'une seule série de tirs hier soir, mais bien deux. La première a coûté la vie au bien-aimé mari de ma cliente, au père de son enfant à naître. Or nous sommes en mesure de prouver, madame le juge, que ma cliente n'était même pas chez elle à l'heure de la mort de son mari. Elle n'est arrivée que plusieurs minutes plus tard et a découvert le corps. C'est là qu'elle a pris le pistolet. Et qu'elle a tiré.

« Elle est bien l'auteur de la deuxième série de coups de feu, madame le juge, mais c'est sur un ordinateur qu'elle a tiré. Et, soyons francs, qui n'a jamais eu envie de le faire ? Donc, oui, ma cliente a manipulé l'arme du crime et, oui, elle avait des résidus de tir sur les mains. Mais elle n'a pas tué son mari. Nous demandons le non-lieu et la libération immédiate de ma cliente. »

Le juge regarda Delaney, puis Fitzpatrick, qui avait désormais sa mine des mauvais jours, puis Delaney de nouveau.

« Bien, dit-elle, je vois que nous ne manquerons pas de sujets de discussion pendant le procès. Il existe suffisamment d'éléments de preuve à présenter pour que je ne prononce pas le non-lieu, mais j'autorise la libération sous caution. Cinq cent mille dollars, en espèces. »

Elle abattit son marteau. Evie Carter, qui à aucun moment ne s'était retournée, fut escortée hors de la salle. Un instant plus tard, tous les journalistes présents se ruaient vers la sortie.

Phil, D.D. et Flora restèrent sur le côté pour laisser le flot s'écouler.

« Je n'en reviens pas, murmura D.D. Elle va y arriver. » Elle croisa le regard de Phil, qui acquiesça.

« À quoi ? demanda Flora.

— Pour la seconde fois de sa vie, Evie Carter aura réussi à tuer en toute impunité. »

6

Flora

Mon père est mort quand j'étais petite. Dans un accident de voiture. Cela fait si longtemps que je ne me souviens plus vraiment de lui. Les images que j'ai dans la tête sont moins de vrais souvenirs que celles des photos que ma mère a gardées aux quatre coins de la maison.

Jacob, en revanche, l'homme qui m'a enlevée, violée, torturée… Six ans après, je rêve encore de lui environ trois ou quatre fois par semaine.

Samuel Keynes, mon victimologue attitré et psychologue émérite, a fait de son mieux pour m'expliquer ce phénomène. C'est une histoire de toute-puissance du ravisseur. Non seulement Jacob m'avait enlevée sur une plage et enfermée dans une caisse de la taille d'un cercueil pendant des jours et des jours, mais il a exercé un contrôle absolu sur les moindres aspects de mon existence. Je mangeais quand tel était son bon plaisir. Je buvais quand il m'en donnait l'autorisation. Je vivais, seconde après seconde, jour après jour, parce qu'il avait décidé de le permettre – jusqu'à nouvel ordre.

Le syndrome de Stockholm, c'est ce moment où un otage s'attache à son ravisseur, en partie parce que celui-ci détient un droit de vie ou de mort sur lui. Est-ce que je me suis attachée à Jacob ? Répondre à cette question n'est pas aussi simple que je le voudrais. Je le haïssais. Je le hais toujours. Je me donnais tous les jours beaucoup de mal pour survivre. Je comptais dans ma tête, en montant puis en descendant, pendant les longues heures où j'étais prisonnière de ma caisse. Je remuais les orteils, je bougeais les bras et les jambes autant que j'en avais la place. Et, quand enfin il me laissait sortir, j'observais, j'apprenais, je m'adaptais.

Je ne crois pas avoir jamais vraiment apprécié Jacob, ni l'avoir considéré comme un être humain. C'était un monstre, point barre. Mais un monstre qui tenait l'autre bout de ma laisse dans sa main, alors j'essayais de le comprendre. N'importe quoi pour survivre un jour de plus.

Cela dit, il n'y avait pas que des journées épouvantables. Pas que des moments atroces. Lorsque les semaines sont devenues des mois, il arrivait parfois à Jacob de revenir avec de petites surprises. Les DVD d'une série que j'adorais et dont je lui avais parlé. Des films qu'on allait regarder ensemble. Quand on parcourt de longues distances en poids lourd, il y a beaucoup de temps à tuer. Alors on cherchait des plaques d'immatriculation venant des cinquante États, on jouait au jeu de l'alphabet.

Je n'ai jamais cru Jacob humain. Mais parfois, comme beaucoup de prédateurs, il savait donner le change.

Et, encore aujourd'hui, il reste la relation la plus puissante que j'aie jamais nouée de ma vie.

C'est pour ça que je m'efforce de parler de lui le moins possible. Mais, si je veux être totalement honnête avec moi-même, je ne suis pas mécontente de rompre enfin la promesse que je m'étais faite de n'en parler qu'une seule fois. Pour tout dire, je suis soulagée d'expulser le monstre de ma tête.

Samuel accepte de me retrouver après le déjeuner. En tant que psychologue attaché au service d'aide aux victimes du FBI, il a un emploi du temps incroyablement chargé. Un grand nombre des affaires dont il s'occupe concernent des cadres d'entreprise kidnappés dans divers pays lointains. Son rôle consiste à aider les familles à comprendre le déroulement des événements, depuis les démarches effectuées par les autorités pour retrouver les ravisseurs jusqu'aux scénarios à prévoir lorsque leur proche rentrera. Il accompagne aussi les victimes elles-mêmes. Il met notamment au point une « stratégie de retour dans l'atmosphère » qui vise à les aider, elles et leur famille, à se réadapter au monde réel.

Il y a huit ans, j'ignorais totalement l'existence de tels programmes. Je ne me doutais pas le moins du monde que certaines personnes pouvaient avoir besoin d'un plan d'action en dix points pour réintégrer le « monde réel ».

Dernière mission du victimologue : soutenir la victime et son entourage au cours de ce qui peut être une très longue procédure judiciaire, qui exigera d'eux qu'ils fassent de nouvelles dépositions, se repenchent sur les précédentes, témoignent lors de telle audience, puis de telle autre. La création de ce service au sein du FBI a en partie été motivée par la recrudescence de crimes fortement médiatisés (par exemple, un enlèvement avec séquestration pendant cinq ans) ou ayant fait de nombreuses victimes (fusillades, attentats à la bombe, incendies criminels) ; dans ces cas-là, le traitement judiciaire peut prendre des années.

Imaginez ça : un jour, vous êtes une personne normale avec une famille ordinaire. Et, en un claquement de doigts, c'est fini. Vous êtes une jeune fille qui se réveille dans une caisse en forme de cercueil. Vous êtes sa maman qui, dans une ferme du Maine, reçoit un appel des amies de sa fille qui se demandent si, par hasard, elle ne serait pas rentrée de Floride sans les prévenir.

La machine se met en branle. La police locale, la police d'État, la police fédérale montent au créneau. Les journalistes font le siège dans le jardin. Et pour couronner le tout, une ou deux cartes postales narquoises de la part du ravisseur en personne viennent attiser les peurs, infliger de nouvelles terreurs.

Ma mère a dû apprendre à faire la tournée des grands médias nationaux. Samuel a fait partie de ceux qui l'y ont préparée. Comment s'habiller, quel discours tenir, comment humaniser sa fille aux yeux d'un mystérieux ravisseur pour augmenter les chances qu'il la garde en vie. Darwin, mon frère, est rentré de l'université pour organiser une campagne sur les réseaux sociaux. Là encore, sur les conseils de Samuel. Poster des photos de mon enfance. Des témoignages de mes amis. Franchement, je ne sais pas comment ils ont tenu le coup. Cela fait partie de ces sujets que nous n'abordons jamais, encore aujourd'hui. Je ne raconte pas la période que j'ai passée avec Jacob parce que je ne veux pas les faire souffrir. Et eux n'évoquent pas les quatre cent soixante-douze jours où ils ont constamment vécu dans la peur de ne pas en faire assez pour moi, voire, par inexpérience, de rendre mon meurtre plus aisé à mon agresseur.

Samuel les a aidés. Je le sais. Et un lien s'est noué entre ma mère et lui. Ils en sont restés là pendant des années. Du fait de Samuel, j'imagine. Cet homme dissimule ses sentiments sous une carapace dure comme pierre.

Mais mon programme de retour dans l'atmosphère a été beaucoup plus court que bien d'autres. Jacob était mort, donc pas de procès. Samuel m'a accompagnée pendant une bonne année après ma libération. Il voulait être certain que je connaissais les ressources à ma disposition, il m'encourageait à me servir de cette « boîte à outils », comme il disait. Voilà longtemps qu'il aurait dû couper les ponts avec moi. Il y a six ans que j'ai retrouvé le monde réel, la « stratégie de retour » ne devrait plus être qu'un lointain chapitre de ma vie, mais Samuel a toujours répondu à mes appels et ce matin, alors que j'étais au bord de la crise d'hystérie, il n'a pas moufté.

Et donc, nous y revoilà. Les années ont passé et nous en sommes encore à ressasser cette vieille histoire.

« Assieds-toi. » Samuel m'a accueillie dans le hall du FBI et nous sommes montés dans les étages. Son bureau n'est pas immense, mais il a des fenêtres, ce qui, je suppose, confère un certain prestige à son occupant.

Incapable de m'asseoir, je fais les cent pas. Il y a la place pour trois pas dans un sens, deux dans l'autre. Il lui faut vraiment un plus grand bureau.

J'ai laissé D.D. au tribunal. Elle n'était pas contente, elle aurait voulu m'accompagner à ce rendez-vous, mais nous savions toutes les deux que c'était exclu. J'ai beau être son indic, je n'obéis jamais qu'à mes propres règles. Et son côté bougon n'avait rien de nouveau pour moi.

« Je veux voir le dossier, dis-je de but en blanc. Le FBI doit avoir un dossier sur Jacob. Je veux le lire. De la première à la dernière page.

— Assieds-toi, répète Samuel.

— Est-ce qu'on le soupçonne d'avoir trempé dans d'autres crimes, meurtres, disparitions ? J'ai dit ce que j'avais vu. Je te l'ai confié. Mais je n'ai passé qu'une année avec lui. Et on sait tous les deux que je ne pouvais en aucun cas être sa première victime. Il avait commencé bien avant moi. »

Samuel se tient derrière son bureau. Il est connu pour le soin qu'il apporte à ses tenues ; aujourd'hui, son costume gris anthracite à la coupe impeccable ressemble à du Armani, qu'il a accompagné d'une chemise gris clair à col et poignets blancs et d'une cravate en soie bleu profond. Comment il peut avoir les moyens de s'offrir une telle garde-robe, sans parler de sa Lexus, cela fait partie des nombreuses questions qu'il n'évoque jamais. J'ai mes secrets. Il a les siens. C'est ce que j'aime chez lui.

Puisque je refuse de m'asseoir, il m'imite et marche les mains jointes dans le dos. Ses yeux frangés de cils noirs reflètent un parfait sérieux et son crâne rasé façon « Black Is Beautiful » brille sous les lampes. J'imagine que ça lui prend pas mal de temps de se préparer chaque matin. Tailler son bouc effilé. Choisir le costume, la chemise, la cravate du jour. Sans oublier sa collection de chaussures sur mesure et de manteaux en cachemire. Samuel est un homme d'une beauté effarante. Il joue de son élégance pour tirer un meilleur parti encore de ses talents. Si les autres sont assez stupides pour se laisser distraire par l'emballage, c'est leur problème, pas le sien.

Moi, au contraire, je suis en jean, rangers usées et sweat à capuche : l'uniforme universel des citadins plus ou moins marginaux. Quand je suis revenue après mon enlèvement, ma mère m'a acheté des robes d'été colorées, mais je ne les ai jamais portées. C'est seulement depuis peu qu'elle a renoncé à faire du shopping pour moi. Je me demande si c'est parce qu'elle a enfin compris que je suis comme ça, désormais, ou si Samuel a plaidé ma cause. Les deux sont possibles.

« Tu es certaine que ce Conrad Carter est bien l'homme que tu as vu dans un bar ? » me demande Samuel, qui fait demi-tour devant le mur pour revenir vers moi. Il passe derrière l'un des deux fauteuils qui se font face ; je passe derrière l'autre.

« Certaine.

— Et il était là pour voir Jacob ?

— Aucun doute ! Non seulement il s'est assis à côté de nous, mais Jacob s'est tourné vers lui. Et il lui a… fait la conversation. Lui qui ne parlait jamais à personne. »

Samuel penche la tête sur le côté et me regarde sans ciller, tandis que nous atteignons les coins opposés du petit bureau.

« Je crois qu'ils avaient un accord, dis-je. Que Conrad était là pour moi. Comme si… Jacob m'avait plus ou moins offerte à ce type. Il y a des prédateurs qui font ça, tu sais. Ils prostituent leurs victimes. D'ailleurs, Jacob m'avait peut-être vendue en échange de drogue. Il était clairement dans une période de forte consommation. »

Samuel hoche la tête. « Il avait déjà fait ça ?

— Non. Mais il lui arrivait de choisir un type au hasard dans un bar et de me donner l'ordre de le séduire. »

Nouveau hochement de tête. Nouveau regard pénétrant. Samuel a des yeux couleur de chocolat fondu. Quand il use de ses armes comme ça, je me pose toujours une question : si je suis la créature de Jacob Ness, qui a été le mauvais génie de Samuel ?

« Certains prédateurs se parlent entre eux, dis-je. Ils échangent des astuces sur des forums, sur des sites hypercryptés. »

Samuel confirme.

« Alors peut-être que ce Conrad était un monstre, lui aussi, et qu'ils étaient entrés en relation par un moyen ou un autre… Jacob avait un ordinateur portable dans le camion. Ils avaient dû se donner rendez-vous pour la soirée sur un forum. Jacob m'avait promise à Conrad. En échange de quoi, ça, je ne sais pas. De la drogue, une nouvelle victime.

— Mais tu n'es pas repartie avec Conrad.

— Non. J'ai bu et mangé jusqu'à me faire vomir. Ça a un peu gâché l'ambiance.

— Tu t'es rendue malade exprès ?

— Oui.

— Parce que si tu avais ouvertement désobéi à Jacob, cela t'aurait valu une punition, et peut-être la mort. Et même chose, je suppose, si tu avais couché avec Conrad ? »

Je ne m'étais jamais formulé les choses aussi nettement, mais ça se tenait.

« Tu as analysé la situation. Tu t'es fiée à ton instinct. Et tu t'en es sortie. »

Je soupire et frappe le dossier du fauteuil. « Samuel ! Je ne suis pas là pour que tu me remontes le moral, merde. Je veux ce fichu dossier. Tu bosses au FBI, le FBI adore les dossiers, alors donne-le-moi ! »

Samuel sourit. Dans ces cas-là, il est à tomber. Je souhaite bien du courage à ma maman, parce que aucun homme d'une telle beauté ne peut être facile tous les jours.

« Non, dit-il.

— Comment ça…

— Non. N-O-N. Non. Je ne te donnerai pas ce dossier.

— Mais c'est n'importe quoi…

— C'est le règlement du FBI. Tu n'es ni agent ni membre des forces de l'ordre…

— Je suis indicatrice pour la police de Boston ! »

Il n'en démord pas. « Tu n'as pas à accéder à ce dossier.

— Non, mais je rêve ! Sans moi, vous n'auriez même pas de dossier Jacob Ness. La moitié de ce qu'il contient, c'est mon histoire. La mienne !

— Techniquement, c'est sans l'agent spécial Kimberly Quincy que nous n'aurions pas de dossier Jacob Ness. C'est elle qui a remonté la piste jusqu'à l'hôtel où il s'était retranché avec toi. Elle qui a monté le dossier. Elle qui a demandé à une équipe du SWAT de donner l'assaut. »

Je me souviens d'elle. Vaguement. Pendant ces premiers instants, ces premières heures, quand ils ont fait sauter la porte de la chambre d'hôtel… je crois que je vivais une expérience de sortie du corps. Je regardais tout ça comme un film, comme si c'était en train d'arriver à quelqu'un d'autre. Lorsqu'elle s'est approchée de moi et qu'elle m'a demandé mon nom, je l'ai dévisagée sans comprendre. Mon nom ? Il m'avait fallu un temps invraisemblable pour répondre à cette question.

Plus tard, j'ai lu les récits d'autres survivants qui étaient passés par là. La première chose que fait un ravisseur, c'est de vous priver de votre identité ; Jacob m'avait obligée à répondre au nom de Molly. Autrement dit, ce n'était pas une simple question que me posait l'agent spécial Quincy à ce moment-là ; c'était un premier pas qu'elle me faisait faire vers celle que j'avais été autrefois.

Et que je ne suis jamais redevenue.

« C'est mon dossier. » J'insiste, mais ma voix a pris des accents de supplication. Je me rends compte que je suis au bord des larmes. Moi qui ne pleure jamais. Je ne sais pas ce qui se passe. Depuis que je me suis réveillée ce matin, depuis que j'ai allumé la télé et que j'ai vu le visage de ce type assassiné… je ne suis plus moi-même. Je ne sais plus qui je suis. Je pédale dans la semoule.

« Flora, finit par me dire Samuel, fais-moi le plaisir de t'asseoir. »

Cette fois-ci, j'obéis. Je m'effondre dans un des fauteuils en cuir. Ils sont durs, glissants, et je les déteste. Mais, une fois assise, j'ai l'impression que je ne me relèverai plus jamais. C'était pour cette raison qu'il était hors de question que D.D. m'accompagne.

Elle ne le sait pas encore, mais je ne suis pas toujours Flora Dane.

Il y a des moments, même après toutes ces années, où je suis encore la victime de Jacob. À cet instant, je cache mon visage entre mes mains et je refuse de regarder Samuel, parce que je ne veux pas non plus qu'il me voie dans cet état. En plein désarroi. La tête à l'envers. Comme si, de nouveau, je n'existais plus et qu'il n'y avait que cette petite fille apeurée, affolée à l'idée que Jacob revienne d'une seconde à l'autre, encore plus terrorisée à l'idée qu'il ne le fasse pas et que ce soit la fin. Je vais mourir toute seule dans une caisse en bois et ma mère ne retrouvera jamais mon corps.

Ma mère, si différente à la télévision. Dans des tenues qui n'étaient pas à elle. Mais qui parlait d'une voix qui ne se brisait jamais. Solide comme un roc. Et puis ce pendentif en argent qu'elle portait au creux de la gorge. Un renard, pour me montrer, où que je sois, à des centaines ou à des milliers de kilomètres de là, à quel point elle m'aimait encore.

Je me balance d'avant en arrière. Sans faire le moindre bruit, puisque je ne peux pas me permettre de réveiller Jacob. Sauf qu'il est mort. Sauf qu'il est encore dans ma tête. Sauf que je voudrais que ça s'arrête. Je voudrais que ce ne soit jamais arrivé. Jamais je ne m'en remettrai.

Samuel s'assoit. Je ne suis que vaguement consciente de ses mouvements. À tous les coups, il a mis ses mains élégantes en clocher devant lui. Sa position d'écoute patiente. Si je suis un abîme de ténèbres, lui est un puits de sérénité. Je lui en veux pour ça. En même temps, j'en veux à la terre entière en ce moment. Et à moi-même plus qu'à n'importe qui d'autre.

« Il y a eu d'autres victimes, finis-je par murmurer sans lever les yeux.

— Oui.

— Leurs noms se trouvent dans le dossier de Jacob.

— Oui.

— Tu ne veux pas que je sache. Tu penses que je vais m'en servir pour me torturer un peu plus chaque soir.

— Oui.

— Combien ? »

Il refuse de répondre.

« Est-ce que j'aurais pu y changer quelque chose ? Si je m'étais évadée plus tôt ? Si j'avais davantage coopéré avec l'agent spécial ? » Ma voix menace de se briser.

« Non.

— Alors laisse-moi voir le dossier.

— Non. » Il écarte les doigts, se penche en avant. « Parce que entre le fait que moi, je sache que tu n'y pouvais rien et le fait que toi, tu en sois convaincue, il y a une différence. »

Je sais ce qu'il veut dire. La culpabilité du survivant. Le pire des maux dont souffrent les gens comme moi.

« J'aurais dû lui parler de Conrad. À Quincy. J'aurais dû signaler certaines de nos sorties dans des bars.

— Est-ce que tu sais quand elles ont eu lieu ?

— Le soir.

— Mais quel jour, quelle semaine, quel mois ?

— Je ne sais pas. En hiver. Quelque part dans le Sud.

— Dans quels bars ? Tu as une liste de noms ? »

Je secoue la tête.

« Et les hommes ? Tu connaissais le nom de Conrad Carter ? »

Je plisse le front. « Je crois… peut-être qu'il a donné son prénom.

— Et les autres ?

— Je… je ne sais pas.

— Donc, à des dates inconnues, Jacob t'a emmenée dans des bars inconnus dans des régions inconnues pour rencontrer des inconnus. C'est bien résumé ? »

Je rougis. « J'aurais pu la prévenir qu'il était en réseau avec d'autres criminels. Pour qu'elle fouille son ordinateur.

— À l'époque, tu n'en savais pas autant sur les prédateurs, Flora. C'est seulement à ton retour que tu t'es renseignée sur leur psychologie, ça fait partie des stratégies de reconstruction que tu as mises en œuvre. L'agent spécial Quincy en revanche est la fille d'un des meilleurs profileurs du FBI, une vraie légende. Je peux t'assurer qu'elle a fouillé l'ordinateur de Jacob.

— Et qu'est-ce qu'elle a trouvé ?

— Je ne sais pas. Je suis victimologue, pas agent spécial. Sa mission était de te secourir à l'époque, la mienne est de te secourir maintenant.

— Ben voyons. »

Le sourire lui revient, et c'est peut-être juste mon imagination, mais il semble soulagé de mon sursaut de rancœur.

« Flora, quels sont les pires ennemis du survivant ?

— Les j'aurais-pu, j'aurais-dû, il-aurait-fallu », récité-je. Ce n'est pas la première fois que nous avons cette conversation.

« Le passé, c'est le passé. Tu as gagné. Jacob a perdu. Inutile de refaire la partie.

— Tu ne vas pas me donner le dossier.

— Non.

— Mais tu sais très bien que je ne vais pas renoncer aussi facilement.

— Disons que je te connais un peu. »

Il sourit une nouvelle fois, mais d'un air grave. Nous savons l'un comme l'autre que je ne vais pas lâcher l'affaire. Je comprends que, de son point de vue de spécialiste, c'est un mauvais choix de ma part. Que je risque d'y laisser des plumes. Ma mère aussi, d'ailleurs. Et malgré cela...

« Je suis désolée. » Inutile de préciser de quoi je m'excuse.

Il pense peut-être que je vais contacter directement l'agent spécial Quincy. Je ne lui ai jamais reparlé depuis ce jour-là. Je me souviens à peine de son visage. Mais mon sauvetage a sans doute été l'un des grands moments de sa carrière, il y a donc de fortes chances qu'elle prenne mon appel. Et peut-être même qu'elle me donne quelques bribes d'information.

Cela dit, depuis ma libération, j'ai consacré beaucoup de temps à me renseigner sur les criminels, mais aussi sur les diverses forces de police. Le FBI est une institution engoncée dans ses traditions, rigide, conservatrice, et y avoir la langue trop bien pendue est le meilleur moyen de se faire renvoyer. Ce que cet agent spécial pourrait me confier ne serait jamais assez pour moi et risquerait quand même de lui faire du tort.

Ce n'est pas pour rien que le commandant Warren m'a recrutée. La police a ses sources. Et j'ai les miennes.

Alors je sais qui je vais contacter. Un homme qui attend ce moment depuis six ans. Qui m'a inondée de messages, gentils, fanfarons, provocateurs ou même carrément geignards.

Jusqu'ici, je l'ai toujours ignoré.

Mais voilà que, par la grâce d'un assassinat, je vais faire de lui le plus heureux des hommes.

Je n'ai pas besoin du FBI, en fin de compte.

Tout ce qu'il me faut, c'est un type passionné de faits divers.

Je me lève. Samuel peut lire sur mon visage que j'ai pris une décision. Voilà à quel point on se connaît. À quel point il tient à moi.

« Sois prudente, me glisse-t-il tout bas.

— Soutiens-la », réponds-je, parce qu'à coup sûr, ce que je m'apprête à faire va briser le cœur de ma mère.

7

Evie

Est-ce qu'il vous arrive de vous sentir seul dans une pièce noire de monde ? De ne pas comprendre ce qu'il y a de drôle quand les autres rient ? D'avoir l'impression que tout le monde sait quelque chose (le secret de la vie, le véritable sens du bonheur) qui vous restera à jamais inaccessible ?

C'est ce que j'ai toujours ressenti.

Même quand mon père était encore en vie.

Ma mère me conduit à la maison. Dans la voiture, elle parle avec animation, sans tenir le moindre compte de mon mutisme. Ce n'est pas grave. Ma mère n'a jamais eu que faire de mes idées ou de mes opinions, et de toute façon, la plupart de ses questions sont purement rhétoriques.

Je me surprends à penser qu'elle aura bientôt soixante ans. L'âge d'être grand-mère, ce qui est logique, puisque je porte son premier petit-enfant. Mais on ne lui en donnerait pas plus de cinquante. En fait, je parie qu'aujourd'hui elle a l'air plus jeune et en meilleure forme que moi. Une coiffure à la Jane Fonda, chaque mèche à sa place. Son éternel collier de perles autour du cou. Un pull en cachemire vert tendre sur un pantalon couleur fauve. L'incarnation même de Cambridge. Ma mère ressemble à ce que, dans son esprit, elle ne cessera jamais d'être : une épouse de professeur.

Elle a payé un demi-million de dollars, en liquide, pour le plaisir de ma compagnie. Je ne lui demande pas où elle a trouvé une telle somme. Est-ce qu'elle a hypothéqué la maison ? Ça doit prendre davantage que quelques heures. Peut-être qu'elle a puisé dans un compte en Suisse, dans ce qui reste de l'assurance-vie de mon père. Qu'est-ce que j'en sais ?

Nous sommes toujours restées en contact, pendant toutes ces années. Plus ou moins. Elle vous dirait que, si nous sommes un peu en froid, c'est ma faute – à supposer qu'elle admette que notre relation n'est pas tout à fait sans nuages. Ma mère fait partie de ces femmes qui n'ont jamais de problèmes. Ou mieux : les problèmes n'ont pas l'audace de venir la contrarier.

Elle n'a pas quitté la maison qu'elle avait partagée avec mon père. Elle a passé un an vêtue de noir – en tenue de grand deuil, je crois que c'est comme ça qu'on disait autrefois. Elle a joué à fond la carte de la tragédie. Son tendre époux, fauché au sommet de sa carrière de génie. Sa malheureuse enfant, qui certainement ne se remettrait jamais d'un drame aussi atroce.

Un an. Jour pour jour. Et ensuite, telle l'héroïne d'un quelconque roman du XIXe siècle, elle a quitté ses tailleurs Chanel noirs pour retrouver sa palette habituelle de couleurs printanières. Et elle a endossé le rôle, ô combien important, de gardienne de l'Œuvre de son mari.

L'œuvre de mon père ? Là encore, il ne faut pas me demander. Il participait à un grand nombre de projets. Il était certainement en train de travailler à des théorèmes, des théories, des programmes de recherche, des articles scientifiques. Ses divers assistants ont dû s'empresser de combler le vide qu'il a laissé. Quant à ce que ma mère pouvait y apporter de plus, avec ses pulls en cachemire et ses perles Mikimoto, je n'en ai aucune idée.

Mais elle a continué de recevoir la fine fleur du corps enseignant d'Harvard. Je pense qu'au début, les gens étaient attirés par le parfum de drame. Dans les milieux universitaires, ce type de malheureux accident n'est pas si fréquent. Mais il semblerait que le charme de ma mère l'ait ensuite emporté. Seize ans plus tard, elle est toujours entourée d'une cour de grands esprits.

Il n'y a que moi qui garde mes distances.

Conrad a essayé de nous rabibocher. Au début, à l'époque où il croyait encore possible de sauver ma relation avec ma mère. « C'est une femme charmante », ne cessait-il de me répéter. Et moi je hochais la tête, parce que c'est vrai que ma mère est une femme charmante. Et séduisante, et intelligente. Tout ça est indéniable.

N'empêche qu'elle est aussi sacrément frappée.

Personne n'a envie d'entendre ce genre de chose, mais mon père l'avait compris. Pendant ses scènes les plus pénibles, quand elle partait dans ces grandes tirades dont elle avait le secret, il me lançait des clins d'œil complices. Mais son type de folie lui convenait, je crois.

Ma mère n'est pas méchante, du moins pas volontairement. Elle n'est ni violente ni cruelle. Elle est juste... dans son monde. Elle ne voit que ce qu'elle a envie de voir, ne sait que ce qu'elle a envie de savoir, ne croit que ce qu'elle a envie de croire, et ça ne changera jamais. Je pense que pour mon père, qui vivait au royaume de l'abstraction, elle était agréablement concrète. Avec elle, on savait toujours exactement où on en était : on pouvait rester détaché, l'observer de l'extérieur. Et puis, elle vénérait l'intelligence supérieure de mon père, elle était réellement fière d'avoir épousé un des plus grands esprits mathématiques de son époque. Enfin, et surtout, dans mon enfance j'entendais des bruits qui (comme je l'ai compris plus tard, une fois adulte) indiquaient que mes parents avaient une vie sexuelle très épanouie.

Leur couple fonctionnait.

Autant dire que nos problèmes ne viennent pas du fait que ma mère n'aimait pas son mari. Ni que moi je n'aimais pas mon père. C'est plutôt que chacune de nous, pour des raisons différentes, le voulait pour elle toute seule.

Ma mère tourne dans notre allée. Toujours cette monumentale demeure coloniale. Peinture grise traditionnelle, volets noirs, boiseries blanches. Ma mère respecte un calendrier d'entretien très strict – que ce soit pour sa coupe de cheveux, son visage ou sa

103

maison. Je crois que la peinture extérieure est refaite tous les cinq ans. Elle vous dirait que beaucoup de gens attendent jusqu'à sept ou dix ans, mais pourquoi vivre de trois à cinq ans dans une maison à la façade défraîchie, quand elle peut avoir l'air comme neuve en permanence ?

Dans la véranda, deux fauteuils Adirondack blancs encadrent une immense porte noire flanquée de vitraux. En cette saison, la porte est festonnée d'une guirlande de Noël composée de divers végétaux et de baies de saison. À côté des fauteuils, d'énormes pots contiennent des rameaux d'épicéa, des branchages qui semblent couverts de givre, des nœuds rouges et des pommes de pin.

Conrad et moi n'avions même pas encore acheté de sapin.

Encore ce coup au cœur. Je m'interdis de penser à la rampe, au bureau, à l'odeur. Mon mari. Mon père. Trop de sang.

Ma vie se résume à ça : trop de sang.

Et maintenant, retour à la case départ.

Ma mère coupe le moteur de sa Lexus. Se tourne vers moi. Et sourit.

« J'ai fait de mon mieux sans toi, dit-elle alors que nous entrons dans la maison. Mais maintenant que tu es là, tu vas pouvoir m'aider à prendre les dernières décisions. Quand connaîtras-tu le sexe du bébé ? Bientôt, non ? Je ne sais plus exactement quand ils savent dire ces choses-là, mais avec les technologies modernes, tout est possible. »

Je ne sais absolument pas de quoi elle parle, je n'écoute son verbiage que d'une oreille en retrouvant la maison de mon enfance, cette maison que j'évite autant que possible depuis seize ans.

Comme beaucoup de demeures historiques, elle n'a pas de garage. Ma mère laisse sa voiture dans l'allée ; l'hiver, elle paie des étudiants pour qu'ils la déneigent. Puisque nous sommes seules aujourd'hui, nous entrons par la porte de service qui donne dans la cuisine. Mais, pour faire son petit effet, ma mère préfère accueillir les visiteurs à la porte d'entrée, même les amis de longue date ; ça met mieux en valeur la splendeur de la maison, et notamment l'immense portrait de famille. J'avais quatre ans quand ma mère a fait faire cette peinture à l'huile. J'étais bien trop jeune pour me rendre compte que personne ne devrait jamais être représenté dans une robe blanche en forme de meringue, un énorme nœud blanc dans les cheveux. Ma mère est assise dans une bergère, dont le tissu avait été changé de manière à être presque de la même nuance de bleu que ses yeux. Mon père se tient derrière nous ; une main posée sur l'épaule de sa femme, il adresse au peintre un sourire bienveillant. Il porte une veste en tweed grise sur un veston vert foncé. Son visage est légèrement arrondi, sa barbe d'un blond-roux taillée à la perfection. Il a l'air gentil et puissant, peut-être un brin perplexe devant toute cette mise en scène.

Quand j'étais petite et que mon père travaillait tard, je grimpais sur le fauteuil pour toucher le portrait et son sourire aux coins relevés.

Je murmurais : « Je t'aime, papa », et je me dépêchais de redescendre avant que quelqu'un (ma mère) ne me surprenne.

Je n'entre pas dans le petit séjour, mais la vue du salon de réception, en face, est aussi un crève-cœur. Le piano demi-queue dont je jouais des heures durant pendant que mon père se détendait dans le canapé. Les partitions, toujours empilées sur le couvercle fermé. Cette subtile odeur de cire et de pipe. Et, dans un coin, la table à jeux octogonale qu'on déplaçait pour les soirées poker.

J'imagine qu'elle sert toujours, étant donné la vie mondaine que mène ma mère, mais je préfère ne pas y penser. Dans mon esprit, c'est la table à jeux de mon père. C'est la maison de ma mère, mais c'est la table à jeux de mon père et c'est mon piano.

Et puis il y a la cuisine, où mon père est mort.

Ma mère tend la main pour attraper mon manteau, avant de se souvenir que je n'en ai pas. Elle range le sien dans la penderie de l'entrée. Elle parle toujours. Je hoche la tête, absente.

Nous passons devant le bureau de mon père, et ni l'une ni l'autre ne tourne la tête. Je n'ai pas besoin de regarder pour savoir que les murs sont toujours tapissés de prix et de distinctions honorifiques et que ses stylos préférés sont encore éparpillés sur le bureau, à côté du bloc-notes jaune où restent griffonnées ses dernières pensées. Les premières années après sa mort, je sentais son odeur chaque fois que j'entrais. Le murmure de sa lotion après-rasage. Une fragrance importée à grands frais d'Angleterre, rien que pour lui. Bois de santal, une note de citron et de je ne sais quoi.

Autrefois, c'était comme ça que je savais qu'il était rentré. Je sentais les effluves de son après-rasage qui flottaient dans la maison.

Mais là, je ne sens rien. En seize ans, les parfums s'estompent, même si ma mère et moi répugnons à perdre celui-là.

« Ta suite est prête pour toi, bien sûr. »

Je hoche de nouveau la tête. À l'exception de la cuisine, ma mère n'a rien changé dans la maison. Mais alors, vraiment rien, ce qui a bien fait rire Conrad la première fois qu'il est venu.

« *Non, tu veux dire que c'est ton lit de petite fille ?* s'était-il exclamé en rebondissant sur la couette de gamine. *Ça me donne l'impression de commettre un détournement de mineure. Et si j'étais un séduisant mauvais garçon qui s'était introduit en douce dans ta chambre une fois tes parents couchés ? Ça te fait fantasmer, le genre ado rebelle à la James Dean ?* »

Je m'étais contentée de sourire. La lycéenne que j'avais été n'attirait pas l'attention des garçons, mauvais ou pas. J'étais réservée, mal dans ma peau ; et, après la mort de mon père, je faisais carrément peur.

Quand j'ai rencontré Conrad… Il était le premier à me voir réellement. À me dire que j'étais sexy, attirante, la fille de ses rêves. Pour lui, je m'étais remise à vivre. Pour lui, j'avais commencé à croire aux secondes chances.

Quelle naïveté.

J'ai les joues mouillées. Suis-je en train de pleurer ? Mais je ne veux pas pleurer. J'aimerais surtout prendre une douche.

Ma mère commence à monter le grand escalier à la courbe majestueuse qui domine le cœur de la maison. Je la suis à l'étage où, de fait, ma chambre est exactement telle que je l'ai laissée.

« La chambre d'enfant sera là, indique ma mère. Je me doute que tu la veux aussi proche de toi que possible, mais je ne voulais pas non plus qu'elle soit trop loin de moi, pour pouvoir t'aider. »

Je prends conscience de l'endroit où nous nous trouvons. Cette pièce faisait autrefois partie de ma suite ; c'était un dressing de taille respectable, fait pour contenir les dizaines de robes dont ma mère était persuadée que j'aimerais un jour les porter.

Mais on n'y trouve plus ni étagères, ni palettes de maquillage, ni embauchoirs à chaussures. Elle a été repeinte en vert pastel et contient un joli berceau blanc avec sa table à langer assortie.

Je regarde ma mère d'un air ébahi. Il y a à peine quelques semaines que je l'ai appelée pour lui annoncer ma grossesse. Et pas seulement parce qu'il avait fallu m'armer de courage pour reprendre contact avec elle, mais aussi parce que Conrad et moi voulions garder le secret pendant le premier trimestre. Notre bébé. Notre famille. Notre réussite.

Nous dormions blottis l'un contre l'autre, ses mains sur mon ventre encore plat. Tout avait l'air pareil, mais la sensation était différente.

« Comment… quand as-tu… ? » J'en reste sans voix.

« Je n'aime pas ce vert sauge, explique-t-elle d'une voix qui n'admet pas la réplique. C'est ce qu'on fait de mieux comme couleur unisexe, mais je trouve ça banal. La pièce elle-même manque d'imagination et ça ne convient pas. Il faut bien que tu te dises, Evelyn, que ton bébé aura peut-être dès le début une intelligence hors norme. La chambre doit être conçue pour stimuler et nourrir au mieux un tel esprit. Est-ce que tu écoutes du Bach ? Est-ce que tu lis à voix haute au bébé ? Encore mieux : et si tu lui jouais du piano ? C'est une expérience auditive, mais aussi sensorielle, ça lui sera extrêmement bénéfique. »

Je suis toujours bouche bée. Je ne sais que dire, que faire. J'ai beau m'attendre à tout et n'importe quoi de la part de ma mère, ce coup-ci elle m'a prise au dépourvu.

J'en viens à me demander si c'est pour me libérer qu'elle a payé la caution ou bien pour sauver le prochain génie de la famille. Et si jamais j'étais condamnée pour meurtre et envoyée en prison, et qu'il ne restait plus qu'elle pour élever le bébé, est-ce qu'elle y verrait le moindre inconvénient ?

« Il faut que je prenne une douche, dis-je comme une automate.

— Je t'en prie. J'ai pris la liberté d'acheter quelques vêtements de maternité pour toi. Tu les trouveras dans la penderie. »

Là encore : quand ça ? Comment ? Et est-ce que j'ai vraiment envie de le savoir ?

Je me surprends à observer ma mère. Sa coiffure élégante, son visage parfaitement maquillé. Elle a vraiment de beaux yeux bleus. Elle me regarde d'un air candide et ça me donne la chair de poule, parce qu'il n'y a pas une once de candeur en elle. Comme si elle lisait dans mes pensées, elle ajoute : « Ne t'en fais pas pour tes cours. J'ai déjà appelé la principale du lycée pour la prévenir que tu ne reviendrais pas.

— Tu as *donné ma démission* ?

— Qu'est-ce que tu t'imaginais ? Il va y avoir un procès pour meurtre, tu sais. Il n'était pas envisageable que tu te rendes tous les jours dans ce lycée public tant que cette histoire absurde ne serait pas réglée. Et, à ce moment-là, tu seras à la veille d'accoucher. Autant prévenir tout de suite l'administration. »

Tout paraît si logique dans sa bouche. Envolé, le travail que j'adorais, d'un simple claquement de doigts. Mais c'est vrai, qu'est-ce que je m'imaginais ?

« Tu n'as pas envie de savoir ? lui dis-je dans un souffle.

— Savoir quoi, ma chérie ?

— Si je l'ai tué. Si j'ai tiré sur mon mari. »

Elle me tapote le bras. « Ne t'en fais pas pour ça, mon cœur. Les autres te jugeront. Ils se poseront des questions. Et c'est pour ça que la famille est importante. Entre nous, on se comprend. Je sais tout ce que j'ai besoin de savoir sur toi et Conrad.

— C'est-à-dire ? »

Elle me regarde bien en face avec ses grands yeux bleus. « Mais que c'était un accident, bien sûr. Juste un malheureux accident. »

8

D.D.

« Il faut qu'on sache au plus vite tout ce qu'il y a à savoir sur ce couple », dit D.D. Phil et elle avaient regagné le QG de la police de Boston. Phil était calé au fond de son fauteuil de bureau, les mains derrière la tête. D.D. décrivait de petits cercles en marchant. Chacun sa manière d'activer ses cellules grises.

« Conrad Carter, trente-neuf ans. Pas de casier judiciaire. Pas de proche parent en vie, énuméra Phil.

— Quelle plaie.

— Il travaillait pour un grand fabricant de fenêtres. J'ai déjà parlé au big boss. Devine quoi ?

— Tout le monde l'appréciait, personne ne le connaissait vraiment ? tenta D.D.

— Tout juste. Il travaillait depuis son domicile. Il avait une réputation de très bon vendeur. Toujours à jour pour ses devis, réponses aux appels d'offres, cahiers des charges clients. Son supérieur n'avait aucun reproche à lui faire. Cela dit, il ne le voyait qu'une fois par mois pour les réunions de service. Il ne savait même pas que sa femme et lui attendaient un enfant avant de l'apprendre aux infos.

— Une femme enceinte qui tire accidentellement sur son mari. Trois fois de suite, marmonna D.D. La presse va s'en donner à cœur joie.

— Drôlement compliquée, cette affaire soi-disant simple comme bonjour... », reconnut Phil avant de bâiller.

Elle lui lança un regard noir.

« Hé, protesta-t-il, c'est moi qui viens de passer la moitié de la nuit sur la scène de crime, madame la superviseuse.

— Pendant ce temps-là, j'affrontais une chienne enragée pour protéger les bottines de tous nos concitoyens. Chacun ses problèmes. »

Phil sourit. Il avait l'habitude de voir D.D. de cette humeur et était sans doute un des seuls de la brigade à savoir par quel bout la prendre. C'était pour ça qu'elle l'appréciait autant ; et que son équipe lui manquait cruellement. Superviseuse, et puis quoi encore ? Qui a envie de rester les fesses vissées sur une chaise toute la journée ?

« Mais les surprises ne s'arrêtent pas là, annonça Phil en prenant sa plus belle voix de vendeur de téléachat.

— Est-ce que je devrais m'asseoir ?

— Tu te relèverais aussitôt pour faire les cent pas. Avant de s'installer dans le Massachusetts, Conrad vivait en... en... » Phil fit durer le suspense.

D.D. ferma les yeux et la réponse lui apparut. « Floride.

— Gagné.
— Comme Jacob Ness, qui a kidnappé Flora là-bas.
— Voilà.
— Donc Jacob et Conrad se connaissaient peut-être même avant de se retrouver avec Flora dans ce fameux bar.
— C'est possible », admit Phil.

D.D. secoua la tête. Elle n'en revenait pas de voir à quelle vitesse cette affaire prenait des proportions incontrôlables. « D'accord, qu'est-ce qu'on sait de Conrad ? J'imagine que les experts n'ont encore rien trouvé dans l'ordinateur ? »

Phil lui lança un regard moqueur.

« Le téléphone portable ? essaya-t-elle.
— Introuvable.
— Comment ça, introuvable ? Tout le monde a un portable, surtout un commercial.
— Je suis bien d'accord. Mais le sien, on ne sait pas où il est.
— Vous avez cherché à le géolocaliser ?
— Penses-tu, on attend qu'il rentre tout seul ! » Phil lui décocha un nouveau regard sarcastique. Lui aussi pouvait être de mauvaise humeur. « Bien sûr qu'on a cherché à le géolocaliser. Rien, que dalle. Où qu'il soit, il est éteint. Carol a contacté l'opérateur pour obtenir copie des textos et messages vocaux. »

D.D. dévisagea Phil. « Tu penses que Conrad lui-même aurait pu cacher son téléphone ? Il l'aurait éteint et planqué avant que sa femme ne lui tire dessus ? »

Phil n'y croyait pas. « Il n'a même pas eu le temps de réagir.

— Donc quelqu'un l'a pris, conclut D.D.
— Ce serait mon hypothèse.
— L'épouse ? Elle aurait escamoté le téléphone, mitraillé l'ordinateur ? Mais qu'est-ce qu'elle essaie de cacher ?
— Tu as entendu l'avocat : nous avons huit minutes de battement, rappela Phil. Il est possible que le meurtrier soit quelqu'un d'autre et que cette personne ait pris le téléphone avant de déguerpir.
— C'est absurde. Ça voudrait dire que ce premier tireur serait parti pile au moment où la femme rentrait…
— C'est peut-être précisément ce qui l'a fait fuir.
— Donc, Evelyn rentre, elle découvre le corps de son mari et là, quoi ? Elle ne compose pas le numéro des secours, elle ne se précipite pas chez les voisins pour demander de l'aide, elle ne crie pas qu'on appelle la police. Non, elle prend l'arme du crime et elle balance une douzaine de pruneaux dans l'ordinateur ?
— Faut reconnaître que c'est à ce moment-là que la théorie du mystérieux premier tireur perd un peu de sa crédibilité.
— Il faut qu'on sache tout ce qu'il y a à savoir sur ce couple », répéta D.D.

Phil haussa les épaules, bâilla de nouveau. Il n'avait sans doute pas fermé l'œil de la nuit. Les joies de la Crim.

« Retour aux bonnes vieilles méthodes, lança D.D. Si on ne peut pas cerner Conrad grâce à ses appareils électroniques, quid de ses dossiers personnels, reçus de cartes de crédit, comptes en banque ?

— Neil est sur le coup. » Benjamin de leur ancien trio, Neil était entré dans la police après avoir été ambulancier pendant des années. Au début, on lui avait confié le suivi des autopsies, mais ces derniers temps, il avait pris de la carrure. Depuis que D.D. avait été promue et que Carol Manley les avait rejoints, il n'était plus le bleu de l'équipe et ne s'en portait apparemment pas plus mal.

« Mais, pour l'instant, rien d'extravagant qui saute aux yeux, indiqua Phil. Beaucoup de grosses dépenses dans des magasins de bricolage, comme on s'y attendrait de la part d'un couple en train de retaper une maison. Entre le boulot de Conrad et le salaire d'enseignante d'Evelyn, ils passaient tout juste la barre des cent mille dollars de revenus. Pas mal, mais la vie est chère à Boston. Deux voitures, les impôts, un crédit immobilier, le câble, les téléphones portables... Sans avoir la tête sous l'eau, ils ne nageaient pas non plus dans l'opulence.

— Une assurance-vie sur la tête du mari ?

— Cent mille. À notre connaissance. Il y a des gens qui tuent pour moins que ça. »

D.D. hocha la tête, mais nota le manque d'enthousiasme de Phil. Cent mille dollars représentaient certes une grosse somme pour certaines personnes, mais pour Evelyn Carter, qui avait grandi à Cambridge dans une maison d'une valeur de plusieurs millions de dollars, qui avait fréquenté les meilleures écoles privées et frayé avec le gratin de la ville, c'était trop peu.

« Et son père, il avait une assurance ? s'interrogea D.D. à voix haute.

— Un demi-million, répondit Phil. Je pensais bien que tu poserais la question.

— Déjà un meilleur mobile.

— Pour Mme Hopkins, c'est sûr. Tu crois que ce n'était pas Evelyn, en fin de compte ? Qu'elle n'est pas coupable de la mort de son père ?

— Je ne sais plus quoi penser. » D.D. cessa de faire les cent pas et s'appuya contre le montant de la porte. « Il y a trop de coïncidences étranges dans cette affaire. Une femme qui se retrouve mêlée à deux morts par arme à feu à seize ans d'intervalle. Une victime qui pourrait avoir un lien avec un célèbre violeur en série. Un gigantesque nœud gordien. Je n'arrive pas à savoir sur quel fil tirer en premier.

— Conrad Carter ne s'était pas vraiment fait de relations dans cette ville. Pas de collègues de travail, pas de famille, ni téléphone ni ordinateur. Tant que nos experts en informatique n'auront pas progressé, on n'en a pas, des fils à tirer.

— Reste Evelyn Carter. La plus réservée des deux, d'après les voisins.

— Elle a une mère, fit remarquer Phil.

— Qui vient de verser un demi-million de dollars pour la sortir de prison. Bon courage pour la faire parler.

— Elle a aussi un emploi. »

D.D. approuva lentement de la tête. « Les collègues. Le principal du lycée, l'équipe enseignante. Vendu, on va commencer par là.

— On ? releva Phil avec circonspection.

— Toi et moi, confirma résolument D.D. J'ai déjà participé à une enquête pour meurtre impliquant cette femme. Pas question que je passe à côté de quoi que ce soit cette fois-ci.

— Bienvenue à bord », dit Phil dans un soupir.

La principale du lycée d'Evelyn Carter, Mme Ahearn, ne demandait pas mieux que de leur parler. Malheureusement, elle n'avait rien d'utile à leur dire. Elle avait engagé Evie quatre ans plus tôt. C'était un excellent professeur de mathématiques (est-ce qu'ils savaient qui était son père ?). L'établissement avait de la chance de l'avoir ; les élèves aussi. Naturellement, elle était connue pour sa timidité. Agréable, mais réservée. Ça arrivait, avec certains professeurs (surtout dans sa discipline, les mathématiques avancées).

Oui, Mme Ahearn savait qu'Evie était enceinte. Pour autant qu'elle pût le dire, Evie était très heureuse. Jamais au grand jamais elle ne se serait attendue aux événements de la nuit précédente. Le lycée allait proposer un soutien psychologique aux élèves. Tout le monde était sous le choc. Il devait bien y avoir une explication. À moins que cela n'ait été un affreux accident…

La principale s'interrompit, piqua discrètement un fard. D.D. lui tendit la perche :

« Comme la mort de son père, vous voulez dire ? »

La femme s'empourpra davantage. « Evie n'en a jamais parlé. Mais, bien entendu, j'ai vérifié ses antécédents avant de l'engager. »

D.D. tiqua. « Elle n'a pas été inculpée lors du décès de son père. La vérification de ses antécédents aurait dû ne rien donner.

— C'est-à-dire, il n'y avait rien dans son passé à elle, mais… »

D.D. percuta. « Son père. Vous avez fait des recherches sur Internet. Un célèbre mathématicien, dont vous êtes sur le point d'engager la fille. Rien de plus naturel. Vous tombez sur sa page Wikipédia, qui se termine par les circonstances de sa mort accidentelle : tué chez lui d'un coup de fusil par sa fille adolescente.

— Il n'y a pas tant de professeurs d'Harvard qui meurent de mort violente, reconnut Mme Ahearn. Et Earl Hopkins était considéré comme une sommité dans son domaine.

— Est-ce qu'Evie savait que vous saviez ? » demanda Phil.

La principale le confirma. « Ça allait sans dire. Personne n'en parlait jamais, mais comment aurait-il pu en être autrement, aujourd'hui où n'importe quelle information est à portée de clic ? De temps en temps, un étudiant découvrait l'histoire et la rumeur repartait pour un tour. Quant à Evie… elle n'en parlait jamais. Elle venait. Elle faisait son travail. Et elle donnait le meilleur d'elle-même à ses élèves en tant que professeur. Encore une fois, jamais au grand jamais…

— Est-ce que quelqu'un l'aurait un jour menacée ? Ou aurait essayé de monter en épingle ce qui était arrivé à son père ? suggéra Phil.

— Je ne vois pas comment. Les circonstances du décès étaient de notoriété publique. Tragiques, certes, mais pas scandaleuses. Evie avait été totalement blanchie. Une triste histoire de famille, de celles qui alimentent les messes basses, mais à part ça ? »

D.D. hocha la tête. Elle se demanda ce que devait éprouver Evie, qui essayait de faire son chemin dans la vie, alors que planait toujours au-dessus d'elle l'ombre de son lourd passé. La principale avait raison : Internet aidant, plus rien ne restait secret. Et comme elle avait choisi de faire carrière dans les mathématiques, fût-ce comme simple professeur de lycée, Evie Carter ne pouvait éviter que les gens fassent le rapprochement avec son père. Le fait que personne ne lui en ait parlé ouvertement rendait-il les choses plus faciles ou plus difficiles ?

« Que saviez-vous de Conrad Carter ? demanda Phil.

— Rien. Je l'ai croisé une ou deux fois lors de soirées du personnel. Il était souvent en déplacement. Commercial, je crois.

— Des signes de tension dans leur couple ?

— Pas que je sache, répondit hâtivement la principale en secouant la tête.

— Mais vous ne l'auriez sans doute pas su, insista D.D. Vous aviez de l'estime pour Evelyn, mais vous n'étiez pas proche d'elle. »

Haussement d'épaules contrit. « Je ne prétendrais pas que nous étions particulièrement liées. Mais elle me manquera.

— Elle vous manquera ?

— Oui. J'ai reçu un appel, il y a une ou deux heures, de sa mère. Pour m'annoncer que, vu les circonstances, Evie ne reprendrait pas ses fonctions. »

D.D. haussa un sourcil. « Sa mère a donné sa démission pour elle ? Et vous n'avez rien vu à y redire ? »

La principale rougit. « C'est-à-dire qu'en effet, étant donné les circonstances… Evelyn allait au minimum devoir prendre un congé exceptionnel pour répondre aux accusations portées contre elle. Et comme par ailleurs elle est enceinte… »

D.D. comprit : la principale était bien contente de n'avoir à gérer ni l'un ni l'autre de ces problèmes.

« Est-ce qu'elle avait des amis au sein du personnel ? reprit Phil. Un collègue, un mentor, que sais-je ? »

La principale s'accorda un instant de réflexion, puis finit par répondre : « Cathy Maxwell. Professeur de sciences. Elles déjeunaient souvent ensemble.

— Et où est-elle, à l'heure qu'il est ? » demanda Phil.

La principale consulta sa montre. « La fin des cours sonnera dans cinq minutes, donc elle est dans sa salle de classe. »

D.D. et Phil attendirent que le flot des élèves se déverse dans le couloir. Certains, ayant immédiatement repéré les plaques dorées accrochées à leur ceinturon, leur lancèrent des regards soupçonneux. Malheureusement, la présence de deux policiers n'était pas si inhabituelle que cela dans un lycée public, alors la plupart passaient simplement leur chemin.

Cette idée amena d'ailleurs D.D. à s'interroger. Pourquoi un lycée public ? Étant donné son parcours et l'aura intellectuelle de son père, Evelyn aurait très certainement pu se faire ouvrir les portes d'un grand nombre de prestigieux établissements privés du secteur. Meilleurs horaires, meilleur salaire.

Mais Evelyn avait choisi le public. Pour rendre un peu de ce qu'elle avait reçu ? Ou pour se tenir plus éloignée de son passé ? Plus l'école était cotée, plus elle risquait de croiser quelqu'un qui non seulement avait tapé le nom de son père sur Google, mais l'avait connu personnellement.

D'où la question suivante : à ce compte-là, pourquoi rester à Boston ? Son mari avait grandi dans un autre État et aurait pu exercer son métier n'importe où. Pourquoi ne pas partir pour la Floride, le Midwest ou n'importe quelle région où le souvenir de la mort tragique d'un célèbre professeur d'Harvard ne continuerait pas à hanter les esprits ? Evelyn était-elle si proche que cela de sa mère ? Elle ne lui avait pourtant pas accordé un regard, au tribunal. De plus en plus étrange.

Si D.D. n'aimait pas rester assise derrière son bureau du QG, en revanche elle adorait les enquêtes riches en faux-semblants. Autant dire qu'elle était à la fête. À côté d'elle, Phil secouait la tête avec exaspération.

Lorsqu'ils entrèrent dans la classe, Cathy Maxwell était en train d'effacer le tableau blanc. La salle contenait plusieurs rangées de bureaux et, au fond, de longues tables avec du matériel de laboratoire. D.D.

identifia des becs Bunsen, mais ne chercha pas à aller plus loin. Elle n'avait jamais aimé les cours de sciences au lycée – alors qu'elle n'avait aucun mal à se tenir au courant des derniers progrès de la médecine légale. Ses difficultés d'apprentissage n'avaient jamais tenu à un quelconque défaut d'intelligence, plutôt à son incapacité à rester tranquille longtemps. Au grand dam de ses parents, deux professeurs d'université qui adoraient deviser poliment sur leur canapé en mettant un point d'honneur à ignorer leur trublion de fille unique.

Les parents de D.D. avaient pris leur retraite en Floride et venaient la voir une fois par an. Si D.D. avait vraiment de la chance, elle passait le temps de leur séjour à travailler sur une affaire de grande ampleur et tout le monde était content comme ça.

« Cathy Maxwell ? commença Phil. Nous sommes enquêteurs, police de Boston. Nous avons des questions au sujet d'Evelyn Carter.

— Oh, mon Dieu. » Cathy arrêta aussitôt d'effacer le tableau. Étreignant la brosse à deux mains, elle les regarda d'un air hagard. « C'est vrai qu'elle ne reviendra pas ? Elle a démissionné ?

— Ce n'est pas à nous de le dire, répondit D.D.

— Voulez-vous vous asseoir ? ajouta Phil.

— Volontiers », dit-elle en prenant place derrière son bureau. Elle les considéra de nouveau. Vêtue d'un pantalon de laine marron et d'un pull vert sapin, elle devait avoir une cinquantaine d'années. Ses longs cheveux bruns étaient attachés dans la nuque avec une barrette. Entre la brosse qu'elle tenait à deux mains, les taches d'encre sur ses doigts et les lunettes à fine monture métallique perchées sur le bout de son nez, elle avait tout du professeur aux yeux de D.D. Mais un professeur qui ne manquait pas de style.

« Nous avons cru comprendre qu'Evelyn et vous étiez amies ? lança Phil.

— Avec Evie ? Oui, bien sûr. Nous déjeunions souvent ensemble. Deux femmes, l'une prof de maths, l'autre de sciences... Vous savez ce que c'est, tout le monde fréquentera volontiers un professeur de littérature, mais si vous dites que vous enseignez les mathématiques ou les sciences, c'est comme si vous rappeliez personnellement aux gens tous les contrôles qu'ils ont pu rater dans leur vie. Ils sont intimidés avant même de vous avoir donné votre chance. »

Phil hocha la tête d'un air compréhensif. Il excellait dans le rôle du gentil flic. Cathy Maxwell était déjà penchée vers lui.

« Depuis combien de temps connaissiez-vous Evie ? demanda-t-il pendant que D.D. prenait possession d'une table d'élève en s'efforçant de se faire discrète.

— Quatre ans. J'enseignais déjà ici quand elle a été engagée.

— Et vous vous êtes liées... tout de suite ?

— Plus ou moins. Evie est timide. Réservée. Ce qui n'est pas étonnant, quand on sait ce qui est arrivé à son père... » Cathy laissa planer un silence interrogateur.

« Nous sommes au courant, lui assura Phil.

— Elle n'avait que seize ans, reprit l'enseignante d'un air sincèrement navré. Endurer un tel drame et ensuite devoir vivre toute sa vie avec ce sentiment de culpabilité. On peut comprendre qu'Evie ne soit pas très extravertie. Qui le lui reprocherait ?

— Est-ce qu'elle vous a parlé de cet épisode ? intervint D.D.

— Jamais. » Cathy hésita. « En revanche, il lui arrivait parfois d'évoquer son père. Comme ça, en passant. Une remarque qu'il avait faite, un conseil qu'il lui avait donné. Elle parlait toujours de lui avec admiration. Je crois qu'elle l'aimait beaucoup. »

Cathy rougit, haussa légèrement les épaules. Et reposa la brosse. « De temps en temps, quelqu'un découvrait le rôle qu'elle avait joué dans son décès. Et la rumeur repartait de plus belle. Evie ne disait jamais rien, mais on voyait que ça lui pesait. C'est normal, non ?

— Est-ce que certains se seraient acharnés plus que d'autres ?

— Non. Evie n'avait peut-être pas un tempérament des plus chaleureux, mais tout le monde la respectait. C'est un excellent professeur. Et toute l'équipe enseignante pouvait compter sur elle. Elle ne se donnait pas de grands airs sous prétexte qu'elle sortait d'Harvard ni rien de ce genre. Les universitaires peuvent être les pires snobs qui soient, ajouta-t-elle en se penchant vers eux d'un air conspirateur.

— Que savez-vous de son mari, Conrad Carter ? demanda Phil. Elle parlait souvent de leur vie de famille ?

— Oui. Des derniers travaux dans leur maison, par exemple. Et du bébé, bien sûr, depuis qu'elle était enceinte. De l'endroit où ils mettraient sa chambre, ce genre de choses. Elle était aux anges. Du moins... » De nouveau, cette légère hésitation. « Ces dernières semaines, je n'ai pas beaucoup échangé avec elle. Elle avait l'air distante, préoccupée. Les nausées matinales, le stress des fêtes de fin d'année, je ne sais pas. Au début, je ne m'en suis pas trop inquiétée ; ça arrive à tout le monde d'être un peu débordé de temps en temps. Mais a posteriori... je me demande s'il n'y avait pas quelque chose qui la tracassait. Un souci qui la tourmentait.

— Mais vous ne savez pas quoi ? » l'encouragea D.D.

Cathy secoua la tête. « Elle avait pris l'habitude de déjeuner dans sa salle de cours. Sous prétexte qu'elle avait du retard à rattraper dans son travail. Les premiers jours, je ne me suis pas posé de questions. Mais là aussi, quand j'y pense, cela faisait presque un mois. C'est long pour rester cloîtrée dans sa classe.

— Il vous arrivait de passer voir comment elle allait ? demanda Phil.

— Parfois. Elle me faisait signe qu'elle n'avait pas le temps et je n'insistais pas. À cette période de l'année, avec les vacances qui approchent, les élèves sont surexcités et on est tous un peu sous pression.

— Est-ce que vous savez comment elle avait rencontré Conrad ?

— Voyons voir. » Ce brusque changement de sujet de la part de D.D. obligea Cathy à prendre un instant de réflexion. « Par l'intermédiaire d'un ami commun, dans le lycée où elle a eu son premier poste. Un de ses collègues l'avait invitée à un barbecue et Conrad était là. Ils ont acheté la maison de Winthrop il y a quatre ans. C'est pour ça qu'Evie a posé sa candidature ici : beaucoup plus pratique pour les trajets.

— Est-ce qu'elle rencontrait des difficultés dans son couple ? » demanda Phil.

Cathy secoua la tête en réponse.

« Ce n'est pas le genre de conversation qu'on pouvait avoir avec elle.

— Quel genre ?

— Le genre personnel. On parlait surtout de notre métier. Du fait d'être des femmes dans nos disciplines respectives. Des moyens d'intéresser davantage d'élèves à ces deux matières dont beaucoup se mettent en tête qu'ils ne les aiment pas ou qu'ils ne sont pas doués. Bref, on parlait boulot. Il ne faut pas oublier que nous prenions nos repas dans la salle de repos des professeurs.

— Jamais de sorties après le travail ? Pas de virées au bar entre filles pour siroter un petit martini ? insista D.D.

— Evie rentrait toujours directement chez elle. Même quand Conrad était en déplacement. Je ne sais pas. Elle me paraissait plutôt casanière. Et puis c'était elle qui se chargeait en grande partie des travaux, chez eux. Ce n'était pas simplement le projet de monsieur. Ils avaient chacun leurs spécialités. »

Cette idée titilla là aussi la curiosité de D.D. Où cette petite fille riche qui avait grandi à Cambridge avait-elle appris à bricoler ?

« Et ses relations avec les élèves ? demanda Phil.

— Ils l'adoraient.

— Tous sans exception ? »

Cathy secoua la tête. « Rien ne me vient à l'esprit. Nous sommes pratiquement en milieu d'année ; Evie ne m'a pas confié avoir rencontré de problèmes avec un adolescent en particulier.

— Peut-être un élève qui aurait eu besoin d'un surcroît d'attention ? Qui l'aurait accaparée plus que d'autres ? »

Nouvelle dénégation. « Il faudrait poser la question à Sharon – Mme Ahearn, la principale. Je ne suis au courant de rien. »

Phil et D.D. échangèrent un regard. La principale leur faisait l'effet d'une impasse, s'agissant d'en apprendre davantage sur Evelyn Carter. Demander des détails sur des élèves ne les mènerait sans doute nulle part, les administrations scolaires étant par nature peu enclines à partager ce type d'informations.

« Est-ce qu'Evie avait un ordinateur ? demanda Phil en désignant d'un signe de tête celui qui trônait sur le bureau de Cathy. Fourni par le lycée, peut-être, ou dont elle se serait servie pour communiquer avec les élèves ?

— Bien sûr. Nous avons tous des ordinateurs donnés par l'établissement. Même si beaucoup de choses passent maintenant par des applications sur nos téléphones personnels. Les relevés de présence, les notes, et j'en passe. La modernité. »

Autrement dit, Evie devait avoir un ordinateur dans sa salle de cours. Qui, lorsqu'ils disposeraient du mandat adéquat, serait peut-être un petit caillou utile à leur enquête, puisqu'ils n'avaient pour l'heure aucune piste numérique à suivre. Échanges de messages avec des élèves ou des membres du personnel, recherches en ligne qu'Evie avait jugé plus sûr de faire dans l'intimité relative de son lieu de travail plutôt que chez elle, avec son mari dans la pièce d'à côté…

Le portable de Phil sonna. Il jeta un coup d'œil à l'écran, fit la grimace. « Veuillez m'excuser une seconde. »

Il porta l'appareil à son oreille et D.D. devina qu'il s'agissait d'un de leurs collègues (sans doute Neil ou Carol) au seul fait qu'il parlait moins qu'il n'ahanait. *Ahan, ahan, ahan.* Après quoi, il se tourna vers D.D. et annonça : « Il faut qu'on y aille. »

Cathy se levait déjà. Phil lui tendit sa carte.

« Merci du temps que vous nous avez accordé, nous vous recontacterons. »

Sans laisser à l'enseignante éberluée le temps de répondre ni de poser la moindre question, il tourna les talons et quitta la salle, D.D. dans son sillage.

« Mais quoi, qu'est-ce qu'il y a ? demanda celle-ci lorsqu'elle réussit enfin à le rattraper.

— Tu ne vas jamais le croire. La maison d'Evie et Conrad, notre scène de crime… »

D.D. sentit son cœur chavirer. Elle n'avait même pas besoin d'entendre ce que Phil avait à dire.

« Il y a le feu. »

9

Flora

Voilà ce que je sais sur Jacob Ness.

Il était vieux, laid et répugnant, le genre de type auquel une jolie étudiante blonde comme moi n'aurait pas accordé un regard. Ses cheveux emmêlés pendouillaient en mèches grasses. Il avait des dents de travers, tachées par la nicotine. Il était bâti comme un épouvantail : un gros bide et quatre membres rachitiques.

Il ne tenait pas plus que ça à se laver ni à pratiquer une quelconque hygiène. Il n'y avait pas que son allure qui était repoussante. Son odeur, aussi. Toutes les odeurs qui vous ont un jour soulevé le cœur lui tenaient lieu d'eau de Cologne.

Il était puissant. On ne l'aurait pas cru, à voir son ventre flasque et ses bras de gringalet. Mais il avait ce qu'ont parfois les maigres : des biceps d'acier. J'ai essayé de lui résister. Quand il me ramenait de force à ma caisse en forme de cercueil, qu'il m'obligeait à me soumettre à ses diverses perversions. Au début, j'étais une jeune fille musclée et sportive. Mais je n'ai jamais gagné. Pas une fois.

Jacob avait une famille. Ces détails-là sont plus flous dans ma tête. Un père qu'il appelait systématiquement Tête-de-Nœud ou Connard. Routier, lui aussi, mais Jacob m'avait laissé entendre qu'il ne rentrait à la maison que le temps de mettre des trempes à son gamin. Est-ce qu'il est encore en vie ? Est-ce qu'il a su ce qu'était devenu son fils ? Est-ce qu'il a pleuré sa mort ? Ou est-ce qu'il l'a trouvé idiot de s'être fait prendre ? Je n'en ai aucune idée.

Jacob avait été élevé par une mère qui fumait cigarette sur cigarette et jonglait entre deux boulots. Quand il était petit, sa grand-mère le gardait pendant la journée. Il racontait qu'à l'âge de cinq ou six ans, il était tombé sur le stock de magazines de cul de son père et que c'était de cette époque que datait son obsession pour le sexe.

Jacob était accro au sexe. Il le reconnaissait avec beaucoup de franchise, tout en vous faisant bien comprendre qu'il n'avait aucune intention de changer.

Je ne sais pas ce qu'est devenue sa mère. La police, ou Samuel, m'a dit un jour que Jacob se servait de son adresse en Floride comme adresse permanente. Cela faisait partie des indices qui leur avaient permis d'établir un lien entre lui et ma disparition. Au début pourtant, ce n'était pas en Floride qu'il m'avait séquestrée, mais dans un chalet perdu dans les montagnes de Géorgie. Le genre d'endroit où il n'y a pas de voisins et presque pas de témoins.

Il avait été marié. Ça, il me l'avait dit. Il avait essayé de mener la vie de Monsieur Tout-le-monde. D'avoir une épouse et de coucher avec elle tous les soirs dans la position du missionnaire. Ça s'était tellement bien passé qu'il avait fini par lui mettre une raclée monumentale et qu'il s'était fait arrêter pour violences conjugales quand les médecins des urgences l'avaient dénoncé. Il avait passé un an en prison ; ça aussi, il me l'avait dit. Que la prison n'était pas un endroit pour un homme qui avait ses appétits. Qu'à sa sortie, il s'était juré de ne jamais y remettre les pieds. Sur ce point, il avait tenu parole.

Jacob avait violé une jeune fille. Cette jeune fille avait eu une fille de lui. Elles sont mortes, toutes les deux. Je connais mieux cette partie de l'arbre généalogique. Alors, que nous reste-t-il ? Un père ? Une mère ? Des oncles, des tantes, des cousins ? Est-ce que l'un d'eux était attaché à lui et pourrait m'en vouloir du dénouement de notre histoire ?

Je n'en ai aucune idée.

Et des amis ? Pour moi, Jacob était un solitaire. Pas seulement parce que son travail l'amenait à sillonner en permanence les autoroutes du sud du pays, mais parce que je ne le voyais jamais parler à personne. Sauf, bien sûr, ce fameux soir au bar. Avec Conrad.

Jacob passait beaucoup de temps sur son ordinateur portable. Je supposais qu'il regardait des films porno mais, sachant ce que je sais aujourd'hui, il est aussi possible qu'il ait été en train de bavarder avec d'autres prédateurs, pour comparer leurs expériences ou même se vanter. Beaucoup de pervers font ça. Est-ce de cette manière qu'il a rencontré Conrad ? Avait-il d'autres interlocuteurs ? Jamais je n'ai eu accès à cet ordinateur. Peut-être que Jacob avait tout un groupe de copains en ligne, voire un cercle d'admirateurs.

Si je n'avais pas le droit de garder des secrets, Jacob en revanche me cachait beaucoup de choses. Surtout au sujet de ses bordées – des journées, des semaines entières pendant lesquelles il disparaissait avant de revenir systématiquement shooté, défoncé, je ne sais pas. Il ne me racontait jamais où il allait, ni ce qu'il faisait. Je ne me suis même jamais demandé comment il se procurait sa drogue. Pourtant, ça voulait dire qu'il avait des contacts, avec un dealer, d'autres toxicomanes ; qu'il savait comment les joindre. Mais il n'a jamais prononcé aucun nom et le FBI ne m'a jamais communiqué ce que ses experts avaient pu découvrir dans son ordinateur.

À ma connaissance, Jacob n'a jamais publié de photos de moi. De ça, je lui suis reconnaissante, car une fois que de telles images sont dans la nature, on ne peut plus jamais les récupérer. Certes, il a envoyé à ma mère des messages avec des vidéos et des photos ; il cédait parfois à la tentation de la torturer. Mais, apparemment, il avait conscience que trop partager ses secrets pourrait le conduire à sa perte. Ou alors, c'était juste du Jacob tout craché : il n'était pas partageur.

Pendant notre première année de vie commune, il m'a obligée à l'appeler par le nom de mon père, Everett. Et moi, il m'avait baptisée Molly. Nous étions comme les personnages d'une pièce de théâtre. Ou peut-être comme des amants de passage, mimant une relation dont nous savions tous les deux qu'elle n'avait aucune chance de durer. Sauf qu'un mois, deux mois, douze mois plus tard, Jacob ne s'était toujours pas décidé à me tuer. Et, que je l'aie voulu ou non, nous avons franchi un cap. J'ai cessé de lutter. Cessé de fuir. Je me suis muée en amie et confidente de Jacob.

Un homme aussi seul que lui ne pouvait pas être totalement insensible à mon charme féminin.

Le dernier jour, quand le SWAT a déboulé dans la chambre d'hôtel au milieu des explosions de grenades lacrymogènes, c'est vers moi que Jacob a rampé. C'est sur ma bouche qu'il a plaqué des serviettes trempées pour m'éviter de respirer les fumées irritantes. C'est à moi qu'il a tendu le pistolet.

« Personne n'a envie d'être un monstre », me disait-il souvent. Rien de tout cela n'était sa faute. L'enlèvement, le viol, les sévices. Quatre cent soixante-douze jours d'enfer.

Personne n'a envie d'être un monstre.

Ça ne l'a pas empêché d'être mon monstre à moi. Mais aujourd'hui je me demande s'il en connaissait d'autres, des monstres. Et s'il a laissé d'autres victimes encore en vie dans son sillage.

Ces questions, je ne peux plus les poser à Jacob. Le dernier jour, quand il m'a donné le pistolet, j'ai fait exactement ce que nous voulions tous les deux que je fasse. Sur le moment, je n'ai éprouvé aucun doute.

Mais c'est la malédiction du survivant. On s'en sort, mais ensuite on passe le restant de ses jours à se demander si on aurait pu, si on aurait dû, s'il aurait fallu… Je m'étais juré de ne jamais regarder en arrière.

Samuel me déconseille de me ronger les sangs à propos de décisions sur lesquelles je ne pourrai jamais revenir.

Mais rien n'y fait.

Il y a six ans que Keith Edgar a pris contact avec moi pour la première fois. Je venais à peine de rentrer chez ma mère, j'essayais encore de me réhabituer aux sensations et aux odeurs de la ferme où j'avais passé mon enfance, mais qui m'était devenue totalement étrangère. Dans un premier temps, Keith m'avait adressé un message sur la page Facebook que mon frère avait animée pendant mon enlèvement. N'obtenant aucune réponse, il s'était rabattu sur le courrier classique. À l'époque, le facteur du village nous apportait des tombereaux de lettres dans des caisses en plastique que ma mère stockait dans la cuisine. Elle ne s'attendait pas à ce que je les lise – personne n'attendait rien de ma part, sinon que je me rétablisse, que je me repose, que je m'en remette. Mais tous les soirs je la voyais, installée à la table de la cuisine, ouvrir chaque enveloppe, prendre connaissance de son contenu et classer les missives en plusieurs piles.

Beaucoup de ces enveloppes contenaient de l'argent. Des petits chèques. De cinq, dix, vingt dollars. Les dons de parfaits inconnus qui avaient été touchés par mon histoire et qui voulaient me venir en aide. Ma mère ouvrit un livret d'épargne à mon nom pour y placer toutes ces sommes. Elle me faisait des bilans périodiques, mais je refusais d'en entendre parler. Je ne voulais pas de ces dons ; pour moi, ils représentaient le prix du sang. Et je voulais encore moins de la pitié de qui que ce soit.

Ma mère écrivit beaucoup de lettres de remerciement. Diligemment, religieusement, soir après soir. Elle a cette forme de bonté.

Mais toutes les lettres n'étaient pas agréables. Certains de leurs auteurs étaient désireux de me pardonner. Comme si j'étais en quelque sorte fautive de m'être fait enlever et violer. Au début, ma mère jetait rapidement quelques mots sur le papier pour les détromper. Mais au bout d'un certain temps, ces lettres finirent dans le bac qui convenait : celui de la poubelle. « On ne peut rien pour ceux qui sont enfermés dans leurs convictions », disait-elle.

Le pardon. Une forme de bonté qu'elle possède aussi.

Puis vinrent les autres lettres. Le courrier des fans, pour ainsi dire. Majoritairement des hommes. Beaucoup me demandaient en mariage. Certains voulaient me sauver. Après tout ce que j'avais enduré, ils voulaient me faire connaître le grand amour et me promettaient que je ne souffrirais plus jamais. Ma mère reposait ces lettres avec précaution. Comme si elle ne savait pas quoi faire de tant de folie enrobée de bonnes intentions. Ces lettres-là n'ont pas tardé à rejoindre la boîte à ordures, elles aussi.

Puis ce fut le tour des messages moins subtils. Venant d'hommes qui, connaissant les moindres détails de mon calvaire, s'étaient mis en tête que j'étais la femme idéale pour eux. Soumise. Déjà dressée. Aussi dépravée qu'eux-mêmes.

Ces lettres-là, ma mère ne les jetait pas, elle les brûlait.

J'ai appris à connaître les différentes piles de cette correspondance parce que je ne dormais pas beaucoup à cette époque-là. Alors, une fois ma mère partie se coucher, je prenais sa place à la table. Mue d'abord et avant tout par une curiosité morbide. Qu'est-ce qui pouvait pousser ces inconnus à m'écrire ? Quels éléments de mon histoire cauchemardesque pouvaient bien leur parler ? Il s'est avéré que les réponses à ces questions étaient variables.

Ce qui m'amène à la dernière catégorie d'auteurs de lettres : celle de Keith Edgar et de ses semblables. Les aficionados du fait divers. Ceux-là écrivaient pour solliciter une entrevue personnelle. Tantôt en tête à tête, tantôt avec toute leur bande de Sherlock Holmes du dimanche. Ils voulaient apprendre auprès de moi. Avoir l'occasion d'entendre de la bouche d'une victime à quoi ressemblait un vrai prédateur en série. Ils étaient très sérieux dans leurs demandes, mais, là encore, il s'agissait en fin de compte de me mettre la tête à l'envers et de me faire revivre le parcours qui avait fait de moi une victime, tout ça pour leur permettre d'assouvir leur fascination clinique et de se faire mousser auprès de leur communauté de passionnés. Certains offraient de me rémunérer. D'autres s'engageaient à me fournir des informations en retour.

Ils ne se contentaient pas d'une lettre, ils insistaient, encore et encore. Keith Edgar m'écrit toujours environ deux fois par an, alors que je ne lui ai jamais répondu.

Je me suis néanmoins renseignée à son sujet. Il tient un blog consacré aux grands criminels et anime un groupe qui se réunit tous les mois à Boston pour étudier une nouvelle affaire. Keith lui-même se présente comme un spécialiste des prédateurs sexuels sadiques. En fait, à en croire son blog, même sans mon aide il a réussi à devenir le meilleur expert de Jacob Ness.

Comment on peut avoir envie de devenir expert d'un tel sujet, cela m'échappe, mais c'est apparemment à cette activité que Keith Edgar consacre son temps libre. Si bien qu'au moment où je sors du métro et remonte la rue jusqu'à l'adresse que j'ai trouvée sur Internet, je me demande sur quel genre d'homme des cavernes je vais tomber. Il n'y a pas de photos de Keith sur son site, ce qui me paraît louche à l'ère du selfie.

Mon hypothèse ? Je vais me retrouver face à un binoclard joufflu et pâlot qui vit encore dans le sous-sol de ses parents. Un accro à l'informatique qui passe sa vie voûté dans le halo de son écran d'ordinateur en s'envoyant des canettes de Red Bull et des paquets de Doritos tout en surfant sur des sites consacrés à des crimes horrifiques. Est-ce réellement la fascination pour le fonctionnement d'un esprit criminel qui pousse un individu comme lui à me contacter régulièrement ? Ou bien les images et les anecdotes associées à ces sévices agissent-elles sur lui comme un stimulant ? Je me méfie. Les passionnés de faits divers peuvent bien clamer haut et fort que seul le mystère les attire et qu'ils sont motivés par le besoin de découvrir la vérité, je ne les crois pas.

J'arrive au pied d'une maison en grès brun typique de Boston. Un quartier plus chic que je ne l'aurais imaginé. Une rue de maisons de ville bien entretenues, blotties les unes contre les autres, avec des clôtures en fer forgé toutes semblables et des fenêtres aux boiseries blanches ou noires repeintes de frais. Des couronnes de Noël aux portes. Beaucoup de perrons sont aussi ornés de rubans décoratifs et de guirlandes végétales.

J'en déduis que les parents de Keith doivent être très à l'aise.

Je gravis les quatre marches qui mènent à la porte vert sapin, où une énorme couronne entoure un impressionnant heurtoir en cuivre.

Tant pis, à Dieu vat. Je frappe.

Au début, je n'entends rien. Logique. Je ne me suis pas annoncée. Encore sous le choc, je tiens grâce à l'adrénaline qui court dans mes veines : le même état émotionnel que depuis que j'ai allumé la télévision et découvert le visage du mari assassiné. Ce n'est pas le moment de me laisser ralentir par des idées rationnelles.

Des bruits de pas, qui se rapprochent.

Un instant de silence. Le temps de regarder par le judas, certainement. Nous sommes en ville.

La porte s'ouvre. Et je me retrouve devant un homme blanc, la trentaine, un mètre quatre-vingt-cinq, des cheveux bruns coupés court, des yeux d'un bleu époustouflant et une silhouette de marathonien. Il porte un pull Brooks Brothers exactement du même bleu que ses yeux, associé à un pantalon gris anthracite parfaitement repassé sur des chaussures en cuir marron impeccablement cirées. J'ouvre la bouche, mais rien ne sort.

De son côté, il a déjà changé de visage et ses yeux s'agrandissent de stupéfaction.

« Flora Dane, dit-il dans un soupir.

— Ted Bundy, je présume ? »

Le sourire qu'il m'offre en réponse illumine tout son visage. Et je comprends que je viens de commettre une grossière erreur au moment où je passe devant Keith Edgar pour entrer dans la maison du plus grand admirateur de Jacob Ness.

10

Evie

Ma mère m'encourage à me reposer. Elle n'a pas tort. Pour moi. Pour le bébé. En prévision des jours à venir. Mais je n'arrive pas à me sentir à l'aise sur ce lit. Rien ne va. Le matelas trop mou, les draps qui ne sont pas les miens, l'oreiller en plumes, parce que ma mère adore tout ce qui vient d'Europe, et tant pis si ça ne nous plaisait pas, à mon père ou à moi. Même quand j'étais enfant, cette chambre n'a jamais été la mienne. Juste un décor de plus dans ce petit théâtre qu'est la vie de ma mère.

Je suis désormais une adulte, une femme qui a une maison, un mari (mon cœur se serre encore de douleur), et je ne peux pas dormir ici. J'ai juste envie de rentrer chez moi.

Je prends une douche. Ça, au moins, c'est agréable et ça me donne l'impression de prendre soin de moi et, par là même, de mon enfant.

Fille ou garçon. Voilà ce que ma mère aimerait savoir. Je ne connais pas la réponse. Nous voulions avoir la surprise à la naissance. Du moins, c'était ce qu'on se disait. Il restait encore quatre mois, nous avions encore bien le temps de changer d'avis.

Conrad est mort sans savoir s'il allait avoir un petit garçon ou une petite fille. Qu'aurait-il préféré ?

Cette idée me transperce d'un nouveau coup de poignard et, sous les picotis du jet d'eau, je ne sais plus si je vais pleurer, vomir, ou les deux.

Mes mains tremblent à tel point que je manque de lâcher le savon. Je passe au shampoing, que je fais mousser dans mes cheveux. Je ne me suis jamais vue dans un état pareil. Même pas la première fois. Mon père écroulé dos au réfrigérateur. Le poids du fusil. Le sang le sang le sang. Tout cela m'avait fait l'effet d'un terrible rêve surréaliste. Alors que là…

Là, je vais devoir répondre de mes actes.

Je sors de la cabine de douche. Tamponne mon ventre rebondi pour le sécher. Fais ce que les femmes enceintes font depuis la nuit des temps : je pivote d'un quart de tour pour contempler mon profil changeant dans le miroir. Au début, ma grossesse m'avait semblé miraculeuse, mais aussi pas tout à fait réelle. Cela faisait longtemps que nous essayions d'avoir un enfant. Assez pour que nous ayons tous les deux perdu espoir, sans pour autant l'admettre à voix haute, parce que cela aurait donné lieu à des discussions sur les traitements contre l'infertilité, la surveillance des cycles ou autre intrusion extérieure dans une relation déjà mal en point.

Mais après plusieurs jours de nausées, j'avais cédé à la curiosité. J'avais fait pipi sur un bâtonnet et j'étais restée en arrêt devant le résultat, comme frappée par la foudre.

Le sourire radieux de Conrad. Mon cœur de plus en plus léger. L'espace d'un instant, nous étions de nouveau un couple uni. Nous nous aimions. Cette nouvelle vie en était la preuve. Malgré nous, nous allions y arriver et vivre heureux jusqu'à la fin de nos jours.

Pendant six, huit semaines, nous sommes restés en apesanteur, tout en promesses renouvelées et regrets oubliés. Mais je ne suis pas ma mère. Je ne vis pas dans un monde imaginaire fait d'oreillers importés d'Europe et de perles de culture d'une exquise délicatesse. Je suis la fille de mon père. Je vois des énigmes partout. Et ensuite, je dois les résoudre.

Et, comme n'importe quel mathématicien vous le dira, une fois qu'on a résolu une équation, les chiffres ne mentent pas. Il n'y a pas à tortiller. La seule chose à faire est d'accepter cette vérité.

Or qu'est-ce qu'un mariage, sinon additionner A et B en espérant que le résultat sera supérieur à la somme des parties ?

Brièvement, la promesse d'une nouvelle vie a presque prouvé la pertinence de cette arithmétique. Sauf que A était encore A et B encore B. Nous pouvions donner naissance, mais nous ne pouvions pas cesser d'être nous-mêmes.

La salle de bains chez ma mère contient des produits de toutes sortes, y compris une lotion à base d'huile de coco spécialement conçue pour prévenir les vergetures. Maintenant que j'ai vu la chambre d'enfant, plus rien ne me surprend. Je me passe la lotion au parfum tropical sur le ventre et sur la poitrine. Puis je découvre des crèmes pour le visage, de marques étrangères, bien trop coûteuses pour une prof de maths en lycée public. En règle générale, j'évite de profiter de la générosité de ma mère. Avec elle, rien n'est gratuit. Mais vu ce qui m'est tombé dessus depuis vingt-quatre heures, je balance mes principes par-dessus bord. S'il y a quelqu'un à qui un baume anti-âge à cinq cents dollars peut servir, c'est bien moi.

Dans la penderie, je trouve tout un assortiment de vêtements de grossesse, rangés par ordre de taille et allant jusqu'au dernier trimestre. Une brève pensée me donne le tournis : voilà, je suis piégée. Ma mère va me garder ici, ça fait clairement partie de ses projets depuis le début. Je me suis lavée avec son savon, j'ai utilisé ses lotions et maintenant je vais porter ses vêtements. Je ne pourrai plus jamais repartir. Comme cette fille, dans la mythologie grecque, celle qui a mangé de la grenade dans les enfers et qui n'a plus jamais pu s'en échapper complètement.

Mais ce n'est pas moi que veut ma mère. Je le sais déjà.

En revanche, mon enfant, cet ultime héritier de l'œuvre de mon père...

Je m'appuie contre la porte de la penderie en me demandant une nouvelle fois si je vais pleurer ou vomir. Une minute s'étant écoulée sans que ni l'un ni l'autre ne se produise, j'enfile un pantalon stretch gris tourterelle et un pull assorti. Du cachemire, sans doute.

Conrad s'amuserait bien s'il me voyait. Le sourire aux lèvres, il me conseillerait d'en profiter. Comme lui-même n'avait plus de famille, il ne comprenait pas mes réserves au sujet de la mienne. On voit bien qu'elle t'aime, me répétait-il sans cesse à propos de ma mère, ce qui prouve simplement qu'il n'a jamais su la décoder.

En bas, ma mère s'active dans la cuisine. Sur la table, un plateau déborde de fruits frais et le robot Cuisinart ronfle bruyamment. Elle l'arrête en me voyant.

« Un smoothie riche en protéines, m'annonce-t-elle avec entrain. Plein d'antioxydants et de bons acides gras pour le bébé. »

Il n'y a qu'elle pour faire marcher le mixeur un collier de perles autour du cou.

Inutile de résister. Des années de dressage font leur effet. Je m'assois à la table. Picore des fruits. Bois docilement la mixture verte.

Je ne regarde pas le frigo. Jamais je ne le regarde. Ce n'est plus le même, bien sûr. Après le « malheureux accident », ma mère a fait refaire la cuisine du sol au plafond. Nouveaux placards, plans de travail en marbre, appareils haut de gamme, habillage de fenêtres sur mesure. Tout est crème, doux et italien. Rien à voir avec les précédents meubles en merisier foncé, les plans de travail en granite vert et or. Autrement dit, rien ici ne devrait me rappeler mon père ni le jour du drame.

Mais c'est raté. Cette pièce me les rappelle toujours. Peu importe que le parquet ait été arraché et remplacé. Ou que le réfrigérateur en inox ait laissé place à un modèle à façade en bois. Je vois l'endroit où est mort mon père. Je sens l'odeur. Je me souviens d'avoir contemplé son visage, cireux et figé, en me disant qu'il ne se ressemblait pas du tout.

Je ne sais pas comment fait ma mère pour continuer à vivre dans cette maison. Mais j'imagine que c'est une question à laquelle je vais devoir répondre à mon tour. Comment retourner dans la maison où j'ai vécu avec Conrad ? Comment recoller les morceaux de ma vie sans même savoir à quel moment nous avons fait fausse route ?

Je m'avise que toutes les lampes sont allumées et tous les rideaux tirés, alors que nous sommes en pleine journée. Je n'ai pas besoin de réfléchir longtemps.

« Les journalistes ?

— Tu les connais. » Ma mère agite la main d'un air désinvolte. Voilà au moins un point sur lequel nous sommes d'accord. La presse avait déjà débarqué, la première fois. Un professeur d'Harvard tué chez lui par sa fille : comment résister ? Au début, ma mère a cru qu'elle pourrait contrôler la manière dont l'histoire serait racontée, comme elle contrôlait toutes les facettes de sa vie passablement romancée. Autant vous dire que les journalistes n'en ont fait qu'une bouchée.

Elle a battu en retraite et opté pour une autre stratégie : laisser son silence hiératique parler pour elle. Comme j'étais encore mineure, je n'ai pas été aussi malmenée, mais il s'est passé des semaines, voire des mois, avant que je puisse sortir de chez nous en toute tranquillité. J'ai appris à détester la vue des camionnettes de télévision. À ne rien croire de ce que je voyais aux nouvelles. Et c'est une bonne chose que la vie m'ait donné cette leçon très jeune, parce que je vais devoir la mettre à profit.

On frappe à la porte de service. Celle dont ne se servent que nos proches. Ma mère s'empresse d'aller ouvrir.

Maître Dick Delaney, mon avocat, se trouve sur le seuil, toujours vêtu du costume gris impeccable qu'il portait au tribunal. C'est un bel homme, avec ses cheveux argentés et sa courte barbe soignée. J'ai d'innombrables souvenirs de lui. Les soirées poker avec mon père. Il riait avec indulgence à toutes leurs plaisanteries de matheux, lui qui était un des seuls participants à ne pas être professeur d'université. Comment avait-il rencontré mon père, d'ailleurs ? Comment avait-il gagné sa place autour de la table à jeux ? Je l'ignore. Mais il a toujours fait partie de la famille. Lui-même était diplômé d'Harvard et menait une carrière brillante, cela suffisait peut-être à lui ouvrir toutes les portes. Mais je ne l'avais jamais vu comme un avocat.

Jusqu'à il y a seize ans, bien sûr. Et de nouveau me reviennent cette odeur, cette expression sur le visage cireux de mon père.

J'éprouve une terrible sensation de déjà-vu. Nous voilà une nouvelle fois réunis dans cette cuisine.

Ma mère ne dit pas un mot. Elle s'écarte simplement pour le laisser entrer. Comme en écho aux pensées qui m'habitent, sa main droite est montée à sa poitrine dans un geste de protection et elle triture ses précieuses perles.

Le regard de Delaney fait un aller et retour entre ma mère et moi. Son visage n'annonce rien de bon.

« Après avoir récupéré Evie au tribunal, où êtes-vous allées ? demande-t-il à ma mère.

— Ici, répond-elle avec étonnement. Tout droit, bien sûr. Ma pauvre Evie avait besoin de se reposer.

— Pas d'arrêt en chemin ?

— Bien sûr que non.

— Même pas un crochet à son ancienne maison pour qu'elle puisse récupérer des affaires personnelles, des vêtements ?

— Certainement pas. Evie a tout ce dont elle a besoin ici. »

M. Delaney me scrute avec de grands yeux. Lentement, je hoche la tête, même si j'ai déjà compris que je préférerais ne pas entendre la suite.

« Il y a le feu chez toi », m'annonce-t-il sans ménagement.

J'essaie d'absorber la nouvelle. J'ai entendu les mots, mais je n'arrive pas à les comprendre. Ma maison. Notre petit nid, à Conrad et à moi. L'endroit où mon mari a vécu ses derniers instants.

« Il ne restera rien », continue Delaney.

La vie que je comptais y mener. Les photos et les objets personnels qui me reliaient au passé.

« Je suis navré, dit-il. Vous êtes bien certaines d'être restées ensemble tout l'après-midi ? Toutes les deux ? Dans cette maison ?

— Naturellement ! répond ma mère d'un air outragé.

— La police arrive », dit mon avocat.

Il prend un siège autour de la table et, ensemble, nous attendons.

Cette fois-ci, les coups sont frappés à la porte d'entrée. Mais nous étions déjà prévenus de l'arrivée des enquêteurs par le soudain brouhaha dans la rue : les journalistes, ayant repéré une voiture officielle, lançaient des questions à qui mieux mieux. Pas de commentaires, auront dit les policiers. C'est toujours ce qu'ils disent. Après tout, ce ne sont pas leurs vies qu'on déchire à belles dents.

M. Delaney se lève, va ouvrir. Ma mère et moi ne nous regardons pas. Nous en sommes incapables. Je fixe mon regard sur mon smoothie vert à moitié bu, sur les morceaux d'ananas dans mon assiette. Sous la table, mes mains tremblent furieusement sur mes genoux. Une fois de plus, jamais je ne me suis retrouvée dans un état pareil. Est-ce que c'est le choc ? Les hormones de grossesse ? Mon cœur s'affole comme celui d'un colibri et soudain j'ai envie de tout déballer, de raconter n'importe quoi. En réalité, je ne sais pas vraiment quoi dire. Je voudrais juste trouver la formule magique qui me rendra ma vie d'avant.

Un zombie. Si je me faisais déjà cet effet-là hier, qu'est-ce que je suis aujourd'hui ? Une revenante ? Le fantôme d'un rêve qui ne se réalisera jamais ?

Je reconnais le premier enquêteur qui entre dans la cuisine. C'est le gentil papa qui a tenté de m'interroger hier soir. Il affiche toujours sa mine aussi sévère que soucieuse. À côté de M. Delaney et de son costume à mille dollars, il paraît à la fois mal fagoté et plus humain.

Ma mère s'est déjà redressée sur sa chaise, ses yeux ont repéré une cible : un homme d'un certain âge, raisonnablement séduisant et clairement d'un milieu social inférieur. Elle va le dévorer tout cru. En savourant chaque bouchée.

Derrière lui entre un deuxième enquêteur. Une femme. Des boucles blondes, coupées au carré. Des pommettes à tomber. Des yeux d'un bleu presque cristallin. Elle porte un jean moulant et des bottines noires racées qui soulignent sa démarche pleine d'assurance.

J'éprouve de nouveau ce sentiment de déjà-vu. Dès son entrée, son regard se fixe sur moi et s'aiguise.

C'est l'odeur qui me revient en premier. Le souvenir de la poudre et du sang. Le réfrigérateur. Ne pas regarder la traînée de sang sur la porte en inox. Ne pas dévisager la poupée de cire qu'est devenu mon père, affalé au sol. J'étais assise à une table. Pas celle-ci ; la table de l'époque. Et pas dans cette cuisine ; la cuisine de l'époque.

La policière était assise en face de moi. Plus jeune. Plus douce. Plus gentille, me dis-je. Mais c'est peut-être parce que j'étais moi aussi plus jeune et plus douce. Elle m'avait posé des questions et elle va m'en reposer.

Les mains toujours tremblantes sur les cuisses, je regarde ma mère, M. Delaney, l'enquêtrice. Et je ne peux pas m'empêcher de me dire : la petite bande est au complet.

La blonde (le commandant D.D. Warren) ne prend pas tout de suite la parole. Elle laisse son collègue

(Appelez-Moi-Phil) nous mettre au courant des détails pendant qu'elle-même déambule dans la cuisine. Je me demande si elle remarque tout ce qui a changé : placards, plans de travail, appareils électroménagers. Trouve-t-elle étrange que ma mère vive, cuisine, mange encore sur une scène de crime ? Que nous soyons en ce moment même à quelques pas de l'endroit où est mort mon père ?

Ma mère parle. Avec la bénédiction de M. Delaney. Elle tourne aussi la tête sous un certain angle, pour présenter son meilleur profil, tout en venant de temps en temps tâter une mèche blonde au-dessus de son oreille, ses ongles manucurés s'attardant sur la courbe gracieuse de son cou.

Je n'ai jamais vu ma mère parler à un homme sans lui faire ses yeux de biche. Elle reste une femme séduisante. Mince, élégante, une bonne nature. Sans parler du fait qu'elle est adepte des smoothies verts et de tout ce qui est bio. Au yoga elle préfère la vodka triple distillation, servie pure, mais ça ne semble pas lui porter préjudice.

Mon père n'avait jamais pris ombrage de ses manières de séductrice. Il la suivait des yeux d'un air entendu quand elle circulait de groupe en groupe. Je crois qu'il aimait la voir briller. Les autres pouvaient bien l'admirer et la désirer, c'était toujours à lui qu'elle appartenait.

J'ai l'impression d'étouffer. Le temps perd toute épaisseur. J'ai seize ans. J'en ai trente-deux. Mon père. Mon mari.

La même enquêtrice. Qui arpente toujours la cuisine haut de gamme en se demandant certainement combien d'« accidents » on peut avoir dans une vie.

J'ai une autre question pour elle : à combien de deuils peut-on survivre dans une vie ?

Ma mère est en train de jurer qu'elle a passé tout l'après-midi avec moi. L'enquêteur lui demande, poliment mais fermement, si un tiers pourrait confirmer. M. Delaney intervient avec tact : si les enquêteurs doutent des déclarations de sa cliente, c'est à eux qu'incombe la charge de la preuve. Ont-ils des témoins nous ayant vues, ma mère ou moi, sur les lieux de l'incendie ? La ville ne manque pas de caméras ni de voisins indiscrets. Si la police avait des éléments plus concrets, elle ne serait pas en train de faire perdre du temps à tout le monde avec ces questions.

M. Delaney tâte le terrain. Même moi, je le vois. La police a-t-elle des indices solides ? Voilà ce qu'il aimerait réellement savoir. Mais l'enquêteur ne mord pas à l'hameçon.

Je trouve intéressant de constater que mon propre avocat se demande si la police aurait des preuves contredisant les déclarations de ses clientes. Est-ce que tous les avocats pensent que leurs clients leur mentent ? Ou bien est-ce simplement qu'en tant qu'ami de la famille depuis des décennies, il nous connaît sur le bout des doigts ?

« Qu'est-ce qui a déclenché l'incendie ? » Quand je finis par les interrompre, je suis étonnée du son de ma propre voix. Elle est enrouée comme si je n'avais pas parlé depuis des années.

La blonde s'arrête, me dévisage. Ni elle ni son collègue ne me répondent. J'insiste :

« Vous pensez que c'est un incendie volontaire, n'est-ce pas ? Sinon vous n'auriez rien à faire ici. Mais pourquoi est-ce que j'aurais mis le feu à ma propre maison ? Hier soir je suis partie sans même une brosse à dents. Tout ce que je possède... tout ce que j'avais... » Ma voix se brise légèrement. Je m'oblige à continuer, même si les mots sonnent creux à mes propres oreilles. « Tout a disparu. Toute ma vie... partie en fumée. Pourquoi est-ce que j'aurais fait une chose pareille ? »

La blonde intervient pour la première fois. « Ça ne me paraît pas si mal ici, comme point de chute. »

Sa remarque a le don de me mettre hors de moi. Je repousse ma chaise et je me lève. « Vous êtes pourtant bien placée pour savoir que ce n'est pas vrai. Hein que vous êtes bien placée ? » Je suis pratiquement en train de l'engueuler. Et pourquoi pas ? Puisque je ne peux pas engueuler ma mère.

Je sors de la cuisine. Je ne supporte plus cette pièce, avec ses meubles en bois blanc et son marbre de luxe. Un décor de théâtre, oui.

Mon père, lui, était réel. Son sourire, sa voix de stentor, sa bouche en cul-de-poule quand il cherchait à résoudre un problème particulièrement ardu, sa façon de m'écouter jouer du piano pendant des heures, les yeux fermés.

Il m'aimait. Il m'aimait, il m'aimait, il m'aimait.

Et Conrad m'aimait aussi.

L'enquêtrice me suit. Et M. Delaney en fait autant, manifestement inquiet. Les clients en proie à des émotions fortes sont un facteur de risque pour eux-mêmes et pour les autres. Ma mère reste dans la cuisine. Avec Appelez-Moi-Phil. Elle est sans doute en train de lui offrir un verre d'eau en lui effleurant le bras.

Je ne sais pas où je vais. Je ne peux pas sortir de la maison. Ce qui est en train de me submerger ici n'est rien en comparaison de la foule des journalistes tout prêts à se jeter sur moi dehors. J'entre dans le salon de réception, où se trouve le piano. Noir et luisant. J'ai passé tant d'heures de mon enfance sur cette banquette, à actionner les touches.

Je n'ai pas reposé les doigts dessus depuis.

Je ne me supporte pas dans cette pièce et je passe dans le petit salon. D'ailleurs, je ne l'ai jamais aimée – qu'est-ce qu'un enfant peut avoir à faire d'un salon d'apparat ?

« Ma cliente a besoin de repos », signale M. Delaney à l'enquêtrice.

Elle ne l'écoute pas et me dévisage. « Vous vous souvenez de moi, n'est-ce pas ? »

Je confirme d'un signe de tête. Au lieu de m'asseoir, je fais les cent pas dans le petit salon. Il m'a fallu des années pour me rendre compte que la plupart des gens ne vivent pas ainsi, au milieu de fauteuils tapissés de soie à l'emplacement soigneusement étudié, de commodes d'époque et de carafes en cristal.

« Oui, finis-je par répondre en lui décochant un regard. Vous aviez l'air plus gentille à l'époque. Compatissante. Ça vous a passé. »

Elle sourit, pas vexée pour deux sous. « J'étais jeune. Encore en période d'apprentissage.

— Et qu'avez-vous appris ?

— À poser plus de questions. À accepter moins de réponses. Parce que même la personne la plus honnête au monde peut mentir.

— Ma cliente… », tente encore M. Delaney.

Je l'arrête d'une main. « Ça va. Vous pouvez aller aider ma mère. Ou plutôt voler au secours de l'autre enquêteur. »

M. Delaney me lance un regard de reproche, mais il est pris entre deux feux. Il connaît ma mère et quelquefois, ses manigances, même bien intentionnées, peuvent être contre-productives.

J'ai repris du poil de la bête, je me sens plus sûre de moi et je m'adresse directement au commandant Warren : « Vous n'allez pas m'interroger au sujet de Conrad, n'est-ce pas ? »

Lentement, elle me fait signe que non.

« Vous allez me donner des informations sur l'incendie ? »

Nouveau silence. Elle hoche la tête. Marché conclu. Mon avocat n'en comprend peut-être pas les termes, mais nous si.

« Ça va, dis-je une nouvelle fois à M. Delaney. Laissez-nous un instant, s'il vous plaît.

— En tant qu'avocat…

— Je sais. Un instant. »

Il n'est pas content. Mais je suis la cliente, il est l'avocat, et il se fait du souci au sujet de ma mère. Non sans raison. Il finit donc par se retirer, nous laissant seules, le commandant Warren et moi. La dernière fois, nous étions en tête à tête dans la cuisine. Ma mère et l'autre enquêteur dans le salon. Ce changement de cadre me plaît. J'en avais besoin.

C'est vrai qu'elle a l'air endurcie, comme si les seize années écoulées n'avaient pas été tout à fait tendres avec elle. Ou alors, elle disait vrai tout à l'heure : le désenchantement fait partie du métier. Après tout, il y a seize ans, elle m'avait crue au sujet de la mort de mon père. Mais aujourd'hui ?

Je me demande ce qu'elle voit quand elle me regarde. Est-ce que je suis endurcie ? Désenchantée ? En colère ? Je ne ressens rien de tout cela, je crois.

Je suis triste. Perdue. En digne fille de mon père, j'ai toujours su reconnaître la vérité, même quand elle échappait aux autres. Mais je n'ai pas pour autant su quoi en faire. Surtout quand il s'agissait des gens que j'aimais.

« Comment vous sentez-vous ? » me demande le commandant Warren. Comme elle ne s'assied pas dans un des fauteuils en soie délavée, moi non plus.

« Je ne sais pas. »

Elle penche la tête sur le côté. « Vous êtes heureuse d'être enceinte ?

— Oui.

— Et Conrad ?

— Nous avions presque perdu espoir. Cela faisait un moment que nous essayions. Rien, et puis... » Je n'ai plus de mots. Je pose une main sur le doux renflement de mon ventre. Nouvelles excuses silencieuses.

J'ai déjà avec mon enfant la même relation qu'avec ma mère.

« J'ai un fils, m'apprend l'enquêtrice. Il a cinq ans. On vient de lui offrir un chiot. Ils sont tous les deux cinglés. »

Je souris. « Nous voulions avoir la surprise. Ça me paraît bizarre, maintenant. Que Conrad soit mort sans même savoir s'il allait avoir un garçon ou une fille. Ça n'a aucun sens ; c'est déjà assez terrible que Conrad ne puisse jamais connaître son enfant, alors le sexe, quelle importance ? » Un temps. Et, au milieu de ce silence, parce que cela pèse lourd dans mon esprit, je ne peux pas m'empêcher d'ajouter : « Il me manque encore.

— Conrad ? »

Je la regarde. Secoue la tête. « Vous croyez que ce sera plus facile pour mon bébé ? Comme il ou elle n'aura jamais connu son père, peut-être qu'il lui manquera moins ? »

Le commandant ne répond pas.

« Je ne l'ai pas tué.

— Conrad ? » répète-t-elle.

Une nouvelle fois, je secoue la tête.

Elle ne bouge plus. Moi non plus. Nous nous toisons dans le petit salon. Deux femmes qui se connaissent à peine et qui sont pourtant inextricablement liées par un écheveau de questions entremêlées, le poids de trop d'histoires inachevées.

« Nous l'avons trouvé en rentrant, dis-je d'une voix très douce, seul ton qui convienne pour une confession. Je suis entrée par la porte de la cuisine et il était là.

— Votre mère était avec vous ? » demande l'enquêtrice, d'une voix aussi assourdie que la mienne. Elle jette un regard vers la porte ouverte. M. Delaney ne va pas tarder à revenir, nous le savons toutes les deux.

« Oui, à la porte.

— Vous aviez du sang dans les cheveux, rappelle le commandant Warren avec assurance. De la poudre sur les mains. Si vous n'avez pas tiré sur votre père, comment l'expliquez-vous ?

— Ça m'est tombé dessus. » J'arrive à peine à articuler ces mots. Seize ans ont passé, mais l'horreur est intacte. « Je suis entrée dans la cuisine et des gouttes sont tombées sur moi. » Je touche mes cheveux courts avec gêne. « Du sang chaud qui dégoulinait du plafond.

— Qu'avez-vous fait ?

— J'ai ramassé le fusil. Il était par terre, à mes pieds. Je l'ai ramassé. Je ne sais pas pourquoi. Pour libérer le passage. Et ensuite, j'ai vu mon père. À moitié caché par l'îlot. Mais en faisant le tour, je l'ai vu… en entier. »

Nouveau coup d'œil vers l'entrée. Sont-ce des pas que nous avons entendus au loin ? Le tintement d'un rire. Ma mère qui flirte avec M. Phil.

« Qu'a fait votre mère ?

— Elle a crié.

— Et vous ?

— Rien. Il n'avait pas l'air vrai. Pas l'air d'être lui-même. J'ai attendu qu'il se relève.

— Qui a appelé la police ? »

Je la regarde. « Pas nous. J'ai contrôlé le fusil. Vérifié que la chambre était vide...

— Vous saviez comment vous y prendre.

— Je l'ai toujours su. Mon père n'aurait pas fait entrer une arme dans la maison sans nous apprendre les règles de sécurité.

— Qu'avez-vous fait, Evie ?

— Tout ce que ma mère me disait de faire.

— Et elle vous a demandé d'avouer que vous veniez de le tuer ? Elle ne s'est pas dit "Appelons les secours" ou "Oh, mon Dieu, mon cher et tendre vient d'être assassiné" ? »

Je sais que ça paraît délirant. À l'époque. Aujourd'hui. Tout ce temps qui s'est écoulé entre les deux. Je ne sais que dire.

Le regard de l'enquêtrice s'affûte. « Est-ce que vous couvrez votre mère, Evie ? Votre père et elle s'étaient disputés. Elle l'avait tué. Et, comme vous étiez une mineure sans casier judiciaire, vous avez pris la faute sur vous pour sauver le dernier parent qui vous restait.

— Elle était avec moi. Elle n'a pas pu le tuer.

— Alors pourquoi cette histoire tirée par les cheveux ? Pourquoi ne pas appeler la police ?

— Il y aurait eu une enquête. Des tonnes de questions. La menace d'un... scandale. » Je n'aurais pas su mettre des mots dessus à l'époque, mais aujourd'hui, ils sonnent juste. « Je ne pense pas que ma mère sache qui a tué mon père ni pourquoi. Mais elle ne voulait pas courir le risque qu'on réponde à ces questions. Pas si cela devait ternir la mémoire de son mari. Il faut que vous compreniez que mon père n'était pas un simple mortel à ses yeux. Il représentait tout pour elle. »

L'enquêtrice me considère d'un œil sceptique. « Donc elle a préféré sacrifier sa fille de seize ans plutôt que de chercher à obtenir justice pour le meurtre de son mari ? » Un silence. « Ou plutôt que de s'exposer à une enquête sur un éventuel suicide ? »

C'est une question rhétorique. L'enquêtrice commence enfin à comprendre. De quoi ma mère avait réellement peur. La vraie raison pour laquelle j'ai agi comme je l'ai fait. Parfois, le danger ne vient pas des autres, mais de nous-mêmes.

« Vous allez aussi faire porter le chapeau de la mort de votre mari à votre mère, me demande-t-elle finalement, ou bien vous avez réussi votre coup, cette fois-ci ? »

J'hésite. Et je m'en veux d'hésiter. Je considère ma mère comme une cinglée manipulatrice, mais pas comme une meurtrière. Et pourtant, cette penderie pleine à craquer de vêtements de maternité, cette chambre d'enfant déjà aménagée... On dirait presque qu'elle savait ce qui allait se passer aujourd'hui. Comme si elle n'attendait que ça.

« Qu'avez-vous pensé à l'époque ? demandé-je à D.D. Warren.

— Que vous aviez peur. Que vous étiez sous le choc. Et, au vu des éléments matériels dont nous disposions, que vous l'aviez réellement tué, mais que vous le regrettiez.

— Et aujourd'hui ? »

Elle hausse les épaules. « Quand j'ai vu le lieu du meurtre de votre mari, j'ai de nouveau pensé que c'était vous qui aviez tiré. Mais que, cette fois-ci, vous ne le regrettiez pas.

— Ce serait un mauvais calcul de ma part », dis-je.

Elle me lance un regard interrogateur.

« J'ai déjà été impliquée dans un meurtre par arme à feu, alors reprendre les mêmes éléments de l'équation... ce serait un mauvais calcul.

— Sauf que cette équation vous avait réussi la première fois.

— Vous trouvez ? Seize ans de bruits de couloirs, de rumeurs et de sous-entendus ? Seize ans à porter le deuil de quelqu'un que je n'ai même pas le droit de pleurer parce que je suis censée l'avoir tué ? »

Elle ne répond pas tout de suite et continue à m'observer.

« Et puis, continué-je avec plus de vivacité, je n'aurais pas brûlé ma maison. Maintenant, j'ai tout perdu. Et mon bébé aussi. Aucune mère ne ferait ça. »

Elle se contente de désigner le cadre luxueux de cette conversation.

Ne me laissant d'autre choix que d'abattre ma dernière carte. « J'ai menti sur ordre de ma mère. Je lui ai trouvé des excuses, je lui ai permis de mal se comporter, j'ai rogné mes rêves et mes espoirs pour lui faire plaisir. Mais jamais je ne me serais réinstallée volontairement sous son toit. Et en aucun cas je ne l'aurais laissée s'occuper autant de son premier petit-enfant.

— Qu'est-ce que vous essayez de me dire ? »

Je secoue la tête. Cette fois, c'est moi qui surveille la porte avec nervosité. « Je ne sais pas. Mais vous ne trouvez pas étrange que, moins de vingt-quatre heures après le meurtre, il me reste si peu de choix ? »

11

D.D.

« Tu en as tiré quelque chose ? » demanda Phil alors qu'ils regagnaient la voiture. Ils s'étaient garés dans l'allée de la maison afin de rester à distance des reporters qui jacassaient sur le trottoir.

« Elle n'a pas comme par enchantement avoué le meurtre de son mari, dit D.D. en prenant place sur le siège passager. Mais ce qui est intéressant, c'est qu'elle a changé de version concernant la mort de son père il y a seize ans. »

Phil démarra le moteur et la regarda avec étonnement. « Dans quel but ?

— Je ne sais pas. Peut-être simplement pour brouiller les pistes ? Elle se rend forcément compte qu'avoir avoué le meurtre accidentel de son père contribue à la rendre suspecte du meurtre de son mari. Alors plutôt que de s'expliquer sur celui-là, elle revient sur ses déclarations de l'époque.

— Il n'y a pas de prescription en cas de meurtre », remarqua Phil, avant de se retourner et d'entreprendre de reculer dans l'allée pour rejoindre la chaussée sans écraser aucun de ces journalistes exagérément pugnaces.

Les journées étaient courtes en cette saison ; le soleil s'était couché pendant qu'ils étaient dans la maison à interroger la famille. Par chance, de grands projecteurs et les flashs des appareils photo leur éclairaient le chemin.

« Alors, qui a tué son père ? reprit Phil.

— Evie prétend qu'elle ne sait pas. Qu'il était mort quand sa mère et elle sont rentrées. Sa mère l'aurait convaincue de s'accuser plutôt que de risquer une enquête qui aurait pu ternir la mémoire du grand homme. Mais tout ça ne me paraît toujours pas très catholique. Qui n'appellerait pas la police en découvrant le cadavre de son mari ? Qui déciderait de jouer à faire semblant ?

— Elle fait peur, la mère, observa Phil avec un léger frisson.

— Tu trouves ? Parce qu'elle n'avait pas l'air insensible à ton charme. Une riche veuve, plutôt bien conservée, qui plus est... »

Phil lui lança un regard. D.D. savait ce qu'il en était. Phil était follement amoureux de Betsy, son amour de jeunesse et épouse de longue date. Leur mariage faisait partie des rares choses dans la vie qui donnaient à D.D. l'envie d'espérer.

« Elle fait peur », confirma Phil.

D.D. sourit et se tourna vers la fenêtre pour observer le quartier. Ils avaient laissé les journalistes derrière eux et traversaient Cambridge, ses rues bordées de magnifiques maisons victoriennes et de demeures historiques de style colonial, parées de leurs plus beaux atours pour les fêtes : rideaux de lumières scintillantes, balustrades ornées de guirlandes végétales, arbustes impeccablement décorés. Dans cette enclave où régnait l'opulence, D.D. ne doutait pas un instant que l'intérieur des maisons était à l'image de l'extérieur : immenses sapins de Noël couverts de délicates décorations anciennes, escaliers superbement mis en valeur, luxuriantes plantes en pot. Alex et elle en étaient encore à étudier la question du sapin. Vu la taille modeste de leur logement au regard de l'énergie phénoménale de Jack et Kiko, il leur faudrait sans doute l'installer le soir de Noël pour espérer qu'il soit encore debout le lendemain matin.

« Combien peut valoir un prof de maths mort ? » se demanda D.D. à mi-voix. Elle n'y avait pas vraiment réfléchi à l'époque. Tout le monde disait qu'Earl Hopkins était un génie et il était titulaire d'une chaire à Harvard ; cette demeure majestueuse semblait donc digne de lui. Mais il était mort depuis des années et, rien qu'à voir la nouvelle cuisine, le train de vie de la famille n'en avait pas souffert. Le demi-million de dollars de l'assurance-vie ne suffisait pas à l'expliquer. Fallait-il en déduire qu'il existait d'autres sources de revenus et que l'intelligence supérieure d'Hopkins avait généré des profits matériels que sa femme n'avait pas voulu exposer, au risque d'une enquête pour meurtre ? Phil avait raison : il n'y avait pas de prescription pour les affaires d'homicide ; le changement de version d'Evie amenait donc à se poser toutes sortes de questions intéressantes. Or, quel qu'ait été son objectif, ces questions tournaient toujours essentiellement autour d'elle et de sa mère.

« Mon collègue et moi avons été les premiers à interroger Evie et sa mère, dit-elle, toujours en regardant dehors. À ce moment-là, elle avait des éclaboussures de sang dans les cheveux et les tests avaient mis en évidence des résidus de tir sur ses mains. Ce genre d'indice matériel n'arrive pas là par hasard.

— Tu lui as posé la question ?

— Je pense bien. Dans la nouvelle version de ses souvenirs, elle est entrée dans la cuisine alors que le sang était encore frais. Il aurait dégouliné sur elle depuis le plafond. Après quoi elle aurait ramassé le fusil pour vérifier si la chambre était vide, ce qui lui aurait mis des résidus de tir sur les mains. Ça, encore, je veux bien. Mais pour le sang, je suis moins convaincue.

— J'ai connu un cas comme ça, objecta Phil. Un jeune avait été découvert dans l'appartement de son meilleur ami, couvert de sang, un fusil à la main. Le corps du copain était avachi sur une chaise, pratiquement décapité par le tir. Bien sûr, on arrête le type pour meurtre. Sa version des faits : il avait reçu un appel de son ami lui annonçant qu'il allait se suicider. Il se précipite chez lui, entend le coup de fusil et déboule dans l'appartement, mais l'autre est déjà mort. Le sang provenait des projections qui avaient dégouliné du plafond.

— Verdict ?

— Les experts du département médico-légal ont prouvé qu'il disait vrai. La direction des projections au plafond montrait que le coup de fusil avait été tiré vers le haut, tandis que celles sur l'ami avaient ruisselé de haut en bas. Il a été mis hors de cause. Je crois que cette affaire sert encore de cas d'école à l'académie de police. Tu devrais en parler à Alex. »

D.D. approuva. Dans la mesure où son mari était spécialiste de l'analyse des traces de sang, elle ne manquerait pas de lui demander ce qu'il pensait des dernières explications d'Evie. Les suicides au fusil étaient certes moins fréquents qu'au pistolet, mais ils arrivaient. Autrement dit, Evie et sa mère avaient peut-être raison de s'inquiéter de ce qui aurait pu ressortir d'une enquête plus poussée sur les causes du décès.

« Le hic, reprit D.D., c'est que je peux ressortir le dossier, mais le souvenir que je garde de cette affaire, c'est qu'on n'a pas vraiment mené l'enquête dans les règles de l'art. On avait un cadavre. On avait des aveux. On avait un témoin et aucun mobile de meurtre qui sautait aux yeux. Tout le monde disait qu'Evie adorait son père et ainsi de suite. Sur le moment, tout concourait à confirmer le scénario d'une épouvantable tragédie familiale et rien ne laissait subodorer un crime. Et puis, disons que le chargé d'enquête, Speirs, gérait ses dossiers en fonction d'un critère d'efficacité : classer au plus vite ceux qu'on pouvait classer pour avoir du temps à consacrer aux autres.

— Alors que toi, tu ne laisses jamais rien au hasard, remarqua Phil.

— Je me demande bien comment Speirs et moi avons réussi à travailler ensemble pendant cinq ans, confirma D.D. Mais j'étais la petite nouvelle et, au début, tout le monde fait ce qu'on lui dit de faire.

— Tu as eu des doutes sur les aveux d'Evie à l'époque ?

— Franchement, non. À voir son allure défaite. Les indices matériels. Il y a des affaires sur lesquelles je m'interroge encore, mais la mort d'Earl Hopkins n'en faisait pas partie.

— Et aujourd'hui ?

— Je n'aime pas ça, dit D.D. en se détournant de la fenêtre. Rien ne me plaît dans cette histoire. La mort du mari d'Evie. L'incendie de leur maison et de notre scène de crime. La nouvelle version d'Evie, moins cohérente que la précédente : franchement, qui va s'accuser d'un meurtre juste histoire de tranquilliser sa petite maman ?

— Elle fait peur, la maman, rappela Phil.

— Des questions, des questions et encore des questions. Et tu sais ce qui se passe quand j'ai des questions ?

— Laisse-moi deviner : je ne suis pas près de revoir ma femme ?

— Je crois qu'on a du pain sur la planche.

— Et par où tu veux commencer ?

— Par là où doit se rendre tout enquêteur qui n'a plus les idées claires : retour à la scène de crime. Incendie criminel ou pas. »

L'odeur des ruines calcinées leur parvint avant même qu'ils soient sur place. Phil remontait une artère secondaire, rendue plus étroite encore par les rangées de voitures garées de part et d'autre. À cette heure tardive, les gens étaient chez eux. Dans les petites maisons cubiques, on apercevait de douillettes scènes domestiques ou la lueur d'écrans plats. D.D. remarqua avec intérêt que plus le logement était petit, plus les décorations extérieures prenaient de place. Certains toits disparaissaient complètement sous le Père Noël et son traîneau. D'autres jardins étaient envahis de bonshommes de neige gonflables. Et partout, des kilomètres de guirlandes scintillantes.

Alex avait disposé des lumières-stalactites au-dessus de leur porche et une guirlande dans l'unique arbre de leur jardin en façade. Cela faisait pâle figure à côté des voisins, mais c'était déjà plus qu'elle-même n'en avait jamais fait. Ils avaient un enfant, désormais, et Jack était obsédé par tout ce qui avait un rapport avec le Père Noël.

Phil tourna au coin et l'ancienne maison des Carter leur apparut aussitôt sous la forme d'un trou noir au milieu d'un quartier en fête. L'odeur de bois brûlé et de plastique fondu s'intensifia nettement.

Lorsqu'ils avaient appris le sinistre, ils étaient venus tout droit depuis le lycée où enseignait Evie. Mais, à ce moment-là, la chaleur était trop forte pour s'approcher et les pompiers s'activaient encore. En fin de compte, il leur avait paru plus efficace d'aller directement à la source du problème (Evie Carter) plutôt que de tourner en rond sur place.

Phil s'engagea dans l'allée pour se garer au bout, juste devant le ruban de scène de crime. Ses phares illuminèrent une carcasse vide. Un toit effondré. Des fenêtres dont les vitres avaient volé en éclats. Si une bonne partie du garage semblait intacte, seule la façade de la maison restait debout, et encore.

« Alors, voilà ce que nous savons », dit Phil en sortant son carnet de notes. Beaucoup de ses collègues se servaient désormais de tablettes ou même de leur smartphone, mais Phil restait fidèle à la tradition et cela faisait partie des qualités que D.D. appréciait chez lui.

« D'après l'experte incendie, Patricia Di Lucca, le feu a très probablement démarré dans la cuisine, à l'arrière. L'origine criminelle ne fait aucun doute. Une marmite a semble-t-il été laissée sur la cuisinière, pleine de matériaux hautement inflammables. Ensuite on a généreusement répandu un accélérant dans toute la maison (très certainement de l'essence), en insistant sur les chambres à l'étage. La cuisinière a été allumée, puis l'incendiaire a quitté les lieux et, quand le brûleur est arrivé à bonne température, tout s'est embrasé. Une étincelle a suffi pour que le feu devienne galopant. Ces vieilles baraques ne demandent pas mieux que de flamber, mais vu l'ampleur des dégâts (surtout quand on sait que les pompiers sont arrivés en moins de six minutes), on peut se dire que le coupable tenait vraiment à réussir son coup.

— Il voulait qu'il ne reste plus rien de la maison.

— Exactement, sauf le garage qui, comme tu peux le voir, est relativement intact.

— L'incendiaire s'en fichait.

— Apparemment. »

D.D. pencha la tête sur le côté, songeuse. « Ça ressemble à une tentative assez peu discrète pour faire disparaître une scène de crime. Mais, dans ce cas, pourquoi ne pas démarrer le feu précisément dans le bureau, là où est mort Conrad ?

— Se servir de la cuisinière lui donnait le temps de sortir de la maison. C'était moins risqué que de devoir prendre le feu de vitesse dans un escalier déjà arrosé d'essence. Di Lucca en saura davantage dès demain sur l'accélérant et le dispositif de mise à feu. Elle fera aussi une recherche dans le fichier des incendiaires pour voir si cela correspondrait à un mode opératoire connu. »

D.D. hocha la tête. Les vrais incendiaires ont beaucoup de points communs avec les tueurs en série : ils restent fidèles à leurs petites habitudes, c'est plus fort qu'eux.

« En attendant, elle pense que ce n'était pas une méthode très élaborée. Sans doute même le genre de truc et astuce qu'on trouve en un clic sur Internet. Mais elle connaît son affaire, elle saura nous dire.

— Des témoins ?

— Négatif. Le feu a pris peu après quatorze heures. Pas grand-monde dans le quartier. Et parmi les voisins qui étaient là, aucun n'a vu une voiture garée dans l'allée ni un individu partir en courant d'une maison d'où sortait de la fumée. Cela dit, c'était un système d'allumage à retardement, il se peut que l'auteur des faits soit plutôt parti vers treize heures trente en marchant d'un pas tranquille. Ce n'est pas le genre de quartier où tout le monde se connaît. Trop grand pour ça.

— Et les caméras ? » demanda D.D. Parce que l'avocat d'Evie n'avait pas tort : Boston était une ville truffée de systèmes de surveillance et un bon enquêteur devait savoir en tirer parti.

« Quelques caméras chez des particuliers, mais aucune qui ait la maison des Carter dans son champ. Quant à celles qui filment la circulation, la plus proche se trouve à un kilomètre et demi, au grand carrefour qui dessert ce dédale de petites rues. Ce serait encore jouable si on savait ce qu'on cherche. Mais en l'absence de cible définie, ça ferait trop de données. D'autant qu'on peut aussi entrer dans ce quartier par des voies secondaires, cette caméra ne couvre que l'axe principal.

— Donc n'importe qui, y compris Evie et sa mère, aurait pu arriver ici en suivant un itinéraire moins connu ?

— Exact. Sauf que Dick Delaney a trouvé un alibi assez imparable à ces deux-là.

— Quand ça ?

— Pendant que tu discutais avec Evie. Joyce Hopkins a pour habitude de se garer dans son allée.

— Je sais, on s'est garés derrière elle.

— Tout juste. Mais ça veut dire que sa voiture s'est trouvée exposée à la vue de tous pendant la plus grande partie de l'après-midi. Comme l'a fait remarquer l'avocat, une bonne vingtaine de reporters sur les dents peuvent l'attester.

— Les fouille-merde deviennent leur alibi ?

— Tu vois que c'est intéressant.

— Elles ont pu prendre un Uber, un taxi, je ne sais pas.

— Là encore, sans que les hordes barbares ne s'en aperçoivent ? »

D.D. fit la moue. L'avocat d'Evie avait trouvé là un solide argument. La presse tenait la maison sous surveillance pour ainsi dire depuis le matin. Les chances qu'Evie ou sa mère aient pu faire quoi que ce soit sans qu'un cameraman ou un journaliste ne le remarque étaient proches de zéro.

« Je dois reconnaître, reprit-elle, que je comprends ce que veut dire Evie. Pourquoi aurait-elle brûlé sa propre maison, surtout avant d'avoir pu récupérer quelques affaires personnelles ?

— Est-ce que les femmes sont à ce point attachées à leur pull préféré ?

— Je pensais plutôt à son bébé. À cinq mois de grossesse, Evie avait sans doute acheté au moins une ou deux bricoles, sans parler des échographies, des photos d'elle avant/après. Je n'imagine pas une femme sur le point de devenir mère détruisant volontairement de tels objets. À moins, bien sûr, qu'elle ne les ait mis à l'abri avant même de tuer Conrad. Est-ce que tu aurais remarqué des affaires de puériculture quand tu as fait le tour de la scène de crime, la première fois ?

— Je n'ai pas vraiment fait attention, avoua Phil. Mais on a plein de photos, ce sera facile à vérifier. J'ai une autre idée, au sujet de cet incendie.

— Je t'écoute.

— Evie a tiré sur l'ordinateur – une bonne dizaine de fois, n'est-ce pas ? Ça me fait penser que c'était l'ordinateur qu'elle voulait supprimer. Et elle l'a fait. Alors pourquoi prendre le risque de revenir mettre le feu ?

— Tu penses qu'elle avait déjà fait disparaître les preuves. En détruisant le portable.

— Il me paraît établi qu'elle a un faible pour les armes à feu. »

C'était indiscutable. D.D. contempla de nouveau la maison ravagée. « Reprenons depuis le début. Que savons-nous ? Il y a seize ans, le père d'Evie est tué d'un coup de fusil chez lui.

— Evie affirme aujourd'hui qu'elle n'y était pour rien, mais sa nouvelle version demande à être confirmée, enchaîna Phil.

— Est-ce qu'il pourrait s'agir d'un suicide ? Dans ce cas, sa mère aurait certainement pu avoir le réflexe de vouloir le cacher. Mais Evie ne m'a pas dit avoir vu autre chose que le cadavre de son père et le fusil.

— Reste à savoir si elle dit la vérité, rappela Phil en se tournant vers D.D. Même si vous n'avez pas relevé les traces de sang sur Evie, vous devez bien avoir des photos du cadavre sur la scène de crime. Demande aux experts de se repencher sur l'angle de tir. Ça t'indiquera où se trouvait le tireur et si Hopkins a pu se tuer lui-même.

— Bonne idée. Donc, une mort par balle il y a seize ans, dont la nature exacte a sans doute été dissimulée. Avance rapide jusqu'à hier, où le mari d'Evie tombe aussi sous les balles.

— Conrad Carter : le genre de type que tout le monde apprécie, mais que personne ne connaît, résuma Phil. Sauf peut-être ton indic, Flora Dane, qui prétend l'avoir croisé dans un bar en compagnie de Jacob Ness. »

Le ton de Phil laissait entendre qu'il nourrissait encore quelques doutes. D.D. haussa les épaules. Avec Flora, tout était possible, mais elle ne l'avait jamais vue mentir délibérément. Ne pas dire toute la vérité, oui, mais mentir sciemment…

D.D. reprit son récit : « Pas d'antécédents de scènes de ménage signalées à la police ni de tensions entre Conrad et Evie. Mais, d'après sa collègue, elle donnait des signes de stress, ces derniers temps. »

Phil hocha la tête et enchaîna : « Ce qui nous amène à Evie Carter, enceinte de cinq mois et mêlée à une mort accidentelle alors qu'elle était encore mineure. Et, malgré tout, casier blanc comme neige depuis.

— Ils achètent cette maison ensemble il y a quatre ans. Tous deux vaquent à leurs activités professionnelles la semaine, font des travaux le week-end. Classique, conclut D.D. d'un air contrarié. De l'avis général, un jeune couple normal à la limite du plan-plan, qui construisait sa vie, qui allait avoir un enfant. Jusqu'à hier soir.

— Trois balles pour le mari. Douze pour l'ordinateur. Et huit minutes entre les deux.

— Ces quelques minutes vont nous pourrir la vie au procès.

— Et ta théorie sur le fait qu'Evie les aurait employées à récupérer des données sur l'ordinateur avant de le détruire ? Ensuite il aurait fallu qu'elle cache ça dans la maison, sinon on l'aurait retrouvé sur elle à son entrée en prison.

— Et quelqu'un aurait mis le feu pour détruire ce qu'elle avait sauvegardé ? »

Phil n'excluait pas cette hypothèse. « Ça supposerait que quelqu'un d'autre ait su qu'elle avait caché quelque chose. On attend encore les relevés des téléphones de monsieur et de madame. Il se pourrait qu'ils nous donnent une piste.

— Un coup de fil tout de suite après les coups de feu ?

— C'est ça qui serait sacrément compromettant. En tout cas, huit minutes ou pas, la chronologie de la soirée est précisément établie. Des voisins ont signalé la première salve. Des agents étaient devant la porte au moment de la deuxième. Il n'y a pas à revenir là-dessus. »

D.D. soupira. « Si seulement l'ordinateur de Conrad était encore intact... J'ai l'impression qu'il contenait la clé de l'énigme.

— Evie elle-même avait un ordinateur à son travail, on va le requérir au plus vite. C'est étonnant tout ce qu'un historique de navigation peut révéler d'une personne.

— Une recherche sur le meilleur moyen de mettre le feu à une maison sans se faire pincer ? demanda D.D. avec ironie.

— Exactement. Et il y a une dernière question à prendre en considération : si jamais, et je dis bien si jamais, il y avait un lien entre Conrad Carter et Jacob Ness... »

D.D. voyait parfaitement où il voulait en venir. « Beaucoup de criminels se servent d'Internet. »

Phil poussa un soupir à fendre l'âme. « Je n'en reviens pas de te dire une chose pareille, mais… ton indicatrice à moitié cinglée ? Il se pourrait qu'elle nous rende service. »

12

Flora

L'intérieur de la maison de Keith Edgar est aussi surprenant que l'individu lui-même. Un espace de vie ouvert et complètement traversant. Des kilomètres de parquet sombre sous un plafond à caissons d'un blanc immaculé. Une cheminée recouverte d'ardoise qui s'élève comme une colonne de granite au milieu de cette pièce résolument moderne. Elle fonctionne au gaz et les flammes dansent devant les pierres lustrées. En face, un canapé bas, turquoise, encadré par deux fauteuils orange. Une sorte de tapis à longues mèches semé de taches de couleurs vives a pour difficile mission de relier tous ces éléments, tandis qu'au-dessus de la cheminée une gigantesque télé à écran plat beugle les nouvelles du soir, parmi lesquelles l'incendie de la maison des Carter. J'ai déjà récolté quelques informations à ce sujet sur mon téléphone, qui ont fait naître de nouvelles questions sur un meurtre, un couple, un homme, qui sont encore pour moi des mystères.

Je reste figée dans l'entrée, dos au mur. Maintenant que je suis dans la maison, nez à nez avec Keith, je me sens désemparée.

Il s'anime le premier. D'un bond, il va prendre une télécommande sur la table basse en verre et éteint la télé. « Désolé, les actualités. Qu'est-ce que je peux vous offrir ? De l'eau ? Du café ? » Il jette un œil à sa montre, voit l'heure qu'il est. « Un verre de vin ? »

À en juger par l'ameublement, j'aurais plutôt parié qu'il buvait des martinis. Et qu'il passait de longues heures à regarder *Mad Men*. Entre deux réunions de son club des petits criminologues.

« Asseyez-vous, se hasarde-t-il ensuite en désignant un des fauteuils orange. Bienvenue et merci d'être là. Est-ce que c'est à cause de ma dernière lettre ? Pour tout dire, je ne pensais pas que vous réagiriez. Ce n'est pas comme si les précédentes avaient eu de l'effet... Mais vous ne pouviez pas m'en vouloir de tenter ma chance. »

Il sourit, rougit légèrement et, un court instant, semble aussi gêné que moi. Je n'arrive pas à savoir si ce type est sincère ou si c'est le psychopathe le plus doué que j'aie jamais rencontré.

« C'est ici que vous vivez ? » finis-je par dire en me dirigeant vers le fauteuil.

Il hoche la tête.

« Une femme ? Des enfants ? »

Il me fait signe que non.

« Qu'est-ce que vous faites dans la vie ?

— Je suis ingénieur en informatique. La plupart du temps, je travaille chez moi. Et je ne ressemble pas du tout à ça », dit-il. De nouveau ses joues se colorent de manière charmante, tandis qu'il montre sa tenue soignée. « Mais il se trouve que j'avais rendez-vous avec un client aujourd'hui. Vous avez de la chance, je viens juste de rentrer. Ou alors, c'est moi qui ai de la chance. Plutôt.

— Je veux bien ce verre d'eau que vous me proposiez. »

Il fait aussitôt volte-face, passe devant la cheminée et se dirige vers le fond de la maison, où doit se trouver la cuisine. J'en profite pour retrouver mon calme, réexaminer la pièce. Porte d'entrée derrière moi. Très certainement des portes-fenêtres donnant sur une terrasse à l'arrière. Un escalier ouvert à gauche. Une porte sous l'escalier : la penderie, probablement. Une autre porte en face de celle-là : les commodités du rez-de-chaussée.

À part ça, un séjour très ouvert et spacieux, dont la décoration semble tout droit sortie du catalogue West Elm. Mais ce deuxième coup d'œil me permet de découvrir ce qui m'avait échappé au premier : pas de photos. Pas d'œuvres d'art aux murs. Strictement rien de personnel.

D'après Keith Edgar, c'est non seulement ici qu'il habite, mais aussi qu'il travaille. Et pourtant, on pourrait aussi bien se trouver dans une maison témoin. Parfaitement meublée mais totalement dépourvue de personnalité.

Nous portons tous des masques. Et plus nous avons à cacher, plus le vernis est travaillé.

Keith revient avec un grand verre d'eau. Je le prends avec précaution, sans me tenir trop près de lui, en faisant attention à ce que nos doigts ne se touchent pas. Et enfin je m'assois. Mon inventaire a ravivé ma paranoïa. Tous mes instincts de survie sont en éveil.

Autrement dit, je suis plus détendue que je ne l'ai jamais été depuis que j'ai frappé à la porte.

« Pourquoi cet intérêt pour les faits divers ? » lui demandé-je. J'ai gardé mon verre d'eau à la main, mais je ne bois pas. Je remarque que le plateau de la table basse est parfaitement propre. Pas le moindre grain de poussière, aucune marque de verre. Je me demande s'il le nettoie comme un maniaque ou s'il paie quelqu'un pour le faire.

« J'ai toujours été fasciné par les énigmes. » Il prend le fauteuil orange en face de moi, de l'autre côté de la table, comme s'il comprenait que j'ai besoin de cette barrière. Légèrement penché en avant, les bras mollement posés sur les cuisses, il sourit toujours, de toute évidence ravi de ma présence inattendue chez lui. Je décide séance tenante que, s'il prend un selfie, je lui mettrai un coup de pied dans les couilles.

« Ça n'explique pas les faits divers.

— J'apprécie particulièrement les énigmes non résolues. C'est toujours par là que ça commence. Jack l'Éventreur, le Dahlia noir, et très vite on se met à lire tout ce qu'on trouve sur les affaires célèbres, parce que la seule manière de porter un regard neuf sur les meurtres non élucidés, c'est de se renseigner sur les assassins qui se sont fait prendre. Pour quelle raison ont-ils commis ces crimes ? Et comment est-il possible de les piéger ?

— Enquête sur les origines du mal ? résumé-je avec ironie.

— La plupart des gens débattent pour savoir si on naît mauvais ou si on le devient, répond-il avec un haussement d'épaules. L'inné contre l'acquis. Si je me fie à mes recherches, je dirais que c'est plutôt un continuum. Les deux dimensions entrent en ligne de compte, mais certains prédateurs penchent plutôt d'un côté que de l'autre. Prenez Ted Bundy, par exemple…

— Ah oui, Ted Bundy, au hasard ! »

De nouveau un petit sourire fugace, qui prouve qu'il sait à quel point il ressemble à l'un des superprédateurs les plus craints de tout le pays. « Je le considère comme un exemple de génie du mal dès la naissance. Il prétend avoir souffert de son enfance hors norme, puisqu'il a été élevé par ses grands-parents comme s'il était le petit frère de sa mère plutôt que d'avouer que c'était un enfant illégitime. Mais je crois qu'on peut tous se mettre d'accord sur l'idée qu'un tel traumatisme ne suffit pas à expliquer le fait de passer sa vie à traquer et tuer des jeunes femmes – d'autant qu'il a été prouvé qu'il jouait avec les couteaux dès l'âge de trois ans. Qu'il s'agisse de lui ou de Dahmer, ils étaient voués dès le départ à devenir des tueurs. Ne restait plus qu'à savoir quand. »

Je ne commente pas.

Il joint les mains et enchaîne rapidement. « Ensuite, vous avez Edmund Kemper, troisième du nom. Élevé par une mère maltraitante et alcoolique qui ne cessait de le rabaisser. Forcé à vivre dans la cave parce qu'elle ne voulait pas qu'il approche de ses sœurs. Et envoyé à l'adolescence chez des grands-parents qu'il détestait. »

Je ne peux pas me retenir de protester : « On l'a envoyé chez ses grands-parents parce qu'il avait déjà zigouillé les chats de la famille. »

La remarque me vaut un rapide signe de tête approbateur. Je ne sais pas à quel jeu nous jouons, mais au moins je suis à la hauteur de ses attentes. Ou juste suffisamment idiote pour mordre à l'hameçon.

« Mais voilà ce qui se passe avec Kemper, continue-t-il avec le plus grand sérieux : il a abattu ses grands-parents à l'âge de quinze ans. Ce qui lui a valu d'être expédié dans un centre pour mineurs délinquants où on lui a diagnostiqué une schizophrénie de type paranoïaque. Donc, c'est sûr, on pourrait dire qu'avec un tel trouble mental, il était mauvais de naissance...

— Il a tiré sur sa grand-mère juste pour voir ce que ça faisait.

— Précisément. » Autre hochement de tête vigoureux. « Et, à sa libération, il a assassiné six jeunes femmes ; il prenait même un malin plaisir à passer devant les commissariats avec leur cadavre dans le coffre de sa voiture. Mais, et c'est ça qui le rend fascinant, Kemper était aussi incroyablement intelligent et réfléchi. Au point qu'un jour il a compris que la personne qu'il voulait réellement supprimer, c'était sa mère. Alors il l'a fait. Il est allé chez elle, il l'a tuée...

— Il lui a coincé la gorge dans le vide-ordures pour ne plus jamais avoir à l'écouter.

— Et ensuite, il s'est *rendu*. C'était fini. Sa mère l'avait torturé la plus grande partie de sa vie, il avait enfin réglé le problème et ça s'arrêtait là. À comparer avec Bundy, qui s'est évadé de prison combien, deux, trois fois ? Chaque fois, il se jurait de s'acheter une conduite, mais il commettait des séries de meurtres de plus en plus nombreux et abominables. Bundy était né mauvais. Kemper possédait certains des ingrédients de base, je ne le nie pas, mais c'est l'enfance qu'il a passée aux mains de sa mère qui a décidé de son sort. Donc, je le répète, il n'y a pas une et une seule réponse à la question des origines du mal – d'ailleurs, aucun comportement humain ne répond à une explication unique. Le mal est un spectre sur lequel on peut situer les prédateurs à différents endroits.

— Personne n'a envie d'être un monstre, dis-je tout bas.

— Pardon ?

— Rien.

— Vous avez des questions », me dit-il brusquement. Il ne sourit plus. L'air grave, il met ses mains en clocher, appuie le bout des doigts sur son menton. « Vous n'êtes pas venue pour parler. Si c'était le cas, vous m'auriez contacté à l'avance, proposé de rencontrer le groupe. Demandé si une rémunération était prévue.

— Encaissé le chèque ? »

Nouveau hochement de tête. « Mais là, il ne s'agit pas de ce que vous avez à nous apprendre. Il s'agit de ce que, *nous*, nous avons à vous apprendre. »

Je ne réponds pas tout de suite. Je me concentre sur mon verre d'eau. Sur la buée qui s'est formée à sa surface, chauffée par les flammes de la cheminée.

« Pourquoi n'y a-t-il aucune photo personnelle dans cette pièce ?

— Ce n'est pas seulement l'endroit où j'habite, c'est aussi mon lieu de travail. Je ne tiens pas à trop en dévoiler à mes clients.

— Vos lectures vous ont rendu paranoïaque ? »

À son tour de garder le silence. Je devine alors ce dont j'aurais dû me douter depuis le début.

« Vous aviez quel âge ?

— Six ans. Et ce n'était pas moi, la victime, c'était un cousin plus âgé, à New York. On n'a jamais coincé l'assassin ; l'enquête est encore ouverte. Mais les détails du meurtre correspondent à quatre autres homicides non élucidés à la même période. Mon oncle et ma tante ne s'en sont jamais remis. Quand on est témoin dans son enfance des dégâts que peut provoquer un tel crime sur un individu, une famille, un quartier, ça marque.

— Vous menez l'enquête ?

— Depuis vingt ans. Et je ne suis pas plus près de la solution que la police.

— Cette série de meurtres se serait tout simplement interrompue du jour au lendemain ?

— Exactement. Les prédateurs ne s'arrêtent pas d'eux-mêmes, mais parfois ils sont appréhendés pour d'autres crimes. Ou alors ils déménagent. De nos jours, la police dispose de bases de données nationales et le stratagème est moins efficace. Mais en partant à l'étranger…

— Un tueur qui aurait les moyens.

— Mon cousin a été étranglé avec une cravate en soie. Il y avait des indices de rapport sexuel, mais pas nécessairement d'agression. Il avait confié à certains de ses amis qu'il venait de rencontrer un monsieur d'un certain âge, très riche. Il se réjouissait des nouveaux horizons que lui ouvrait cette relation.

— Vous pensez qu'il a été séduit, puis assassiné ? »

Il acquiesce.

« Je suis désolée, dis-je enfin.

— J'étais trop jeune pour comprendre les circonstances exactes de sa mort. Plus tard, à quinze ans, j'ai cherché à savoir. Imaginez ma surprise quand j'ai découvert que divers sites internet faisaient des rapprochements entre le meurtre de mon cousin et une série d'autres meurtres par strangulation. Mais ce sont les forums consacrés aux faits divers, les groupes comme celui que j'anime maintenant, qui ont attiré mon attention. Ils s'étaient sérieusement penchés sur ces affaires et, dans beaucoup de cas, ils avaient réellement avancé. Nous ne sommes pas tous de simples détectives du dimanche. Certains de nos membres sont des retraités de la police, des professionnels de santé, on a même un coroner.

— Et quelles sont vos compétences, à vous ?

— Je suis l'informaticien de service. Croyez-moi, si vous voulez mener n'importe quelle recherche un peu intéressante par les temps qui courent, il va vous falloir un fan des nouvelles technologies.

— Et pourquoi Jacob Ness ?

— Victime originaire de Boston. Forte couverture médiatique au moment de sa libération. » Il marque un temps et je devine qu'il se demande s'il a bien fait d'employer des termes aussi cliniques. Puis il hausse les épaules. C'est comme ça et nous le savons tous les deux.

« Mais le crime de Jacob est connu, fais-je remarquer. Bien documenté. Où est l'énigme ? »

Keith penche la tête sur le côté. « Vous l'appelez vraiment Jacob ?

— Je viens de le faire.

— Et quand vous étiez ensemble ?

— Disons que si je l'appelais Salopard, généralement je le payais.

— Vous pensez encore à lui.

— C'est vous, l'expert, à vous de me le dire. »

Il secoue la tête. « Je ne connais que les criminels. Je ne sais rien des...

— Des gens comme moi ? Des survivants ? De ceux qui, contrairement à votre cousin, s'en sont sortis ? » J'ai la dent dure. Sans nécessité. C'est comme si je ne pouvais pas me retenir. Je ne parviens toujours pas à cerner ce type. Brillant informaticien le jour, fin limier la nuit ? Mais si c'était une histoire plus glauque, plus angoissante ? Est-ce qu'il étudie les prédateurs pour les empêcher de nuire ou parce que qui se ressemble s'assemble ?

En face de moi, Keith a soigneusement discipliné ses traits. Il tapote son menton du bout de ses doigts joints, une fois, deux fois. Puis : « Je crois que Jacob

Ness est encore une énigme à résoudre. Nous connaissons un de ses crimes : votre enlèvement. Mais vu la sophistication de son mode opératoire : la caisse, la privation sensorielle, les techniques de lavage de cerveau...

— Je n'ai pas besoin d'un résumé.

— Vous ne pouvez pas avoir été sa première victime. Par définition, ces types-là connaissent une escalade dans le crime. C'est progressivement qu'ils en arrivent à des opérations préméditées, bien organisées et durables comme votre enlèvement.

— Le FBI a étudié la question. On m'a dit qu'on n'avait pas trouvé d'indices d'autres crimes. »

Keith me regarde avec gravité. « Ce n'est pas à proprement parler exact. On a bien trouvé des indices, simplement pas assez pour ouvrir d'autres dossiers. »

J'en reste sans voix. Et contemple de nouveau mon verre d'eau. Je comprends la nuance qu'il vient de faire. Depuis le temps que je fréquente Samuel, je connais la mentalité du FBI. C'est tout à fait leur genre de couper les cheveux en quatre et c'est tout à fait le genre de Samuel de finasser en répondant à ma question : *Il n'y a aucune autre enquête en cours à ce stade...* Non pas parce qu'il n'existait aucun indice ; juste pas suffisamment.

Je n'ose pas regarder Keith en face. « Combien ? dis-je d'une voix sourde.

— Avec le groupe... nous nous sommes intéressés à six disparitions inexpliquées. Chaque fois des jeunes femmes qui n'ont jamais été retrouvées. Toutes disparues à l'époque où Jacob sillonnait le Sud à bord de son camion. Nous avons essayé d'établir des liens solides. Dans trois cas, nous avons pu démontrer que Jacob se trouvait dans la même ville que la victime au moment de sa disparition. La police, évidemment, en veut davantage. »

Je prends une grande inspiration. Puis j'expire. Six femmes. J'attends que la nouvelle me surprenne, mais ce n'est pas le cas. J'ai toujours su que je ne pouvais pas être la première victime de Jacob. Il parlait d'agressions qu'il avait commises précédemment. Mais les avait-il réellement kidnappées ? Pour finalement les tuer ? Je ne m'étais jamais autorisée à envisager cette hypothèse. Qu'il y en avait peut-être eu d'autres avant moi dans cette caisse en forme de cercueil.

« La police scientifique a dû relever des indices, dis-je enfin. Dans le camion. Il avait un compartiment spécial. On pouvait y chercher des traces d'ADN.

— Ils ont bien trouvé des cheveux, des fibres et d'autres traces d'ADN dans le camion, mais la plupart avaient un lien avec des prostituées, dont deux avaient été assassinées en Floride. Étripées après être parties avec une séduisante jeune femme. »

Je ne relève pas.

« Une brune », précise-t-il.

Je ne dis toujours rien.

« Mais certains indices laissent à penser que la caisse dans laquelle il vous enfermait dans le camion était neuve. C'était un ajout récent, sans doute préparé spécialement à votre intention. Autrement dit...

— Il en avait peut-être utilisé d'autres pour d'autres filles.

— Dans votre déposition, vous avez dit avoir été séquestrée dans le sous-sol d'un chalet en Géorgie. Jacob vous a expliqué qu'il devait le libérer parce que le propriétaire était mort, et que c'était pour cette raison qu'il vous autorisait à le rejoindre dans le camion. »

Je hausse les épaules. Je sais déjà tout ça.

« Mais la police n'a jamais pu localiser ce chalet. Ce qui est plus étrange qu'il n'y paraît. Les montagnes de Géorgie sont vastes, mais le nombre de chalets dont le propriétaire est mort l'année de votre enlèvement n'est pas énorme. À partir de là, il aurait dû suffire de se rendre sur place, de faire circuler la photo de Jacob et de son camion, de trouver dans ses comptes des reçus de stations-service… tout ce que vous voulez. Le FBI aurait dû assez facilement découvrir un lien entre lui et un des villages ou chalets. Mais non. Ils n'ont pas pu. Jamais. »

Je fronce les sourcils. Passe mon pouce le long de la buée. « Vous croyez que je me suis trompée ? Que j'ai menti à la police ?

— En fait, je crois que c'est Jacob qui vous a menti. Il ne voulait pas qu'on sache où avait commencé votre calvaire. Même vous. Comme ça, si vous lui échappiez, vous ne pourriez pas vendre la mèche.

— C'était son antre, dis-je doucement. Ce chalet. C'était l'antre du monstre et il ne voulait pas y renoncer.

— Je crois que si on pouvait le localiser, on en apprendrait beaucoup sur Jacob Ness. Peut-être même que ça permettrait de faire le lien avec les autres disparues.

— Il est mort. S'il était propriétaire d'un tel chalet, il a dû être vendu aux enchères à l'heure qu'il est. Comme bien en déshérence, saisi par le fisc, je ne sais pas.

— J'ai cherché dans cette direction. La maison ne peut pas être au nom de Jacob, ni d'aucun de ses proches, parce que, là encore, le FBI l'aurait déjà découvert. Alors, de temps à autre, je fais l'inventaire de tous les biens vendus aux enchères dans le nord de la Géorgie et possédant un sous-sol. Malheureusement, ça représente une liste plus longue que je ne le voudrais.

— Vous ne faites pas les choses à moitié.

— Non.

— Et ça fait, quoi, six ans déjà que vous enquêtez sur la disparition de ces filles ?

— Samantha Mathers, Elaine Waters, Lilah Abenito, Daphne Passero, Rachel Englert, Brenda Solomon.

— Est-ce que la police vous aide ? »

Un temps. « Officiellement, non. Mais certains membres du groupe ont... des contacts.

— Au FBI ?

— Pas aussi bons que le vôtre, dit-il tout net.

— Et c'est pour ça que vous vouliez me parler ?

— Pas forcément. Vous êtes une victime. Nous traquons les criminels. Nous n'attendons pas... »

Je lève la main. « Ne dites plus jamais de moi que je suis une victime. Je suis une survivante. Ce n'est pas la même chose. »

Il hoche la tête.

« Je l'ai tué », dis-je brutalement, dans une revendication pleine de hargne. Je persiste et signe. « Votre groupe le sait, ça ?

— Oui.

— Et vous m'en voulez ? Si je lui avais laissé la vie, vous auriez vos réponses. Les familles sauraient ce que sont devenues ces disparues.

— Est-ce que vous avez entendu Jacob parler d'autres filles ?

— Jamais de manière précise. Mais c'était un obsédé sexuel, un mari violent et un violeur en série. Je savais bien que je n'étais pas la première. Seulement je pensais que j'étais la première qu'il s'était donné autant de mal à garder.

— Pourquoi donc ?

— Mais je vous emmerde. »

Keith se tait de nouveau.

Je n'y tiens plus. Je suis trop nerveuse. Je pose le verre d'eau sur la table basse. J'aime le bruit sec que cela produit, à la limite de la rupture, comme moi. La marque que laissera le verre. Je la vois déjà se former et j'observe Keith qui regarde avec impuissance sa précieuse table brillante désormais sale. Cela me procure un plaisir pervers. Alors je me lève, je bouge, je marche, j'aimerais pouvoir sortir de mon corps.

Je ne veux plus être moi. Ni aujourd'hui, ni il y a sept ans. Ni avoir jamais vécu aucun des quatre cent soixante-douze jours durant lesquels Jacob m'a retenue prisonnière. Je déteste penser à lui. J'ai horreur de me souvenir de ce sentiment d'impuissance, de faiblesse absolue.

Mais je suis tout aussi désorientée de me trouver ici, en ce lieu, avec cet homme. Au fond de moi, je sais pourquoi : dans ce salon, les deux Flora entrent en conflit.

Il y a l'adolescente que j'étais. La jolie blonde capable de retenir l'attention de n'importe quel garçon. Cette Flora-là serait restée en admiration devant Keith Edgar. Son physique de beau brun, son intérieur branché. Elle aurait vibré en l'entendant parler du meurtre de son cousin, de son combat héroïque pour arrêter d'autres tueurs en liberté. Elle aurait envisagé de l'embrasser.

Et puis il y a la femme que je suis. Qui, devant un bel homme charmant, pense aussitôt à Ted Bundy. Qui, après sept ans sans une seule bonne nuit de sommeil, est trop maigre, trop endurcie, trop épuisée. Qui ne songe plus aux rendez-vous galants, ni aux hommes, ni à embrasser... qui que ce soit.

Je n'ai plus de rêves ni de désirs romantiques. Certaines survivantes en ont. Elles savent faire la part des choses : il y a le passé et il y a l'ici et maintenant. Moi, je n'y arrive pas. Je suis comme prisonnière de moi-même. J'ai passé tant de temps à séparer mon corps de mon esprit pour survivre jour après jour que je ne parviens plus à les réunir. Mon corps n'est plus qu'un outil. Jacob en avait fait un objet sexuel. Moi, je m'en sers pour me venger. Aucun de nous deux ne respecte mon enveloppe charnelle.

Et puis, je n'ai plus envie d'être là. Plus envie de parler à Keith Edgar. De penser à d'autres disparues. Que Jacob a peut-être enlevées et séquestrées dans son poids lourd. En a-t-il gardé certaines plus longtemps que moi ? Se plaisait-il davantage en leur compagnie ? Mon Dieu, est-il possible d'être jalouse d'une chose pareille ?

« Flora ? m'interpelle Keith, qui n'a pas bougé.

— Est-ce que Jacob avait un complice ? lui demandé-je. Parmi tous les éléments que vous avez rassemblés, est-ce qu'il y a des signes qui montrent qu'il connaissait d'autres prédateurs, qu'il échangeait peut-être avec eux sur Internet ?

— Je n'en suis pas certain.

— Qu'est-ce que ça veut dire, cette réponse ?

— Ça veut dire que je ne suis pas le FBI. Je ne peux pas fouiller son ordinateur comme eux le peuvent. Jacob était un solitaire. Mais, avec tous ses déplacements, le fait qu'il ait réussi à complètement effacer ses traces... je ne serais pas surpris que des amis, des complices l'aient aidé. Pourquoi êtes-vous là, Flora ? Pourquoi me posez-vous ces questions aujourd'hui ?

— Vous disiez que vous ne connaissiez personne au FBI.

— Non. »

Je lui lance enfin un regard. « Moi, si. »

Il me considère posément. « Pourquoi ici, pourquoi maintenant ? répète-t-il. Que s'est-il passé ?

— J'ai besoin de tout savoir sur la vie de Jacob Ness avant de rencontrer mon contact. Aidez-moi à répondre à ces questions et je répondrai aux vôtres. »

Il ne cille même pas. « Quand voulez-vous commencer ?

— Tout de suite. Prenez votre ordinateur. On va passer un coup de fil. »

13

Evie

Qu'est-ce qu'un mariage idéal ? Quand j'ai rencontré Conrad, je pensais que la clé était d'accepter l'autre tel qu'il était. J'étais à un barbecue donné par un collègue. Une sortie en public comme je m'y risquais rarement, puisque, même à l'époque, mon passé me suivait partout. Mais c'était le mois de mai, une belle journée ensoleillée après le long hiver de Boston, et j'avais envie d'un après-midi où je me sentirais comme tout le monde. Alors j'y suis allée, jeune enseignante qui déambulait dans le jardin en mangeant du poulet légèrement cramé sur les bords.

J'ai entendu son rire. C'est la première chose qui a attiré mon attention. Un rire tonitruant. Libéré. Sans complexe. Dans ma famille, chez mes parents… je ne crois pas avoir jamais entendu personne rire de cette façon.

Conrad se tenait dans le coin près de la clôture, une bière fraîche à la main, une tache de ketchup sur sa chemise hawaïenne bleue. Il était manifestement en train d'amuser la galerie et les gens faisaient cercle autour de lui. Alors je me suis rapprochée discrètement et, tout en restant à la périphérie du groupe, j'ai tendu l'oreille.

Des fenêtres. Il racontait des histoires de fenêtres. De fenêtres de huit centimètres sur treize qui en faisaient quatre-vingts sur cent trente à la livraison. De châssis couleur crème qui étaient arrivés vert sapin, et là les gars lui avaient expliqué que c'était juste un crème un peu soutenu. Et le plus beau : la commande qu'il avait passée pour une maison de standing à Barrington, dans le Rhode Island, et que l'usine prétendait ne pas pouvoir livrer parce que le Rhode Island n'était pas un État : est-ce qu'il ne s'agissait pas plutôt de Long Island ?

Encore des rires. Encore des gorgées de bière. Encore des anecdotes sur ses déplacements.

Je ne sais pas combien de temps je suis restée à l'écart avant qu'il me remarque. Il a bien regardé une ou deux fois dans ma direction pendant qu'il s'adressait à son public, mais certainement pas pour s'intéresser à une jeune femme fluette aux cheveux châtain clair qui faisait durer sa première bouteille de bière parce qu'elle lui servait plus à se donner une contenance qu'à autre chose.

Et voilà que tout à coup il s'est retrouvé face à moi. La foule avait disparu et l'homme lui-même était apparu. De près, il était bien charpenté, musclé, avec des cheveux châtains et des yeux très bleus. Il avait le teint hâlé et, quand il souriait, ses dents blanches ressortaient sur sa peau bronzée.

Il avait l'air... solide, compétent, drôle, honnête, tous mes espoirs et tous mes rêves réunis.

Ensuite, il m'a serré la main. Il l'a prise, comme ça, et au contact de ses doigts calleux sur ma peau...

J'ai tout de suite eu envie de lui. D'une façon que je m'étais toujours interdite, quel que soit l'objet de désir. Je n'ai pas bronché. Je ne lui ai pas dit bonjour en souriant. Je ne lui ai pas donné mon nom. Mais cela n'avait pas d'importance. Il parlait pour deux. Il riait pour deux. Plus tard, il m'a proposé une petite balade dans le quartier, juste histoire de faire connaissance, et il m'a posé tellement de questions que je me suis surprise à lui répondre.

Aucune de mes réponses ne l'a refroidi. Ni mon métier de professeur de mathématiques (*chic, une femme intelligente !*), ni mon illustre père (*ça doit être passionnant, moi je n'ai plus de famille*), ni le drame qui s'était produit lorsque j'avais seize ans et qui m'avait laissée anéantie, sous le choc, déconnectée de la vraie vie (*je suis vraiment désolé pour toi ; moi-même, j'ai perdu mes deux parents il y a quelques années ; on ne s'en remet jamais*).

Avant même que nous ayons fait demi-tour au bout de la rue, j'étais ferrée. Je voulais son rire sonore, sa présence lumineuse, sa façon de me regarder. De me regarder vraiment. Comme si rien de ce que je pouvais dire ou faire ne risquait de le choquer. Ni de le détourner de moi.

Voilà de qui je suis tombée amoureuse. De quelqu'un qui semblait m'accepter de manière inconditionnelle.

C'est seulement plus tard que je me suis rendu compte que Conrád était aussi le genre de type qui semblait sur la même longueur d'onde que tout le monde. Des inconnus gravitaient autour de lui dans les bars bondés. Les voisins s'attardaient pour le plaisir de bavarder avec lui.

C'était son superpouvoir à lui, ce qui le rendait si bon dans son métier, quand il allait sur des chantiers pour prendre des cotes de fenêtres haut de gamme ou apaiser des clients irascibles.

Tout le monde aimait Conrad. Tout le monde se sentait entendu, compris, reconnu par lui.

Mais à quel point chacun de nous le connaissait-il ? Lui qui passait une bonne partie de sa vie sur les routes sans pratiquement avoir de comptes à rendre à personne. Qui n'avait pas de famille à aller voir pour échanger des anecdotes sur sa jeunesse.

Qui était capable de faire la conversation à lui tout seul, mais qui ne vous confiait jamais rien de vraiment personnel.

Et puis il y a eu l'incident de la porte fermée à clé.

Rien que de très innocent. Je m'étais trouvée à court de ruban adhésif dans la cuisine et j'étais montée dans son bureau en me disant qu'il devait en avoir un rouleau neuf. Il était en déplacement, la porte était tirée. Aucune importance, me suis-je dit. Mais quand j'ai voulu tourner le bouton, je me suis aperçue que je ne pouvais pas.

Une porte fermée à clé sous mon propre toit ? À la perplexité a rapidement succédé l'incrédulité. Pourquoi Conrad se donnait-il cette peine ? Il n'y avait que moi qui circulais dans cette maison et le commerce de fenêtres sur mesure n'est pas exactement classé secret défense. Puis est venue… la curiosité.

Une porte qu'on ne peut pas ouvrir est une énigme. Et aucun mathématicien digne de ce nom ne peut renoncer à résoudre une énigme.

C'est devenu un jeu pour moi. Chaque fois que la porte était fermée, je passais devant et j'essayais. Conrad était-il en train de regarder la télé le soir dans le salon ? Le bouton de porte tournait. Parti pour une réunion en milieu d'après-midi ? Le bouton était bloqué. En déplacement professionnel ? Bloqué, évidemment. À deux heures du matin, un jour où je m'étais relevée parce que je voulais en avoir le cœur net : encore bloqué.

Naturellement, je n'ai rien dit. Ça aurait laissé entendre que je ne lui faisais pas confiance, non ?

De toute façon, j'avais été élevée par une mère qui trafiquait régulièrement la réalité pour qu'elle corresponde mieux à ses besoins. Je ne voulais pas qu'on me donne la réponse : je voulais la découvrir toute seule.

Alors j'ai fait ce que n'importe quel adulte un tant soit peu déséquilibré et habitué au mensonge chronique aurait fait : j'ai attendu que mon mari reparte en voyage d'affaires et j'ai crocheté la serrure de son bureau.

J'ai poussé la porte d'une main tremblante. Mon cœur battait la chamade. Je me sentais comme la femme de Barbe-Bleue entrant dans le cabinet interdit. J'étais sur le point de découvrir les cadavres pendus de ses précédentes épouses.

Je n'ai vu que des meubles de rangement. Des piles de catalogues de fenêtres. Une imprimante-scanner. Et un emplacement vide sur le bureau, à l'endroit où se trouvait habituellement son ordinateur portable. J'ai épluché les dossiers. Une fois qu'on est entré par effraction, on ne peut pas repartir comme ça. J'ai trouvé des dossiers sur différents chantiers, des plans de maisons du nord au sud de la côte Est. Des classeurs sur les fournisseurs, des notes manuscrites sur les prochains changements de produits, les nouvelles gammes de coloris.

J'ai même fini par me mettre à quatre pattes : je cherchais des documents scotchés sous le bureau, des dossiers glissés derrière les meubles, peut-être même un mot de passe internet tamponné sous l'assise du fauteuil en cuir. J'étais dans un état second, comme si je n'étais plus moi-même. Je me suis rendu compte que j'étais en train de me comporter exactement comme l'aurait fait ma mère. Mon pauvre mari avait simplement l'habitude de fermer derrière lui et, moi, j'en faisais un drame sordide.

Pourquoi est-ce que je ne pouvais pas lui faire confiance, tout simplement ? Peut-être que c'était en moi que je n'avais pas confiance. Peut-être qu'à mes yeux, quelqu'un qui m'aimait comme lui m'aimait avait forcément un problème.

J'ai rampé dans tout le bureau. Examiné le moindre bout de papier. Si Conrad n'avait pas quitté la ville et qu'il était rentré plus tôt que prévu, en aucun cas je n'aurais pu justifier mes agissements et la fouille en règle de son espace de travail bien rangé, presque trop organisé.

Mais je suis une mathématicienne, élevée par un des plus grands esprits de son temps. Or le génie ne consiste pas seulement à résoudre les problèmes, mais aussi à déceler ceux que personne n'a encore vus.

Une pièce fermée à clé au sein du foyer familial, et qui pourtant ne contiendrait que des dossiers et même pas un ordinateur… Pourquoi ? Quel sens cela avait-il d'en interdire l'accès ?

Cette énigme appelait une solution.

C'est là que j'ai vu le seul appareil qui avait un peu de valeur dans cette pièce : l'imprimante-scanner. Et sa mémoire cache.

J'étais tombée amoureuse de Conrad à cause de son rire à gorge déployée, de son sourire et de sa personnalité. Et, non, ce jour-là, je n'ai pas découvert les cadavres de ses épouses assassinées, mais j'ai fini par mettre le doigt sur un début de piste. L'image d'un document scanné, le relevé d'un compte en banque dont j'ignorais l'existence.

Ce n'était pas un crime. Ni même une information que je pouvais amener dans la conversation sans révéler comment j'en avais connaissance. Mais c'était une pièce du puzzle.

Alors, évidemment, j'ai ruminé ça en me rongeant les sangs. Je me suis mise à attendre ses déplacements pour avoir de nouveau l'occasion de retourner tout le bureau. Le problème, c'est que lui s'est mis à me regarder d'un air méfiant à son retour ; sans doute que je ne remettais pas tout exactement à sa place, alors il se doutait inconsciemment que quelque chose clochait, mais sans savoir quoi au juste.

J'ai commencé à prendre des photos du bureau à mon entrée afin de pouvoir replacer soigneusement chaque objet. Et quand il a continué à paraître mal à l'aise, j'ai pris l'habitude d'examiner l'encadrement de la porte, au cas où il se serait servi d'une des astuces que j'avais découvertes sur Internet : coller un cheveu en travers, qui se casserait si jamais quelqu'un entrait. Dans ce cas, il serait facile de mettre un des miens à la place en sortant. Et tiens, cette peluche posée avec soin sur le dessus d'un tiroir ouvert légèrement de travers. Je la photographiais et je la remettais exactement à sa place.

Une sorte de duel. Des mois, des années de tension, puis de honte. Je me jurais de renoncer à cette folie. Conrad était un homme bien. Il m'aimait. Et s'il possédait des avoirs financiers qui lui appartenaient en propre, après tout c'était aussi mon cas. Cela faisait de nous des adultes autonomes, pas des espions à la solde du gouvernement, ni d'affreux criminels.

Mais je finissais toujours par replonger. Je rentrais dans le bureau et je saccageais mon mariage, en quête de réponses à une question que je ne pouvais même pas poser.

Quelle est la clé d'un mariage idéal ? L'acceptation, pensais-je à une époque. Mais à ce moment-là, je partais surtout de l'idée qu'il faudrait que mon mari m'accepte. Je n'avais jamais songé que ce serait peut-être moi qui me montrerais incapable de l'accepter, lui. Au fait que ma mère, en m'obligeant à vivre dans le mensonge depuis mon adolescence, m'avait encore plus détraquée que je ne le croyais.

Dans un couple, on ne peut pas espionner l'autre indéfiniment. Tôt ou tard, malgré toutes ses précautions, on se fait prendre. Mais je n'arrivais pas à m'arrêter. C'était presque comme si j'avais voulu que Conrad comprenne mon manège. J'avais besoin que notre mariage vole en éclats.

Sauf qu'un jour, un plus un s'est mis à faire trois.

Et mes erreurs sont vraiment revenues me hanter.

Je ne sais pas quoi faire. Impossible de sortir. Même à cette heure tardive, les camionnettes des télévisions garées pare-chocs contre pare-chocs sur le trottoir d'en face forment un mur de puissants projecteurs. Je suis trop tendue pour dormir, mon cerveau fait des allers-retours entre les images du corps ensanglanté de Conrad et la carcasse calcinée de notre maison. Je devrais me reposer pour le bien du bébé. Et pour mon propre bien, je devrais fuir la maison de ma mère. Faire quelque chose, en tout cas.

Mais je ne sais pas quoi. Il y a seize ans, confrontée à une tragédie du même ordre, j'avais simplement fait ce qu'on me disait et je m'étais accusée. Mais aujourd'hui ?

Je déteste cette impression têtue de déjà-vu. Et, pire encore, cette sensation d'être une nouvelle fois impuissante.

Je n'ai pas menti à l'enquêtrice : je ne sais toujours pas ce qui s'est passé à l'époque. J'avais un père ; c'était mon héros, mon roc, l'homme sur lequel je pouvais toujours compter. Et d'un seul coup, il est mort. Pouf.

La réaction qu'a eue ma mère quand elle est entrée dans la cuisine... ce n'était pas de l'épouvante, c'était de l'indignation mêlée à une pointe d'hystérie. Parce qu'il avait osé mourir ? Ou parce qu'il avait osé se suicider, hypothèse sur laquelle je me suis toujours interrogée ? À seize ans, sous le choc et traumatisée, je n'avais pas songé à remettre en question l'autorité de ma mère. Si elle disait que ce qui venait d'arriver devait rester entre nous, c'était comme ça. Le déni était sa grande spécialité.

Cet après-midi-là, j'avais suivi ses directives. Et je n'avais pas eu de mal. Une terrible tragédie venait de se produire. Il m'a été très facile de me représenter avec le fusil entre les mains, sans doute plus facile, même, que d'imaginer mon père adoré plaçant le bout du canon sous ses côtes. S'installant d'un air grave devant le réfrigérateur, arrière-plan le plus sûr en cas de coup de feu (quand tu nettoies le fusil, m'avait-il appris, veille à le diriger vers un appareil en inox). Et, au bruit des pneus de ma mère dans l'allée, appuyant sur la détente.

C'est sûr, il était beaucoup plus facile de mentir que d'imaginer tout cela.

Malgré l'intelligence supérieure de mon père, j'avais vu les ombres tapies dans son regard. Cette façon qu'il avait parfois de sourire tout en gardant l'air triste. De redresser les épaules avant d'entrer dans son bureau : il avait l'air moins d'un mathématicien surdoué qui s'en allait chercher des réponses que d'un soldat accablé par une guerre qui n'en finissait pas.

La vérité, c'est que le génie et la dépression ont toujours marché main dans la main. Voilà pourquoi j'avais passé tant d'après-midi à jouer encore et encore du piano : mon père disait que ma musique était un baume pour son âme et lui offrait ce repos qu'un véritable grand esprit ne connaissait jamais réellement. Je m'efforçais de le guérir de sa tristesse à force de musique.

Alors ce jour-là, quand je suis entrée dans la cuisine et que le sang chaud de mon père a dégouliné dans mes cheveux, j'ai senti tout le poids de mon échec. J'avais aimé cet homme du fond du cœur, j'avais fait tout mon possible, mais cela n'avait pas suffi.

Comme avec Conrad.

Pourvu que mon bébé ne soit pas un garçon – voilà ce que je me dis ce soir. Parce que jamais je ne pourrais supporter un tel deuil une troisième fois.

Je prends une décision : il faut que je mobilise toutes mes ressources. De l'argent. Je vais en avoir besoin. C'est là que je me rends compte à quel point je suis démunie. Mon portefeuille, mon téléphone, les clés de la voiture : tout était dans la maison qui, d'après les enquêteurs, n'est plus qu'un tas de cendres. Je sens l'hystérie monter en moi : la prochaine fois que tu seras arrêtée pour le meurtre de ton mari, prends donc ton sac à main !

Mais bien sûr, je n'ai pas eu le réflexe et ce n'est pas la police qui m'aurait proposé d'emporter quoi que ce soit. Résultat, je me retrouve les mains vides.

Enfin, pas tout à fait. Je suis douée pour retenir les chiffres. Notamment les numéros de compte en banque. Certes, je n'ai plus ni carnet de chèques ni carte de crédit en ma possession (sans parler de mon permis de conduire, qui doit avoir fondu), mais cela ne veut pas dire que je ne connais pas mes comptes et leurs soldes exacts. Il y a un peu d'argent sur le livret d'épargne – pas grand-chose, dans la mesure où ni Conrad ni moi n'avions des emplois très lucratifs et où une bonne partie de nos revenus passait dans les travaux.

En revanche...

La tête me tourne. D'un seul coup, un milliard de souvenirs me reviennent. Des fragments de documents dans une imprimante-scanner. La réaction de Conrad en apprenant que nous attendions un enfant. Des photos d'identité d'un genre particulier.

La maison a été totalement détruite par l'incendie. Y compris le précieux bureau de Conrad et tous ses dossiers clients.

Mais il y avait des choses auxquelles il tenait encore plus qu'à son bureau et qu'il s'était arrangé pour mettre à l'abri des flammes.

Je ne suis pas sans ressources, me dis-je. Je suis meurtrie et incroyablement triste, mais pas sans ressources.

Et maintenant, pour peu que mon avocat m'aide, j'ai un plan d'attaque.

14

D.D.

« Je crois bien que j'ai foiré une enquête.
— Toi ? Pas possible. »

Il était vingt et une heures passées. Jack était à la niche pour la nuit dans son lit en forme de voiture de course rouge et Kiko, blottie contre lui, prenait presque autant de place sur le matelas. Alex avait servi deux verres de vin bien mérités et, installés dans le canapé, D.D. et lui se livraient à leur petit rituel du soir en se racontant leur journée pour se détendre.

« C'est cette femme enceinte, celle qui est accusée d'avoir assassiné son mari hier soir et qui avait aussi avoué avoir tué son père d'un coup de fusil accidentel il y a seize ans.

— Je m'en souviens. C'est toi qui avais enquêté à l'époque.

— Exactement. Et je l'avais crue. J'avais gobé son histoire, celle de sa mère, du début à la fin. Seulement, cet après-midi, elle m'a informée qu'elle avait menti. »

Alex s'arrêta, le verre à mi-chemin des lèvres. « Intéressant comme stratégie de défense.

— Désormais, elle affirme que sa mère et elle n'étaient même pas dans la maison au moment du coup de feu, qu'elles sont rentrées quelques instants plus tard. Le sang qui se trouvait dans les cheveux et sur les vêtements d'Evie aurait dégouliné sur elle depuis le plafond quand elle a franchi la porte. Les résidus de tir viendraient du fait qu'elle a ramassé le fusil.

— D'accord, mais dans ce cas pourquoi s'être accusée ?

— Sa mère ne voulait pas courir le risque d'une enquête dont les conclusions auraient pu ternir la mémoire de son père. »

Alex ne mit pas longtemps à comprendre : « Suicide. Elle est partie du principe que son mari s'était suicidé. »

D.D. hocha la tête. Prit une gorgée de vin. Attendit. Si elle-même réfléchissait mieux à voix haute, Alex au contraire mettait généralement de l'ordre dans ses idées en silence. Puis, en professeur qu'il était, il donnait sa conférence.

« On a déjà vu des cas de suicide au fusil, dit-il. En général, on positionne l'extrémité du canon sous le menton ou contre les côtes et on appuie sur la peau pour stabiliser l'arme pendant qu'on tend la main vers la détente. Note que j'ai entendu parler d'un jeune homme plein d'imagination qui s'était servi de ses orteils pour l'actionner. Il y a aussi eu cette affaire australienne où la victime avait dû s'y reprendre à trois fois pour se suicider : la première balle avait traversé la cage thoracique de part en part sans toucher les principaux organes. Ensuite, elle avait opté pour le menton, mais tressailli au moment d'appuyer sur la détente (ce qui arrive plus souvent qu'on ne le croit) et la balle lui avait emporté la moitié de la mâchoire, là encore sans lui régler son compte. Je ne me souviens plus quel avait été son dernier choix (peut-être que c'est elle qui avait fini par s'asseoir et se servir de ses doigts de pied), mais la troisième balle avait été la bonne. Maintenant, en tant qu'enquêteur, est-ce qu'on peut, en découvrant un homme qui a pris trois balles de fusil, envisager une seule seconde que ce soit un suicide ? Dans notre métier, tout est possible. »

D.D. lui servit son air le plus bougon. « Je n'ai pas besoin de théorie. Il me faut du concret, là. Je patauge dans les demi-mensonges et les vieux présupposés face à une paire de tarées comme j'en ai rarement vu. Je crois que la mère fiche vraiment les jetons à Phil. Et il n'a sans doute pas tort.

— Intéressant. J'adore. Et toi aussi, ne dis pas le contraire. »

D.D. leva les yeux au ciel. Nouvelle gorgée de vin pour l'un comme pour l'autre. Puis Alex posa son verre sur la table basse et passa aux choses sérieuses.

« OK. Revenons-en aux indices.

— J'aime mieux ça.

— Fusil à pompe, j'imagine ?

— Oui.

— Point de contact ?

— La poitrine. Dans sa déposition, Evie disait avoir pris le fusil pour essayer de comprendre comment ouvrir la chambre quand le coup était parti à quelques centimètres du torse de son père.

— Bon, c'est un point de départ. La difficulté, quand on veut se suicider avec un fusil, c'est d'atteindre la détente : il faut une sacrée allonge. Ce qui explique que, comme je te le disais, la plupart des victimes calent le bout du canon contre leur corps pour le maintenir. En cas de tir dans la tête, le point de contact le plus fréquent est le dessous du menton. Pour un tir dans la poitrine, le légiste aurait dû relever une brûlure de contact. Au niveau des côtes ou juste en dessous.

— Je vais ressortir le rapport.

— Juste histoire de me faire l'avocat du diable : il peut arriver que la victime ait un mouvement de recul au moment d'appuyer sur la détente, qu'elle s'écarte un peu de l'arme. Dans ce cas, on se retrouve avec un tatouage de poudre sur la peau plutôt qu'une vraie trace de brûlure. La présence de poudre signifie que le canon se trouvait à une distance située entre deux et trente centimètres de la peau. Dans ton affaire, malheureusement, ça pourrait coller avec les deux hypothèses, puisque la fille a déclaré qu'elle se trouvait à quelques centimètres de son père, on est d'accord ?

— La présence d'une brûlure signifierait que l'arme était forcément en contact avec lui, ce qui contredirait le témoignage d'Evie. La présence de poudre signifierait soit que c'était quand même un suicide, mais qu'il a bougé, soit qu'elle lui a vraiment tiré dessus à bout portant. Je crois qu'il va me falloir un deuxième verre de vin.

— Attends, il faut aussi tenir compte de la trajectoire. Un des éléments qui permettent de reconnaître un suicide au fusil, c'est qu'elle est presque toujours très inclinée vers le haut : le projectile monte et l'orifice d'entrée se trouve nettement plus bas que l'orifice de sortie. Imagine que tu essaies, d'une main, de tenir un fusil chargé à l'horizontale devant toi et de l'autre d'actionner la détente. C'est pratiquement impossible. Ou alors, il faut que la crosse de l'arme soit calée contre un mur ou qu'un dispositif quelconque maintienne le canon à l'horizontale, mais tu n'as rien vu de tel, n'est-ce pas ?

— Hopkins est tombé devant le réfrigérateur, il n'y avait rien devant lui.

— Pas de chaise renversée, par hasard ? »

D.D. fouilla dans ses souvenirs, puis secoua la tête. « Honnêtement, je ne sais plus. J'ai déposé une requête pour qu'on me ressorte le dossier, il devrait y avoir des photos.

— Dans l'hypothèse du suicide, un des scénarios possibles, c'est qu'il ait posé la crosse de l'arme sur une chaise de cuisine, positionné le bout du canon contre son torse et appuyé sur la détente. En fonction de sa taille…

— Un mètre quatre-vingts.

— Dans ce cas, la trajectoire serait encore pas mal incline par rapport à la version de la fille, qui voudrait qu'elle ait tenu le fusil, maladroitement manœuvré la chambre et fait partir une balle qui aurait atteint son père en pleine poitrine.

— Je vois.

— Ce qui nous amène au dernier élément à prendre en compte : la trajectoire des éclaboussures.

— Ah, ça me manquait ! Que serait une soirée dans cette maison sans discussion sur des traces de sang ? »

Alex reprit son verre de vin et trinqua avec elle.

« En cas de coup de feu dans la poitrine, il peut y avoir des rétroprojections. Mais l'impact de ces éclaboussures sur la peau et les vêtements ne sera pas du tout le même qu'en cas de suicide où, je le répète, la force de la déflagration s'exprimera de bas en haut, de sorte que les projections se situeront beaucoup plus haut sur le mur derrière la victime, voire au plafond.

— Evie m'a dit que du sang avait coulé sur elle quand elle était entrée dans la cuisine. Qu'elle avait senti qu'il était chaud. »

Alex conserva un visage grave. « Ça s'est déjà vu. Mais, je te le répète, les deux scénarios (soit elle a tiré en pleine poitrine à quelques centimètres de son père, soit elle est arrivée alors qu'il venait de se tirer une balle) auraient produit des traces de sang très différentes. Rien à voir.

— Donc il faut reprendre les photos et tous les indices que nous avons pu garder. »

Alex approuva d'un signe de tête.

« D'accord. J'ai compris. Merci.

— Il y aurait une troisième hypothèse, cela dit. »

D.D. poussa un gros soupir. Dans cette affaire, il fallait décidément s'attendre à tout. « Je t'écoute ?

— Admettons que tu aies des traces de brûlure autour de l'orifice, que la trajectoire soit très inclinée à l'intérieur du torse et que les projections soient situées en hauteur.

— Je croyais qu'on pouvait conclure au suicide ?

— Mais ça pourrait aussi vouloir dire qu'un tiers a appuyé le bout du canon contre la poitrine de la victime et tiré alors qu'il se trouvait en dessous d'elle. La science médico-légale nous donne l'angle de tir et la position de l'arme, mais elle ne sait pas encore nous dire quel scénario a conduit à cette situation. »

D.D. considéra son mari. « Autrement dit, on peut imaginer d'autres possibilités. Une bagarre, par exemple. Deux personnes qui se disputent le fusil. L'autre s'en empare le premier. Hopkins se relève, fait un pas en arrière. Son adversaire lui enfonce le fusil entre les côtes et tire. Légitime défense, ou meurtre. Une petite seconde ! Depuis le temps que je vis avec toi... si ça s'était passé comme ça, il nous manquerait une partie des éclaboussures : il y aurait une zone blanche à l'endroit où le tireur se trouvait au moment où il avait été frappé par les rétroprojections avant de s'enfuir et d'emporter ce morceau du puzzle avec lui.

— Mais tu ne m'as pas dit que la mère et la fille sont entrées quelques instants après le tir ? Qu'elles ont ramassé le fusil, qu'elles se sont sans doute précipitées vers le corps, peut-être même qu'elles sont tombées à genoux à côté de lui ?

— Elles ont contaminé la scène, conclut D.D.

— Quelque chose me dit que tes photos de scène de crime ne vont pas être aussi parlantes que tu le voudrais.

— Donc je ne suis pas plus avancée. Cette mort par arme à feu pourrait aussi bien être un meurtre qu'un suicide. »

Alex haussa les épaules. « Ça peut toujours être un meurtre, D.D. C'est toute la beauté de notre métier ! »

15

Flora

« Agent spécial Kimberly Quincy.
— Oui, bonjour... Flora Dane à l'appareil. »
Un temps de silence. Qui ne m'étonne pas. Ce qui me décontenance, en revanche, c'est le son de ma propre voix, toute fluette et tremblante. L'agent spécial Quincy et moi ne sommes pas ce qu'on pourrait appeler des intimes. Elle a organisé l'assaut qui a conduit à la mort de Jacob et à ma libération, mais nous ne nous sommes jamais reparlé depuis.

En face de moi, Keith m'observe d'un air inquiet. Il est vingt et une heures, je viens d'appeler un agent fédéral sur son portable personnel et elle ne fait pas preuve d'un enthousiasme débordant. Mais je sais comment ça marche : l'assaut donné au motel n'a pas seulement permis mon sauvetage ; il a aussi donné un coup d'accélérateur à la carrière de Quincy. Nos vies sont inextricablement liées. Je sais aussi par Samuel que les agents du FBI ne font pas vraiment des horaires de bureau. Ce n'est pas le premier appel qu'elle reçoit en milieu de soirée, juste le plus inattendu.

« En quoi puis-je vous aider, Flora ? » répond Quincy d'une voix parfaitement neutre. Il semblerait qu'elle ait décidé de me laisser creuser ma propre tombe. C'est de bonne guerre.

À mon tour de prendre le temps de rassembler mes idées. Keith se redresse sur sa chaise. Ses doigts sont en suspension au-dessus du clavier de son ordinateur, comme s'il s'apprêtait à noter le moindre mot de notre conversation. C'est peut-être le cas, d'ailleurs.

« J'ai besoin d'informations sur Jacob Ness, expliqué-je finalement.

— Je vois.

— J'ai appris qu'il pourrait avoir trempé dans d'autres affaires de disparition. »

Nouveau silence. « Flora, il est neuf heures du soir et vous m'appelez chez moi. Il va falloir trouver une meilleure explication qu'un soudain intérêt pour une poignée de vieilles affaires.

— Donc c'est vrai que vous le croyez impliqué dans d'autres disparitions ?

— Je vous donne jusqu'à trois et ensuite je raccroche. À l'avenir, je vous demanderais de me transmettre vos requêtes par la voie officielle. Un, deux...

— Il y a du nouveau ! lâché-je précipitamment. Un meurtre. Ici, à Boston. J'ai reconnu la victime. Elle avait rencontré Jacob dans un bar. Et ce n'était pas un hasard, ils se connaissaient. »

Keith ouvre de grands yeux. Je ne lui avais pas encore raconté cette partie de l'histoire, mais il ne commet pas l'erreur de s'étrangler bruyamment, ni de se laisser distraire de la conversation.

Cette fois, le silence à l'autre bout du fil est pensif. « Le nom de la victime ? » finit par demander Quincy.

Je me rends compte que Warren va sans doute vouloir me tuer, mais je décide que c'est un faible prix à payer. « Conrad Carter. Maintenant, moi aussi, j'ai des questions.

— Ben voyons, dit Quincy d'une voix railleuse.

— Est-ce que vous pensez que Jacob a enlevé d'autres femmes ? »

Pour la première fois, elle ne marque aucune hésitation. « Oui.

— Et qu'il les a assassinées ?

— Oui.

— Combien ? »

De nouveau cette froideur : « L'enquête est en cours.

— Je pourrais peut-être vous aider.

— Vraiment ? Ce serait nouveau. »

Je fais la grimace : la décision que j'avais prise de ne parler qu'une seule et unique fois de mon enlèvement se retourne contre moi. Elle a raison. J'ai décliné toutes les demandes officielles d'audition, de débriefing ou tout autre mot employé à l'époque. J'avais dit ce que j'avais à dire à Samuel quand j'étais encore dans mon lit d'hôpital. Je l'avais vu se ruer aux toilettes pour vomir. Et je n'en ai plus jamais reparlé.

« Je veux vous aider.

— Est-ce que le docteur Keynes est au courant ? » Quincy est une fine mouche.

« Vous savez ce que je fais dans la vie ? lui demandé-je.

— Non.

— J'accompagne d'autres survivantes. J'anime une sorte de groupe d'entraide. Je ne suis pas qualifiée, je ne suis pas spécialement douée, mais j'ai de l'expérience. J'apprends à d'autres comment arrêter de survivre pour recommencer à vivre. »

Quincy ne réagit pas. Keith non plus. Ses doigts attendent toujours au-dessus du clavier. Ce sont des détails qu'il veut, pas des considérations générales.

« Je sais qu'il est un peu tard pour me réveiller. Qu'en refusant de témoigner jusqu'à maintenant, j'ai peut-être manqué à mes devoirs envers d'autres victimes de Jacob et leurs familles. Samuel m'encourage à ne pas regretter les choix que j'ai pu faire, mais six ans ont passé. J'ai envie de penser que je ne suis plus la même. Je suis plus solide et j'ai envie de me racheter. J'en suis capable.

— Je peux prendre un avion pour Boston demain matin à la première heure, dit Quincy.

— Mais j'ai des questions. J'aurais besoin tout de suite de certains renseignements.

— Flora, il est tard…

— Vous croyez vraiment que je dors la nuit ? Que ça m'intéresse encore de me reposer ? » dis-je d'une voix cinglante. Quincy ne raccroche pas.

« C'est donnant-donnant, dit-elle. Autrement dit, il faut payer pour voir. C'est le règlement qui veut ça.

— J'ai déjà payé. Conrad Carter. Abattu mardi soir par sa femme à Boston. Renseignez-vous. L'enquêtrice est le commandant D.D. Warren.

— D.D. Warren ? » Je devine à son changement de ton que ce nom ne lui est pas inconnu. « Elle sait que vous m'avez appelée ?

— Pas encore. Mais il se trouve que je suis aussi son indic, alors s'il lui prend l'envie de m'étrangler, ça lui posera au minimum un cas de conscience. »

En face de moi, Keith ouvre des yeux de plus en plus ronds.

« Je veux savoir ce qu'il y avait dans l'ordinateur de Jacob. » Je fonce tête baissée, plus rien ne m'arrêtera. « Est-ce que vous avez retrouvé la trace d'échanges de courriels, de forums qu'il aurait fréquentés, de complices en ligne ? Il passait beaucoup de temps sur son ordinateur. Dans la vraie vie, c'était un solitaire, je le sais. Mais sur Internet... il y a des prédateurs qui font partie de réseaux. Ça aussi, c'est connu. »

Keith hoche doucement la tête et se penche sur son ordinateur. Chacun surveille d'un œil le téléphone posé sur la table entre nous. Nous sommes au cœur de la conversation. J'ai payé pour voir. Quincy sera-t-elle bonne joueuse ?

« Oui et non », finit-elle par répondre.

Mes épaules s'affaissent de déception. Keith lève les yeux au ciel. Ce n'était pas prévu, mais nous communions dans un même sentiment : les fédéraux... tous les mêmes.

Quincy reprend, comme si elle voyait notre exaspération : « L'ordinateur de Ness était étrangement vide.

— Comment ça ?

— Nous savons qu'il prenait des photos et des vidéos, puisque nous avons les images qu'il avait envoyées à votre mère. »

Je hoche la tête. Keith pianote.

« Mais il n'y avait rien dans son portable. Pas la moindre copie. Or nettoyer un disque dur n'est pas une mince affaire. De nos jours, la plupart des informaticiens qui ont un peu de métier sont capables de reconstituer n'importe quoi. De restaurer une sauvegarde image, de rabouter des fragments de fragments. Alors comment un chauffeur routier longue distance qui n'avait jamais fait d'études a-t-il su effacer la totalité de son disque dur ? »

Keith ouvre la bouche. Je lève immédiatement la main pour le faire taire et secoue vigoureusement la tête. J'aurais sans doute dû signaler sa présence au tout début de l'appel, mais, puisque je ne l'ai pas fait, ce n'est pas le moment d'effaroucher notre agent fédéral en l'informant que nous ne sommes pas seules.

« Vous pensez qu'un complice a dû lui apprendre comment ne pas laisser de traces », dis-je.

Keith griffonne un message à toute allure et me le montre.

J'enchaîne : « On lui a peut-être même parlé de certaines applications qui permettent d'effacer un disque dur. »

Keith hoche la tête.

« Qu'est-ce qu'il faisait dans la vie, ce Conrad Carter ? demande Quincy.

— Je ne sais pas. Il était souvent en déplacement professionnel. Notamment dans le Sud, c'est une certitude.

— Où l'avez-vous rencontré ?

— Dans un bar. Le genre bastringue. Il était venu s'asseoir juste à côté de nous. Au bout d'un moment… j'ai eu l'impression qu'il était là pour moi. Que peut-être Jacob avait passé un accord avec lui. »

Keith pianote de nouveau sur son ordinateur.

« Et vous êtes repartie avec lui ? demande Quincy.

— Non. Je lui ai vomi dessus. Il a déguerpi. »

Suit un temps de silence. Keith a cessé de prendre des notes. Je refuse de le regarder. Je ne veux pas voir ce qu'il y a dans son regard.

« Est-ce que c'est arrivé d'autres fois ? demande Quincy. Ce type de rendez-vous avec des hommes ?

— Non. Mais peu de temps après cet épisode… je me suis rendu compte que je ne m'en sortirais pas si je continuais à lutter. » J'ai le regard dans le vide. « J'ai décidé de devenir l'amie de Jacob. Pour qu'il ait un peu besoin de moi, puisque mon existence tout entière dépendait de lui.

— Vous avez survécu, Flora. C'est la seule chose qui compte. Vous avez choisi une stratégie et elle vous a permis de rentrer chez vous saine et sauve retrouver votre famille. »

Je souris, c'est plus fort que moi, mais je sais que c'est un sourire triste, parce que ma mère et mon frère vous diraient qu'en réalité, je ne suis jamais rentrée chez moi. On leur a rendu une coquille qui ressemble à leur fille et à leur sœur chérie, mais à l'intérieur il n'y a plus rien.

Keith griffonne une autre note. Il me la tend. Je lis sa question à l'agent : « À quand remonte la dernière analyse de l'ordinateur ?

— Six ans. »

Je lance un regard à Keith et devine où il veut en venir. « Les techniques d'investigation de la police scientifique ont fait des progrès depuis », fais-je remarquer.

Keith approuve vigoureusement.

« Avec ce nouveau rebondissement, je pourrais demander qu'on se repenche sur cet ordinateur, dit Quincy. Est-ce que Jacob vous a paru avoir des compétences techniques ?

— Non, mais... » Je rassemble mes idées. « Il était intelligent. Et doué de ses mains. Par exemple, il entretenait lui-même son camion. Et il avait été capable de construire le cercueil en pin, tout ça. Il était fier de se débrouiller tout seul. Je ne l'imagine pas suivre un cours dans une salle de classe, mais se former dans un domaine pour arriver à ses fins, ça, oui, ç'aurait été son genre.

— Il aurait quand même fallu qu'il s'appuie sur des outils, observe Quincy, or on n'a pas retrouvé le moindre livre sur l'informatique, le web ou la programmation pour les nuls dans son camion. D'un autre côté, il ne contactait sa mère qu'en se connectant dans des cafés internet, ce qui prouve déjà qu'il avait certaines notions : il savait qu'il valait mieux éviter de se servir de son propre ordinateur, ce qui nous aurait permis de remonter jusqu'à lui grâce à l'adresse IP et ainsi de suite.

— Vous n'avez jamais retrouvé le chalet en Géorgie ?

— Ni quoi que ce soit d'autre qui ressemble à un domicile permanent.

— L'antre du monstre... Et sa mère ?

— Il se servait de son adresse pour le courrier physique, mais elle affirmait ne pas l'avoir vu depuis des années. Nous avons procédé à une fouille en règle de la maison, sans presque rien découvrir d'autre que des vêtements et de la pornographie.

— Il aurait dû y en avoir dans son ordinateur. Il n'arrêtait pas d'en regarder.

— On a trouvé des DVD dans la cabine du camion, mais rien dans l'ordinateur. Même pas la trace de recherches en ligne ou de navigation sur des sites porno.

— Ce n'est pas normal. Ce type était un obsédé sexuel. Quatre-vingt-dix pour cent du contenu de son ordinateur aurait dû être du cul. »

En face de moi, Keith approuve. C'est le b.a.-ba : quelle que soit la gravité des agressions ou des meurtres que peuvent commettre les prédateurs, ça ne leur suffit jamais. Entre deux crimes, ils ont besoin de satisfaire leurs appétits, même ceux qui sillonnent le pays avec une fille enfermée dans une caisse.

« Je saute dans un avion demain matin », dit Quincy.

Je hoche la tête avant de me rendre compte qu'elle ne peut pas me voir. « D'accord.

— Je veux savoir tout ce qu'il y a à savoir sur Conrad Carter.

— À votre place, je demanderais gentiment », lui conseillé-je, un peu penaude en imaginant la tête que va faire D.D. en voyant débarquer un agent fédéral. Je devrais peut-être la prévenir. Ou appeler Samuel pour lui demander asile.

« Je demanderai en montrant mon bel insigne du FBI, tout brillant et tout. »

C'est bien ça : je suis morte. « Que pouvez-vous me dire sur les autres disparues ? » demandé-je, parce que tant qu'à avoir une espérance de vie limitée…

Keith hoche la tête avec énergie.

« Flora…

— Je peux en faire davantage pour vous.

— Davantage que m'entraîner dans un combat de coqs avec l'enquêtrice la moins commode de tout Boston, vous voulez dire ?

— Je veux retrouver l'antre de Jacob. On en a besoin. Imaginez la mine d'indices qu'on pourrait découvrir ! »

Je parle d'une voix douce mais assurée. Keith me regarde avec curiosité. Je n'arrive pas à savoir s'il me juge incroyablement courageuse ou en proie à un comportement autodestructeur. Quincy doit en être au même point de ses réflexions parce qu'elle met beaucoup de temps à répondre.

« Nous avons déjà fait le tour des chalets en Géorgie dont les propriétaires étaient morts l'année de votre enlèvement. Sans succès, dit-elle enfin.

— Si ça trouve, ce n'était pas en Géorgie et le propriétaire n'est pas mort. Jacob m'a peut-être menti pour se protéger au cas où j'arriverais à lui échapper. Si on en est à se dire qu'il était assez intelligent pour effacer le contenu de son ordinateur, pourquoi il n'aurait pas servi quelques mensonges à la fille qu'il enfermait dans une caisse ? »

De nouveau, ce silence. Alors j'insiste, c'est plus fort que moi : « Est-ce qu'on a retrouvé d'autres indices dans cette caisse ? La trace d'autres victimes, vous voyez ?

— Nous pensons qu'il avait fabriqué celle-là pour vous. »

Quelque chose dans sa façon de le dire retient mon attention. « Mais ce n'était pas la première, conclus-je lentement. Il y en avait eu d'autres… pour d'autres filles.

— Aucun criminel n'arrive à un tel degré d'organisation et de sophistication du jour au lendemain. »

Elle ne m'apprend rien. Keith m'a déjà dit la même chose. Mais je commence seulement à réaliser. À prendre conscience de ce que cela signifie. J'ai peut-être été la dernière victime de Jacob, peut-être celle qui a survécu le plus longtemps, mais il y en a eu d'autres. Qui ont très probablement été jetées en pâture aux alligators. Qui ont crié, supplié, mais qui ne sont jamais rentrées chez elles. Peut-être que toutes se sont enfoncé des échardes dans les doigts en explorant les trous grossièrement percés pour l'aération et qu'elles ont ensuite sucé leur sang pour s'occuper. Peut-être qu'elles se sont raconté leurs histoires préférées, qu'elles se sont récité les noms des animaux domestiques de leur enfance. Qu'elles ont fait toutes les promesses de la terre pourvu qu'elles puissent un jour revoir leur mère, leur frère, leur petit ami.

Seulement, ça n'est jamais arrivé.

Et je les ai laissées tomber. Moi, la seule à avoir survécu. J'ai tué Jacob Ness. Je lui ai collé un pistolet sur la tempe et j'ai tiré parce qu'il fallait le faire. Et ensuite, je suis rentrée chez moi retrouver ma famille et j'ai tourné le dos à toutes ces malheureuses. Je n'ai jamais posé de questions. Jamais apporté de réponses. Je les ai tout simplement abandonnées, ces victimes sans visage dont les ossements se décomposent Dieu sait où et dont les proches, contrairement à ma mère et mon frère, ne sauront jamais ce qu'elles sont devenues.

Je ne me sens pas coupable, mais honteuse. Je ne peux plus regarder Keith parce que je ne veux pas qu'il voie les larmes dans mes yeux.

« Il y a des techniques pour faire remonter les souvenirs, fait remarquer Quincy.

— Je sais.

— Et le docteur Keynes ? demande-t-elle.

— Il nous aidera. » J'en réponds pour lui.

« Mais s'il vous le déconseillait ?

— Il ne le fera pas. Je suis une survivante. Les survivants ont la peau dure. Si j'ai tenu le choc dans l'épreuve, je pourrai en supporter le souvenir.

— Je serai dans le premier avion demain matin. »
Je hoche la tête. Une larme s'écrase sur l'écran du smartphone. Keith ne me touche pas, mais essuie doucement l'écran.
Je raccroche.

16

Evie

La première chose qui me frappe quand je descends de la voiture de mon avocat, c'est l'odeur. Une odeur de bois brûlé, une note de fumée, pas désagréable. Elle me rappelle les dimanches après-midi au coin du feu, quand je suivais d'une oreille les matchs des Patriots à la télé, une tasse de thé à la main.

Je reste un instant immobile comme une statue, avant de prendre pleinement conscience que je ne suis pas devant un barbecue, mais devant les ruines de ma maison.

M. Delaney ne me presse pas. Il a répondu sans hésiter à mon coup de téléphone nocturne. Dans son métier, on a sans doute l'habitude d'être dérangé à pas d'heure. Et il se doute certainement que j'ai dû attendre un moment avant d'être enfin délivrée de ma mère, qui ne pouvait pas se passer de son petit martini du soir avant d'aller se coucher.

Il est sept heures et demie du matin ; à cette période de l'année, les journées sont courtes et le ciel commence tout juste à s'éclaircir. Les températures sont encore en dessous de zéro. Nous sommes tous les deux calfeutrés dans nos manteaux de laine, bonnets, gants. La moitié de mes voisins n'ont pas éteint leurs guirlandes de Noël depuis hier soir, les ampoules clignotantes soulignent le bord des toits, des fenêtres, des buissons d'ornement.

Ça donne un petit côté surréaliste à la scène. *Joyeux Noël ! Au fait, tout ce qui reste de votre vie, c'est une carcasse calcinée à deux doigts de s'effondrer.*

Les enquêteurs arrivent et donnent le coup d'envoi des festivités.

Warren est la première à descendre de voiture, emmitouflée dans une grosse doudoune bleue, blason officiel sur la poitrine. Elle finit d'enrouler une écharpe bleu ciel autour de son cou, puis passe des gants en cuir noir et un bonnet de laine. Ça ne l'empêche pas d'être parcourue d'un petit frisson en attendant que le conducteur, un jeune collègue à la tignasse rousse, s'extirpe de son siège. Il va droit au coffre et en sort un râteau et une pelle avant d'enfiler une paire de gants de travaux. Sacrée police municipale. Toujours parée à toute éventualité.

D.D. me toise et se dirige vers mon avocat. Elle lui réserve ses remarques préliminaires, comme si je n'étais qu'un poteau indicateur. Tout ça pour se donner des airs. Ça ne m'impressionne pas : j'enseigne au lycée, je passe mes journées avec des adolescents. D.D. peut seulement faire semblant de croire que je n'ai aucune importance, mais j'ai des dizaines d'élèves qui sont réellement persuadés du contraire pendant des mois. Jusqu'au jour où ils ratent leur premier contrôle, bien entendu.

« Votre cliente sait que les termes de notre mandat de perquisition restent valables ? Ce qui veut dire que nous avons le droit de saisir tout objet en rapport avec l'origine du sinistre, de même que tout indice concernant le meurtre qui nous aurait précédemment échappé et que l'incendie aurait mis au jour », explique D.D. avec un débit de mitraillette.

La réponse de M. Delaney n'est pas moins sèche : « J'ai abordé cette question avec ma cliente. Elle est au courant qu'en tant que propriétaire du bien, elle est en droit de récupérer tout ce qui ne sera pas considéré comme pièce à conviction. Et qu'il incombe à la police de démontrer qu'un objet est une pièce à conviction, faute de quoi il lui revient. »

M. Delaney m'a expliqué tout ça point par point hier soir. Que je ne pouvais pas aller chez moi comme ça sans prévenir pour chercher le coffre-fort de Conrad. Que la police l'aurait mal pris et aurait saisi par principe tout ce que j'aurais pu retrouver. Il convenait donc de l'inviter. De montrer que nous coopérions pleinement avec les autorités. Ce seraient les enquêteurs qui ouvriraient le coffre, mais, en toute hypothèse, le contenu m'appartiendrait. On ne pouvait pas penser que le point de départ d'un incendie criminel se trouvait à l'intérieur d'un coffre ignifuge.

Tout ce que je voulais, c'étaient nos archives financières, notamment le contrat d'assurance-vie que Conrad avait souscrit à l'annonce de ma grossesse, et notre assurance habitation. La boîte contenait aussi nos passeports ; le mien pourrait me servir de pièce d'identité, maintenant que mon permis de conduire n'était plus qu'un bout de plastique fondu.

C'est la résolution que j'ai prise hier soir : je suis peut-être triste, mais je refuse de rester les bras ballants. Il faut que je pense à mon bébé et que je déjoue les manœuvres sournoises de ma mère.

Le rouquin se dirige vers le monceau de bois calciné, râteau à la main. D.D. l'appelle Neil. On lui donnerait à peu près douze ans. Peut-être que la police les recrute à la sortie de l'école primaire, maintenant. J'ai souvent eu envie d'enseigner dans les petites classes, mais ç'aurait été gâcher mes compétences en mathématiques. Et, malgré tous les moments de profonde exaspération que je peux connaître avec les lycéens, chaque année il y en a au moins une poignée dont le potentiel se révèle. D'un seul coup, ça fait tilt devant un théorème. Et ce contrôle qu'ils pensaient avoir raté leur vaut une bonne note, celle qu'ils s'étaient toujours sus capables de décrocher.

Devenir professeur exige un certain optimisme. Et on ne reste pas dans le métier si on n'est pas convaincu que tout le monde, adolescents aigris ou directrice surmenée, peut changer.

Autrefois, je pensais que c'était une des qualités qui avaient séduit Conrad chez moi.

« Le capitaine des pompiers estime que les lieux ne présentent pas de danger, explique D.D. en se postant à côté de moi. Pour autant, continue-t-elle en montrant mon ventre rond, je vous recommande de rester à distance.

— Les émanations ?

— Beaucoup de choses pas très sympathiques partent en fumée dans un incendie domestique. »

Je hoche la tête, bien consciente des tuyaux en plastique, stratifiés pleins de colle, lasures bon marché, isolants en fibre de verre et autres éléments métalliques qui ont été employés dans la construction de cette maison. Hier, l'endroit aurait été toxique. Mais aujourd'hui… c'est mon seul espoir d'avancer d'une case.

« Ça sent l'essence », fais-je remarquer.

D.D. me jette un regard. « C'est aussi ce que pense l'experte incendie. »

Une minute, que je comprenne bien. « Autrement dit, quelqu'un a assassiné mon mari et le lendemain il a mis le feu à notre maison ? » J'ai dit cela d'une voix étonnamment posée. Peut-être parce qu'au moment où je prononçais ces mots, je n'y croyais pas réellement. Conrad et moi… Une prof de maths et un vendeur de fenêtres. Voyons, cela ne peut pas nous arriver à nous. Cela ne peut pas *être* nous. « Vous savez pourquoi ?

— J'espérais que vous sauriez nous le dire.

— Ce n'est pas moi. Je ne suis pas seulement une épouse, je suis une mère. » Je secoue la tête. « Aucune mère ne ferait une chose pareille. »

D.D. me regarde sans mot dire. Je redeviens muette, mais je frissonne légèrement. Me trouver devant les décombres de ma vie n'est plus seulement triste, c'est terrifiant. Quand un individu est capable de tuer un homme, de mettre le feu à une maison…

Je ne sais pas ce qui s'est passé. Mais, pire encore, je ne sais pas ce qui m'attend.

Le rouquin a commencé à fouiller le tas de débris ; armé de sa pelle, il soulève les morceaux de placo calcinés, les poutres effondrées. Delaney leur a dit ce que nous cherchions : un coffre-fort haut de gamme qui contient des archives. Il se trouvait à l'étage, dans la penderie de la grande chambre. Vu son poids, il a dû passer à travers le plancher quand les flammes l'ont dévoré. Hier, les pompiers ne l'ont pas retrouvé, mais les effets personnels n'étaient pas exactement leur priorité.

« L'experte reviendra ce matin, m'indique le commandant Warren sans me lâcher du regard. Di Lucca compte parmi les meilleurs dans son domaine. Vous saviez que les incendiaires sont généralement fidèles à un mode opératoire ? Et que nous avons une base de données qui recense les pyromanes et leurs méthodes préférées ? Ce n'est qu'une question de temps avant que Di Lucca identifie le coupable. » Elle ne termine pas sa phrase, mais laisse entendre : *Et qu'on remonte jusqu'à vous.*

« Mais pourquoi est-ce que j'aurais commandité l'incendie de ma propre maison ? Surtout que mon portable, mon sac à main et toutes mes affaires s'y trouvaient.

— Les gens font parfois des choses stupides.

— Dans ce cas, je dois vraiment être la dernière des imbéciles pour détruire ma maison alors qu'on m'a déjà retrouvée l'arme du crime à la main.

— Vous avez peut-être estimé que flinguer l'ordinateur (combien de fois, déjà, douze ?) n'était pas suffisant. »

Derrière nous, M. Delaney se racle la gorge. D.D. n'est pas censée poser de questions sur le meurtre et elle le sait. Elle essaie juste de secouer le cocotier, au cas où une information tomberait.

« Ou peut-être que tout ça n'a rien à voir avec moi, dis-je finalement. Et que la réponse se trouve du côté de Conrad. Tous les conjoints ont des secrets l'un pour l'autre. Demandez à votre mari. »

Le rouquin finit de fouiller un tas de décombres, passe au suivant. Il en a jusqu'à la taille. Au moins, la maison n'avait pas de sous-sol, à cause de la faible profondeur de la nappe phréatique. Certains de nos voisins devenaient dingues à force d'avoir leurs caves régulièrement inondées. C'est en partie à cause de cette construction sur dalle et de son garage que cette maison avait plu à Conrad. À moi, elle avait plu à cause de son côté maisonnette et du charme des parquets anciens, même s'ils étaient en sacrément mauvais état à ce moment-là.

Nous étions heureux, le jour où nous avions signé les papiers. Nous avions acheté une bouteille de champagne et je l'avais tenue contre moi pendant que Conrad me portait pour franchir le seuil. Je riais, je lui demandais de me reposer. Tout ça était ridicule, puéril et… parfait. Une merveilleuse journée dans la vie d'un jeune couple qui en avait bien d'autres devant lui.

D.D. me tient toujours à l'œil. Il ne faut pas que je craque devant elle. Je ne veux pas qu'elle sache combien ça me fait mal d'être là à contempler tous mes rêves saccagés.

Le rouquin l'interpelle. Elle me lance un dernier regard et va rejoindre son collègue au petit trot à travers les débris.

Chic, je vais récupérer mes papiers, me dis-je.

Seulement ce n'est pas un gros coffre-fort noir que le rouquin a découvert.

Ce coffret-là est tout fin. Deux ou trois centimètres d'épaisseur, à peu près les dimensions d'un bloc-notes. À première vue, on dirait une tablette et je suis saisie d'un doute : j'ai flingué un ordinateur, mais est-ce que c'était le bon ? Je ne sais plus et ce n'est ni le moment ni le lieu pour me poser la question.

Le coffret est couvert de suie, ses contours carbonisés. Il n'a pas l'air assez costaud pour être ignifuge ou étanche ; cela dit, il ne me rappelle rien du tout.

L'enquêteur le tient serré sur son ventre. Je leur avais demandé de me rapporter une boîte d'archives. Ils ont découvert une petite cassette. Nous en sommes tous au même niveau d'incompréhension – et de défiance.

D.D. entame les négociations. « Vous avez la clé ?

— Bien sûr que non, putain, je n'ai même pas mon portable ! »

Si le gros mot a choqué, personne ne le relève. « La clé était dans la serrure. Creusez encore, vous allez la retrouver, dis-je pour les faire marcher.

— Neil », ordonne D.D. en lui prenant la boîte des mains.

Le collégien repart vers le champ de ruines noirâtres, râteau à la main.

« Vous disiez que vous cherchiez un coffre ignifuge, rappelle D.D. d'un air finaud. Comme ces boîtes à toute épreuve qu'on retrouve dans l'épave quand un avion s'écrase. »

Je ne l'écoute pas, j'observe le rouquin pour voir où il creuse, dans quel secteur de la maison… Sous le bureau de Conrad, il me semble. D'où l'idée suivante : et si, dans ces meubles en bois pleins à craquer de dossiers clients ennuyeux, ce n'était pas ça le plus important ? Et si, en dessous, se trouvait ce coffret plat et banal ?

J'ai envie de croire que je l'aurais vu. À l'occasion d'une de mes innombrables descentes. Quand je fouillais les meubles de rangement, écartant un à un les classeurs avec une intense frustration. Mais cette cassette est tellement mince qu'elle aurait pu être planquée sous un des meubles eux-mêmes ; je n'avais jamais eu l'idée d'en soulever un. Vu la taille et le poids de ces engins à double tiroir, je ne suis même pas certaine que j'en aurais été capable. Conrad, en revanche, sportif et musclé comme il l'était…

Est-ce que j'aurais remarqué l'anomalie ? Que le meuble avait légèrement changé de place, qu'il y avait une nouvelle rayure sur le parquet ancien ? Peut-être que je l'avais fait, inconsciemment, et que c'était pour ça que je revenais toujours à la charge. De la même manière que, chaque fois qu'il rentrait, Conrad sentait intuitivement que quelque chose avait changé dans son bureau pourtant fermé à clé. On tournait en rond.

Prisonniers de nos secrets.

Mon mari m'a-t-il jamais aimée ? Ou bien m'a-t-il épousée parce que, sachant la vérité sur la mort de mon père, il a pensé que je serais du genre à oublier et pardonner ?

Un cri retentit. Neil s'attaque à un monceau de décombres avec un regain d'énergie : manifestement, il a repéré quelque chose. Petit à petit, je devine la forme compacte d'un coffre-fort. Il n'est pas énorme, mais pèse une tonne, je suis bien placée pour le savoir. Rien que le tirer pour le sortir de la penderie de notre chambre, c'était comme traîner un boulet – tout ça pour y glisser quelques relevés d'assurance avant de souffler un bon coup et de le repousser péniblement à sa place.

Neil balance le râteau et la pelle. Il a dégagé la zone autour du coffre et prend celui-ci à bras-le-corps. Après deux ou trois pas hésitants, il se dirige vers nous, se frayant un chemin avec précaution au milieu des ruines, la volumineuse boîte d'archives serrée contre lui.

Lorsqu'il s'approche, je vois que le coffre a été à la hauteur de la réputation de la marque et des garanties qu'elle propose. À peine s'il est rayé. Et, contrairement à la cassette métallique, il a encore sa clé dans la serrure. Elle est noircie et cramée, mais ça reste une clé.

À bout de souffle, Neil pose le coffre à nos pieds dans l'allée. D.D. s'accroupit à côté ; elle aussi est hors d'haleine, mais dans son cas c'est seulement de l'excitation.

« On dirait bien une boîte d'archives, dit-elle. Alors c'est quoi, l'autre ? » Le coffret calciné est posé devant elle.

« Ce qui ne rentrait pas dans le gros », réponds-je sans hésiter.

Elle me défie du regard. Je ne baisse pas les yeux. Voilà ce qui arrive quand on s'accuse d'avoir tué son père à seize ans. Ensuite, toute contrevérité est relative. Il y a eu une époque où j'étais honnête, une vraie petite sainte, même. Mais après ce que j'ai vu, ce qui s'est passé... quel intérêt ?

Puisque le coffre-fort a sa clé, on commence par lui. C'est D.D. qui s'y colle. La procédure veut que la police inspecte tout objet retrouvé sur une scène de crime avant de le remettre à son légitime propriétaire. Je ne crains rien. Je connais cette boîte d'archives, j'y ai bien des fois rangé des papiers. Mon mari étant souvent en voyage d'affaires, les comptes du ménage et la corvée de paperasse mensuelle entraient davantage dans mes attributions que dans les siennes. Aujourd'hui, je m'en félicite. Je ne fais pas partie de ces femmes qui se retrouvent démunies quand elles perdent leur mari du jour au lendemain et qui ne savent absolument pas comment brancher la télé sur le câble ni où se trouve le contrat d'assurance-vie.

Conrad était organisé, lui aussi. Il avait perdu ses parents quand il était encore étudiant et, même s'il ne m'en a jamais beaucoup parlé, je sais que c'est lui qui s'est occupé de la succession. Une famille n'est pas seulement un endroit où l'on puise amour et bienveillance. C'est un patrimoine matériel à protéger et entretenir. Si bien que Conrad était un fervent partisan de tout ce qui était assurance auto, assurance immobilière, assurance-vie…

D.D. tourne la clé. La serrure est l'un de ces modèles tubulaires spécial coffres-forts. Il faut la titiller un peu, mais elle cède. Après ça, c'est le couvercle qui refuse de s'ouvrir. L'enquêtrice fait la grimace, donne une taloche à la boîte, grimace encore. Agacée, je finis par m'accroupir, ce qui me vaut un haussement de sourcils général. J'attrape le haut du coffre par les deux côtés et le secoue violemment de gauche à droite en me disant que la chaleur l'a peut-être déformé. Quoi qu'il en soit, la technique s'avère efficace. Je soulève le lourd couvercle et lance aux deux enquêteurs un regard plein de supériorité avant de me relever.

D.D. se met immédiatement au travail et passe en revue les dossiers étiquetés : Assurance auto, Assurance habitation, Prêt immobilier, Passeports, Assurance-vie, Placements financiers, Compte épargne. Tous ces documents importants qu'on ne veut surtout pas perdre en cas d'incendie.

Rien de franchement excitant, mais ça reste mon meilleur atout pour essayer d'organiser ma vie dans les mois qui viennent. Ou me soustraire à l'emprise de ma mère le plus rapidement possible – tout dépend de quel point de vue on se place.

D.D. sort chaque dossier, en feuillette le contenu (pas grand-chose, juste les derniers relevés, les contrats, etc.) et le remet dans le coffre. Quand elle arrive à l'assurance-vie, elle marque un temps d'arrêt.

« Un million de dollars ? » Elle me toise. « On dirait que c'est une toute nouvelle police. Étrange, non ?

— Conrad l'a contractée quand nous avons appris que j'étais enceinte. D'après le vendeur, ça devait suffire à rembourser le prêt immobilier et couvrir dix-huit ans du coût moyen pour élever un enfant, plus quatre années d'études supérieures.

— Autrement dit, un million de raisons de supprimer votre mari.

— Si j'avais voulu un million de dollars, lui fais-je remarquer, il me suffisait de passer un coup de fil à ma mère. Ou, encore mieux, de m'installer chez elle. »

Nouveau regard de défi. « Ce que vous venez précisément de faire.

— Oui, et demandez donc à votre copain Appelez-Moi-Phil si c'est une situation enviable. »

Le rouquin tend l'oreille. « "Appelez-Moi-Phil" ? » D'un seul coup, il sourit. « Oh, c'est ça dont il parlait hier. On devrait lui commander un tee-shirt. »

D.D. et moi lui lançons toutes deux un regard mauvais. Il bat en retraite et brandit un objet noir tout déformé. « Je crois que j'ai trouvé la clé de l'autre coffre pas loin de celui-là.

— Un instant », l'arrêté-je. Je me tourne vers mon avocat. « Je ne vois là que des archives personnelles et des relevés de banque. Pas de quoi motiver un incendie criminel. Rien qui soit de l'ordre de la pièce à conviction.

— Exact, confirme M. Delaney en lançant à D.D. un regard sans concession.

— Je veux un exemplaire de l'assurance-vie.

— Prenez une photo avec votre téléphone. » Je lui propose ça parce qu'il faut que je reparte avec le contrat. Je vais en avoir besoin.

« Ma cliente se montre plus que raisonnable », souligne mon avocat.

Manifestement, D.D. n'est pas ravie, mais elle photographie le document, referme le dossier, le range dans le coffre. Celui-ci a admirablement rempli sa mission : le contenu est intact, on pourra tout retrouver. M. Delaney le soulève, grommelle en découvrant à quel point il est lourd et l'emporte à sa voiture.

Nous reste donc la cassette métallique. Je ne sais absolument pas de quoi il s'agit, mais je refuse de l'admettre parce que j'ai une envie folle de savoir ce qu'elle contient. Cela n'a sans doute plus d'importance, mais c'est peut-être la réponse que j'ai cherchée pendant si longtemps.

La clé noire est faussée. Le rouquin essaie la méthode douce. D.D. essaie la manière forte. Je leur prends la cassette des mains, en propriétaire aguerrie qui connaît les caprices de cette boîte comme elle connaissait ceux du coffre-fort.

Je suis obligée de m'y reprendre à plusieurs fois. Je cajole, je supplie, je mendie. Je t'en prie, depuis le temps que je te cherche, tu n'as pas envie de me parler ?

Enfin, un déclic se produit.

La clé tourne. Le couvercle ne s'ouvre pas tout seul, les bords sont déformés, mais je sens le coffret se détendre, prêt à nous livrer ses secrets.

Je le pose par terre à nos pieds. Je ne sais pas à quoi m'attendre. Des cendres, des restes calcinés ? La chaleur a dû être extrême à l'intérieur de la maison. Et, si de toute évidence Conrad voulait mettre le contenu de ce coffret à l'abri des regards, il ne tenait pas plus que ça à le protéger. En soi, la nuance est intéressante.

D.D. est obligée de forcer le couvercle. Des particules noires s'en détachent.

À l'intérieur, le métal est froid et gris, intact. Premier indice que le contenu est indemne. Puis :

« Mais qu'est-ce que c'est que ça ? » demande D.D. en me regardant avec de grands yeux.

Le rouquin est déjà en train de fouiller le coffret, hypnotisé, lui aussi.

Je n'ai pas de mots. Plus une goutte de salive dans la bouche. De toutes les choses que je m'attendais à voir... De tous les secrets dont je soupçonnais Conrad...

Ce que j'ai sous les yeux, ce sont des liasses de billets (encore dans leur ganse d'origine, ce qui est déjà suspect), mais surtout une pile de cartes en plastique : des permis de conduire, délivrés par une demi-douzaine d'États.

Tous avec la photo de Conrad. Tous à des noms différents.

« Il va falloir parler, et vite », m'ordonne D.D. d'un air grave.

Le problème, c'est que je n'ai rien à dire.

17

D.D.

« Il va falloir parler, et vite », ordonna D.D. d'une voix autoritaire.

Alors qu'elle contemplait les liasses de billets et les faux permis de conduire dans le coffret noir de suie qui se trouvait à ses pieds, les idées se bousculaient dans sa tête. Conrad Carter était une sorte d'agent secret. Mais toute taupe digne de ce nom aurait planqué une arme et des munitions avec son argent liquide. Alors quoi ? un génie du crime, un tueur en série ? Carter était un homme sans famille dont le métier exigeait de s'absenter pendant de longues périodes et qui apparaissait comme le genre de type que tout le monde apprécie sans le connaître vraiment.

D.D. avait l'impression de se trouver au bord d'un précipice : un pas de plus et ce serait la chute dans le vide. Les réponses à des dizaines de questions pleuvraient autour d'elle et ce serait à elle de les attraper frénétiquement au vol et de les ordonner pour en faire une explication cohérente avant qu'elles ne s'écrasent au sol.

En face d'elle, Evie secouait faiblement la tête. Elle semblait sous le choc, mais de quoi au juste ? De découvrir le contenu du coffret ou du fait que la police avait fini par mettre au jour le secret de son mari ?

Neil, grâce lui soit rendue, fit ce qui s'imposait. Il prit rapidement quelques photos avec son portable, qui montraient le coffret in situ. Puis, après avoir enfilé une paire de gants en latex, il entreprit d'en trier le contenu.

Des liasses de cent dollars. Neil les rangea en tas de dix qui font mille, puis il les aligna. D.D. entendait Evie faire le calcul dans sa tête : vingt-cinq mille dollars. Des clopinettes, comparés aux briques que la brigade des stups pouvait saisir lors de la moindre descente, mais déjà un petit magot dans ce quartier populaire. Pour Evie et son mari, cela représentait sans doute le budget d'une bonne année de travaux. D.D. prit à son tour quelques photos pour corroborer celles de Neil. En cas de découverte de numéraire au cours d'une enquête, la traçabilité était une question essentielle. Les bons policiers veillaient les uns sur les autres et faisaient tout dans les règles de l'art afin que ni eux ni leur équipe ne puissent être mis en cause.

Cinq permis de conduire. Les prénoms allaient de Conrad à Conner en passant par Carter et Conroy : toujours une bonne idée de choisir des pseudonymes qui se ressemblent. La même astuce avait été employée pour les noms de famille : le Conrad Carter du Massachusetts devenait Carter Conrad au Texas ou Carter Conner en Floride.

Vu ce petit jeu sur les noms, D.D. ne pensait pas que ces documents étaient l'œuvre d'un faussaire professionnel : un faux de bonne qualité aurait coûté plusieurs milliers de dollars et supposé de s'approprier l'acte de naissance d'un enfant mort trente-neuf ans plus tôt pour lui voler son identité. Dans ce cas, on peut imaginer se servir du nom d'emprunt pendant des décennies, se faire délivrer des cartes de crédit, voire un passeport. Mais là... Neil avait aligné les cartes en plastique légèrement gondolées et ces faux rappelaient à D.D. ceux dont se servent les mineurs pour entrer dans des bars. Pas mal au premier coup d'œil, mais rien d'extraordinaire.

Elle devina à l'expression de Neil qu'il était du même avis. Quelles que fussent les activités de Carter, ce n'était pas un pro. Mais quoi, alors ?

D.D. se redressa et considéra Evie d'un air sévère. Celle-ci avait encore les yeux baissés vers les billets et les permis, mais son regard semblait plutôt porter au-delà. Comme si elle voyait quelque chose d'invisible aux autres.

« Ma cliente est fatiguée, commença l'avocat. Dans son état...

— Je ne suis au courant de rien, l'interrompit Evie, d'une voix aussi lointaine que son expression.

— Vous disiez que cette cassette contenait des documents financiers qui ne tenaient pas dans le coffre.

— Je mentais. Je ne l'avais jamais vue. Je voulais en connaître le contenu.

— Donc vous reconnaissez...

— Tous les conjoints ont des secrets l'un pour l'autre, commandant. Je vous ai déjà suggéré de demander à votre mari. »

D.D. sentit la moutarde lui monter au nez. « Parfait. Direction le commissariat, on pourra y parler des vôtres.

— Commandant, ma cliente...

— Ment à la police et ne s'en cache pas ? Mène peut-être, elle aussi, une double vie ? Est-ce que Conrad Carter était même le père de votre enfant ? Après tout, dit D.D. en désignant les permis les plus proches du bout de sa bottine, c'était peut-être Carter Conrad ? Ou Conroy Conrad ?

— Commandant ! s'indigna Dick Delaney avec véhémence.

— Je ne suis au courant de rien, répéta doucement Evie. Je pensais... Il fermait la porte de son bureau à clé. Sous son propre toit. Chaque fois qu'il sortait. Alors qu'il n'y avait que moi qui circulais dans la maison, et ce n'était pas son travail de représentant en fenêtres... Pourquoi garder sous clé des bons de commande de clients ? Pourquoi les protéger de sa femme ? Ou alors, est-ce que c'était moi qu'il protégeait ? »

Evie leva les yeux, l'air sincèrement aussi déroutée et désorientée que D.D.

« Vous vous doutiez de quelque chose », traduisit celle-ci.

Delaney produisit un nouveau raclement de gorge. D.D. donna un petit coup à Neil du bout du pied et celui-ci se redressa immédiatement.

« Il va falloir qu'on réexamine le coffre-fort », dit-il.

Delaney les toisa de haut : il n'était pas dupe une seconde de cette tentative de diversion. « Dans ce cas, vous pouvez aller le chercher dans ma voiture », dit-il en lançant les clés à Neil.

D.D. resta concentrée sur Evie. Cette femme mijotait quelque chose, elle le sentait.

« Vous avez tiré sur l'ordinateur. Pourquoi ? dit-elle à voix basse en se rapprochant. Que soupçonniez-vous, Evie ? Que faisait le père de votre enfant au moment où vous l'avez surpris ?

— Ma cliente...

— D'abord votre père. Vous l'aimiez, n'est-ce pas ? Vous l'idolâtriez, même. C'est moi qui avais interrogé les voisins. Tout le monde parlait de la force du lien qui vous unissait.

— Commandant, je vous préviens...

— Vous avez cru qu'il s'était suicidé, c'est ça ? Alors, sur ordre de votre mère, vous avez pris l'accusation sur vous. Des années à porter ce fardeau sur vos seules épaules. Tout ça pour tomber amoureuse et découvrir... quoi ? Que les crimes de votre mari étaient bien plus graves ?

— Cette conversation est terminée, trancha maître Delaney en posant une main sur l'avant-bras d'Evie. Prenez le coffre-fort, ne le prenez pas, peu importe. Quoi qu'il en soit, ma cliente repart avec moi.

— Ça m'étonnerait », dit D.D. en regardant Evie droit dans les yeux. Elle constata qu'elle avait son attention pleine et entière et sut alors comment atteindre sa suspecte numéro un. Tout le monde a un ressort secret, un bouton sur lequel un bon enquêteur saura appuyer. Evie lui avait déjà donné cette clé la veille : cette femme était la digne fille de son père. Elle était forte en calcul. Et incapable de renoncer à résoudre une équation.

La curiosité. Voilà ce qui perdrait Evie. L'idée faisait un peu froid dans le dos de D.D., parce que cela avait toujours été son talon d'Achille à elle aussi.

« Venez au QG. Répondez à mes questions, proposa-t-elle.

— Elle rentre chez elle ! intervint Delaney.

— Pourquoi est-ce que je viendrais ? demanda Evie.

— Parce que, en échange, j'ai des photos à vous montrer. D'il y a seize ans. De quoi vous prouver que votre père ne s'est pas suicidé. »

Evie allait venir, D.D. n'en doutait pas une seconde. Mais il fallut d'abord que son avocat la prenne à part et discute ferme avec elle. Sans doute expliquait-il à sa cliente qu'elle était en train de commettre une bêtise en laissant la police jouer avec ses nerfs. Si les enquêteurs avaient des preuves, ils seraient obligés de les communiquer avant le procès, de toute façon. Evie, pour sa part, ne semblait pas s'en laisser conter. D.D. aurait juré l'entendre dire avec hargne : « Je suis votre cliente et je vous *interdis* d'appeler ma mère ! »

Tiens donc.

Après quelques minutes d'un échange lapidaire, Evie monta dans la voiture de son avocat, la boîte d'archives toujours dans le coffre. D.D. n'aurait pas pu justifier une saisie de ces documents en tant que pièces à conviction, mais elle était bien contente d'avoir une photo de l'assurance-vie de Conrad Carter à laquelle se référer en cas de besoin. Neil ensacha et étiqueta la cassette métallique et son contenu : leur part du butin. Puis ils montèrent en voiture et, suivis par Dick Delaney et sa cliente, partirent en direction du commissariat central.

Le siège de la police municipale de Boston n'était pas au goût de tout le monde. Soit les visiteurs restaient dûment impressionnés par la modernité de cette monstruosité en verre, soit, et c'était plus fréquent, ils se lamentaient devant ce gâchis d'impôts. D.D. n'y connaissait rien en matière d'architecture, mais, gourmande comme elle était, elle appréciait la présence d'un café dans le hall. Et l'étage dévolu à la brigade criminelle était beaucoup plus spacieux et fonctionnel que dans l'ancien QG. Certes, entre la moquette industrielle bleue, les meubles classeurs gris et les bureaux paysagers, ça faisait plus penser aux locaux d'une compagnie d'assurances qu'à un service de police, mais parfois, quand elle avait comme aujourd'hui un suspect qu'elle voulait mettre à l'aise, c'était sympa de pouvoir faire comme s'ils étaient dans les bureaux d'une quelconque entreprise, plutôt que, disons, dans un vieil épisode de *New York Police Blues*.

Vu les circonstances, D.D. emmena Evie et son avocat dans la salle de réunion, un peu plus accueillante que les salles d'interrogatoire spartiates. Déjà que son avocat ne lâchait pas Evie d'une semelle, D.D. ne voulait pas effaroucher sa suspecte numéro un avant d'en avoir tiré autant d'informations que possible.

Après un bref aparté, Neil partit chercher Phil : celui-ci allait reprendre le rôle du bon papa, pendant que Neil ferait le nécessaire pour les pièces à conviction qu'ils venaient de trouver sur les lieux de l'incendie. Un interrogatoire s'apparentait à une partie d'échecs et, si D.D. aimait mettre la pression, une telle stratégie ne fonctionnerait jamais avec un avocat dans la pièce. Il fallait la jouer fine. Par chance, elle avait plusieurs cordes à son arc.

Et, comme Evie, une bonne dose de curiosité.

D.D. se montra une hôtesse agréable. Elle installa Evie et son avocat. Elle leur apporta des bouteilles d'eau ; puis, à la demande de Delaney, qui semblait apprécier de se faire servir par la fine fleur de la police de Boston, revint avec un café. À ce moment-là, Phil les avait rejoints, armé d'un lourd carton sur lequel étaient inscrits de grands chiffres noirs : le numéro d'immatriculation de l'enquête préliminaire sur la mort du père d'Evie.

Phil le posa au bout de la table, loin d'Evie et de Dick Delaney. Cela faisait si longtemps que D.D. et lui se livraient à ce petit jeu qu'ils n'avaient pas besoin de se parler pour savoir comment s'y prendre. D.D. s'assit bien en face d'Evie et de son avocat, avec qui elle échangea de menus propos sur les meilleures marques de café en vente à Boston, l'éternel débat entre café noir et café au lait sucré, et bien sûr le fait qu'il valait mieux s'en passer pendant la grossesse – D.D. ne s'en serait jamais crue capable, mais, en réalité, ça s'était fait presque tout seul.

Pendant ce temps-là, Phil défaisait le carton. Lentement. Dossier après dossier. Procès-verbaux. Classeurs contenant les rapports sur les pièces à conviction. Photos. Une pile ici. Une pile là. Pile après pile.

Evie fut la première à perdre le fil de la conversation. Tout en hochant la tête à toutes les sottises que pouvait débiter D.D., elle laissa son regard dériver vers le bout de la table et les documents qui s'amoncelaient : papiers jaunis, photos à la bordure défraîchie, chemises en papier kraft sale. Les archives étaient censées être en cours de numérisation pour être conservées sous forme électronique, mais imaginez seulement qu'un quelconque rond-de-cuir entre un jour dans l'entrepôt et prenne conscience de l'ampleur de la tâche…

Ce n'était pas demain la veille qu'on pourrait se passer d'arpenter les rayonnages pour en sortir des cartons.

« Ce sont les pièces du dossier de mon père », dit brusquement Evie. Cette femme était une pile électrique. Elle tournait la bouteille d'eau entre ses mains sans même songer à en prendre une gorgée.

« Exact.

— Vous avez des photos ? »

Delaney intervint : « J'aimerais qu'il soit consigné que je ne suis pas favorable au fait que ma cliente se trouve ici aujourd'hui et réponde à ces questions, commandant Warren... »

D.D. resta concentrée sur Evie : « Vous vous souvenez de vos déclarations ce jour-là ?

— Un peu.

— Que je vous lise mes notes : "Jeune fille de seize ans, blanche, semble sous le choc et/ou traumatisée. Affirme qu'elle se trouvait dans la cuisine avec son père, Earl Hopkins, cinquante-cinq ans, blanc, peu après quatorze heures trente ce samedi. Le père lui montrait comment retirer les cartouches d'un fusil à pompe Remington modèle 870 acheté récemment. Il se tenait devant le réfrigérateur quand la jeune fille a, selon ses termes, pris le fusil sur la table de la cuisine et voulu ouvrir la chambre. D'après elle, un coup est parti vers la poitrine de son père à quelques centimètres de là. Elle déclare que son père est tombé en arrière contre le réfrigérateur et s'est effondré au sol. Qu'elle a reposé le fusil et tenté de ranimer son père, sans succès. Elle dit également avoir entendu des cris depuis le pas de la porte, où se tenait sa mère, Joyce Hopkins, quarante-trois ans, blanche. La mère a déclaré avoir assisté à l'homicide. Son audition a été conduite de manière indépendante par le commandant Speirs."»

Evie, les yeux rivés sur le carton, ne prononça pas un mot pendant la lecture de D.D. Celle-ci reposa le calepin. « Est-ce que cela correspond à vos souvenirs ? »

Evie tourna les yeux vers elle. « Que disent les photos ?

— Phil ? »

Celui-ci s'approcha avec la première série. Les images étaient terribles. Un coup de fusil à bout portant provoque des dégâts considérables. Evie était aux premières loges à l'époque. En théorie, il ne se trouvait rien là qu'elle n'eût déjà vu, mais D.D. savait d'expérience que la mémoire réarrange les souvenirs au fil du temps. Autrement dit, ces photos pouvaient être beaucoup plus pénibles que les souvenirs qu'Evie s'était autorisée à garder ; ou alors (et c'était plus probable, étant donné la culpabilité qui pesait sur les épaules de cette femme) beaucoup moins abominables que la scène qui se rejouait dans sa tête nuit après nuit.

D.D. disposa les trois premières devant Evie et son avocat. Delaney prit une courte inspiration, mais ne détourna pas les yeux. Lui aussi était présent, ce jour-là. C'était un ami de la famille et la mère d'Evie l'avait contacté : il ne lui était pas venu à l'idée d'appeler les secours, en revanche elle avait tout de suite eu le réflexe de joindre son avocat. Ça en disait long sur son état d'esprit.

« Il arrive plus souvent qu'on ne le croit que des gens se suicident avec un fusil », reprit D.D. d'une voix égale mais douce. Inutile pour l'instant d'avoir recours à la méthode forte ; ça viendrait plus tard. « Ce modèle, le Remington 870 calibre douze, est proposé avec deux longueurs de canon. Votre père avait acheté la version courte, mais le canon mesurait quand même soixante-six centimètres, soit une longueur totale de cent vingt centimètres. En cas de suicide, la victime appuie généralement l'extrémité du canon contre elle de manière à stabiliser l'arme au moment d'actionner la détente. Un des marqueurs les plus fréquents de suicide au fusil est donc une trace de brûlure sur la peau de la victime, provoquée par la chaleur du canon. »

Evie leva les yeux vers elle. « Je ne vois pas de brûlure. Ce serait sur son ventre, non ? On ne voit... que de la suie.

— Un tatouage de poudre, rectifia D.D., qui indique que la bouche du fusil se trouvait à proximité immédiate de la victime au moment du tir, mais pas en contact direct avec la peau. À vrai dire, ces éléments concordent avec vos premières déclarations et l'hypothèse d'un tiers qui se serait tenu à quelques centimètres de la victime au moment d'appuyer sur la détente.

— Je ne comprends pas.

— Le deuxième indice d'un suicide au fusil est la trajectoire. Il est pratiquement impossible de se tirer dessus en tenant cette arme à l'horizontale, ce qui signifie que le tir décrira une trajectoire ascendante : une fois entrés dans le corps, les projectiles le traversent en diagonale et ressortent plus haut. Dans le cas présent, continua D.D. en montrant une photo, on voit que l'orifice d'entrée se trouvait sous la cage thoracique. Mais, d'après le légiste, les plombs n'ont pas suivi une trajectoire ascendante. Au contraire, ils ont traversé tout droit, déchiquetant au passage les organes et les intestins de votre père.

— Commandant ! » s'indigna Delaney.

Mais Evie ne détourna pas les yeux. « Le coup a été tiré à l'horizontale. Par quelqu'un qui se tenait en face de mon père.

— Ce qui, là encore, est cohérent avec vos déclarations de l'époque. Vous avez pris le fusil. Et, en voulant inspecter la chambre, vous avez appuyé par mégarde sur la détente, alors que votre père était en face de vous. D'où l'absence de brûlure et de trajectoire ascendante.

— Mais ce n'est pas moi ! Nous étions dehors, avec ma mère. On s'était garées dans l'allée et je venais d'ouvrir la portière quand j'ai entendu du bruit. On est entrées dans la cuisine. Et c'est là... que j'ai... vu mon père.

— Le troisième élément à examiner pour valider ou invalider la thèse du suicide, continua D.D. sans pitié, ce sont les éclaboussures de sang. Si on admet qu'il y avait quelqu'un d'autre dans la pièce et que cette personne a tiré, elle a dû recevoir des rétroprojections, ou microgouttelettes, du fait de l'impact des plombs à l'entrée dans le corps. Autrement dit, on devrait avoir au moins une personne couverte d'éclaboussures de sang. »

Elle regarda Evie d'un air implacable.

« Je suis entrée... le sang... il a coulé sur moi..., bredouilla celle-ci.

— On aurait aussi une zone propre au milieu des éclaboussures. Comme un dessin au pochoir, disons, par terre ou sur le plan de travail, là où le corps du tireur a fait écran aux gouttelettes. » D.D. posa un doigt sur la troisième photo : de fait, il y avait des projections au-dessus et sur les côtés du cadavre d'Hopkins, mais juste devant lui...

« Votre père ne s'est pas suicidé, affirma D.D. avec conviction. Les éléments de preuve ont été revus par différents experts. Il y avait quelqu'un d'autre dans la pièce et cette personne lui a tiré dessus. »

Evie voulut dire quelque chose, puis renonça. « Vous croyez que je mens, dit-elle finalement.

— Je crois que la version que vous nous avez donnée il y a seize ans est plus cohérente avec les faits que le tissu de mensonges que vous avez voulu me faire avaler hier soir.

— Commandant..., intervint de nouveau Delaney.

— Pourquoi je mentirais ? À l'époque, je ne l'ai fait que pour protéger mon père.

— Votre père ou votre mère ?

— Ma mère était avec moi ! On était sorties faire des courses. Vous devriez bien pouvoir retrouver un témoin, les images des caméras de surveillance des magasins. Un reçu de carte bancaire. Quelque chose qui prouve que nous étions ensemble.

— Seize ans après les faits ?

— J'ai cru qu'il s'était supprimé ! Depuis quelque temps, il était... ailleurs. Plus vraiment lui-même. Et le génie et le suicide... » Evie haussa les épaules, l'air réellement bouleversée.

« Votre père ne s'est pas suicidé.

— Mais je ne l'ai pas tué !

— Donc vous êtes une menteuse, mais pas une tueuse. Et mardi soir, avec votre mari ?

— Commandant ! Cet interrogatoire est terminé !

— Pas si vite, maître. Votre cliente est venue me voir hier en revenant sur sa version de l'époque. C'est elle qui a rouvert la boîte de Pandore. Du fait de ses nouvelles déclarations, la mort d'Earl Hopkins n'est plus considérée comme accidentelle. Elle fait désormais l'objet d'une enquête pour homicide volontaire et vous connaissez la prescription en la matière : il n'y en a pas.

— Mais ce n'est pas moi ! » protesta Evie, frappée d'horreur, en reposant bruyamment sa bouteille d'eau sur la table. « Jamais je n'aurais fait de mal à mon père !

— Mais à votre mari ? Ce type qui gardait sous le coude des liasses de billets et une demi-douzaine de faux permis ?

— On s'en va. » Maître Delaney, déjà debout, tirait Evie par le bras. Mais celle-ci faisait de la résistance. Et ce n'étaient pas les accusations concernant son mari qui la chamboulaient. Manifestement, elle se tourmentait encore au sujet de son père. Même seize ans plus tard, tout tournait encore autour de lui.

Elle fixait D.D. avec des yeux hagards. « Mes cheveux. Vous avez pris des photos de mes cheveux. Des échantillons. Je m'en souviens ! »

D.D. confirma lentement d'un signe de tête.

« Faites-les analyser. Réévaluer. Vous pouvez le faire, n'est-ce pas ? Je ne comprends pas tout, mais je regarde des séries policières. On peut prouver leur trajectoire à partir de ces éclaboussures, n'est-ce pas ? Disons, la différence entre ces rétroprojections dont vous parliez et les traces de contact qui se retrouvent sur une personne entrée dans la pièce après coup.

— Je ne sais pas s'il nous reste suffisamment d'éléments, objecta D.D., ce qui n'était pas tout à fait faux.

— Analysez-les. Faites ce que vous avez à faire. Je n'ai pas tué mon père. *Vous m'entendez ?* Et dire que pendant toutes ces années, ajouta-t-elle d'une voix brisée, j'ai cru le pire à son sujet.

— À son sujet ou à celui de votre mère ?

— Mais puisque je vous dis qu'elle était avec moi ! C'est la vérité. Ma mère est folle, je le sais, mais elle l'aimait. Et c'était réciproque. Je ne sais pas... les autres ne comprennent pas toujours ce qui unit un couple...

— On parle encore de votre mari, là ?

— Ce n'est pas ma mère qui l'a tué », répéta Evie avec plus d'assurance. Retrouvant son sang-froid, elle laissa son avocat l'aider à se lever. « Ni elle, ni moi. Pendant toutes ces années, nous avons pensé qu'il avait mis fin à ses jours. Et c'est pour ça que nous avons menti. Pas pour nous protéger, mais pour le protéger, lui. Si vous l'aviez connu, si vous aviez discuté avec lui... Mon père était un grand homme. Il méritait mieux que d'apparaître dans les livres d'histoire comme un énième génie dépressif.

— Mais alors qui, Evie ? demanda D.D. en se levant à son tour. Qui aurait pu vouloir supprimer votre père ? Un rival dans sa discipline ? Un étudiant recalé ? Un mari jaloux ? Il a bien fallu que quelqu'un tire. Si ce n'est pas vous, alors qui ?

— Je... je n'en ai aucune idée. » Evie lança un regard d'impuissance à son avocat. Il n'en fallait pas davantage à ce dernier.

« Cette entrevue est terminée. Vous avez posé des questions à ma cliente et elle vous a apporté des réponses. Si vous souhaitez en savoir davantage, mesdames et messieurs de la police, je vous suggère de faire ce qui s'appelle une enquête. »

Delaney entraîna sa cliente vers la sortie en contournant la table, mais Evie n'arrivait pas à détacher son regard des photos. Fascinée. Obsédée. Frustrée.

Parce qu'elle se rendait finalement compte qu'elle avait menti pour rien ? Ou parce qu'elle venait de comprendre que son changement de version ne fonctionnerait pas ?

D.D. n'en savait rien, mais la manière dont Evie regardait ces photos l'émut au point qu'elle se demanda si elle ne lui avait pas dit la vérité la veille.

De la nostalgie, conclut-elle. Evie Carter regardait ces photos comme une femme qui, malgré les années écoulées, voulait encore retrouver son père.

Et D.D. se demanda quels autres regrets cette femme pouvait bien nourrir et combien concernaient son mari disparu deux jours plus tôt.

On frappa à la porte. Neil passa une tête. Il semblait nerveux.

« Tu as une piste concernant les faux permis ? lui demanda-t-elle aussitôt en rassemblant ses notes.

— Quoi ? Non. Tu as de la visite.

— De la visite ?

— Le FBI. L'agent spécial Kimberly Quincy, d'Atlanta. Elle est là avec Flora Dane et un type. Elle dit qu'il faut qu'elle te voie.
— Hors de question.
— Trop tard, dit une voix traînante derrière Neil.
— Merde », soupira D.D.

18

Flora

La mémoire est une drôle de chose. Certains instants s'impriment au fer rouge dans notre esprit. Quand nous avons de la chance, ce sont des moments heureux : premier baiser, mariage, naissance d'un enfant. Le genre d'expériences dont on est spectateur en même temps qu'on les vit parce que notre cerveau sait qu'ils sont tellement extraordinaires qu'on aura envie de les revivre.

J'en ai quelques-uns, de ces souvenirs. Le jour où le garçon le plus mignon du lycée m'a invitée au bal – je ne touchais plus terre quand je suis rentrée annoncer la nouvelle à ma mère. La première fois où un renardeau a accepté de manger un morceau de hot-dog dans ma main. Ce rituel que ma mère pratiquait à l'heure du coucher quand j'avais du mal à m'endormir. Et les soirs où mon frère et moi le retournions contre elle pour la chatouiller : riant comme des petits fous, nous faisions semblant de la mettre au lit, mais en réalité nous terminions tous au milieu du matelas, bras et jambes entremêlés, un vrai sac de nœuds familial.

Mais j'en ai d'autres.

Le moment où je me suis réveillée dans une caisse grande comme un cercueil. Le gémissement que la première femme a poussé quand Jacob l'a poignardée, et cette expression dans son regard quand elle s'est tournée vers moi ; il était en train de la tuer, elle allait mourir et je ne faisais rien pour l'en empêcher.

Et maintenant, il me faut affronter le fait qu'il pourrait y avoir eu six autres victimes, six autres femmes qui ne sont jamais rentrées chez elles. Peut-être que Jacob a tenu parole et qu'il les a jetées en pâture aux alligators. Mais il se pourrait aussi qu'il les ait enterrées dans son jardin, et alors ce serait bien que je puisse aider à le localiser.

La mémoire. Un outil bien capricieux ; mais qui reste, pour le meilleur ou pour le pire, ma ressource la plus précieuse.

Je ne ferme pas l'œil de la nuit. Après avoir quitté Keith Edgar, je rentre à Cambridge, où je fais les cent pas dans mon petit appartement jusqu'au moment où mes vieux propriétaires toquent poliment à la porte pour me demander si tout va bien. Je les rassure, tout va pour le mieux, et je renonce à tourner en rond. J'hésite à appeler Sarah. Elle aussi, c'est une survivante : elle a tenu tête à un assassin en se servant du bras amputé de la colocataire qu'il venait de charcuter. Elle est aussi pour moi ce qui ressemble le plus à une amie. Elle sait ce que c'est que de mal dormir. Le cerveau peut ruminer pendant des jours, des semaines, des mois d'affilée, une ronde sans fin de souvenirs traumatiques, qui vont d'une chute de vélo à l'âge de sept ans à une agression au couteau par un forcené à l'âge de vingt. Samuel m'a un jour expliqué qu'il essaie de trier ces expériences. On a l'impression qu'il part dans tous les sens, mais en réalité il cherche des constantes, des correspondances, un principe d'ordre. Des éléments qui permettraient de replacer ces événements dans leur contexte et de se dire : *Ah, c'est ça qui s'est passé !* Ensuite, j'imagine que les gens comme Sarah et moi devraient pouvoir retrouver le sommeil, mais certaines expériences horrifiques défient toute tentative d'analyse. Alors notre cerveau continue à turbiner longtemps après la fin de l'épreuve.

En dehors de Sarah, je pourrais appeler Samuel, qui s'attendait certainement à avoir de mes nouvelles après notre conversation de cet après-midi. Ou ma mère, qui serait tout à la fois honorée et accablée que je lui confie enfin ce qui se passe chez moi.

Mais je n'ai pas envie de parler. Je ramasse les vêtements épars dans ma chambre. Je passe un coup d'éponge sur les plans de travail de la cuisine. Je change de place les quatre aliments que j'ai dans le frigo. Puis, saisie d'une soudaine inspiration, j'essaie de me souvenir par moi-même du premier endroit où Jacob m'a séquestrée. Cette caisse en forme de cercueil dans le sous-sol miteux d'une maison. Des petites fenêtres en hauteur. Une moquette couleur de merde, dans laquelle j'avais l'habitude de passer les doigts en m'étonnant de toutes les nuances de marron qu'il fallait pour fabriquer une moquette dans les tons terreux. Je prends des notes. Moquette affreuse. Canapé moisi. Escalier montant vers le rez-de-chaussée. Pinède. Je me souviens que, lorsqu'il m'a enfin fait sortir de la maison, il y avait des pins.

Mais mon cerveau n'arrête pas de sauter d'un endroit à un autre, au point que je ne sais plus très bien si ce que je revois, c'est le premier chalet ou le deuxième motel. Et si c'était plutôt cette autre maison, en Floride ? Prise de vertige, je sens pointer les signes avant-coureurs d'une crise de panique, alors qu'il y a des années que je n'avais pas connu ce type d'épisode humiliant.

À quatre heures du matin, en sueur, à bout de souffle et la rage au cœur, je choisis un autre souvenir : le jour de ma libération, une image qui devrait se situer plus haut sur l'échelle du bonheur. Je m'oblige à rester tranquillement assise par terre dans mon appartement, à réentendre le bruit de la vitre volant en éclats, puis l'atterrissage de la bombe de gaz lacrymogène dans la chambre du motel, son sifflement menaçant. J'ai les yeux qui gonflent, le nez qui coule. Et ensuite la porte s'ouvre en coup de vent et une horde d'individus armés jusqu'aux dents déboule dans la petite pièce. Ils crient sur moi, hurlent sur Jacob. Les cris redoublent quand je prends le pistolet. Et ils se taisent quand j'ai fait ce que j'avais à faire.

Entre en scène Kimberly Quincy. FBI. Elle a été la première à m'accueillir à la sortie de la chambre, à passer son bras autour de mes épaules, à me dire encore et encore que je ne risquais plus rien. Que tout allait bien se passer. Que j'étais en sécurité.

Je garde un souvenir très clair de sa voix. Tranchante, ferme, pleine d'autorité. Le genre de voix qui inspire confiance.

Mais à quoi ressemble cette femme ? Étrangement, cette pièce du puzzle se dérobe à moi. J'essaie pendant une heure de la retrouver. Le son de sa voix. La sensation de son bras autour de mes épaules. Je tourne la tête, je la regarde.

Je l'ai forcément vue. J'avais les yeux rouges et gonflés, un torrent de morve coulait de mon nez, mais quand même… J'ai beau essayer, je n'arrive pas à revoir son visage. Elle reste une voix dans le noir. Tranchante. Ferme. Pleine d'autorité.

Le genre d'alliée dont je vais avoir besoin pour la journée qui s'annonce.

Cinq heures du matin. Je renonce définitivement à dormir et sors courir dans la nuit glaciale avec mon gilet fluo qui brille et le faisceau de ma lampe frontale. Ensuite douche. Bagel. Café noir. Il reste encore plusieurs heures à tuer.

J'allume mon ordinateur et je vais faire un tour sur le blog de mon nouvel ami Keith Edgar qui, il faut le noter, n'a rien publié concernant notre entrevue d'hier. Est-ce qu'il cherche à m'impressionner en faisant preuve de retenue ? Ou est-ce qu'il attend simplement d'avoir quelque chose de plus intéressant à partager ?

Je décide de ne pas m'en soucier pour l'instant. Et j'en reviens au point de départ de mes réflexions de la nuit : la mémoire, cet outil capricieux.

Je lis tout ce que je peux trouver sur la prise en charge de la mémoire traumatique, de l'EMDR aux simulations en réalité virtuelle en passant par la bonne vieille hypnose. À dix heures du matin, mon téléphone sonne enfin. Une voix sèche, que je connais, me dit : « Mon avion a atterri. »

Je ne suis plus nerveuse. Je suis prête.

À mon arrivée au commissariat central, c'est d'abord Keith que je repère. Il attend d'un air gêné sur le côté et contemple la structure en verre comme s'il se demandait si c'était vraiment une bonne idée de construire un bâtiment pareil. À mon approche, son visage s'illumine et je ressens un petit sursaut inattendu dans la poitrine.

Il a le look du métrosexuel des beaux quartiers. Manteau de laine noir ouvert. Jean noir moulant et pull violet foncé sur une chemise à carreaux lavande et rose. On dirait un mannequin Abercrombie. Autant dire un Ted Bundy d'aujourd'hui. Je me demande ce que Kimberly Quincy pensera de lui.

C'est à ce moment-là que je l'aperçois. Elle descend d'un Uber. Vêtue d'un long manteau beige pour se garder du froid de la Nouvelle-Angleterre, qui doit saisir quand on arrive d'Atlanta. Un sac en cuir noir en bandoulière. De jolies bottines marron, que le cocktail hivernal de sel et de neige fondue est en train d'abîmer.

Je n'ai même pas besoin d'entendre sa voix pour savoir que c'est elle. Quelque chose dans son allure, quand elle se penche pour attraper un petit sac de voyage. Puis elle se redresse, se retourne.

Et je comprends tout à coup pourquoi je refoulais le souvenir de son visage : l'agent spécial Kimberly Quincy est pour ainsi dire mon sosie. Même silhouette fine, mêmes yeux gris-bleu, cheveux blond cendré, regard implacable. C'est moi, mais avec quelques années de plus et davantage de plomb dans la cervelle. Pas de cernes sous les yeux et un peu plus de muscles sur les os. Une femme qui dort la nuit, qui se nourrit sainement trois à cinq fois par jour et qui sait exactement qui elle est et où elle va.

« Impressionnant », dit Keith en nous regardant toutes les deux, et je me rends compte que je ne suis pas prête pour cette journée, en fin de compte.

Keith et moi laissons Quincy prendre la direction des opérations. Elle me serre la main, puis c'est au tour de Keith. Si elle s'interroge sur sa présence, elle n'en dit rien. Peut-être qu'elle le prend pour mon petit ami. Et peut-être que ça ne me dérange pas.

Elle nous fait entrer dans le QG, flanque ses papiers sur le comptoir de l'accueil pour annoncer son arrivée et demande sèchement à voir le commandant D.D. Warren. Keith observe autour de nous le vaste hall de verre et d'acier. Personnellement, je me recroqueville dans ma doudoune. On pourrait croire qu'après avoir été séquestrée dans une caisse, j'aimerais les grands espaces ouverts, mais ces endroits me stressent.

Un enquêteur se présente. J'ai déjà rencontré ce rouquin, il s'appelle Neil ou quelque chose de ce genre.

267

Est-ce qu'il peut nous offrir une collation, un café ou autre chose ? jacasse-t-il. Quincy reste de marbre. Neil se tait et nous conduit à l'étage de la brigade criminelle.

En chemin, nous croisons un monsieur d'un certain âge, en costume, et une femme que je reconnais aussitôt pour l'avoir vue à la télé : l'épouse de Conrad Carter. La femme qu'on accuse d'avoir tué son mari. D'instinct, je ralentis le pas. J'ouvre la bouche, il me semble que je devrais dire quelque chose, n'importe quoi. À quel point connaissiez-vous votre mari ? Seriez-vous surprise d'apprendre qu'il a été vu en compagnie d'un violeur patenté dans un bastringue du Sud ? Mais Keith m'attrape brusquement par le bras. Il m'entraîne vers l'avant, jusqu'à ce qu'elle disparaisse, et je reste avec l'impression d'une femme aussi anxieuse et épuisée que je le suis.

D.D. nous accueille avec sa bonne humeur habituelle. « Qu'est-ce que c'est que ce cirque ? »

Quincy sourit. « Commandant Warren. Un plaisir de reparler avec vous. Je peux ? » dit-elle en montrant la salle de réunion derrière D.D. Celle-ci semble à deux doigts de protester, sans doute pour le principe, mais Quincy sourit de nouveau, ajoute : « Pas devant les enfants » et emporte le morceau.

Les deux enquêtrices entrent dans la salle et referment la porte avec autorité derrière elles. Keith et moi restons dans le couloir, toujours en compagnie du rouquin, qui ne tient pas en place.

« Café ? » propose-t-il de nouveau, très certainement pour s'occuper.

Keith et moi échangeons un regard avant de répondre « non » d'une même voix, ce qui me donne un petit coup de chaud.

De l'intérieur de la salle : « Un meurtre commis à Boston est du ressort de la police municipale !

— Votre meurtre ne m'intéresse pas. Ce qui m'intéresse, ce sont les liens éventuels de la victime avec Jacob Ness.

— Cette affaire n'a aucun rapport avec Ness. Nous avons déjà inculpé l'épouse.

— Dans ce cas, mon angle d'investigation n'interférera pas avec le vôtre.

— Ben voyons ! Si vous commencez à fouiller dans le passé de Conrad et que vous agitez l'idée qu'il était le meilleur copain d'un tueur en série, vous aurez servi le doute raisonnable sur un plateau à la défense. L'assassin n'était pas Evie Carter, mais le fantôme de Jacob Ness, c'est évident...

— Vous êtes certaine qu'il n'a pas été tué par quelqu'un d'autre ? On sait que cet homme était souvent en voyage d'affaires et qu'il en a profité pour frayer avec un violeur en série... En tant qu'enquêtrice, ce sont des questions auxquelles j'aimerais bien répondre.

— Moi aussi. Ce qui nous ramène à l'épouse. Qui, en plus d'avoir abattu son mari, a aussi criblé de balles l'ordinateur.

— On a pu récupérer quelque chose ?

— Pas encore.

— Les experts du FBI sont les meilleurs dans leur domaine...

— Même pas en rêve.

— Commandant Warren, votre affaire présente des points de recoupement avec une enquête en cours du FBI. C'est un fait. Alors, ou vous m'invitez de bonne grâce à vous prêter main-forte, ou je peux vous retirer l'affaire d'autorité.

— Quelle enquête en cours ?

— La disparition de six femmes dont on pense qu'elles ont peut-être également été victimes de Jacob Ness. Sa mort nous a privés de pistes à exploiter, mais cette nouvelle information sur le fait qu'il fréquentait peut-être d'autres prédateurs est de nature à relancer l'enquête.

— Conrad Carter ne pourra pas vous aider, il est mort. Et son ordinateur aussi.

— Mais pas celui de Jacob Ness. »

Pour la première fois, silence. Une longue interruption, durant laquelle Keith et moi tendons l'oreille vers la porte. Le rouquin aussi.

« Vous avez l'ordinateur de Ness ? reprend D.D.

— Nimbé de tout son glorieux mystère.

— C'est-à-dire ?

— Invitez-moi dans votre bac à sable et je me ferai un plaisir de vous l'expliquer.

— Et Flora ? reprend brutalement D.D. Qu'est-ce qu'elle fait ici ?

— Elle a aussi accepté de nous aider.

— De quelle manière ?

— En remontant le cours de ses souvenirs. Nous n'avons jamais réussi à identifier la maison où Jacob l'avait séquestrée dans les premiers temps. Nous avons des raisons de penser que ce chalet avait plus d'importance pour lui qu'il ne l'a laissé croire et qu'il a fait en sorte de garder le secret sur sa localisation.

— Vous pensez que Jacob Ness possède encore un bien ? Un chalet privé, une résidence ?

— Je crois qu'une telle découverte pourrait être une mine d'informations sur la disparition de six femmes et, qui sait, sur un meurtre commis il y a peu à Boston. Est-ce que vous avez toutes les réponses dans votre dossier, commandant Warren ?

— Non.

— Moi non plus. Alors, on fait équipe ? »

Gros soupir. « Je dois reconnaître que vous m'avez bien aidée dans l'affaire Charlene Grant.

— Mais c'est vous qui lui avez sauvé la vie. »

Changement de ton. « Comment vont vos filles ?

— Elles sont incroyables. Dix et sept ans. Prêtes à dévorer la vie. Et vous ?

— Jack a cinq ans. Et un chiot que nous venons d'adopter. Ils sautent dans toute la maison en poussant des cris.

— On ne s'ennuie jamais.

— Mais je n'y renoncerais pour rien au monde.

— Moi non plus.

— Écoutez : vous voulez participer ? C'est entendu. Mais je vous préviens : on ne sait pas par quel bout prendre cette affaire tellement il y a de choses aberrantes.

— Ce sont mes préférées. »

Et voilà, marché conclu, la traque peut commencer.

Quincy revient vers nous et nous fait signe d'entrer.

« C'est dingue », murmure Keith tout bas.

Sur une impulsion, sans prendre le temps de réfléchir, je lui serre le bras.

Puis nous entrons dans la salle de réunion et le vrai travail commence.

19

Evie

« Tu croyais sincèrement que ton père s'était suicidé ? »

Nous sommes restés si longtemps silencieux dans la voiture que la voix de mon avocat me fait sursauter. Je regardais par la fenêtre : tous ces gens parfaitement normaux qui marchent dans les rues enneigées de Boston, qui vaquent à leurs occupations parfaitement normales, elles aussi. Je me demande si c'est comme ça que les autres me voient ; comme si j'étais normale et équilibrée, alors qu'en réalité, je me sens complètement vidée. Des liasses de billets. Des faux permis. Ce ne sont pas des épouses assassinées que nous avons découvertes, n'empêche que j'avais raison : Conrad avait des secrets pour moi.

J'aimerais penser que ce n'est que justice puisque je lui cachais les miens. Mais en fait, ça ne me paraît pas du tout acceptable ; ça me paraît abominable et injuste, l'ultime trahison d'un homme que j'aimais profondément. C'est vrai que je nourrissais des doutes. Mais peut-être que c'était ma définition de l'amour : un art consommé de la méfiance.

« Evie ? »

D'une voix douce, M. Delaney cherche de nouveau à capter mon attention. Je me détourne de la fenêtre.

« Ma mère ne vous en avait jamais parlé ?

— Tout ce que j'ai su, c'est ce qu'elle a raconté ce jour-là. Que ton père te montrait comment manipuler le fusil. Qu'un coup était parti par accident. Qu'elle avait assisté à la scène depuis le seuil de la cuisine. »

Je hoche la tête. C'était notre version et, pendant seize ans, nous nous y sommes tenues.

« Vous croyez que mes parents s'aimaient ? »

La question m'a échappé.

M. Delaney ne répond pas tout de suite, il pianote du bout des doigts sur le volant. Je l'ai toujours considéré comme un ami de mon père, mais les années ont passé et il continue à venir nous voir. Il est célibataire. Attentif aux sautes d'humeur de ma mère. Alors je ne peux pas m'empêcher de m'interroger.

« J'ai rencontré tes parents quand nous étions étudiants », commence-t-il. Je suis surprise : je savais que mon père et lui se connaissaient de longue date, mais je n'avais jamais réalisé que c'était aussi le cas pour ma mère. « Dès le début, ils ont eu une relation... explosive. Mais plus ils se heurtaient et s'éloignaient l'un de l'autre pour finalement se retrouver, plus leur couple semblait solide. Tu sais combien ton père aimait les mathématiques ? »

Je hoche la tête.

« Eh bien, avec le temps, j'en suis venu à considérer sa relation avec ta mère comme sa manière d'expérimenter les lois de la physique. Pour lui, elle représentait un défi à nul autre pareil, or il aimait les défis. Quant à elle... Ta mère n'a jamais été faite pour mener une existence ordinaire. Ton père, cet homme excessivement intellectuel, indéniablement brillant et parfaitement indulgent, était tout ce qu'il lui fallait.

— Les cocktails. Les réceptions officielles. Bâtir une œuvre. La protéger. »

M. Delaney sourit. « C'était un couple bien assorti, Evie. Que les autres le comprennent ou non, ils étaient faits pour être ensemble. Et ils t'aimaient tous les deux. »

Je me retourne vers la fenêtre. Mon père m'aimait, ça je le sais. Ma mère, en revanche, c'est une autre histoire. Être l'épouse d'un génie, c'était conforme au scénario romantique qu'elle voulait donner à sa vie. Avoir une fille d'une intelligence juste au-dessus de la moyenne, prof de maths dans un lycée public, beaucoup moins.

« Tu peux me parler, m'encourage M. Delaney. Tu es ma cliente. Nos discussions sont couvertes par le secret professionnel. Tout ce que tu me diras restera entre nous.

— Parce que vous ne direz rien à ma mère, peut-être ? » Je n'ai pas pu m'empêcher de poser la question avec amertume, peut-être même avec agressivité.

« Motus et bouche cousue », me répond-il, si bas que je manque de ne pas entendre cette expression plaisante. Quand je l'entends, je souris et il sourit à son tour. L'idée me traverse l'esprit que M. Delaney est un des rares adultes à avoir toujours fait partie de ma vie. D'abord en tant qu'ami intime et confident de mes parents, puis en tant que figure paternelle de substitution : pendant les mois qui ont suivi la mort de mon père, il est régulièrement venu prendre de nos nouvelles. Il a aidé ma mère à tenir la rampe. Je ne m'en rendais pas compte à l'époque, mais c'était bien lui qui passait trois ou quatre soirs par semaine pour vérifier l'air de rien qu'il y avait à manger dans le frigo et pas de bouteilles de vodka dans les placards. Il a essayé de convaincre ma mère de vendre la maison, ou au moins de changer la déco. Il disait toujours qu'elle devait le faire pour moi. Pour apaiser mon anxiété et m'aider à m'en remettre.

Elle l'écoutait, en tout cas beaucoup plus qu'elle ne m'a jamais écoutée. Mon père était tout pour elle. Alors qu'elle et moi n'avons jamais pu nous entendre sur grand-chose.

« Quand nous sommes rentrées, il était... mort, dis-je à mi-voix. Manifestement, ça venait tout juste d'arriver. Il y avait une odeur de poudre. Et du sang... chaud dans mes cheveux.

— C'est affreux, ma pauvre.

— Rien n'indiquait la présence de quelqu'un d'autre. Pas de voiture dans l'allée, personne dans la maison. Et ça faisait des mois que mon père était d'humeur de plus en plus sombre.

— Parfois, son propre génie l'écrasait. Mais il finissait toujours par remonter la pente. Un jour, il m'avait confié que c'était la magie de la paternité : même quand il sentait qu'il lui fallait peut-être abandonner l'espoir de résoudre les grands mystères de l'univers, il savait que toi, il ne t'abandonnerait jamais.

— Mais moi je croyais qu'il l'avait fait. » Et voilà que des larmes se mettent à couler. J'en suis la première surprise, mais depuis tout ce temps... ce n'est pas seulement la honte de mon secret qui m'a pesé, c'est aussi la douleur que mon père ait choisi de mettre fin à ses jours plutôt que de rester avec nous. Ce père que j'adulais. J'aurais fait n'importe quoi pour le rendre heureux.

Je me retourne vers la fenêtre en m'essuyant les joues à la hâte.

« Donc, ce n'est pas toi qui as tiré, reprend Delaney.

— Non. Il m'avait déjà montré comment charger et vider le Remington. Je n'aurais jamais commis une erreur aussi stupide. Mais, en l'occurrence, maman et moi n'étions même pas à la maison.

— Est-ce qu'il attendait de la visite ? Un assistant, un collègue ?

— Il ne nous avait rien dit. Quand nous étions parties, il était cloîtré dans son bureau. Il marmonnait devant son tableau blanc. Vous le connaissiez. On lui a lancé qu'on allait faire des courses. Je ne me souviens même pas s'il a répondu. On a pris la voiture et à notre retour... »

M. Delaney hoche la tête. « Tu es entrée la première dans la cuisine. Et ensuite ta mère, qui a jeté un regard et s'est effondrée.

— Elle m'a dicté quoi dire. Quoi faire. Sur le coup, je ne me suis pas posé de questions. Si seulement…

— Ne t'en fais pas, Evie. Je comprends. Tu venais de perdre un parent. C'est bien normal que tu aies fait de ton mieux pour faire plaisir à celui qui te restait. »

Je n'avais jamais vu les choses sous cet angle, mais ça paraît logique.

« Vous étiez ensemble, ta mère et toi ?

— Oui.

— Mais, d'après ce que vient de nous expliquer la police, ton père ne s'est pas suicidé. Donc il devait y avoir quelqu'un d'autre dans la maison. La porte était ouverte quand tu es entrée ?

— La porte de la cuisine n'était jamais fermée à clé pendant la journée. Il y avait souvent des allées et venues d'étudiants.

— Je crois que tu devrais préparer un témoignage écrit. Raconte avec tes mots tes souvenirs de ce jour-là. Et ensuite donne-le-moi pour relecture avant qu'on le transmette à la police.

— Comme ça, elle pourra aussi m'accuser du meurtre de mon père ?

— Est-ce que tu as tiré sur lui, Evie ? Souviens-toi que tout ce que tu pourras me dire est placé sous le sceau de la confidentialité.

— Non.

— Est-ce que tu as tiré sur ton mari ? Là aussi, ça restera entre nous.

— Non.

— Mais tu as tiré.

— Sur l'ordinateur. »

Delaney quitte la route des yeux le temps de me lancer un regard. « Intéressant. Bon, j'ai comme l'impression qu'on a du pain sur la planche.

— Pourquoi est-ce que je n'aime que des hommes qui me quittent ? demandé-je à mi-voix.

— Je ne sais pas, ma belle. Certains d'entre nous ne sont pas faits pour être heureux en amour. »

M. Delaney m'emmène déjeuner. Dans une sandwicherie qu'il connaît en centre-ville. Il ne se tracasse pas pour mon alimentation aussi ouvertement que ma mère, mais il ajoute un jus d'orange à ma salade et refuse de dire un mot avant que j'aie avalé au moins un quart de mon repas. Lui-même a pris un sandwich au rosbif saignant avec de la mayonnaise au raifort. À une époque, j'aurais commandé la même chose, mais, dans mon état, la vue de la viande sanguinolente me soulève le cœur. Je fais de mon mieux pour me concentrer sur mon déjeuner, prendre de petites bouchées, mâcher consciencieusement. Même si manger ne m'intéresse pas, cela intéresse le bébé. Désormais, tout ce que je ferai, jusqu'à la fin de mes jours, tournera autour de cela, de cette petite personne.

Une fois de plus, je me demande si ma mère a jamais été dans cet état d'esprit à mon sujet.

« Pourquoi est-ce que mes parents n'ont pas eu plus d'enfants ? » demandé-je à M. Delaney, une fois ma salade à moitié mangée. Si la question le surprend, il a suffisamment de métier pour ne pas le montrer.

« Je ne sais pas. Tu leur as posé la question ? »

Je lui lance un regard entendu. Il me sourit. Ce renard argenté peut être charmant quand il le veut. J'ai bien remarqué que plusieurs femmes avaient tourné la tête pour admirer le nouveau client à notre arrivée. Et ensuite elles m'ont regardée avec animosité, me prenant certainement pour une femme-objet beaucoup trop jeune pour lui, puisqu'on n'imagine jamais qu'un bel homme puisse être simplement ami avec une femme.

« Ton père était inquiet, dit-il finalement en prenant une serviette pour tamponner sa moustache soignée. Quand ta mère a su qu'elle était enceinte, il s'en est réjoui, mais il s'est posé des questions. Comme il le disait, historiquement les génies ne sont pas connus pour être de bons parents.

— Je les ai surpris ?

— Tous les jours. »

Je lève les yeux au ciel. « Est-ce qu'ils voulaient avoir des enfants, je veux dire ?

— Je ne crois pas qu'ils l'auraient cherché, admet M. Delaney au bout de quelques secondes, mais je dirais aussi que tu as illuminé l'existence de ton père. Et toi, me dit-il en me regardant dans les yeux, est-ce que ce bébé est une surprise ?

— Oui et non. Plus ou moins. On avait essayé pendant un moment, mais on avait pratiquement fini par renoncer. Et voilà...

— C'est un phénomène connu. Parfois la vie a précisément besoin qu'on n'essaie pas pour pointer le bout de son nez. Est-ce que tu aimais Conrad ? me demande-t-il avec douceur.

— Oui et non. Plus ou moins. »

De nouveau ce sourire, mais un peu triste, comme s'il savait exactement ce que je veux dire.

« Au début, j'ai cru qu'il était tout ce que je pourrais jamais désirer. Extraverti, drôle, plein d'empathie. C'était lui qui était venu vers moi. Il me regardait. Il avait envie de parler avec moi. De passer du temps avec moi, vraiment *moi*. Je sais que ça a l'air affreux, ce que je dis. Comme si c'était purement narcissique de ma part. Mais jamais, de toute ma vie, je n'avais eu l'impression d'être désirée. Alors, quand mon père est mort...

— Et que tu as pris la faute sur toi...

— Disons qu'avant, j'étais une gamine bizarre et effacée et qu'après, j'étais une gamine bizarre et effrayante.

— Ton père avait peur que tu sois aussi douée que lui, tu sais.

— Peur ?

— Ça isole, au cas où tu ne l'aurais pas remarqué. Son cerveau était exceptionnel parce qu'il ne fonctionnait comme aucun autre. Mais du coup, il avait en permanence un temps d'avance sur tout le monde. Même au sein du gratin des mathématiciens, il était à part.

— Un des plus grands esprits de sa génération », dis-je sur un ton sentencieux. Et l'envie de pleurer me reprend : ce n'était pas le génie que je voulais, juste le père, et il me manque encore infiniment.

« Si tu aimais Conrad, pourquoi votre relation s'est-elle dégradée, à ton avis ? »

Je ne peux pas répondre tout de suite. Et quand je le fais, les mots sortent difficilement : « Je crois que je ne suis pas douée pour le mariage.

— Comment ça ?

— Je ne sais pas faire confiance. Je ne sais pas... croire en l'autre. Plus Conrad était gentil avec moi, plus je me méfiais. Je me demandais ce qu'il voulait, ce qu'il cachait.

— Tu pensais qu'il te trompait ?

— Je ne sais pas. Il était très souvent absent pour son travail, mais à son retour, il refusait d'en parler. "La vie sur les routes est ennuyeuse, disait-il. Raconte-moi plutôt ta semaine." Mais je ne croyais pas qu'il avait réellement envie de savoir ce que j'avais fait de ma semaine. Il ne voulait tout simplement pas parler de la sienne.

— Tu as grandi dans une famille où les adultes pratiquaient l'art de la dissimulation. »

Je ne peux pas m'empêcher de sourire parce que je sais exactement à qui il fait allusion. « Ma mère.

— Certains hommes ont réellement plaisir à savoir comment va la femme qu'ils aiment.

— Je sais. C'était ce que je me disais. Que le problème venait de moi : que si je croyais que mon mari avait des secrets, c'était parce que moi j'en avais un, énorme. Mais je remarquais des petits détails, anodins...

— Par exemple ?

— Conrad connaissait tout le monde. Tous les voisins qui s'arrêtaient pour papoter, tous mes collègues à moi. Un vrai *Who's Who* : leur nom, leur visage, les détails de leur vie, rien ne lui échappait. Mais à l'inverse, personne ne le connaissait. Où étaient ses collègues, sa famille, ses amis ? Il m'avait dit que ses parents étaient morts dans un accident des années avant notre rencontre. Notre mariage n'a été qu'une formalité en tout petit comité au tribunal, à cause de maman...

— Qui désapprouvait cette union.

— Mais les mois et les années passant... Conrad en savait long comme le bras sur tout le monde, mais jamais on n'invitait de voisins à dîner, jamais il ne sortait entre potes. Il avait toujours une bonne excuse. Il paraissait extraverti, mais si on prenait un peu de recul pour l'observer de loin, c'était un solitaire. Il se tenait à distance de nous tous. Même de moi.

— Est-ce que tu lui avais demandé pourquoi ?

— Il disait qu'il m'avait et qu'il n'avait besoin de rien d'autre.

— C'est touchant. »

Je regarde M. Delaney dans les yeux. « Vous trouvez ? Parce que ma première réaction a été de me dire qu'il mentait. Alors, je vous le répète, est-ce que le problème venait de lui ou de moi ?

— Tu en as, toi, des amis proches ? »

Je hausse les épaules, mal à l'aise. « Il y a cette collègue, au lycée, avec qui je déjeune souvent. Seulement, vous voyez, moi je sais que je suis une asociale. Et franchement, vu que je traîne depuis mon adolescence l'image de la fille qui a tué son père, j'ai de bonnes raisons d'être réservée. Je le reconnais. Alors que Conrad... Il se présentait sous un certain jour, mais si on y faisait attention... » Je secoue la tête. « J'avais parfois l'impression que c'était moins une personne qu'un personnage de pièce de théâtre. Il disait exactement ce qu'il fallait, mais est-ce qu'il le pensait ou est-ce que c'étaient juste des répliques de dialogue ?

— Tu n'avais pas confiance en lui.

— Ça me préoccupait, réponds-je prudemment. Ce décalage entre ce qu'il disait et ce qu'il faisait. Ajoutez à ça le mystère du bureau fermé à clé dans sa propre maison. Mais si j'essayais d'aborder la question... il s'arrangeait pour que je me sente mesquine. Comme si j'étais paranoïaque. Mais il y avait un fond de vérité, là-dessous. Il paraît que les menteurs sont toujours les premiers à penser que les autres mentent, or il faut reconnaître que, depuis seize ans, je suis une menteuse de compétition.

— Tu es quand même tombée enceinte. »

Un sourire amer me monte aux lèvres. « Vous savez comme on peut parfois tenter désespérément de sauver son couple grâce au sexe ? On était devenus assez forts à ce jeu-là.

— Ce n'est jamais facile, un mariage. »

Je vois ce qu'il veut dire, mais je ne suis pas certaine que tous les couples soient constamment placés sous le signe de la méfiance comme le mien l'était.

« À la fin, dis-je doucement, je ne croyais plus Conrad. Il me mentait. Peut-être pas au sujet de l'amour qu'il me jurait. Peut-être pas au sujet du bébé, qu'il désirait profondément. Il se promettait d'être le meilleur père qu'on ait jamais vu. Mais la perspective le rendait aussi atrocement nerveux. Quelque chose couvait. Je le sentais. Un drame allait éclater. Toute cette tension dans la maison, ces dernières semaines, tous ces soupçons que nous ne pouvions pas exprimer. Il y a encore des choses qui m'échappent. Mon mari était un menteur, mais je n'arrivais pas à le prendre en flagrant délit. Et notre mariage filait tout droit vers une catastrophe dont j'ignorais la nature.

— Les faux permis ?

— Je ne sais strictement rien à ce sujet.

— Mais tu as tiré sur l'ordinateur.

— Un jour, j'avais découvert un document dans la mémoire vive de l'imprimante. Un relevé de compte en banque, une grosse somme d'argent. Bien davantage que les liasses de billets que Conrad conservait dans cette cassette. »

M. Delaney attend patiemment.

« Il y avait aussi des retraits mensuels. Dans quel but ? Qu'est-ce que c'était que ce compte ? Qu'est-ce qu'il se payait pendant ses voyages d'affaires ?

— Prostituées ? Drogue ?

— Peut-être pire. J'ai vu... » Je ne peux pas me résoudre à avouer ça. Ni à revoir ces images. Je secoue la tête.

« Evie, tu penses bien que la police va découvrir tout ça. Elle dira que les turpitudes de Conrad expliquent que tu l'aies assassiné. Preuve en est que tu as tiré sur l'ordinateur pour effacer des indices.

— Mais non. À ce moment-là... » Désemparée, je me sens de nouveau écrasée par le poids d'une enfance à problèmes, suivie d'une vie conjugale tout aussi compliquée. « Il est le père de mon enfant. »

M. Delaney n'a pas besoin que j'en explique davantage. « Tu voulais protéger sa mémoire.

— Il y a des habitudes qui ont la vie dure.

— Est-ce que tu as la moindre idée de l'identité de la personne qui a mis le feu chez toi ? »

Je secoue la tête. Mais la question, maintenant que je me penche sérieusement dessus, fait courir un frisson de malaise le long de ma colonne vertébrale. Avec le choc des événements de ces deux derniers jours, la perte de ma maison m'est essentiellement apparue sous cet angle : une perte de plus. Mais, à présent que je suis allée sur place et que j'ai parlé avec le commandant Warren, je commence à prendre conscience que c'est aussi une menace. Quelqu'un a assassiné mon mari, et cet inconnu a mis le feu à la maison pour faire disparaître des preuves.

Or, malgré toutes les recherches que j'ai pu faire, toutes les questions que j'ai pu me poser sur l'homme que j'avais épousé, je ne sais absolument pas qui pourrait être cette personne. Ni si il ou elle en a fini.

« Est-ce que tu t'es sentie observée, menacée, ces dernières semaines ? me demande M. Delaney, comme s'il lisait dans mes pensées. Et Conrad ? Tu disais que quelque chose se tramait de son côté.

— Il était tendu. Je me demandais... » Je n'arrive pas encore à mettre des mots sur ce que je pensais. Les repas de plus en plus silencieux. Ces fois où je m'étais réveillée en pleine nuit et où j'avais surpris Conrad en train de me regarder fixement. Le fait que si j'étais rentrée tard du travail ce soir-là, c'était parce que quand je rentrais plus tôt...

Je ne me sentais pas sous la menace d'un mystérieux inconnu. En revanche, je m'interrogeais de plus en plus sur l'homme qui partageait mon lit.

Je hausse les épaules. Tout le monde veut des réponses. Mon avocat. La police. Je serais ravie d'en avoir certaines.

« Evie, quoi qu'ait pu faire ton mari, ce n'est pas ta faute.

— Je suis une menteuse. J'ai épousé un menteur. Et maintenant, mon bébé... » Ma gorge se serre. Je ne peux plus parler. Absurde ou pas, à une époque, j'ai aimé Conrad. Puis je l'ai perdu. Et, comme mon père, mon mari reste un mystère ; il y a tant de choses désormais que je ne saurai jamais sur lui. Tout cela m'épuise. Ma vie est sur de mauvais rails et je n'arrive pas à changer de trajectoire.

« Je veux connaître la vérité, dis-je tout bas. Je veux savoir au moins une chose qui soit vraie.

— À propos de ton mari ou de ton père ?

— L'un ou l'autre, je signe. »

M. Delaney m'observe un long moment. « Alors je crois qu'il va falloir commencer à poser davantage de questions.

— Comment ça ? À qui ? Je ne connais personne avec qui parler de Conrad. Et la mort de mon père remonte à seize ans. Vous étiez son meilleur ami. Si vous ne savez pas qui a pu le tuer, comment je pourrais le découvrir ?

— Il y a quelqu'un d'autre. »

Une angoisse m'étreint. « Pas question !

— Mais si. Si tu veux réellement comprendre ce qui s'est passé, il faut que tu parles à ta mère. »

20

D.D.

Phil avait prévenu D.D. dès le début qu'elle regretterait d'avoir recruté Flora Dane comme indicatrice. Cette femme aimait jouer les justicières, c'était une franc-tireuse avérée, bref un élément incontrôlable. D.D. avait horreur que son mentor ait raison.

« Résumons-nous, dit-elle avec autorité depuis le bout de la table. De votre propre initiative, dit-elle en fusillant Flora du regard, vous avez appelé un agent du FBI à Atlanta pour l'associer à mon enquête.

— Techniquement, c'est plutôt à *mon* enquête que je l'ai invitée à participer », contesta Flora.

Ça se confirmait : son indicatrice avait pris le mors aux dents. Flora continua : « Moi aussi, je veux avoir des réponses dans cette affaire, vous savez. Quels étaient les liens entre Conrad Carter et Jacob ? Jacob fréquentait-il d'autres hommes, d'autres prédateurs ? Est-ce que ça signifie qu'il faisait partie d'un réseau de sociopathes et que je ne m'en suis pas aperçue ? Alors, quand j'ai discuté avec l'agent spécial Quincy et que j'ai appris que d'autres femmes avaient disparu... »

D.D. leva la main et pointa du doigt l'autre nouveau venu dans la pièce. Celui-ci, la trentaine, avait des allures de mannequin Tom Ford et était assis beaucoup plus près de Flora qu'il n'était strictement nécessaire.

« Et vous ? Quel est votre rôle dans cette histoire ? »

Kimberly Quincy avait déjà le sourire aux lèvres ; elle savait qu'on allait rire.

Mais, à sa décharge, l'inconnu ne se démonta pas : posant ses deux coudes sur la table, il se pencha vers D.D. et soutint son regard. « Je m'appelle Keith Edgar. Je suis ingénieur en informatique et, heu... j'anime un forum de passionnés de faits divers. Ces six dernières années, nous avons notamment travaillé sur le cas de Jacob Ness.

— Mais comment donc ! »

Le sourire de Kimberly Quincy s'élargit encore.

« Nous avons toujours soupçonné l'existence d'autres victimes, étant donné la complexité de l'enlèvement de Flora et le degré de préparation qu'il supposait... Aucun prédateur n'atteint ce degré de maîtrise du jour au lendemain. »

Si Flora était choquée d'être rabaissée au rang d'étude de cas, elle n'en laissa rien paraître.

« Et vous savez tout cela grâce à vos talents d'informaticien ? ironisa D.D.

— Non, mais j'ai énormément lu sur le sujet...

— Sur Internet, royaume de la curiosité malsaine.

— Et je collabore avec un groupe d'experts qualifiés, dont faisait notamment partie votre ancien collègue Wayne Rock. » Ce nom retint l'attention de D.D. Elle avait connu Wayne avant qu'il ne prenne sa retraite cinq ans plus tôt. Un type super, remarquable enquêteur, qui avait malheureusement perdu son combat contre le cancer quelques mois auparavant. Tout le service, elle comprise, avait été peiné de sa disparition.

« Wayne aussi pensait qu'il y avait eu d'autres victimes ?

— Absolument. La plupart des prédateurs connaissent une escalade dans le crime. On peut penser qu'un obsédé sexuel autoproclamé comme Ness avait dû commencer très jeune par du voyeurisme, puis qu'il était passé aux attouchements, avant de se livrer à des agressions, et pour finir… »

Edgar eut un geste gêné vers Flora, dont le visage restait parfaitement inexpressif. D.D. sentit son cœur s'attendrir un instant. Voilà à quoi ressemblait la vie de Flora. Bon gré, mal gré, elle était toujours définie par ce qu'un monstre lui avait fait endurer. Depuis deux ans qu'elle la connaissait, Flora avait toujours refusé d'évoquer son passé. Alors, que cela plaise ou non à D.D., le simple fait qu'elle participe à cette discussion, et même qu'elle ait invité une fédérale, était une preuve de courage.

« Ce qui nous amène à vous, dit-elle en tournant son attention vers Quincy. L'agent qui a compris que Ness était un routier longue distance et qui a organisé l'assaut des forces d'intervention. Vous avez dû recueillir une montagne d'indices.

— Oui et non, c'est bien le problème. Nous avons retrouvé des cheveux et d'autres échantillons d'ADN dans le camion de Ness, mais dans l'ordinateur (sur lequel, d'après Flora, il se connectait tous les jours)… »

Flora confirma d'un signe de tête.

« … presque rien, curieusement. Même pas de pornographie.

— Alors qu'il passait son temps à en regarder, intervint Flora.

— Effacer totalement un disque dur est presque impossible, rappela le consultant en informatique. Il a dû se servir d'un outil ou d'une application. Voyons, si on se remet en 2010… » Edgar réfléchit. « Je parierais sur SteadyState, un logiciel Microsoft gratuit qui était compatible avec tous les systèmes d'exploitation XP. Microsoft le présentait comme un outil de protection pour ordinateur personnel. En gros, il supprimait toutes les modifications au redémarrage pour remettre l'ordinateur dans l'état antérieur souhaité, ce qui effaçait de fait tous les programmes malveillants et autres virus que les enfants pouvaient avoir téléchargés par inadvertance en jouant en ligne. Ça marchait si bien que beaucoup de professionnels s'en servaient, y compris moi. »

Edgar interrogea ouvertement Quincy du regard.

« Oui, ce logiciel était présent dans l'ordinateur de Ness, indiqua-t-elle sans s'étendre sur la question.

— Intéressant. Parce qu'il faut un peu de temps et un certain savoir-faire pour le configurer. Pour décider quelles parties du disque dur doivent être nettoyées à chaque redémarrage et auxquelles ne pas toucher. En soi, cela démontre un niveau de maîtrise de l'outil informatique assez remarquable pour un homme qui n'avait même pas son diplôme d'études secondaires. Et vous dites qu'on n'a pas retrouvé dans son camion un seul livre sur la programmation, le système d'exploitation Windows ou autre ?

— Rien de rien. »

Keith Edgar et Flora Dane échangèrent un regard. D.D. n'était pas certaine que ça lui plaise.

« Le téléphone portable de Ness ? intervint-elle.

— Pas de smartphone, répondit Quincy. On a retrouvé un téléphone à clapet sans abonnement, un appareil bon marché dont il s'était à peine servi. En tout cas, pas de texto ni rien d'exploitable.

— Je ne me rappelle pas l'avoir jamais vu utiliser un téléphone portable, dit Flora. J'aurais dit qu'il n'avait personne à appeler.

— En l'occurrence, l'absence d'indices est en elle-même un indice, conclut D.D. Quelqu'un a dû apprendre à Ness à supprimer toute trace de ses activités, à la fois grâce au logiciel et grâce au téléphone sans abonnement. » Elle lança un regard à Flora. « Mais la seule fois où vous vous souvenez de l'avoir vu rencontrer quelqu'un, c'est ce fameux soir avec Conrad ?

— C'est la seule personne que j'aie vue, mais Jacob disparaissait régulièrement pendant des jours, parfois une semaine entière. J'ai toujours cru qu'il s'abîmait dans la drogue. Mais peut-être qu'il rejoignait des potes. Ou qu'il se lançait dans des petites équipées meurtrières, je n'en sais rien.

— Vous ne pensez pas qu'il s'en serait vanté auprès de vous ? demanda Quincy. Il vous confiait beaucoup de choses. Et il menaçait volontiers de vous remplacer.

— Jacob se vantait, c'est vrai. S'il avait passé plusieurs jours avec une autre femme, victime ou prostituée, il aurait pu y faire allusion, mais... » Flora prit une grande inspiration. « Il n'était pas idiot. Il savait qui il était, me disait-il. Dès son plus jeune âge, il avait compris qu'il était différent des autres. Et qu'il fallait le cacher. Il avait un instinct de conservation très développé. S'il avait fait la connaissance d'un groupe, s'il s'était mis à échanger avec d'autres prédateurs, voire à les rencontrer de temps à autre, non, je ne pense pas qu'il m'en aurait parlé. Il avait aussi un côté cachottier. Et ça l'amusait qu'on le sous-estime. Qu'on ne voie en lui qu'un sale beauf, alors que lui savait qu'il était bien plus que cela.

— Et un navigateur Tor ? » demanda Edgar.

Quincy regarda l'informaticien sans s'émouvoir. « Effectivement, en plus de SteadyState, l'ordinateur de Ness était aussi équipé de Tor.

— Et alors ? demanda Flora.

— Le navigateur Tor, acronyme de The Onion Router, donne accès à un réseau de communication de pair à pair qui masque délibérément les adresses IP sources, expliqua Edgar. C'est parfaitement légal et sans danger, ajouta-t-il à l'intention de D.D. Seulement il se trouve que c'est aussi le navigateur le plus utilisé pour accéder au dark web. »

D.D. comprit le principe : « Donc Jacob a très bien pu s'y promener sur des forums peuplés d'autres pervers de son acabit, histoire d'apprendre toutes sortes de trucs et astuces pour tromper la police scientifique. Et quand il redémarrait son ordinateur chaque soir, le logiciel SteadyState effaçait automatiquement toute trace de ses visites sur ces sites et autres forums de discussion. » Elle lança un regard à Quincy.

« Fort de toutes ces informations, le FBI ne peut pas d'un coup de baguette magique reconstituer l'historique de l'appareil ?

— Le FBI s'est déjà servi de ses formules magiques, répondit Quincy avec flegme avant de se tourner vers Keith Edgar. Quant à vous, ne rêvez pas : si brillant que vous puissiez être, croyez-moi, mes experts sont meilleurs. Et le FBI n'a pas pour habitude de partager ses pièces à conviction. »

Edgar s'affaissa sur sa chaise. D.D. se rappela à quel point elle appréciait Kimberly Quincy.

« Et les relevés du système de traçage ? demanda D.D. Est-ce que les chauffeurs routiers n'ont pas des GPS, un suivi par informatique, ce genre de choses ? Ça devrait être une mine de renseignements.

— Une fois de plus, oui et non. L'employeur de Jacob ne conservait les données que pendant trois mois. Si bien que nous connaissons grosso modo ses déplacements du dernier trimestre, mais nous n'avons rien sur l'époque où il a dû garer son camion devant sa tanière pour embarquer Flora. De la même façon, même si nous avions des indications précises (si par exemple Flora savait nous dire au cours de quelle semaine ou de quel mois Jacob a rencontré votre macchabée), nous ne pourrions pas vérifier ses allées et venues de l'époque. Ce qu'on a pu constater, en revanche, c'est que Jacob sillonnait les autoroutes du Sud en se permettant quelques détours vers des motels bas de gamme. Nous avons aussi repéré des lacunes dans les données, ce qui nous conduit à penser que Jacob avait peut-être trouvé comment désactiver la géolocalisation – ce qui n'est pas un jeu d'enfant. Ces systèmes répondent à une obligation légale : il s'agit de déterminer combien d'heures d'affilée un chauffeur est resté au volant pour exiger des temps de pause. On ne peut pas les mettre hors service d'une simple pression sur un bouton, sinon tous les chauffeurs à la bourre le feraient. Là encore, cela dénote une maîtrise de l'électronique assez étonnante pour un homme qui avait arrêté ses études à seize ans », conclut Quincy en inclinant la tête vers Edgar, qui avait été le premier à soulever cette question.

« Bon, alors quel est le plan, exactement ? reprit D.D. Découvrir la principale planque de Jacob Ness ? Pour voir si on y trouverait de nouveaux indices ? »

Quincy et Flora confirmèrent d'un signe de tête.

« Et pour ce faire, Flora se propose, quoi, de jouer les cobayes au cours d'une séance d'hypnose ? Vous savez bien que les experts ne sont toujours pas d'accord sur la véracité des souvenirs retrouvés par cette méthode. Et les jurés ont carrément horreur de ces conneries.

— Il existe d'autres techniques, répondit Flora la première. Je me suis renseignée. Le fonctionnement du cerveau ressemble beaucoup à celui d'un ordinateur.

D'abord, il y a la question des données gravées sur le moment. Dans les situations traumatiques, en particulier, il y a des gens dont les sens s'aiguisent et qui captent tout. Mais en fait la plupart se replient sur eux-mêmes. Ils ferment les yeux, se bouchent les oreilles, essaient de faire barrage à ce qui est en train d'arriver. Ils ne veulent pas savoir. Ce qui signifie que les données seront incomplètes. »

D.D. considéra son indicatrice avec étonnement.

« Mon épreuve à moi s'est prolongée, répondit Flora en réponse à la question qu'elle n'avait pas posée. Au début, il se peut que j'aie essayé de faire abstraction. C'est sûr que je ne garde pas beaucoup de souvenirs précis de la première… agression. Mais au fil du temps, la… répétition des événements, dit-elle en choisissant ses mots avec soin, les a rendus moins traumatisants et plus normaux. À partir de ce moment-là, j'ai eu de nombreuses occasions de remarquer et d'enregistrer des informations. Donc je ne vais pas essayer de retrouver un souvenir en particulier, qui pourrait être sujet à caution, mais une série d'impressions acquises au fil des mois. »

Sur la table, la main de Keith Edgar se rapprocha de celle de Flora. Pas au point de la toucher, nota D.D., mais tout de même. Et la main de Flora se rapprocha de celle de Keith dans un mouvement symétrique. C'était fascinant. D.D. n'avait jamais vu cette femme accorder ne serait-ce qu'un regard à un représentant du sexe opposé. Et voilà sur qui elle jetait son dévolu : un passionné de faits divers. Elle espérait que Flora savait où elle mettait les pieds. Et elle espérait encore plus que ce Keith Edgar voyait Flora comme une personne et pas simplement comme la victime d'une affaire macabre.

« Les techniques qui visent à faire remonter des souvenirs se heurtent à d'autres difficultés, objecta D.D. Pour reprendre votre analogie, il ne suffit pas que les données aient été enregistrées. Ce n'est pas une mince affaire de les extraire sans en corrompre d'autres – à cause du pouvoir de suggestion.

— Je n'irai pas vers l'hypnose, précisa aussitôt Flora. Je me suis un peu renseignée et ce serait mon dernier choix. »

D.D. et Quincy la dévisagèrent sans mot dire.

« Je préférerais une séance de visualisation à partir de stimuli.

— Qu'est-ce que c'est que ça, encore ? demanda D.D.

— Les odeurs sont les plus puissants déclencheurs de souvenirs. Certains spécialistes proposent donc de commencer une séance de visualisation avec ce que la personne sait avec certitude au sujet de l'épisode en question : disons, l'odeur de planches en pin imbibées d'urine, dit Flora, de marbre. Le goût du sang sur ma langue. La sensation d'une écharde plantée dans mon doigt. »

D.D. mit une seconde à comprendre, puis elle le regretta.

« Vous proposez de vous remettre dans le cercueil ? De recréer votre captivité pour faire remonter des souvenirs ? »

Flora la regarda. Elle avait les traits extrêmement tirés, D.D. le voyait bien. Des cernes très sombres sous les yeux. « Je crois que ça vaut la peine d'essayer.

— Est-ce que le docteur Keynes...

— C'est une décision qui m'appartient !

— J'imagine que ça veut dire non, conclut D.D. en se tournant vers Quincy. Vous étiez au courant ?

— Non, répondit aussitôt l'agent du FBI. Et, pour être franche, je ne suis pas d'accord. Recréer un traumatisme, surtout d'une telle nature, risquerait de vous faire replonger. On ne sait pas quelles pourraient être les conséquences psychologiques, à quoi cela pourrait vous mener. Ce n'est pas une bonne idée.

— Il faut qu'on retrouve l'endroit où vivait Jacob...

— Mais pas aux dépens de votre santé mentale, trancha D.D. Il vous a assez pris comme ça, ne lui en donnez pas davantage.

— C'est mon choix. Ma façon de me battre !

— Votre façon de vous sacrifier, plutôt. D'abord vous ne vouliez parler de rien et maintenant vous voulez prendre le risque d'exploser en plein vol. Vous devez bien vous rendre compte qu'il y a un juste milieu, non ?

— Par exemple ?

— Oubliez un instant vos histoires de cercueil. Histoire de discuter, disons qu'on peut essayer votre technique, mais pour faire remonter un souvenir beaucoup moins traumatisant. Par exemple, le soir où Jacob a rencontré Conrad. Vous nous avez dit que ça s'était passé dans un bar minable. Que vous vous étiez empiffrée. Nachos, ailes de poulet, bière ? De la musique country sur la sono, peut-être même une chanson en particulier ? Tant qu'à se servir de vos cinq sens pour essayer de déclencher un souvenir, je crois que la bière, le poulet chaud et la musique country seront des points de départ beaucoup moins dangereux. Avec le concours du docteur Keynes, ça va de soi. Parce que là, on est très loin de mon domaine de compétence – et du vôtre, d'ailleurs, ajouta D.D. avec un geste en direction de Quincy.

— Mais vous voudriez en savoir davantage sur Conrad Carter, souligna celle-ci.

— C'est tout l'objet de mon enquête. Soit dit en passant, nous avons fait une découverte intéressante aujourd'hui : il avait mis de côté une demi-douzaine de faux permis. Pas d'une qualité extraordinaire, mais suffisante pour entrer dans un bar.

— Donc vous pensez qu'il se servait de ces fausses identités quand il était sur la route, traduisit Quincy. Par exemple, le jour où il avait rendez-vous avec Jacob Ness.

— Si Flora pouvait se souvenir du nom que Jacob lui donnait, ça confirmerait nos soupçons. Mais aussi du sujet exact de leur conversation, d'autres noms qui auraient été prononcés ? Vous voulez localiser le repaire de Jacob : logique. Mais peut-être qu'une autre manière d'y arriver serait d'identifier d'autres membres du club. Surtout que si certains sont encore en vie…

— … ils seront peut-être en mesure de fournir des renseignements sur Ness, et en particulier sur sa planque, compléta Keith Edgar.

— D'après ce que vous disiez, Quincy, il y a des chances que ce soient ces gens-là qui aient donné des tuyaux à Jacob pour qu'on ne puisse pas retrouver son repaire. Qu'en pensez-vous ? » demanda-t-elle à Flora.

Celle-ci était perplexe. « Je n'en sais trop rien. J'avais beaucoup bu ce soir-là, alors la qualité des informations enregistrées...

— Vous avez fini ivre et on sait que les gens ivres ont une mémoire peu fiable.

— Je ne me souviens pas que Jacob l'ait appelé Conrad, cela dit. Je crois qu'il lui a donné un autre nom. Et ça, c'était au début de la soirée. Peut-être que j'en ai vu ou enregistré davantage que je ne le crois. Si Jacob avait des complices (et il semblerait que ce soit forcément le cas), alors, oui, j'aimerais qu'on les poursuive aussi.

— Il ne s'agirait pas d'un seul prédateur, mais de tout un réseau... », souffla Keith Edgar, l'air estomaqué.

D.D. lui décocha un regard réprobateur. « Pas si vite, mon garçon. Ceci est une enquête criminelle. Les services des simples citoyens ne sont pas les bienvenus.

— Ce n'est pas un simple citoyen, le défendit aussitôt Flora. C'est un expert de Jacob Ness à part entière.

— Dites donc ! dit Quincy en tapant du plat de la main sur la table. Il me semble qu'il n'est pas encore à la veille de détrôner le FBI.

— Je refuse de me prêter à l'expérience s'il n'est pas présent », dit Flora.

D.D. regarda son indic avec de grands yeux. Non seulement elle avait pris le mors aux dents, mais en plus elle était sans doute transie d'amour. Ça ne ressemblait pas du tout à la Flora qu'ils connaissaient tous, autrement dit...

Les questions venaient s'ajouter aux questions. Mais où serait sinon le charme d'une telle enquête ?

« Il signe un accord de confidentialité.

— Ça marche, dit aussitôt Edgar.

— On parle au docteur Keynes et on obtient son accord.

— Je m'en charge, dit Flora, le téléphone déjà à la main.

— Vous devriez prévenir votre mère », intervint D.D. En tant que maman, elle n'avait pas pu se retenir de donner ce conseil.

Ce qui lui valut la réaction à laquelle elle s'attendait : un regard de défi.

D.D. soupira. Elle ne savait pas si cette idée était la pire ou la meilleure que Flora ait jamais eue. Elle avait du respect pour le cran dont faisait preuve la jeune femme, mais elle s'inquiétait de sa tendance à s'autodétruire. Certes, elle avait elle-même besoin d'un nouvel angle d'attaque pour faire progresser son enquête, mais s'appuyer sur les soi-disant « souvenirs » d'une soirée passée à boire comme un trou, ça paraissait vraiment tiré par les cheveux.

D'un autre côté, depuis le temps que D.D. connaissait Flora, c'était la première fois qu'elle était prête à parler de Jacob. Prête à remonter dans le passé, à se repencher sur quatre cent soixante-douze jours de souvenirs proprement terrifiants. D.D. ne pouvait être qu'admirative devant une telle détermination et une telle résilience.

Si le docteur Keynes les accompagnait, s'ils commençaient par quelque chose de moins traumatisant que de refourrer Flora dans un cercueil...

Peut-être que celle-ci pourrait trouver les réponses dont elle avait aujourd'hui cruellement besoin. Et que Kimberly Quincy y gagnerait une nouvelle piste dans l'enquête sur la disparition de six jeunes femmes, tandis qu'elle-même apprendrait ce que Conrad Carter manigançait pendant ses voyages d'affaires et qui, à part son épouse, avait pu en vouloir à sa vie.

Tout ça paraissait des plus simples. D'où sans doute ce malaise que ressentait D.D. au creux de l'estomac. On n'était jamais à l'abri d'une mauvaise surprise...

Flora la dévisageait toujours. L'agent spécial Quincy aussi. Flora allait le faire, de toute façon, D.D. s'en rendait bien compte. Elle avait pris sa décision quelque part au milieu de la nuit et, une fois lancée, elle n'était pas du genre à se laisser arrêter par quoi que ce soit.

« D'accord, lança D.D., c'est parti pour une petite plongée dans vos souvenirs. »

Flora appuya sur la touche d'appel.

21

Flora

Quand je rentre dans les locaux du FBI deux heures plus tard avec un sac de nachos et d'ailes de poulet à emporter, personne ne me prête la moindre attention. Vêtue de ma tenue habituelle (vieux pantalon multipoches et sweat trop large sous une volumineuse doudoune), j'ai sans doute l'air d'une livreuse. Keith, qui me suit avec un pack de six Budweiser, s'attire plusieurs regards étonnés, mais ce n'est rien à côté de l'intérêt que suscite Samuel rien qu'en nous attendant dans le hall. Mon victimologue a un physique qui se remarque dans la foule.

Comparé au commandant Warren, Samuel a étonnamment bien accueilli mon idée. En fait, j'ai eu l'impression qu'il s'attendait à un coup de fil de ce genre. Il savait sans doute que mon refus de parler de Jacob était une forme de déni qui ne pouvait pas durer éternellement.

Samuel vient à notre rencontre. Il me serre l'épaule, geste d'accueil chaleureux de la part d'un homme qui sait tout ce qu'il y a d'abominable à savoir sur moi, y compris le fait que je refuse toute embrassade. Il serre la main de Keith et les deux hommes prennent un instant pour se jauger. Aucun d'eux n'ouvre la bouche, mais Keith semble tout de même un peu ébloui.

Samuel n'entame jamais la conversation. Un jour, il m'a expliqué que son travail consistait à écouter et non à parler, mais c'est aussi quelqu'un de profondément réservé. Alors que lui connaît les pires détails de ma vie, ça m'a pris cinq ans pour découvrir qu'il était secrètement amoureux de ma mère. Et encore, je ne l'ai pas compris toute seule : il a fallu qu'elle m'annonce qu'ils avaient décidé de se voir, mais seulement si j'étais d'accord.

Je ne suis pas certaine de lui avoir jamais donné ma permission. Je crois que je suis juste restée muette de stupeur. Je n'imagine toujours pas ma mère, cette baba cool toujours en tenue de yoga sur son tracteur dans sa ferme de pommes de terre bio, en couple avec un homme accro aux costumes Armani – cela dit, aucun enfant n'a envie d'imaginer sa mère avec un homme. Je crois qu'ils sont heureux. Sans doute même que je l'espère. Mais surtout, je ne veux rien savoir.

Les mesures de sécurité sont strictes dans les bâtiments fédéraux. Samuel est descendu nous chercher à cause de la bière, que les vigiles soit n'aiment pas beaucoup, soit espèrent sournoisement confisquer pour plus tard. Samuel prend l'un d'eux à part, lui glisse quelques mots et bingo, on nous laisse entrer. Keith est de plus en plus épaté. Je lève les yeux au ciel et ne demande même pas à Samuel ce qu'il a dit au vigile. Je ne l'ai jamais vu ne pas obtenir ce qu'il voulait. Son don de persuasion et ses pommettes bien dessinées sont ses superpouvoirs.

À l'étage, le commandant Warren et l'agent Quincy nous attendent déjà. Une tasse de café à la main, elles papotent comme deux vieilles copines. Chacune d'elles défend son pré carré, mais elles semblent avoir du respect l'une pour l'autre, ce qui me simplifie la vie. Séparément, ce sont d'excellentes enquêtrices. Si elles collaborent, ça devrait doubler mes chances d'obtenir des réponses.

Je reste très curieuse de savoir ce qui a pu se passer ce matin entre D.D. et l'épouse de Conrad Carter. Est-ce que cette femme a réellement tué son mari ? D.D. a laissé entendre que l'affaire n'était pas aussi limpide que le dit la presse, alors j'échafaude une stratégie : d'abord je fais progresser l'enquête de D.D. grâce à cette petite plongée dans mes souvenirs, ensuite je lui demande ce qu'elle sait de Conrad Carter.

Samuel a réservé une salle de réunion. Comme c'était le cas au QG de la police, une cloison entière est vitrée, ce qui permettra aux autres d'observer depuis le couloir. Pour cette séance de « visualisation », Samuel les a prévenus qu'il ne devait y avoir que lui et moi dans la pièce. Je suis censée me détendre ; en règle générale, c'est déjà presque mission impossible, alors la présence d'autres personnes n'arrangerait rien.

J'ouvre le sac pour disposer les nachos et les ailes de poulet au milieu de la table. Déjà, les effluves se diffusent dans la salle. J'espère que l'odeur va à elle seule me transporter, mais j'ai surtout conscience de me trouver en plein cœur d'un bâtiment administratif avec des chips de maïs ramollies. Samuel sort un verre. Keith verse la bière. Nous essayons de reproduire la situation au plus près : Jacob commandait toujours une Bud, toujours dans un verre. Et, en guise de touche finale : de la musique country. J'ai le vague souvenir d'en avoir entendu en fond sonore. Je suis moins certaine des chansons. Keith a cherché sur Internet les plus grands succès country d'il y a sept ans et il en a fait une compilation pendant que nous attendions notre commande à emporter. Il pose son téléphone sur la table, et que la fête commence !

Là encore, j'attends d'éprouver… je ne sais quoi. Mais je me sens surtout dans mes petits souliers.

« Il manque quelque chose. »

Quatre paires d'yeux se tournent vers moi. Ça ne m'aide pas.

« Du pop-corn. Il y avait du pop-corn dans des petites barquettes à carreaux rouges et blancs. Et il ne devrait pas y avoir autant de lumière. Il n'y en a jamais autant dans les bastringues. »

Keith se dirige vers les interrupteurs. Samuel disparaît sans prononcer un mot, ce qui signifie sans doute qu'il sait où se procurer du pop-corn.

Je me retrouve face aux deux enquêtrices. D.D. louche sur la nourriture.

« J'ai faim, dit-elle.

— Vous avez toujours faim », répond Quincy.

On les croirait meilleures amies du monde, tout d'un coup. Et ça, j'ai comme l'impression que ça va être moins bon pour moi.

Faute de trouver comment tamiser la lumière des plafonniers, Keith finit par les éteindre. Avec la lumière qui entre par le mur vitré, l'effet est assez réussi. Au moins la pièce paraît un peu moins froide, un peu moins aseptisée.

Samuel revient avec un sachet de pop-corn spécial micro-ondes. Il l'ouvre, l'odeur arrive jusqu'à moi et pour la première fois j'ai cette sensation d'une porte qui s'ouvre dans mon esprit. J'ai dans le nez l'odeur du bar, de la bière, du pop-corn, du fromage fondu. Je prends le verre, j'avale une petite gorgée, et le goût aussi me revient. J'avais si soif, si faim, si peur.

Le faux Everett. C'était comme ça que j'appelais Jacob à l'époque. Il avait commencé mon lavage de cerveau en me privant de mon prénom. Je n'étais plus Flora, mais Molly.

Molly, vêtue d'une robe fuchsia comme seule une pute pourrait en porter. Et je devais aussi l'appeler par le prénom de mon père. En réalité, je n'avais aucun souvenir de mon père, mais j'avais envie de croire qu'il m'avait aimée, alors ça me faisait mal de donner son prénom à cette ordure.

Tout haut, je disais Everett. Mais, dans ma tête, je l'appelais le faux Everett, parce que les rébellions silencieuses étaient tout ce qui me restait.

« Assieds-toi », me dit Samuel, et je m'aperçois que les autres sont sortis. Il n'y a plus que lui et moi, la bière, la musique country, l'odeur de pop-corn et le souvenir d'une certaine soirée qui cherche à se frayer un chemin dans mon cerveau.

« Où es-tu, Flora ?
— Molly.
— Molly, corrige Samuel.
— J'ai faim. Atrocement faim. » Je pose une main sur mon ventre, puis je prends une première bouchée de pop-corn, je retrouve son goût salé sur ma langue. Nouvelle gorgée de bière. « Il m'a abandonnée une semaine entière, dis-je tout bas. Chaque jour j'étais plus affamée. Mais je ne pouvais pas quitter le motel. Si j'étais partie, il m'aurait retrouvée. Il m'aurait tuée. C'était ce qu'il disait. Et ensuite, il serait allé dans le Nord tuer toute ma famille. Alors j'ai attendu. En mourant de faim. J'ai attendu. »

Ça ne va pas, ce sweat. Trop chaud, trop douillet. Je devrais être légèrement vêtue et frissonner à cause de la climatisation toujours branchée à fond dans le Sud.

Je ne réfléchis pas. J'agis. Je retire le sweat-shirt, puis mon haut à manches longues ; je me retrouve en débardeur gris, les bras nus, la peau grenelée de chair de poule. C'est mieux.

« Où es-tu, Molly ? » demande de nouveau Samuel. Il a une voix grave et chaude. Hypnotique. J'en éprouve un malaise passager. Je ne veux pas être sous l'emprise de qui que ce soit. Je ne veux pas renoncer au contrôle de moi-même. Pas après avoir passé des années à me battre pour le retrouver.

C'est moi qui ai décidé d'être là. Nouvelle bouchée de pop-corn, je me concentre sur l'onctuosité du beurre.

J'ai faim. Une faim dévorante, aiguë, à faire rugir l'estomac. Et c'est ce souvenir, plus encore que tout le reste, qui me ramène en arrière.

« Deux Bud, dis-je tout bas. Le faux Everett m'offre une bière. Il ne commande presque jamais de nourriture ni d'alcool pour moi. Il dit que ce serait gaspiller de l'argent. La bière est agréable. Je lui en suis reconnaissante.

— Vous êtes assis ou debout ?

— Je suis assise. Sur un tabouret de bar. Le faux Everett est debout derrière moi. Comme s'il me protégeait. Je suis sa poule.

— Qu'est-ce que ça sent ?

— Le pop-corn. Oh, mon Dieu, c'est divin ! Le barman nous en apporte. C'est cadeau pendant l'*happy hour*. Mais je connais les règles, alors je regarde le faux Everett. Il approuve. Il m'autorise à manger cette nourriture gratuite. Ma main tremble si fort que j'arrive à peine à la lever. Pour prendre un grain de maïs soufflé. Un seul. »

Sur la table, ma main se lève. Attrape un grain.

« Quand on n'a rien avalé depuis un moment, il faut y aller mollo. Sinon, on vomit. Et je ne peux pas me permettre de vomir, alors que je ne sais pas quand j'aurai de nouveau la possibilité de manger. »

Encore un grain.

« Parle-moi du bar, dit Samuel de sa voix grave. Comment est le barman ?

— Euh... c'est un Blanc. Une chemise à carreaux rouge sur un tee-shirt noir. Toujours occupé. Il adresse un signe de tête au faux Everett. Ne me regarde à aucun moment. Des verres au-dessus de lui. Il les attrape, sert des bières pression, les fait glisser sur le zinc. Remplit d'autres barquettes de pop-corn. Hop, hop, hop, il est toujours en mouvement.

— Un badge à son nom ?
— Non.
— À quoi ressemble le bar ?
— Du bois sombre. Une grosse couche de vernis. Luisant, mais collant. Il y a du pop-corn partout par terre. Des tables de billard derrière moi. Le choc des boules. Beaucoup de monde autour du bar. Des hommes en chapeau de cow-boy, des femmes en jean moulant. Je n'arrête pas de tirer sur ma robe pour la remonter. J'ai honte. Je ne regarde plus le barman. Je ne veux pas savoir ce qu'il pense de moi.

Est-ce que le verre est posé sur un sous-verre ? Une serviette ? Directement sur le bar ? » Je plisse le front, ferme les yeux, me concentre. « Un sous-verre.

— Quelle marque ?
— Bud Light.
— Est-ce qu'il y a des lampes derrière le bar ? Des néons ?
— Amber... Abita Amber, un néon orange et rouge.
— Comment est le pop-corn ?
— Délicieux ! Bon sang, ce que j'ai faim.
— Regarde autour de toi. Que vois-tu ?
— Impossible. Je regarde droit devant moi. Sinon le faux Everett se fâchera et je ne veux pas qu'il se fâche. Pas avant que j'aie pu manger plus de pop-corn.

— Et à côté de vous ? Est-ce qu'il y a quelqu'un à côté de vous ?

— Un homme. Il s'assoit. Il regarde le faux Everett et hoche la tête. Le faux Everett lui répond. L'homme fait remarquer que je suis maigre. Le faux Everett dit que c'est ma faute. Je mange encore du pop-corn. Je ne regarde ni l'un ni l'autre, mais ça me trouble que le faux Everett parle à un inconnu. Il ne parle jamais à personne.

— Est-ce que tu peux me décrire cet homme ?

— Voyons… il est plus jeune. Le début de la trentaine ? Sportif. Pas grand, mais musclé. Des cheveux bruns, rasé de près. Il porte un tee-shirt bleu, un jean, et je sens son odeur : savon et après-rasage. Le faux Everett sent toujours la sueur et le linge sale. L'homme regarde ma poitrine. Je remonte encore une fois le bustier. Je déteste cette robe. Le faux Everett dit que je devrais lui être reconnaissante de me donner des vêtements. Je ne le suis pas.

— Qu'est-ce qui se passe, ensuite ?

— Un plat de nachos passe à côté de nous. Toutes ces chips et ce fromage fondu, la sauce et la crème aigre. Mon Dieu, ce que ça sent bon ! L'homme me voit loucher dessus et demande au barman de nous en apporter. Je suis pratiquement certaine qu'on va m'en donner, mais je n'ose pas demander. Le faux Everett pose une main sur mon épaule. Il serre très fort. Il a pris un truc. Ses yeux sont trop brillants. Quand il est de cette humeur, il est très dangereux. Je redescends de mon nuage. Je suis inquiète. Très inquiète.

— Est-ce qu'ils parlent entre eux ?

— L'homme tapote le bar. » Mes doigts s'animent. Un rythme répétitif. La même séquence, encore et encore. Je l'entends dans ma tête. Mes doigts la reproduisent sur la table. *Tap, tap, tap, tappity tap*. « Je pense que lui aussi est inquiet, dis-je à mi-voix, mais je ne sais pas pourquoi. Il ne me quitte pas des yeux. Je préférerais qu'il regarde ailleurs.

— Et ensuite ?

— Les nachos arrivent. L'homme nous invite à en prendre. Je regarde le faux Everett. J'essaie de comprendre. Lui qui ne parle jamais à personne, ne partage jamais rien. Il me dit de faire preuve d'un peu de respect, d'apprécier ce qu'on m'offre. Je ne pige pas. Il y a un truc qui cloche dans tout ce scénario… Quelque chose se trame. L'inconnu et le faux Everett, c'est comme s'ils se connaissaient. Et l'autre qui n'arrête pas de pianoter sur la table. Je voudrais qu'il s'en aille.

— Que fait le faux Everett, ensuite ?

— Il mange des nachos. Il enfourne d'énormes bouchées. S'étale de la crème et de la sauce épicée sur le visage. Il s'en fout. C'est un porc.

— Et toi ?

— Je mange aussi. À toute vitesse. Je reprends de la bière. Il va se passer quelque chose. Je ne sais pas quoi.

— Et l'homme ?

— Il ne mange pas. C'est lui qui a commandé les nachos, mais il ne prend qu'une chips. Il n'arrête pas de m'observer en s'agitant. Il passe une autre commande, mais c'est encore pour le faux Everett et moi, pas pour lui.

— Qu'est-ce que tu entends, Molly ? »

Le changement de sujet me surprend. Je me remets à pianoter sur la table. Le rythme incessant des doigts de l'homme. Puis je me mets à fredonner. Une chanson de Kenny Chesney qui monte du juke-box derrière nous. Le bruit des boules de billard qui s'entrechoquent.

Et des voix. Celle du faux Everett et celle de l'homme. Leurs têtes se rapprochent, ils discutent à voix basse pendant que j'attrape une autre aile de poulet et que je me dépêche de la ronger. Je me méfie, maintenant. J'éprouve une appréhension grandissante à l'idée de ce qui va se passer. Il faut manger. M'empiffrer autant que possible et le plus vite possible.

« Conner. Le faux Everett l'appelle Conner.

"Je vous avais dit qu'elle était mignonne.

— Trop maigre, dit Conner.

— Pourtant, y a qu'à voir comme elle bouffe. Vous pouvez me faire confiance, je l'ai dressée moi-même.

— Vous êtes sûr ?

— Cent pour cent. Je ne reviens pas sur ma parole.

— Et pour le retour ?

— Demain soir, même endroit. Sur le parking. Inutile de se faire remarquer en entrant dans le même bar deux soirs de suite.

— Elle est d'accord ?

— Bien sûr. Elle sait qu'il vaut mieux ne pas faire d'histoires. Vous verrez." »

« Les lumières du bar se rallument. » Je revois brusquement la scène dans ma tête, raconte ce souvenir à voix haute.

« L'heure de la fermeture. Il faut partir. » Ma main se pose sur mon estomac. « J'ai peur.

— Que se passe-t-il ensuite, Molly ?

— Cet homme, Conner, il paye la note. Il balance un billet de cent l'air de rien. Dès qu'il a le dos tourné, le faux Everett fait main basse sur l'argent. À la vitesse de l'éclair, comme un serpent. Je ne me sens pas bien. Je titube vers la sortie. À cause de la bière, de la nourriture et de ce qui va arriver, j'en suis certaine maintenant.

— Qu'est-ce qui va arriver ?

— Le faux Everett... il m'a vendue. Ou louée ? En tout cas, leurs messes basses... Le faux Everett va m'obliger à partir avec cet homme. L'idée devrait me plaire. Il est plus propre, plus jeune, plus séduisant. Mais c'est bien le problème. Je connais le faux Everett. Il n'aime pas partager ses jouets. Et je peux vous assurer qu'il n'apprécie pas ce type. Il n'apprécie aucun homme plus séduisant que lui. Il est en train de se livrer à un petit jeu, et ce Conner et moi serons tous les deux perdants.

— Comment ça ?

— Il m'a déjà prévenue qu'il me tuerait et qu'il me donnerait en pâture aux alligators. Si Conner me touche, il le tuera aussi. Et il prendra l'argent, la drogue, tout ce que Conner lui a promis. Il ne négocie pas. Il vole. Il amasse. C'est un être abominable, mais logique avec lui-même. Conner n'a pas encore compris. Il est aussi mort que moi.

— Où se trouve Conner ?

— Il marche devant nous. Droit vers le parking. Il est baraqué. Musclé, sportif. Les doigts du faux Everett s'enfoncent dans mon bras. Il m'entraîne hors du bar. Je sens la colère qu'il dégage. Je crois qu'il aimerait bien me tuer sur-le-champ. Ou alors c'est Conner qui fait naître cette haine chez lui.

— Comment te sens-tu ?

— J'ai envie de vomir. Mais il faut que je me retienne, pour faire ça au bon moment.

— C'est-à-dire ?

— Sur le parking. L'atmosphère est chaude et humide. Pour la première fois depuis le début de la soirée, je n'ai pas froid. Je suis prise d'une suée, mais ça va. Je sais ce que je suis en train de faire. Je maîtrise.

« Les clients se dispersent, montent dans leurs pick-up. Conner s'arrête. Se retourne vers nous. Et là... je vomis. En plein sur ses chaussures. Il fait un bond en arrière. Peste. Crie. Les gens se retournent, s'intéressent à nous. Le faux Everett les chasse. Je le sens toujours en colère, mais moins. Conner prend ses distances. Personne n'a envie d'une fille qui dégueule.

« Conner s'en va. Il part sans moi. Le faux Everett n'est pas content, je le sais, mais je sais aussi exactement quoi dire : *"Tu étais parti depuis une semaine. J'avais juste envie d'être avec toi. Rien qu'avec toi."* Il se croit malin. Il pense que c'est lui qui tire les ficelles. Mais moi aussi, j'ai mes petites combines.

« Il n'est plus en colère. Il me reconduit au motel. Et je survis un jour de plus. »

D'un seul coup, la fatigue me tombe dessus. Je suis tellement anéantie que ma tête bascule vers l'avant. Je ne pense plus au pop-corn, à la bière ou à la musique country. Je ne pense qu'à la lassitude immense de toutes ces minutes, ces heures, de tous ces jours. À ne jamais savoir si j'allais m'en sortir. À détester ma vie sans pour autant être capable d'y renoncer. À prolonger mon existence d'instant en instant parce que le désir de vivre rend plus difficile qu'on ne le croit de capituler.

La main de Samuel, solide sur mon épaule. « Flora, ouvre les yeux. »

Je lui obéis, mais je me sens encore vaseuse, à côté de mes pompes.

« Tout va bien. Prends ton temps. Tu t'en es sortie comme une cheffe. »

Une bouteille d'eau apparaît devant moi. Je la bois avec gratitude, pour faire passer l'arrière-goût de bière. Je ne bois presque jamais, et encore moins la bière préférée de Jacob. Un petit frisson me parcourt. Je me rends compte que je n'ai pratiquement rien sur le dos ; je reprends mes vêtements et remets les différentes couches.

Les autres parlent à mi-voix derrière moi.

« Conner, c'est un des noms qui figurent sur les faux permis de Conrad, constate D.D.

— Abita Select Amber est une des marques qui se vendent le plus dans le Mississippi », fait remarquer Quincy.

Keith ne dit rien. Il vient s'asseoir à côté de moi. Et il ne fait aucun commentaire, ce dont je lui suis reconnaissante.

« Ce rythme des doigts », dit Samuel. Il pose sa main noire sur la table, retrouve la cadence. Ça me désarçonne un peu que ce rythme dans ma tête se joue dans la vraie vie.

Il nous regarde tous d'un air interrogateur. « Vous n'avez pas fait l'armée ? » insiste-t-il.

Keith s'illumine tout à coup. « Oh, la vache : c'était du morse !

— Exactement.

— Et qu'est-ce qu'il disait ? demande D.D.

— Il ne disait rien. Il posait une question, toujours la même. Il demandait à Flora : Vous allez bien ? Mais elle ne lui a jamais répondu. »

22

Evie

Avant de rentrer, je convaincs M. Delaney de passer au supermarché pour quelques emplettes. J'y trouve un gigantesque sac à main. Du mauvais cuir marron, des tonnes de poches extérieures et des fermoirs censés faire chic urbain. À des années-lumière du sac Coach intemporel que m'avait offert Conrad à Noël. Ma mère va le détester. Je souris en passant la bandoulière sur mon épaule.

Je prends une brosse à dents, du dentifrice, du déodorant, un peu de maquillage. Ma mère a une salle de bains avec tout le nécessaire, mais je veux disposer de mes propres articles de toilette. Mes marques favorites.

Je me surprends à m'attarder devant les teintures pour cheveux. M. Delaney s'est éloigné. Certainement pour me laisser de l'espace. Seule dans le rayon des cosmétiques, je me mets à raisonner comme la meurtrière présumée que je suis. Peut-être que je ne devrais pas me contenter de mon gel coiffant préféré. Et si je me constituais un kit de camouflage ? Nouvelle couleur, nouvelle coupe ? Lunettes de soleil, chapeau ? Si je veux pouvoir un jour sortir de chez ma mère, il va falloir user de certains subterfuges.

C'est décidé. Un brun lumineux pour dissimuler mes cheveux blond cendré. Et puis, tant que j'y suis, un foulard violet pas cher, des lunettes de soleil démesurées. Ensuite je me lâche dans le rayon des accessoires capillaires : ciseaux, extensions, barrettes à fleurs. Je ne sais pas pourquoi je choisis ces objets plutôt que d'autres et pourtant, tout a sa logique. Étape suivante : un carnet et un stylo. Puis, encore mieux, je tombe sur un présentoir de téléphones à carte prépayée. J'en sélectionne trois. Là encore, je ne sais pas très bien pourquoi. Ça me paraît la chose à faire.

Il me faut de l'argent, mais ma carte de crédit a fondu dans l'incendie de ma maison. Peut-être que M. Delaney va me conduire dans mon agence, où je pourrai faire un retrait au guichet. À moins qu'il ne me fasse un prêt ? Je me sens mal à l'aise, comme si j'étais en train de franchir une limite, mais je m'oblige à balayer mes réticences. Je ne peux pas rester dépendante de ma mère et impuissante face aux événements. Maintenant que j'ai récupéré passeport et documents financiers dans le coffre et grâce à cette petite virée shopping, j'ai de quoi m'en sortir.

Je me dirige vers la file d'attente devant les caisses. M. Delaney réapparaît comme par enchantement. Il a déjà une carte de crédit à la main et je me sens de nouveau gênée. Puis il remarque les téléphones. Sans un mot, il remet sa carte dans son portefeuille et en sort de l'argent liquide.

Je crois comprendre : il ne veut pas laisser de trace de l'achat de ces téléphones. Au cas où ils seraient par la suite retrouvés... où ça ? Sur les lieux d'un meurtre par balles ? D'un autre incendie ? Il ne pose aucune question. Je ne donne aucune explication.

« Joli sac, dit-il lorsque nous sortons du magasin et que j'entreprends d'y ranger mes achats.

— Il me faudrait du liquide, dis-je. Et une nouvelle carte de retrait. » Il me conduit à la banque.

Là, les choses se corsent. Dès mon entrée, la caissière en face de moi, que je n'avais jamais vue, s'étrangle. Au point que je me retourne pour voir ce qui a pu provoquer une telle réaction. Est-ce qu'une célébrité est entrée derrière moi ? Non. Je baisse les yeux. Est-ce que j'aurais taché mes vêtements pendant le déjeuner ? Non plus. Alors je finis par comprendre. C'est juste ma présence qui lui coupe le souffle. Celle d'une femme que toute la presse a présentée comme une meurtrière. Ma décision d'acheter de la teinture me paraît d'autant plus fondée. Je regrette seulement de ne pas en avoir pris davantage.

Je me redresse, sors mon passeport et m'attaque aux choses sérieuses.

Je connais l'état de mes comptes. Je sais ce que Conrad et moi avons et n'avons pas sur nos livrets communs. Comme j'ignore si la police pourrait geler ces avoirs dans le cadre de l'enquête (ce qui me semblerait assez logique), je procède tout de suite à un gros retrait. L'employée fait des simagrées, dit qu'elle doit aller chercher sa responsable. Je la joue cool Raoul, dans un état carrément second : je ne suis plus la timide fille de mathématicien qui a tenté toute sa vie de se faire oublier, mais une Nikita en chair et en os. Ouais, c'est moi la femme fatale que vous avez vue à la télé. Et si j'ai été capable de dézinguer mon mari, imaginez un peu ce que je pourrais vous faire à vous.

Ensuite j'ai la bonne idée de me tourner de profil pour mettre en valeur mon ventre rond. Lorsque la responsable arrive, je suis l'image même de la femme enceinte. Elle s'adoucit presque aussitôt. Mes futures vergetures auront au moins servi à quelque chose.

La banquière essaie de me faire croire que ma capacité de retrait est limitée. Ce n'est pas tout à fait faux, mais le plafond n'est pas aussi ridiculement bas que ce qu'elle veut bien m'accorder. D'une voix ferme et polie, je lui redonne une à une les données du problème : ce compte est à mon nom ; mon passeport atteste mon identité : j'ai le droit de retirer la somme que je réclame ; si elle a des questions, mon avocat est dans la voiture.

Résultat des courses : la responsable compte devant moi cinq mille dollars. En billets de cent. Je repense à cette cassette métallique. Où Conrad avait planqué pièces d'identité et liasses de billets. Ce souvenir me plonge dans des abîmes de perplexité et de tristesse tout à la fois. Que faisait-il, en réalité, pendant tous ces déplacements professionnels ?

Et pourquoi m'a-t-il épousée ? Pourquoi s'encombrer d'une femme, et bientôt d'un enfant, si toute sa vie n'était qu'un mensonge ?

Tant qu'à être à la banque, je commande une nouvelle carte de retrait à envoyer à l'adresse de ma mère. L'employée qui s'occupe des formalités se montre elle aussi nerveuse en ma présence. Je garde le front haut, mais sur mes genoux mes mains tremblent. Je suis une introvertie. Il m'est pénible de me retrouver au centre de l'attention. Surtout avec cette façon qu'ont les gens de me regarder, de chuchoter.

Oubliez Conrad. Je suis redevenue l'ado de seize ans qui vient de tuer son père.

J'obtiens mon argent. J'obtiens l'assurance que je vais recevoir une nouvelle carte. Et, cramponnée à la bandoulière de mon sac, je me sauve de cet endroit.

À la seconde où M. Delaney tourne dans la rue de ma mère, les journalistes se précipitent vers nous. Il est patient et ferme. Il avance lentement mais sûrement. Les journalistes cèdent rapidement du terrain parce que lui ne le fera pas. Je m'avise que ce n'est sans doute pas la première fois qu'il doit traverser ce genre de foule hostile, étant donné sa profession et ce qui s'est passé il y a seize ans.

Est-ce que je suis sortie de la maison à l'époque ? Je ne m'en souviens pas. J'étais éperdue de chagrin. Je suis bien certaine que les médias ont harcelé ma mère, cherchant sans répit à lui soutirer des détails sordides, mais je ne doute pas une seconde qu'elle y a trouvé l'occasion de jouer à fond son rôle de veuve au cœur brisé. Tandis que moi, la gamine étrangement silencieuse, on me fichait la paix puisque j'étais mineure.

Qu'est-ce que j'ai fait, après la mort de mon père ? Je me suis enfermée dans ma chambre pour regarder le mur en essayant de ne pas avoir devant les yeux l'image de son torse massacré. Je me suis enfermée dans son bureau pour contempler son tableau blanc en essayant de capter les dernières étincelles de son génie. Et un jour, ma mère m'a dit que je devais retourner au lycée, alors j'ai obéi. C'est comme ça que ça marche dans ma famille. On ne se parle pas. On ne règle pas les problèmes. On continue, c'est tout.

M. Delaney prend notre allée. À présent que nous sommes sur notre terrain, les journalistes doivent renoncer. Je remarque des panneaux plantés dans la pelouse : *Propriété privée*. Sans doute l'œuvre de M. Delaney à son arrivée ce matin. Cela offre un contraste intéressant avec les décorations de Noël du voisinage.

M. Delaney se gare et se tourne vers moi.

« Ça va aller, lui dis-je.

— Deux vodkas, passe encore, répond-il. Cinq, c'est trop. » Il veut parler de ma mère, qui est une alcoolique qui s'ignore. Si on la prive de sa vodka, elle est ingérable. Mais si elle en prend trop, elle devient une diva.

Conrad buvait rarement, juste une bière à l'occasion. Je me rends compte aujourd'hui que cela faisait partie des qualités que j'appréciais chez lui. Ayant grandi dans une famille où l'alcool faisait figure de mal nécessaire, j'y touchais à peine et j'étais heureuse que ce soit aussi le cas de mon mari.

« Est-ce que tu vas lui parler de ce qu'on a trouvé dans la cassette ? me demande M. Delaney.

— Non. Elle le déteste suffisamment comme ça.

— Tu sais pourquoi ?

— Un vendeur de fenêtres n'était pas digne de la fille d'Earl Hopkins. » M. Delaney sourit. « Je ne pense pas que ce soit l'explication.

— Alors quoi, dans ce cas ?

— Pose-lui la question. »

À mon tour de lui adresser un regard lourd de sous-entendus. Mais je lui ai dit que ça irait et je ne voudrais pas avoir menti, alors j'ouvre la portière et je sors, ma décision prise. Les journalistes tentent leur chance et crient leurs questions depuis le trottoir d'en face. Ma mère apparaît à la porte de la cuisine, une vodka-martini déjà à la main, bien qu'il ne soit encore que quinze heures.

Dernier regard à M. Delaney.

Et ensuite, attention les yeux, je me lance.

Ma première mission consiste à évaluer la quantité d'alcool que ma mère a déjà ingurgitée. Une bouteille de Ketel One trône sur l'îlot de la cuisine, un citron pelé à côté. Ma mère suit mon regard et lève son verre de martini dans un geste de défi. Normalement, elle attend le coup de dix-sept heures pour céder à son penchant quotidien, mais elle n'a jamais bien réagi au stress.

Comme d'habitude, elle est tirée à quatre épingles. Pantalon en laine vert foncé, col roulé en cachemire de couleur grège et un très joli gilet plissé couleur chocolat. Étant donné le cocktail qu'elle a à la main et la meute qui guette dehors, je doute qu'elle ait l'intention de sortir, mais à ses yeux rien n'excuse le moindre relâchement.

Elle repère mon nouveau sac, mastoc et clinquant. Aussitôt, son front se plisse. « Qu'est-ce que c'est que cette horreur ?

— Mon nouveau sac à main. Le précédent a brûlé dans l'incendie.

— Evie, si tu avais besoin d'un sac, pourquoi ne pas me l'avoir dit ? J'ai plusieurs Chanel qui seraient parfaits pour toi. »

Sans répondre à sa question, je me contente de le poser sur la chaise de cuisine la plus proche. Puis je me dirige vers la bouteille de vodka, revisse la capsule et la range. Dans notre monde, ça tient lieu de conversation.

« Est-ce que tu as mangé, à midi ? »

La mère inquiète a changé d'angle d'attaque.

« M. Delaney m'a emmenée déjeuner.

— Et tu as mangé ? C'est très important. Le bébé…

— J'ai pris un déjeuner très équilibré et nourrissant, merci. Avec du jus d'orange et sans vodka. »

Elle rougit et continue à me regarder d'un air soucieux.

« Tu as trouvé ce qu'il te fallait chez toi ?

— J'ai fait des découvertes.

— Il ne reste plus rien ? »

Cela me coûte de le reconnaître. « Rien.

— Alors c'est décidé : tu restes ici. Ta suite est déjà prête, la chambre d'enfant presque terminée. Une femme dans ton état doit être protégée de tout stress excessif. Franchement, tout ce cirque pour une histoire de coups de feu, ça suffit. »

Je crois un instant qu'elle parle de mon père, avant de me rendre compte qu'il s'agit de Conrad.

« La police affirme que papa ne s'est pas suicidé. » Je n'avais pas l'intention de l'annoncer de manière si abrupte, mais je ne vois pas comment tourner cela autrement.

Ma mère se fige. Je n'arrive pas à déchiffrer l'émotion qui se lit sur son visage. Épouvante, chagrin, incompréhension. Les trois en même temps.

« Pourquoi la police parle-t-elle de la mort de ton père ?

— Parce que j'ai dit la vérité aux enquêteurs : que je ne l'avais pas tué.

— Evie Hopkins ! »

Je remarque qu'elle n'utilise pas mon nom d'épouse. Même à moitié ivre et prise au dépourvu, ma mère se débrouille pour planter ses banderilles.

« Ce n'est pas moi qui ai tiré. On le sait toutes les deux. Nous avons menti pour le protéger, maman. Parce qu'on l'aimait. Parce que l'idée qu'il ait pu se tuer était insupportable. Mais c'était il y a seize ans, et avec la mort de Conrad… Si nous avons menti pour protéger papa, aujourd'hui j'ai besoin que la lumière soit faite sur cette affaire pour me disculper. » Ma mère s'assoit. Lourdement. Elle se laisse tout simplement choir sur la chaise et la vodka éclabousse le bord du verre. Pendant quelques instants, elle a l'air perdue, presque comme une enfant, et ça me coupe mes moyens. Puis elle prend une gorgée pour se donner du nerf.

« Je ne comprends pas, dit-elle.

— D'après la police, papa a été assassiné. Il y avait forcément quelqu'un dans la maison.

— Mais nous n'avons vu personne.

— Alors l'assassin est parti juste avant notre arrivée.

— Tu es sûre ? Comment peuvent-ils savoir tout ça ?

— Quand on voit à la télé…

— Je ne regarde pas ce genre de séries.

— Bien sûr que si ! Tout le monde regarde ce genre de séries, comme tu dis. Et j'en ai vu dans ta liste de lecture Netflix. Ce n'est pas le moment de se donner de grands airs, maman. Plutôt de dire la vérité. »

Elle me foudroie du regard. Ça lui ressemble davantage. On se détend toutes les deux et elle prend une autre gorgée de martini.

« Ils sont sûrs et certains ?

— Oui, maman. Papa ne s'est pas suicidé. » Cette phrase est plus difficile à prononcer que je ne l'aurais cru. Ma famille s'est construite sur des non-dits, et le mot *suicide* est un mot particulièrement triste et douloureux. Nous n'en avons jamais parlé. Comme moi pendant le déjeuner, ma mère se retrouve au bord des larmes. C'est le poids de son fardeau qui s'allège après toutes ces années – un fardeau que nous aurions pu porter ensemble si nous avions été de celles qui se confient. Elle détourne les yeux, vide son verre. Puis, sans m'accorder un regard, elle se lève pour ressortir la vodka du placard. Je n'essaie pas de l'en empêcher. Certaines batailles sont au-dessus de mes forces.

« Tout le monde adorait ton père, finit-elle par dire en prélevant une spirale de zeste de citron. C'était un génie. Qui aurait pu ne pas l'aimer ?

— D'autres génies. Des collègues jaloux, des assistants surmenés, des étudiants recalés. »

Elle se renfrogne de nouveau mais, toute à la préparation du martini parfait, ne rejette pas d'emblée mes hypothèses.

« C'était pour ça que ton père donnait ces soirées poker », me dit-elle soudain.

Je secoue la tête : je ne comprends pas sa réponse.

« Il y a beaucoup de rivalités dans le milieu universitaire. On se dispute les idées, les bourses, les étudiants, les financements. C'était un aspect que ton père n'appréciait pas. Dans le domaine des mathématiques, en particulier, il voyait chacun travailler de son côté, alors qu'il pensait que la science y gagnerait si les chercheurs confrontaient leurs idées et leurs opinions. D'après lui, les conditions de travail à la fac n'étaient pas propices à ce genre d'échanges. D'où les soirées poker. Il invitait des collègues, des doctorants, etc., en se disant que si tout le monde se détendait et s'amusait, la collaboration suivrait tout naturellement. »

Ça se tient. Jamais je n'ai entendu mon père rejeter les idées d'un collègue ou prendre un étudiant de haut. D'un point de vue pédagogique, j'ai toujours pensé qu'il était en avance sur son temps. Ou peut-être qu'il se sentait suffisamment sûr de ses propres capacités. Mais je ne connaissais pas l'objectif qui se cachait derrière ces parties de poker et son absence en est d'autant plus cruelle.

« Il y a bien eu un assistant, reprend brusquement ma mère. Aarav Patil. Très prometteur, d'après ton père. Mais solitaire. Il est rarement venu à nos soirées, alors que ton père avait multiplié les invitations. Et, même s'il n'était pas du genre à entrer dans ce genre de détails avec moi, je voyais bien que Patil l'agaçait. Je ne suis pas certaine que ce garçon serait resté encore longtemps son assistant.

— Je vois. » Je me rends compte un peu tard que je devrais noter tout ça. Le sac à main mochard est ma bouée de sauvetage. J'y pioche mon carnet et mon crayon. « Est-ce que ce Patil savait où nous habitions ?

— Tout le monde le savait. Ton père recevait ses étudiants ici aussi souvent que dans son bureau du campus.

— Et du côté des professeurs ? »

Elle attaque son nouveau martini, mais semble plus songeuse à présent, moins chamboulée. « Je ne sais pas très bien. Je n'ai jamais entendu un mot désagréable dans la bouche de ton père, mais on ne peut pas en déduire qu'il ne faisait pas de jaloux. Il y avait, disons, certaines attitudes qui lui échappaient. Son esprit... » Tout à coup, elle se tourne vers moi. « Personne au monde n'était comme lui, me glisse-t-elle. Personne. »

Pour la première fois, je la comprends. Réellement. Elle l'aimait. Sans doute autant que moi. Nous l'aimions toutes les deux. Et nous n'avons plus jamais été les mêmes depuis sa disparition.

« À moi aussi, il me manque », dis-je.

Elle sourit, mais ses joues sont sillonnées de larmes. Je me dis que je devrais me lever, la prendre dans mes bras, mais j'ai trop peur qu'elle se détourne. Alors je reste sur ma chaise. Elle boit sa vodka. Nous attendons toutes les deux.

« Tu devrais parler avec le docteur Martin Hoffman, me dit-elle sans crier gare, le directeur du département. Il a pris sa retraite, mais à l'époque il devait connaître tout le monde et toutes les inimitiés. » Elle marque une pause, puis concède :

« Il devait aussi savoir qui avait les dents longues. Quand ton père est mort, cela a libéré son poste, évidemment, et il a fallu le pourvoir.

— Qui en a hérité ?

— Katarina Ivanova.

— Une femme ? » Cela ne devrait pas me surprendre, mais je suis quand même prise à contre-pied. « Papa la connaissait ?

— Oui. Il dirigeait ses travaux depuis un an. Il la trouvait... impressionnante. » Le visage de ma mère se ferme et cela m'apporte deux nouvelles informations sur cette Katarina Ivanova : elle était très belle et ma mère la détestait.

« Je ne me rappelle pas l'avoir vue aux soirées poker.

— Tout le monde n'était pas disponible toutes les semaines. » Ou alors ma mère n'avait pas souhaité sa présence.

« Mais elle était venue dans le bureau de papa ?

— Bien sûr. C'était comme ça qu'il travaillait.

— Merci. »

Ma mère me regarde. Elle a encore des traces de larmes sur les joues et ses doigts tremblent sur le pied de son verre.

« Qu'est-ce que ça va nous apporter ? me demande-t-elle doucement.

— Je ne sais pas.

— Il est mort. Nous en avons toutes les deux payé le prix. Quant à ce qui s'est passé mardi soir... Quel rapport avec les circonstances de la mort de ton père ? Tu étais mineure. Le dossier est confidentiel.

— La police a rouvert l'enquête.

— Parce que tu as relancé l'affaire.

— Il faut que je sache, maman. Je ne peux pas continuer à vivre comme ça, à répéter les mêmes mensonges. Pour une fois dans ma vie, je veux connaître la vérité. »

Ma mère a un sourire triste. « Tu sais ce qu'on dit, ma chérie : méfie-toi de ce que tu désires. »

23

D.D.

« Bon, qu'est-ce qu'on sait sur ce type, au juste ? » demanda D.D.

Ils s'étaient installés dans la salle de réunion du FBI. Pas l'endroit préféré de D.D., qui avait l'impression de céder de plus en plus de terrain aux fédéraux dans son enquête. En même temps, il y avait deux agents du FBI autour de la table, alors qu'elle-même était la seule représentante de la police de Boston. Ajoutez à cela une indicatrice frondeuse et un mordu de faits divers, et vous obteniez la cellule d'enquête la plus bizarroïde qu'elle ait jamais vue.

Or cette bizarrerie n'était pas vraiment à son goût. Pas plus que le sentiment de ne pas savoir quoi faire ensuite. Elle qui savait *toujours* quoi faire.

Le docteur Keynes enchaîna : « Flora, est-ce que tu as revu cet homme (Conrad, ou peut-être Conner) dans un autre bar ? Ou un jour où il aurait retrouvé Jacob dans un relais routier ?

— Non, mais Jacob partait souvent de son côté... »

Flora marqua une légère hésitation et D.D. s'en aperçut.

« Quoi ? » demanda-t-elle.

Flora avait le regard fuyant. « Ce n'est pas longtemps après cette soirée que Jacob est retourné en Floride avec moi. Et là-bas, il s'est... livré à d'autres activités. Je ne sais pas ce qu'il faisait jusque-là, mais je crois que, quand il est rentré en Floride, c'est devenu du temps plein. »

D.D. comprit ce que Flora ne disait pas explicitement. Ce devait aussi être le cas du docteur Keynes et de Kimberly Quincy, donc ces allusions voilées s'expliquaient par la présence du petit nouveau. C'était de bonne guerre. Tout le monde a droit à la protection de sa vie privée et Dieu sait que la victime d'un enlèvement très médiatisé devait lutter pour préserver la sienne.

« En tout état de cause, Jacob avait noué une relation avec Conrad, reprit D.D. La soirée telle que vous l'avez décrite ne tenait clairement pas de la rencontre de hasard.

— Mais les intentions de Conrad ne sont pas claires », objecta Quincy. L'agent du FBI semblait aussi soucieuse que D.D. Manifestement, l'étrangeté de leur groupe ne lui plaisait pas non plus. « Avons-nous affaire à un deuxième criminel ou à un justicier solitaire ? Vous pensez qu'il aurait pu vous reconnaître après vous avoir vue à la télé ? »

Flora haussa les épaules. « Ça m'étonnerait. À ce moment-là, j'avais perdu beaucoup de poids. J'avais les cheveux taillés n'importe comment. Les trois quarts du temps, je ne me reconnaissais même pas dans le miroir. Jacob me sortait en public depuis des mois et personne n'avait jamais fait mine de me reconnaître.

— Est-ce que Conrad a essayé de croiser votre regard, est-ce qu'il vous a envoyé d'autres signaux ? demanda D.D. Le morse n'est pas franchement le moyen le plus simple pour établir un contact. Et ce n'était pas sans risque, puisque Jacob, en tant que chauffeur routier, avait l'habitude des communications radio.

— Je gardais la tête baissée. Jacob n'aimait pas que je lève les yeux. Il est possible que Conrad ait tenté quelque chose sans que je le sache. Et Jacob ne nous a à aucun moment laissés seuls. Il avait en permanence la main sur mon épaule.

— Quand avez-vous quitté la région ? demanda Quincy.

— Dès le lendemain. Au saut du lit. Jacob était doté d'une solide constitution. Il était capable de boire toute la soirée et de se lever à quatre heures du matin pour prendre le volant. Il s'était arrêté une semaine. J'imagine qu'il devait se remettre au boulot.

— Le Motel Upland, rappela D.D. Lors de notre dernière conversation, vous pensiez vous souvenir d'un néon indiquant "Motel Upland". C'est aussi une piste à suivre. On pourrait peut-être même trouver une trace de Conrad Carter ou d'un de ses pseudonymes, s'il avait pris une chambre dans cet hôtel ou pas loin. Évidemment, ce serait plus facile de cibler un État plutôt que de chercher "quelque part dans le Sud".

— Essayez le Mississippi, proposa Quincy. Vu la marque de bière.

— Je pense que Jacob avait promis Flora à Conrad, qu'ils avaient passé un accord. » D.D. remarqua que Keith n'avait pas regardé Flora en prononçant cette phrase. Il parlait d'une voix neutre, sur un ton strictement professionnel. D.D. se demanda si Flora le ferait souffrir tout de suite ou seulement plus tard.

« Ça me paraît relativement clair, constata Quincy avec flegme.

— Admettons que Conrad ait eu l'intention de m'emmener, ajouta Flora : Jacob devait penser que c'était pour abuser de moi, mais en réalité Conrad essayait peut-être de venir à mon secours.

— C'est une idée à creuser, dit le docteur Keynes d'un air songeur avant de se tourner vers D.D. : Est-ce que Conrad aurait servi dans la police, dans l'armée ? Est-ce qu'il se serait consacré à la jeunesse en danger ?

— Même pas bénévole à la soupe populaire, lui répondit-elle. Ce qui ne rend la chose que plus étrange. N'empêche qu'il avait tout un stock de fausses pièces d'identité. Donc, quoi qu'il ait pu faire dans ce bar, il travaillait "sous couverture", si j'ose dire. La question reste de savoir dans quel but. Était-il lui-même un prédateur qui s'était entendu avec un autre ? Ou un justicier solitaire volant au secours d'une victime ? Mais comment aurait-il été au courant pour Flora ? Et, s'il se livrait réellement à ce genre d'activité, est-ce qu'on ne devrait pas retrouver la trace d'autres femmes qu'il aurait sauvées, de crimes qu'il aurait empêchés ? En tout cas, sa femme n'est au courant de rien. Elle a eu l'air parfaitement estomaquée en découvrant les faux permis et le bas de laine. Cela dit, elle a dézingué son ordinateur, ce qui prouve peut-être que ses multiples déplacements n'étaient pas si altruistes que ça, en fin de compte.

— Que sait-on des noms d'emprunt qui figurent sur ces permis ? demanda Quincy.

— Rien encore. Neil, un de mes enquêteurs, travaille dessus. Il fait des recherches dans les bases de données des différents États, mais comme ce sont des noms extrêmement répandus, il croule sous les informations. Dans les rares cas où il a réussi à faire le tri pour remonter au "bon" Conner, Carter ou que sais-je, il n'y a pas d'historique de crédit, pas de casier judiciaire ni quoi que ce soit. Neil pense qu'il n'y a rien derrière ces faux permis : qu'ils ne sont pas la trace de vies parallèles, mais juste des bouts de plastique que Conrad s'était procurés pour entrer dans des boîtes.

— Mais vous n'aviez pas dit que Conrad avait un lien avec la Floride ? insista Quincy. C'était l'État d'origine de Jacob. Difficile d'y voir une coïncidence.

— Moi non plus, je ne crois pas aux coïncidences, mais la Floride est un grand État. La famille de Conrad vivait à Jacksonville ; la mère de Jacob Ness sur la côte ouest, au nord de Tampa. On ne peut pas dire qu'ils étaient voisins. D'un autre côté, Jacob et Conrad se déplaçaient beaucoup tous les deux à titre professionnel, donc tout est possible. Neil ne va pas lâcher l'affaire, mais nous n'avons appris l'existence de ces pseudonymes que ce matin, donc nous ne sommes pas au bout de nos recherches.

— Je crois qu'on ne devrait pas se préoccuper des raisons pour lesquelles Conrad a voulu rencontrer Jacob et Flora, intervint Keith. On peut faire toutes les hypothèses qu'on veut, mais pour l'instant nous n'avons pas suffisamment de données. »

C'était bien un informaticien pur jus, remarqua D.D.

« La vraie question, c'est de savoir comment Conrad et Jacob sont entrés en contact. Tu disais que Jacob avait un simple téléphone jetable. Est-ce que tu l'aurais vu passer un coup de fil avant d'entrer dans le bar ? demanda Keith à Flora.

— Non. Cela dit, il a pu appeler pendant que je faisais ma toilette dans la salle de bains.

— Mais Conrad savait exactement où vous trouver. Il est venu droit vers vous.

— Je crois.

— Un rendez-vous avait manifestement été fixé. Par un type qui se servait peu de son portable, mais qui avait installé Tor sur son ordinateur. »

Une fois encore, Flora haussa les épaules. Les autres attendirent la suite du raisonnement.

« Raison de plus pour penser que Jacob fréquentait le dark web et qu'il y entrait en relation avec d'autres prédateurs. Comme je le disais, Tor fait en sorte de dissimuler les adresses IP des internautes en cryptant le trafic et en le faisant passer par des circuits compliqués. Néanmoins, ce n'est pas aussi anonyme que les gens se l'imaginent. Les données sont brièvement décryptées à l'entrée et à la sortie du réseau, donc certaines informations devraient être récupérables. »

Quincy secoua la tête : « Je vous le répète, le FBI a retourné l'ordinateur dans tous les sens : rien. »

Mais Keith ne voulait pas en démordre. « Pour accéder à quoi que ce soit, qu'il s'agisse de l'internet clandestin, de l'internet profond...

— Qu'est-ce que c'est que ça, l'internet profond ?

— Tous les sites qui exigent un code d'accès : banques, messageries, commerces en ligne. Les réseaux sociaux aussi, par exemple Twitter ou Facebook. Mais il existe des espaces membres pour à peu près tout et n'importe quoi, aujourd'hui.

« La plupart des gens commencent par le web profond (ils vont sur des sites où ils se sentent en sécurité) avant d'aller sur l'internet clandestin. Quoi qu'il en soit, Jacob devait avoir un pseudonyme et un mot de passe pour certains de ses comptes et ils devaient être stockés dans la base SAM de son disque dur (c'est le gestionnaire des comptes de sécurité). À moins, bien sûr, qu'il n'ait pensé à effacer ces données. Tor, par exemple, comporte un écran qui demande à l'internaute s'il souhaite vraiment les conserver – ce qui est une invitation à les effacer. Mais tous les comptes n'aident pas autant leurs utilisateurs et souvent, même le crack en informatique le plus pointu laissera traîner un mot de passe ici ou là, dit Keith en se tournant vers Quincy.

— Pour la énième fois, répondit l'agent du FBI avec un peu d'aigreur, nos experts sont les meilleurs dans leur domaine. Comme le veut le protocole, nous avons fait tourner le logiciel de cassage de mots de passe sur la base SAM et, de fait, nous avons découvert les données d'accès à un compte Gmail au nom de JNess. Mais aucun des courriels retrouvés n'a rien révélé de criminel. En tout cas, rien qui ait un rapport avec le dark web.

— Et un nom de domaine ? Les salopards aiment bien en déposer un qui flatte leur amour-propre, du genre GrosDur.com ou autre.

— Rien.

— Alors c'est qu'il avait une autre boîte de messagerie, affirma Keith. Il a laissé celle-là comme leurre, mais il a mieux planqué la deuxième. Ce ne sont pas les méthodes qui manquent.

— Mais un individu possédant le profil de Jacob n'aurait pas pu les connaître, objecta Quincy, visiblement peu convaincue. Vous lui faites trop de crédit.

— Là encore, une fois sur le dark web, il a pu entrer en contact avec des spécialistes et y apprendre ces notions. D'après Flora, il était intelligent et motivé quand il s'agissait de dissimuler ses activités. Et je ne vous parle pas de programmation compliquée. Pour peu qu'il y ait un petit génie des nouvelles technologies sur un forum, ce ne sont que des procédures à suivre pas à pas. Jacob n'aurait eu qu'à appliquer bêtement les consignes. »

Keith énonçait ses idées sur le ton de l'évidence. Si Flora semblait intéressée, Kimberly n'en était manifestement que plus irritée. Au moins, D.D. avait de quoi s'amuser.

« Que proposeriez-vous ? » demanda-t-elle à Keith. Il semblait connaître son affaire et puisque « les meilleurs experts du FBI dans leur domaine » étaient bredouilles...

« Il faudrait chercher un deuxième pseudonyme. Ce n'est pas parce qu'il n'y en a aucune trace sur son portable que ça nous empêche de nous appuyer sur un bon vieux raisonnement déductif pour imaginer d'autres possibilités. On pourrait ensuite les tester sur des sites connus jusqu'à avoir une touche.

— Vous voulez dire qu'à partir du profil et du passé de Jacob on devinerait quelle identité en ligne pourrait lui plaire ? demanda le docteur Keynes.

— Nous avons essayé toutes les versions de Jacob Ness imaginables, répliqua Quincy. JNess, Jacness, NJacob, etc. Un de nos techniciens a carrément créé un algorithme rien que pour essayer toutes les combinaisons possibles.

— Il ne serait jamais allé sur le dark web sous son propre nom, fit aussitôt observer Flora. Trop évident.

— On a aussi essayé Everett, précisa Quincy. Faux Everett. Toutes les informations qu'on pouvait glaner dans votre entretien avec le docteur Keynes. Y compris votre nom, celui de votre père et même celui de votre frère. Jacob avait un sens de l'humour perfide et cruel. Là-dessus, on sera tous d'accord.

— Un instant, dit D.D., une main levée. Oublions une minute l'histoire du pseudo. Vu le navigateur dont il se servait, nous pouvons être certains que Jacob fréquentait l'internet clandestin, c'est ça ? »

Quincy et Keith confirmèrent d'un signe de tête.

« Ce qui signifie que si Conrad avait noué des contacts avec Jacob Ness et ses semblables (parce que lui-même était un prédateur ou un redresseur de torts naïf), il devait lui aussi y aller. »

Nouveaux hochements de tête.

D.D. sourit. C'était la première véritable avancée de la journée. « Donc, même si la femme de Conrad a détruit son ordinateur, on devrait pouvoir y retrouver des traces de ses activités, pas vrai ? Vous disiez que chaque fois qu'un internaute entre ou sort, il y a un moment où ses données apparaissent en clair. Alors si on trouvait le pseudonyme de Conrad et qu'on se connectait avec Tor…

— On devrait pouvoir identifier des sites sur lesquels il se rendait fréquemment, peut-être même des forums, confirma Keith. En pratique, il suffirait de trouver le pseudonyme de ce Conrad ou de Ness pour avoir d'un seul coup accès à une montagne de données… Contacts, activités, identités d'autres prédateurs. »

D.D. opinait du chef. « Ça me plaît. Deux individus, deux pseudonymes, deux morsures dans la pomme de l'internet clandestin. »

Quincy s'était déridée. « Mais est-ce qu'on a une idée du pseudonyme que Conrad pouvait utiliser ? demanda-t-elle.

— Sa femme saurait peut-être.

— Elle coopère ?

— Pas encore, mais j'ai ma petite idée là-dessus, dit D.D. avec un regard vers Flora.

— Un monstre, dit celle-ci.

— Pardon ? »

D.D. ne voyait pas le rapport.

« Jacob disait toujours qu'il était un monstre. *Personne n'a envie d'être un monstre.* »

D.D. ne saisissait toujours pas, mais Keith comprit tout à coup. « Le monstre du loch Ness », murmura-t-il.

Quincy se redressa aussitôt, captivée. « Est-ce que ça pourrait être aussi simple que ça ? Son pseudonyme serait une référence au loch Ness ? Jacob Ness le monstre, Nessie le monstre ?

— Je ne pense pas qu'il aurait utilisé le mot Ness, répéta Flora. Le lien serait trop direct. Mais ce serait le genre d'allusion sournoise qui lui aurait plu.

— On peut penser à d'autres monstres, fit remarquer le docteur Keynes. La créature d'Ogopogo, par exemple. Un nom qui semblerait choisi au hasard, mais dont le sens caché aurait satisfait le besoin de Jacob de se sentir secrètement supérieur.

— Le monstre du loch Ness a été vu en Écosse, dans le comté d'Inverness, se souvint Keith. Corrigez-moi si je me trompe, dit-il en se tournant vers Quincy, mais ce n'est pas à Inverness que vit la mère de Jacob ? Une ville de Floride baptisée par un Écossais qui disait que les lacs de la région lui rappelaient les lochs de son pays natal ? »

Quincy confirma. « L'adresse permanente de Jacob était celle de sa mère, à Inverness, Floride.

— Il y a forcément un lien, reprit Flora, convaincue. Inverness, loch Florida, L Inverness, quelque chose dans ce goût-là. »

Quincy prit des notes dans son carnet.

343

« Il y a des algorithmes qui pourraient cracher toutes les combinaisons possibles », dit Keith.

Au tour de Quincy de lever la main pour l'interrompre.

« N'en rajoutez pas. C'est noté. Je vais me retourner vers nos informaticiens, voir ce qu'on peut faire.

— Le bureau voisin du mien est vacant, signala le docteur Keynes. Vous pourrez vous y installer. »

Quincy le remercia d'un signe de tête. Flora regarda D.D. « Et nous ?

— Votre petit copain rentre chez lui.

— Ce n'est pas…

— Le simple citoyen rentre chez lui, insista D.D. Vous le retrouverez plus tard. On a à faire, toutes les deux. Vous êtes toujours mon indicatrice. Il serait temps que vous vous rendiez utile.

— C'est-à-dire ? »

D.D. se levait déjà. « Allez, c'est parti.

— On va où ?

— Je vous expliquerai ça en route. »

D.D. se dirigea vers la sortie et Flora s'empressa de lui emboîter le pas.

24

Flora

« Que savez-vous des incendies criminels ? » me demande D.D. dix minutes plus tard. Nous sommes dans sa voiture, qui se faufile dans les encombrements du centre-ville. Je ne sais pas encore où nous allons, mais j'imagine qu'elle ne va pas tarder à me le dire.

Boston est splendide en cette saison. Ses bâtiments parés d'impressionnantes décorations, ses rues bordées d'arbres en tenue de fête, ses poteaux camouflés sous un scintillement de guirlandes blanches. Ma mère adore cette période de l'année. Elle a sans doute déjà prévu le menu du repas de Noël et réservé une dinde bio élevée en plein air répondant au doux nom de Fred, qui vit ses dernières heures avant de passer directement du producteur au consommateur. Maman espère que Darwin va venir de Londres pour l'occasion. Je n'en dirai rien à voix haute, mais je l'espère aussi. Sinon, il n'y aura que ma mère et moi, Samuel, j'imagine, et peut-être un ou deux voisins. Je pourrais peut-être inviter Keith. Ou bien est-ce que ça ferait trop bizarre ? Oui, probablement trop bizarre.

« Allô, Flora, ici la Terre. Les incendies criminels ? »

J'arrache enfin mon regard aux flocons d'argent géants suspendus aux lampadaires. « Je n'y connais strictement rien.

— Parfait. Ça fera votre éducation. Le dossier glissé sur le côté du siège. Ouvrez-le.

— Une petite minute ! C'est au sujet de l'incendie qui a détruit la maison des Carter ? Vous voulez que je mène l'enquête ?

— Exactement.

— C'est absurde. Je suis vraiment ignorante en la matière. Mon temps serait mieux employé à chercher d'autres liens entre Jacob et Conrad.

— Je crois qu'on a déjà bien progressé sur ce front-là, aujourd'hui. » Je la regarde, dossier fermé sur les genoux. « Mais qu'est-ce que vous mijotez ?

— Vous êtes indicatrice. Je vous confie une mission. Arrêtez de vous plaindre.

— Je ne me plains pas, je refuse. »

Le temps d'un haussement de sourcils, D.D. quitte des yeux l'interminable file de feux stop qui s'étire devant nous.

« Il y a un lien entre Conrad et Jacob. Donc il se peut que l'individu qui a mis le feu à la maison de Conrad, peut-être pour faire disparaître ce lien ou une autre information importante, soit aussi un moyen d'en savoir davantage sur Jacob.

— N'importe quoi ! Vous cherchez simplement à vous débarrasser de moi, oui.

— Non, j'essaie de vous débarrasser de Jacob. Personnellement, je trouve que vous lui avez laissé assez de place comme ça dans votre tête pour aujourd'hui. Pas vous ? »

La brusquerie de son ton me remet à ma place. Je m'enfonce dans mon siège. Que cela me plaise ou non, elle n'a pas tort. Depuis que j'ai allumé la télé hier matin, je n'ai rien fait d'autre que d'être obnubilée par Jacob. C'est vrai qu'une coupure me ferait du bien.

Va pour l'incendie criminel.

J'ouvre le dossier pour en prendre connaissance.

« C'est le rapport de l'experte, Patricia Di Lucca, m'explique D.D. L'incendie a été déclenché par un système de mise à feu artisanal : un récipient plein d'huile de cuisine et de coton posé sur la cuisinière, qui a ensuite embrasé l'essence qui avait été copieusement répandue dans toute la maison. Un procédé tout ce qu'il y a de plus rudimentaire. On peut se procurer le matériel n'importe où. L'huile et le coton ont même pu être trouvés sur place. L'essence a sans doute été apportée par l'incendiaire, puisqu'il en a utilisé une bonne dizaine de litres.

— Quand est-ce arrivé ?

— Le feu a été signalé aux environs de quatorze heures. Il a pu être déclenché plus tôt, disons vers treize heures trente, puisqu'il a fallu le temps que l'huile chauffe. »

Je feuillette le dossier. Outre un rapport d'expertise et une liste de matériaux, il comporte des croquis détaillés de la maison retraçant la propagation du feu, toutes sortes de graphiques. D'autres photos et schémas montrent la zone où les dégâts ont été les plus importants – de toute évidence, l'incendiaire y avait déversé une bonne flaque d'accélérant.

Le bureau. Quelle que soit son identité, l'incendiaire avait visiblement une dent contre cette pièce.

« Est-ce que c'est là que Conrad a été tué ? demandé-je en montrant la photo.

— Oui.

— Par son épouse, vous croyez ? »

D.D., l'air soucieuse, se mordille la lèvre. « Je n'en jurerais pas. C'est possible. Vous voulez que je vous dise, d'enquêtrice à indicatrice ? »

Ce serait un nouveau type de conversation entre nous. Je m'empresse d'accepter.

« Nous avons un blanc de huit minutes dans la chronologie. Huit minutes qui se sont écoulées entre la première série de coups de feu signalée et la deuxième. La police, qui venait d'arriver, a découvert Evie l'arme à la main. Elle a à peine protesté quand on l'a arrêtée, mais allez savoir si c'était le choc d'avoir découvert son mari mort ou celui d'avoir tiré.

— Déjà, elle avait l'arme.

— Pour tirer sur l'ordinateur, d'après elle. Douze fois, pour être précise.

— Mais pourquoi l'avoir détruit ?
— Je donnerais cher pour le savoir.
— Elle ne veut pas le dire ?
— Pas tant que son défenseur sera dans les parages. La peste soit des avocats !
— Vous pensez qu'elle cherchait à cacher quelque chose. »

D.D. me lance un regard. « Je crois que plus tôt vous aurez une petite conversation avec elle à ce sujet, mieux ce sera.
— Je vais avoir le droit de la rencontrer ?
— Le devoir, même. C'est peut-être notre seule chance de lui soutirer la vérité. Maintenant, à vous de m'aider : si c'est elle qui a tiré sur l'ordinateur, qui a mis le feu à la maison ?
— Aucune idée.
— Et pour quelle raison ?
— Pour brouiller les pistes… faire disparaître des preuves, comme vous le disiez.
— D'autres preuves que l'ordinateur, qui était déjà détruit ?
— Mais l'incendiaire le savait-il ? »

Là, j'ai carrément droit à un sourire de la part de D.D.

« Voilà ce qui s'appelle raisonner en véritable enquêtrice. Reprenons : je vois que vous êtes en train de regarder le rapport sur les traces de carbonisation. Les dégâts se concentrent dans la zone du bureau, on est d'accord ?
— C'est ça.

— Depuis ce matin, nous savons qu'il s'y trouvait deux choses : d'une part, l'ordinateur ; d'autre part, un coffre métallique contenant les faux permis de Conrad.

— Donc vous pensez que l'incendiaire voulait les détruire. » Un temps : « Mais pourquoi ne pas tout simplement les voler ?

— Là encore, bonne question. Ma théorie, c'est qu'il ne les a pas trouvés. Souvenez-vous que toute une équipe de la police scientifique a fouillé cette maison après le meurtre sans voir ce coffret. Après coup, je me demande si Conrad n'avait pas un tiroir ou un meuble de rangement à double fond. Ces faux permis étaient importants pour lui, et garder le secret aussi.

— Mais il fallait bien que quelqu'un d'autre soit au courant, sinon pourquoi mettre le feu à la maison ? »

Ma réplique fait de nouveau sourire D.D. « Vous n'êtes pas mauvaise à ce petit jeu. Oui, il fallait bien que quelqu'un soit au courant. Et cette personne…

— … pourrait, elle aussi, avoir un lien avec Jacob Ness.

— Dernière page du rapport, m'ordonne-t-elle.

— C'est une photo. Un gamin, maigre comme un coucou.

— Lisez.

— "Rocket Langley. Afro-Américain, vingt ans." Vingt ans ? On lui en donnerait quatorze. » Je résume à voix haute ce que je découvre : « A été auditionné dans l'enquête concernant des incendies de locaux désaffectés dans le quartier des entrepôts. » Plus bas, je lis que dans les trois cas on s'était servi d'essence comme accélérant ; le deuxième était parti d'une boîte de soupe remplie de liquide pour lampe à pétrole et d'une mèche de coton, le tout sur un réchaud de camping bas de gamme.

« Les pyromanes sont comme les tueurs en série, m'explique D.D. en s'insérant avec prudence sur la voie rapide. Ils ont une signature, une méthode de prédilection. Une fois qu'ils ont trouvé leur identité, ils ne s'en écartent plus. Di Lucca a entré les caractéristiques de l'incendie de la maison des Carter dans la base de données et le nom de Rocket est aussitôt sorti.

— Donc on va l'arrêter ?

— Au nom de quoi ? Parce qu'il apparaît comme "personne ayant été auditionnée" dans une base de données ? Faute d'antécédents d'arrestation, de témoins oculaires ou d'indices matériels reliant directement Rocket à la maison des Carter, nous n'avons pas de motif d'arrestation. Bien sûr, je pourrais le traîner au QG pour un interrogatoire, mais Di Lucca a déjà testé cette méthode. Rocket se referme comme une huître et c'est sans doute comme ça qu'il a échappé à toute inculpation. On peut être pyromane sans être un imbécile.

« Donc je tente une autre stratégie. Je vous dépose dans son quartier, vous le localisez et vous discutez avec lui. Une petite conversation entre individus à la moralité douteuse.

— J'ai une moralité douteuse, moi ?

— Nous savons toutes les deux que suivre les règles n'est pas trop votre truc. » Je réfléchis à ce qu'on attend de moi. « Il va falloir que je le bouscule un peu, c'est ça ?

— Vous voyez, vous êtes déjà de meilleure humeur ! »

D.D. me dépose à quelques rues de la dernière adresse connue de Rocket. En décembre, il fait déjà nuit à l'heure qu'il est et disons pour faire court que le quartier est aux antipodes des illuminations du parc Boston Common. Les rangées de maisons toutes identiques semblent recroquevillées dans la pénombre hivernale ; la moitié des fenêtres sont condamnées par des planches, l'autre moitié protégées par des barreaux. Beaucoup de quartiers pauvres ont été rachetés et rénovés ces dernières années. Celui de Rocket n'en fait pas partie.

D.D. avait raison : je me sens dans mon élément.

Avec ma grosse doudoune sur un sweat-shirt tout aussi informe, je me fonds dans le décor. Il serait tentant de remonter ma capuche pour me protéger du froid, mais je ne veux pas rétrécir mon champ de vision, ni étouffer les bruits.

Je me balade un peu dans le quartier, histoire de tâter le terrain. Pas de lumières à l'adresse de Rocket, ce qui ne me surprend pas. Si je vivais là, j'y passerais certainement le moins de temps possible. En même temps, ça m'étonnerait qu'il soit sorti faire des courses de Noël, alors où peut-il être ?

Tout en passant de rue en rue, j'examine les cartes que j'ai en main. D.D. m'a déjà donné une information intéressante : pas de témoin oculaire. Si mon souvenir est exact, le quartier des Carter est essentiellement blanc. Et un jeune Noir aurait fureté autour de leur maison sans que personne le remarque ? Ça m'étonnerait bien. En tout cas, sur sa photo d'identité, Rocket avait la gueule type de la graine de truand. En ville, la plupart des gens sont programmés pour faire attention à ce genre de choses.

Autrement dit…

Je passe au banc d'essai plusieurs théories et hypothèses. L'une d'elles me plaît plus que les autres. Au moment où je la range dans un coin de ma tête, je remarque une quincaillerie de quartier. Il n'en reste plus beaucoup, des comme ça, mais celle-là me donne une idée.

Dix minutes plus tard, je ressors avec un sac à la main et un renseignement obligeamment fourni par le caissier. Où les jeunes du quartier ont-ils l'habitude de se retrouver ? Là aussi, en ville les gens savent ces choses-là.

Il fait sombre. Ici ou là, les fenêtres des maisons dont les habitants sont rentrés pour la soirée répandent un peu de leur lumière alentour. Il règne un curieux mélange de promiscuité et d'isolement dans ces quartiers densément peuplés. Les gens y vivent littéralement les uns sur les autres et, en même temps, chacun dans son petit univers.

Je ne leur envie pas les batailles qui les attendent. Mais j'ai les miennes.

Je traverse vers la gauche, passe le coin, et un vide apparaît dans l'alignement d'en face. Une parcelle coincée entre deux immeubles d'habitation, ce qu'on appelle une dent creuse. Autrefois, ça a dû être un terrain de basket ou un quelconque espace public. Mais à l'heure qu'il est, j'y découvre la lueur d'un brasier qui ronfle dans une poubelle installée au beau milieu. Autour, on devine des mouvements rapides, des éclairs métalliques. Des jeunes qui font du skate-board, peut-être. Ou qui traînent, tout simplement. Je suis en nette infériorité numérique.

À ce moment-là, je sens une nouvelle présence derrière moi. Quelqu'un m'a prise en filature. Peut-être D.D., qui m'a dit qu'elle resterait dans les parages, mais ça m'étonnerait que j'aie cette chance. Je crois plutôt que j'ai un nouvel ami, quelqu'un qui s'intéresse à la petite Blanche assez bête pour se promener toute seule dans son quartier.

Je ne peux pas m'empêcher de sourire. D.D. avait raison : la soirée s'annonce bien.

Je vais tout droit à la poubelle. Les jeunes ne se dispersent pas. Pourquoi le feraient-ils, alors qu'ils sont au moins une douzaine et que je suis seule ? Je ne croise le regard d'aucun d'eux, mais passe rapidement leurs visages en revue. Là, à gauche, des traits difficiles à discerner sous un sweat à capuche gris, mais un visage mince tout en longueur qui correspond à la photo de ma cible.

Parfait.

Je ne dis rien. Ne marque aucun temps d'arrêt. Je sors le premier article de mon sac et le lance dans le brasier.

Wouf! Le feu rugit, crache des flammes et des jets d'étincelles rouge vif. Ce coup-ci, les jeunes s'écartent.

« Oh, la vache !

— Elle est tarée, la meuf ! »

Mais pas celui qui m'intéresse, évidemment. Lui ne bouge pas d'un pouce et regarde ce feu ravivé avec une fascination sans mélange.

« Tu en veux ? lui proposé-je en lui tendant mon sac.

— Qu'est-ce que c'est ?

— Des pommes de pin imbibées de kérosène. Juste un allume-feu acheté à la quincaillerie. Ils en font de plusieurs couleurs. »

Rocket a une moue de dédain. Je vois bien qu'il est tenté, mais un allume-feu préfabriqué ? Où est le plaisir ?

« J'ai aussi des bouteilles d'huile. » Là, ça l'intéresse.

« C'est cool », dit-il. Je vois bien qu'il reste sur ses gardes, mais je repense à l'autre information que D.D. m'a donnée : les pyromanes sont comme les tueurs en série. Une fois qu'ils ont trouvé leur identité, ils ne peuvent plus revenir en arrière. Comme le diraient Keith Edgar et ses copains criminologues amateurs, aucun tueur en série n'a jamais été capable de renoncer. Le crime atroce du début se mue en une terrible pulsion. Or vos pulsions peuvent être exploitées contre vous par les forces de l'ordre – ou par des gens comme moi.

Je lance une petite bouteille d'huile végétale dans sa direction. Il la rattrape avec aisance.

Nous reculons tous les deux d'un petit pas, puis il asperge copieusement le feu d'huile, ce qui provoque une nouvelle déflagration, accompagnée d'éclaboussures et de crépitements. Les jeunes qui étaient restés jusque-là battent officiellement en retraite. Autant le feu, c'est sympa, autant l'huile bouillante, c'est franchement dangereux.

Rocket sourit d'une joie mauvaise. Je le comprends. Ça m'est bien souvent arrivé.

« J'essaie de comprendre comment tu as fait », dis-je, comme si de rien n'était. Il y a encore une présence derrière moi. Tout en me décalant vers la gauche pour faire entrer la silhouette dans mon champ de vision, je prends une autre pomme de pin et j'entretiens les réjouissances. Rocket me fait un signe de la main. J'en lance une vers lui.

La sienne donne une flamme bleue. Je préfère ça au rouge. Qui se soucie d'avoir des illuminations de Noël quand on a ça à portée de main ?

« Le coup du faux désinsectiseur, je dirais. » Rocket ne quitte pas des yeux les flammes dansantes. « Parce que bon, quand on débarque dans un quartier comme celui des Carter, ça se remarque. Surtout si on se promène avec des bidons d'essence. En revanche, un jeune homme en combinaison qui parcourt toute la maison avec des pulvérisateurs... Les gens ne voient que ce qu'ils ont envie de voir. Et ça arrange bien les gens comme toi et moi. »

À mon tour. J'opte pour une autre petite bouteille d'huile. Pas de jolies couleurs, mais j'aime bien le grésillement. C'est marrant. Je devrais peut-être me lancer dans une carrière de pyromane.

Rocket ne desserre toujours pas les dents.

« Tu crochètes la serrure de la porte arrière. Tu es à l'abri des regards, c'est un jeu d'enfant. Tu installes ton dispositif sur la cuisinière. Tu répands un soi-disant "pesticide" dans toute la maison. L'avantage, c'est que même si un voisin t'aperçoit par la fenêtre, il n'y verra que du feu. Très ingénieux, je dois dire. »

Encore un signe de sa part. Je lui lance deux pommes de pin. Cette fois, les flammes sont vertes et bleues. Nous sommes tous les deux épatés.

« Un peu trop ingénieux, même, pour quelqu'un dans ton genre. »

Derrière moi, l'ombre s'est rapprochée. Je descends discrètement la fermeture de mon blouson. Je veux être libre de mes mouvements pour la suite. Et je ne pars jamais de chez moi les poches vides. De fait, j'en sors une petite bombe de gaz lacrymogène artisanale. Pour le coup, l'effet que ça pourrait avoir sur ce brasier...

Rocket m'accorde enfin un regard. Ça lui coûte manifestement de quitter les flammes des yeux. « Je ne sais pas de quoi vous parlez.

— Tu as bien bossé. Quand on voit la dynamique du feu, la destruction totale du premier étage, qui s'est effondré sur le rez-de-chaussée... Beau boulot.

— Vous êtes flic ?

— Non. Mais cette affaire m'intéresse.

— En quoi ?

— Je voudrais t'engager. C'est bien comme ça que ça marche, non ? Vu ton âge, ton quartier, ton milieu... C'est ton business, dis-je en montrant la poubelle. Il n'y avait aucune chance que tu aies croisé Conrad...

— Qui ça ?

— Le type dont tu as incendié la maison.

— Connais pas.

— C'est ce que je disais. Tu n'en avais rien à faire de lui, ni de sa femme ou de leur futur bébé. C'était le feu qui t'intéressait. Tu étais là pour le plaisir de l'incendie, et le plus beau, c'est qu'on t'avait payé pour le déclencher. »

Il se renfrogne, comme s'il voyait enfin le piège, mais je ne lui laisse aucune échappatoire. Je lance une autre bouteille d'huile dans sa direction et il se sent obligé de la rattraper. Puis de la jeter dans le brasier.

« Je ne suis pas flic, mais j'en ai vu un petit paquet garés devant chez toi. Je parie qu'ils sont en train de fouiller de fond en comble. Ils vont trouver la combinaison, les bidons de prétendu pesticide. Ça ne va pas être facile à expliquer. » Mais là, j'ai commis une erreur. Rocket hausse les épaules et se tourne ostensiblement vers le feu. Il a dû asperger la combinaison d'essence et s'en servir pour le démarrer. Quel pyromane digne de ce nom oublierait de brûler les preuves ?

« Je veux m'offrir tes services. Mille dollars. »

L'air soucieux, il contemple les flammes. Je prends une des dernières pommes de pin pour la jeter dedans.

La belle rouge. Nous hochons tous les deux la tête, fascinés.

« Cinq mille, dit-il. En liquide.

— Je n'ai pas ça sur moi.

— Je vais vous dire où déposer l'argent. D'abord la moitié avec l'adresse. L'autre moitié une fois que c'est fait.

— Merci de ta confiance. »

Il me regarde sans ciller. Dans ses prunelles noires, je ne vois que des flammes dansantes. « J'aime mettre le feu. À tout et n'importe quoi. Personne ne prend le risque de me chercher des noises. »

Pas faux. « Il faudra que ce soit discret. C'est toi qui as trouvé la combinaison de désinsectiseur ou c'est ton dernier client qui te l'a fournie ?

— Qu'est-ce que ça peut vous faire ?

— Il faudra que ce soit discret, répété-je sans me démonter.

— Ça dépend du bâtiment à incendier. Les locaux désaffectés sont faciles d'accès. Dans un quartier résidentiel, oui, vous pouvez fournir les accessoires. Sinon, j'ai appris à savoir ce qui marche. Peu importe. »

Donc, soit c'est son client qui lui a fourni la combinaison, soit Rocket est suffisamment astucieux pour y avoir pensé tout seul. Ce qui est sûr, c'est qu'il adore le feu et quand on aime ce qu'on fait, on s'améliore avec la pratique.

Je pense toujours que ce garçon ne connaissait ni Conrad Carter ni Jacob Ness. Ce n'est qu'un mercenaire, mais il est aussi le premier maillon de la chaîne qui nous conduira à l'individu qui a tué Conrad et qui s'est ensuite senti obligé de réduire la maison en cendres pour supprimer les indices. La suite s'impose :

« Dis-moi où et je déposerai l'argent.

— Demain, répond-il. J'ai déjà des projets pour ce soir.

— C'est-à-dire ?

— Attention, derrière vous ! »

Je ne tourne pas la tête. Ce serait une erreur de débutante, d'autant que je surveille mon ombre du coin de l'œil depuis dix minutes. J'écarte les pieds pour être plus stable, pivote le torse et fouette la tête de mon assaillant avec le sac en plastique qui contient les deux dernières bouteilles d'huile. Le choc produit un bon bruit sourd.

La silhouette, le visage caché dans l'ombre de son sweat à capuche, recule en titubant et se prend la tête, manifestement sonné. Trois pas légers de boxeuse et je le frappe sur le côté du genou avant de lui flanquer un coup dans le nez de la paume de la main. Il s'écroule en râlant, le visage dans les mains.

Je m'écarte. Je n'ai pas besoin d'en faire davantage, d'en prouver davantage. Je me tourne vers Rocket. « Je ne suis pas flic. Alors maintenant, donne-moi l'adresse. »

Il a l'air abasourdi. Ce qui me convient parfaitement.

Je sors de ma poche le téléphone jetable que j'ai toujours sur moi. « Envoie-moi un texto. »

Je ne suis pas étonnée qu'il sorte à son tour un téléphone sans abonnement. Ses doigts virevoltent sur l'écran. Mon téléphone bourdonne, l'adresse est dans ma messagerie.

Je souris. « C'est un plaisir de faire affaire avec toi. »

Puis je balance le sac et les deux dernières bouteilles directement dans la poubelle en flammes.

Encore un rugissement et des grésillements. Lorsque je m'éloigne, Rocket contemple toujours les flammes et son ami gémit derrière lui.

D.D. me récupère quatre rues plus loin. Je ne lui demande ni où elle était ni comment elle m'a retrouvée. Elle a ses trucs, j'ai les miens.

« Alors ? me demande-t-elle.

— Aucun doute que c'est un mercenaire. Il n'a même pas réagi au nom de Conrad Carter et, franchement, je pense qu'il est trop monomaniaque pour avoir réussi ce coup tout seul. Réinterrogez les voisins des Carter, mais cette fois-ci demandez-leur s'ils n'auraient pas vu un désinsectiseur. C'est comme ça qu'il est passé inaperçu. La combinaison, ou ce qu'il en reste, se trouve au fond de l'incinérateur où ils font du feu. Et les pulvérisateurs dont il s'est servi doivent être dans le coin.

— Qui était le commanditaire ?

— Il n'a quand même pas été bavard à ce point-là ! Mais, dis-je en montrant mon téléphone, j'ai l'adresse du lieu où je suis censée déposer l'argent pour ma future transaction. J'imagine que c'est la même boîte aux lettres que la fois précédente, puisqu'il a l'air d'aimer ses petites habitudes.

— On pourrait requérir les images vidéo du quartier pour mardi soir ou mercredi matin, réfléchit D.D. à voix haute.

— Et ça devrait vous montrer le client : Souriez, vous êtes filmé !

— Beau boulot », me félicite D.D.

Je me contente de sourire.

25

Evie

Ma mère fait mijoter une sorte de ragoût pour le dîner. Plein de lentilles, de légumes verts et de bonnes choses pour le bébé, m'explique-t-elle. Et peu importe si, à chaque nouveau commentaire, j'ai davantage l'impression d'être une jument poulinière.

Je mets le couvert. Ma mère a déjà bu trois martinis, mieux vaut éviter qu'elle manipule des objets fragiles. Et il n'est que dix-huit heures.

Je me dis pour la énième fois qu'il faut absolument que je parte d'ici. Mais comment ? Qui appeler ? M. Delaney ? Cette collègue avec qui il m'arrive de déjeuner ? Je ne m'étais jamais rendu compte à quel point mon cercle social était restreint. En gardant tout le monde à distance, je me suis aussi enfermée. On frappe à la porte de la cuisine. Je suis tellement soulagée de cette interruption que je manque de renverser ma chaise en me levant. « Je vais ouvrir ! »

Ma mère a l'air un tantinet contrariée. Je remarque qu'elle n'a pas mangé son ragoût, elle s'est contentée de promener ses lentilles dans son assiette. Voilà ce qui arrive, me dis-je, quand on biberonne de la vodka tout l'après-midi.

J'ouvre la porte et tombe sur le commandant D.D. Warren, plaque de police à la main. Une jeune femme en grosse doudoune et sweat à capuche gris l'accompagne. À vue de nez, elle serait plus à son aise dans les quartiers malfamés de n'importe quelle grande ville plutôt qu'à Cambridge, sur le seuil d'une maison coloniale à la décoration raffinée.

Je les invite à entrer.

« Evie Carter, Flora Dane. Flora, Evie. » D.D. fait les présentations. Je serre la main de la nouvelle venue. Le repas nourrissant mitonné par ma mère lui ferait encore plus de bien qu'à moi. Son visage m'est vaguement familier, mais je n'arrive pas à le situer. Connaissait-elle Conrad ? Peut-être sous l'un de ses cinq ou six noms d'emprunt ?

J'éprouve une première sensation de malaise.

Au point où on en est, je les conduis à la table et je fais les présentations avec ma mère.

En réaction, elle se renfrogne et reprend son martini d'une main tremblante. « Vraiment, commandant, est-ce que ça ne pouvait pas attendre ? C'est l'heure du dîner et les repas sont très importants pour une femme dans l'état d'Evie. »

C'est bien ça : je ne suis qu'une poulinière.

La dénommée Flora me considère avec un regain d'intérêt.

« Vous allez bien prendre un peu de ragoût », proposé-je.

Pitié, épargnez-moi ce repas.

« À vrai dire, il faut que nous parlions de certaines choses. Dans le salon ? » propose D.D. Vendu.

« Je ferai la vaisselle. » Encore une fois, mieux vaut que ma mère ne touche pas aux assiettes et encore moins aux verres en cristal Waterford.

L'air maussade, elle promène toujours ses lentilles du bout de la fourchette. Déprimée, sans doute. À cause de notre conversation de tout à l'heure ? Est-ce le fait d'avoir appris que son mari ne s'était pas suicidé ? Ou simplement d'avoir enchaîné les martinis en plein après-midi ? Je n'ai jamais su parler à ma mère et je n'ai pas les réponses à ces questions. Je conduis D.D. et Flora dans le petit salon, avec son manteau de cheminée habillé de verdure et son sapin de Noël décoré par un professionnel. Ma mère aime avoir un thème différent chaque année. En l'occurrence, c'est « Les anges dans nos campagnes », ce qui veut dire qu'on n'a lésiné ni sur le doré ni sur les anges, évidemment.

En fait de sièges, la pièce contient une causeuse tapissée de soie à rayures vert et rose pastel. Nous restons en arrêt devant. On dirait du mobilier de maison de poupée. L'amoncellement de coussins décoratifs assortis n'arrange rien.

Il faut vraiment que je parte d'ici.

« Est-ce que je peux vous débarrasser ? » finis-je par proposer. Le canapé paraît à peine assez grand pour ces deux femmes, jamais elles n'y tiendront avec leurs gros manteaux d'hiver. D.D. accepte et déboutonne son long manteau noir. Je remarque que l'autre l'imite avec plus de réticence. Elle a observé la pièce. Elle l'a jugée. De nouveau, un malaise me titille. Que fait-elle ici ?

Je ne sais pas où déposer ces manteaux. Si je vais les accrocher dans la penderie de l'entrée, je serai exposée aux regards des journalistes postés sur le trottoir d'en face. C'est le problème, quand on est assiégé à la nuit tombée : la maison se transforme en un aquarium éclairé de l'intérieur et ma mère et moi en sommes les spécimens. C'est certainement pour ça que D.D. est passée par la porte de service. Et c'est aussi pour cette raison que nous n'allons pas nous asseoir près des fenêtres.

Je me décide à poser les manteaux sur le dossier d'un fauteuil à oreilles. Je devrais m'asseoir, mais je n'en ai pas envie.

En fait, tout d'un coup, je n'ai aucune envie d'entendre ce qu'elles ont à me dire.

« Comment vous sentez-vous ? me demande posément D.D.

— Comme un oiseau dans une cage dorée.

— C'est votre mère qui vous avait apporté des vêtements pour la mise en accusation, dit l'autre en balayant la pièce du regard. Je comprends mieux.

— Vous avez assisté à l'audience ? Pourquoi ? Qui êtes-vous ? dis-je avec brusquerie.

— Je m'appelle Flora Dane…

— Déjà dit, merci ! »

La jeune femme me regarde sans s'émouvoir. « Et ça ne vous dit rien ?

— Pourquoi, ça devrait ? C'est la première fois qu'on se rencontre. Alors est-ce que vous allez finir par me dire... » Je m'interromps. Écarquille les yeux. Cette impression d'avoir déjà vu cette femme quelque part... Flora Dane. Il y a six ans. Oh, mon Dieu, je sais qui elle est ! Et ce n'est plus une pointe de malaise que je ressens, mais une envie de vomir. De balancer le petit plat de ma mère tellement bon pour le bébé sur les beaux fauteuils tapissés de soie, parce que maintenant j'ai la certitude de ne pas avoir envie d'entendre ce que cette femme a à me dire.

« Asseyez-vous, me glisse D.D. à l'oreille, les mains sur mes épaules. Ça va passer. Mettez la tête entre vos genoux. Respirez profondément. Inspirez, expirez, relâchez tout l'air... Et maintenant, inspirez à fond, retenez, retenez, encore, et relâchez... Encore deux fois. C'est bien. »

Quand j'arrête enfin d'hyperventiler, je suis effondrée dans le fauteuil où sont entassés les manteaux, D.D. et Flora accroupies devant moi.

« Qu'est-ce qu'il a fait ? Avec ces faux permis, tous ces secrets. Qu'a fait mon mari ? dis-je en regardant Flora Dane dans les yeux.

— Vous ne le savez pas ? demande D.D. C'est pourtant vous qui avez détruit l'ordinateur.

— Je n'avais pas le choix.

— Pourquoi ?

— Pour protéger sa mémoire. » Je ne pleure pas. C'est encore pire, on dirait que je répète la leçon de ma mère comme un perroquet.

« Vous vouliez protéger Conrad, reprend D.D. en scrutant mon visage. Le père de votre enfant. Mais de quoi, Evie ? Dites-le !

— Je ne sais pas. » C'est la vérité. Il avait des secrets, ça je le savais. Et, dans ma famille en tout cas, les secrets ont toujours été une source de souffrance. Mais ce n'est pas pour autant que je connaissais la nature des siens.

Les deux femmes m'observent. Après une grande inspiration tremblée, je prends mon courage à deux mains : « Est-ce que l'une de vous a vécu une relation avec un homme souvent absent ? »

Ce n'est pas le cas.

« J'aimais Conrad. Quand nous avons acheté cette maison ensemble, chacun de nous a dû s'adapter. Il ronflait. Il laissait ses chaussures au milieu du chemin. Il entrait dans une pièce en parlant comme une pipelette alors que j'étais en train de corriger des copies et que j'avais besoin de me concentrer. On s'habitue à ce genre de choses.

« Sauf que lui, régulièrement, il partait. Et je dormais mieux sans lui. J'appréciais de pouvoir marcher sans me prendre les pieds dans ses affaires, d'abattre mon travail plus vite. Et, à son retour, il fallait que je reprenne mes repères. C'est inévitable : dans un mariage à mi-temps, on ne s'investit qu'à moitié dans la relation. »

D.D. et Flora m'écoutent patiemment.

« Du coup, on regarde peut-être son conjoint de manière plus objective que dans un couple ordinaire. On analyse, on remarque des détails. Par exemple, la façon dont Conrad n'arrêtait pas de me poser des questions sur ma vie sans jamais répondre aux miennes. Cette manière qu'il avait parfois de se refermer sur lui-même ; je voyais bien qu'il était soucieux, mais il refusait de m'en parler. Et toutes ces heures qu'il passait dans son bureau. Un vendeur de fenêtres qui travaille jusqu'à minuit ? Et qui ferme sa porte à clé quand il est en déplacement ?

« J'ai commencé à me poser des questions, alors je me suis mise à fureter dans ses affaires, et lui est devenu méfiant. Un jour, j'ai trouvé un relevé de banque au nom d'un certain Carter Conner dans son imprimante. Au début, j'ai cru qu'il s'agissait d'une erreur. Mais le compte était domicilié en Floride, et alors... j'ai su. Qu'il avait une double vie. Que c'était pour ça qu'il était toujours parti en voyage d'affaires. Qu'il ne voulait jamais en parler. Et qu'il fermait toujours à clé derrière lui. C'est grave, n'est-ce pas ? » Je regarde Flora.

« Lui aussi, c'était un prédateur ?

— J'ai rencontré Conrad, m'explique enfin Flora. Dans un bar, dans le Sud. Il se faisait appeler Conner quand il a abordé mon ravisseur, Jacob Ness. Il était évident qu'ils s'étaient donné rendez-vous.

— Oh. » Je ne vois pas quoi dire d'autre. Je me cramponne à mon ventre, comme pour boucher les oreilles de mon bébé, le protéger de cette terrible nouvelle. Je le savais. Surtout depuis un an que je regardais mon mari avec une frayeur grandissante.

« Conrad, un prédateur ? continué-je tout bas. Mais il était fou de joie que je sois enceinte ! Il avait l'air vraiment heureux. » Je ne sais pas ce que j'essaie de dire. « Est-ce que les pervers aiment aussi leurs enfants ?

— Vous connaissiez l'existence de ce coffret qui contenait les permis ? demande D.D.

— Non. Et pourtant j'avais fouillé les moindres recoins de ce bureau pour découvrir ce que Conrad cachait. Je ne l'avais jamais vu.

— Votre mari ne vous parlait jamais de ses voyages ?

— Jamais.

— Il partait souvent ? Longtemps ?

— Un ou deux déplacements par mois, généralement de trois à cinq jours. Mais il n'allait pas seulement en Floride. Il couvrait toute la Nouvelle-Angleterre, et j'ai vu des billets pour Philadelphie, la Virginie, la Géorgie. Une partie de ses voyages avaient réellement un motif professionnel, mais pas tous, je pense.

— Est-ce qu'il suivait de près l'actualité ? me demande Flora. Est-ce que, par exemple, il s'intéressait aux grandes affaires criminelles, est-ce qu'il regardait souvent des documentaires sur les faits divers ?

— Il aimait bien *Forensic Files*. » Je me sens de nouveau au bord du gouffre, mais comment la situation pourrait-elle encore empirer ?

« Pourquoi avoir détruit l'ordinateur ? répète D.D.

— Je n'avais pas le choix.

— Où avez-vous trouvé l'arme ?

— Sur ses genoux. Je l'ai prise... entre ses doigts.

— Il tenait l'arme quand vous l'avez découvert ?

— Oui.

— Qu'avez-vous pensé, Evie, quand vous êtes tombée sur le cadavre de votre mari en entrant dans son bureau ? Quelle a été la première idée qui vous a traversé l'esprit ?

— Qu'il s'était suicidé. Que, comme il y a des années, j'avais de nouveau échoué à l'en empêcher.

— Qu'y avait-il à l'écran, Evie ? Qu'était-il en train de regarder juste avant de mourir ?

— Des photos. » Je ferme les yeux. Je ne veux pas les revoir. C'était tellement plus facile d'oublier, de faire comme s'il n'était rien arrivé. Peut-être que je suis comme ma mère, en fin de compte.

« De quoi ?

— De jeunes filles. Des photos terribles. Elles avaient l'air maigres et horrifiées. Maltraitées. Jeunes. Pourquoi est-ce qu'il regardait des images pareilles ? » Je secoue la tête. « C'était le père de mon enfant. Je me doutais qu'il avait des secrets… mais est-ce que ça n'aurait pas pu être simplement une autre femme ? Ou un amant ? Même en sachant qu'il y avait un problème et que je regretterais d'avoir cherché, jamais je n'ai soupçonné ce qu'il pouvait y avoir dans son ordinateur. » Je parle d'une voix enrouée, à peine audible. Je lève les yeux vers D.D. et Flora. « Je l'aimais. Comment ai-je pu aimer un homme pareil ?

— Qu'avez-vous fait ensuite ?

— J'ai refermé l'ordinateur. Mais les policiers étaient arrivés. Ils frappaient déjà à la porte. Je n'avais pas le temps d'effacer le disque dur, pas comme il aurait fallu. Je ne pouvais pas... C'était le père de mon enfant, dis-je une nouvelle fois.

— Il fallait protéger sa mémoire », complète D.D., comme si elle comprenait. Elle était déjà dans cette maison, il y a seize ans, alors c'est peut-être le cas.

« J'ai détruit l'ordinateur. J'ai tiré jusqu'à vider le chargeur.

— Ce n'était pas mal visé.

— Mon père m'avait appris.

— Et vous n'avez pas peur des armes, parce que ce n'est pas vous qui l'avez tué, n'est-ce pas ?

— Non, je n'ai pas tué mon père. Ni Conrad. Je les ai juste... aimés, tous les deux. » Ce terrible fardeau me tombe sur les épaules : aimer un être à ce point et que ça ne suffise pas. Que ça ne suffise jamais. Revoir ces images sur l'écran. Le mot *horreur* n'est pas assez fort. C'est comme un coup de poignard dans le cœur. Non seulement à cause de ce qu'elles révélaient de lui et de la manière dont il m'avait bernée pendant dix ans, mais à cause de ce qu'elles disaient de moi : j'avais eu des doutes, j'avais su qu'il me cachait des choses, mais j'étais quand même restée.

« Je savais que c'était un loser. » Ma mère se tient sur le seuil de la porte cintrée. Manifestement, elle écoutait depuis un moment. Elle parle d'une voix pâteuse. Je la regarde d'un air morne.

« Je sais que tu le détestais, maman, dis-je avec lassitude. Seulement je croyais que c'était parce qu'il était assez bête pour vouloir de moi.

— Un vendeur de fenêtres, grommelle-t-elle.

— Tu vas être contente : on est en train de découvrir qu'il était davantage que ça. »

Elle a sa vodka, j'ai mon amertume. Peut-être que chacune de nous a la mère ou la fille qu'elle mérite.

« Il y a une chose que vous devriez savoir », intervient Flora. Elle est toujours à genoux devant moi : manifestement, elle n'est pas du genre à s'asseoir sur un canapé tapissé de soie. Ça me fait de la peine qu'une femme qui a vécu de telles épreuves se sente mal à l'aise chez moi. Que cette maison, que ma famille, que moi-même, nous produisions cet effet-là.

« Quand Conrad était dans le bar, il a essayé de communiquer avec moi. En morse. Malheureusement, je n'ai pas compris et je ne lui ai pas répondu.

— Comment ça ?

— Il me demandait si j'allais bien. En tapant sa question du bout de l'index sur le bar. »

Je secoue légèrement la tête, tout à fait désorientée à présent. « Mais pourquoi ? Je ne... Pourquoi aurait-il fait une chose pareille ?

— Je ne sais pas. J'espérais que vous sauriez me le dire.

— C'était quand ?

— Il y a environ sept ans.

— On était en couple, Conrad et moi. Il voyageait déjà pour affaires, mais je n'en savais pas plus. Souvent, je ne connaissais même pas la destination.

— Est-ce que vous vous souvenez du site sur lequel il naviguait au moment de sa mort ? De l'adresse ou autre ? demande D.D.

— C'était une adresse bizarre. Pas en .com ou .net, mais .onion. Je ne savais pas ce que ça voulait dire, mais j'ai cherché et apparemment c'est un site accessible sur le réseau. Onion : le dark web, donc. » Une fêlure s'entend dans ma voix. Je m'entends dire, comme si je comprenais pour la première fois ce que cela signifie : « Mon mari naviguait sur l'internet clandestin. »

Flora et D.D. échangent un regard.

« Vous n'avez jamais vu d'autres documents au nom d'un de ses alias ? Juste ce relevé de banque dans la mémoire de l'imprimante ? » interroge D.D.

Je secoue la tête.

« J'imagine que vous n'avez pas gardé une copie de ce relevé ?

— Non. C'était inutile.

— Comment ça ?

— Je suis douée pour les chiffres. Je n'ai pas besoin d'avoir le relevé sous les yeux pour vous donner le numéro de ce compte. Ainsi que le nom de la banque, son adresse, et le solde, qui était à ce moment-là de deux cent quarante-trois mille dollars et vingt-deux *cents*. »

D.D. se retourne vers ma mère à moitié ivre sur le pas de la porte. « Allez chercher un stylo », lui ordonne-t-elle sèchement.

Et, pour la première fois depuis plusieurs jours, je me sens enfin fière de moi.

26

D.D.

« Bon, les amis : il est tard, Noël est à nos portes et j'ai encore des courses à faire. Soyons efficaces. » D.D. avait rassemblé son équipe au commissariat central. Des boîtes de pizza occupaient le centre de la table, entourées de carafes de café. À cette heure de la soirée, repas réconfortant et caféine étaient deux des meilleurs alliés de l'enquêteur.

Autour de la table, on retrouvait le trio qui avait hérité de l'enquête sur le premier meurtre : Phil, Neil et la petite dernière de l'équipe, Carol. Mais D.D. avait aussi la chance de compter parmi les participants à cette réunion une représentante du FBI, l'agent spécial Kimberly Quincy, et deux invités spéciaux : Flora Dane et (on voyait décidément de tout) Keith Edgar, qui faisait cliqueter son ordinateur portable à tout-va.

Étrange cellule d'investigation pour une étrange affaire. Mais D.D. sentait un courant lui chatouiller les reins : ils étaient à deux doigts de faire une percée majeure dans l'enquête. Entre la conversation qu'avait eue Flora avec le pyromane et leur échange cartes sur table avec Evie Carter, on progressait.

« Phil, commença D.D. avec un signe de tête en direction de l'enquêteur le plus âgé et sans doute le plus raisonnable de la pièce. Dis-nous ce que tu sais sur le compte en banque associé au pseudonyme de Conrad Carter.

— Il a été ouvert il y a douze ans au nom de Carter Conner dans une agence Credit Union de Jacksonville en Floride. Ce nom correspond à celui du permis de conduire délivré en Floride qu'on a retrouvé dans la cassette à moitié carbonisée. Le solde initial de ce compte était de quatre cent cinquante mille dollars.

— Sacrée somme, fit remarquer Quincy.

— C'est un fait. Cela à la suite d'un premier dépôt, j'y reviendrai dans un instant. À part ça, Conrad, Carter, appelez-le comme vous voulez...

— Comment ça, appelez-le comme vous voulez ? le coupa Flora. C'est Conrad, Carter ou Conner, son vrai prénom ? »

Phil poussa un profond soupir. « Que tout le monde mange sa pizza et m'écoute en silence. »

Ainsi fut fait.

« Donc, Carter Conner avait un compte à la First Credit Union de Floride. Depuis le premier dépôt, il avait lentement mais sûrement fait baisser la jauge. À coup de retraits, toujours moins de dix mille dollars. »

D.D., comprenant le raisonnement qui se cachait derrière de tels agissements, hocha la tête.

« Plusieurs retraits par an. Donc pas des sommes faramineuses, mais si on considère qu'il les retirait toujours en liquide, ça fait déjà une jolie caisse noire. Et puis, il y a trois ans de ça, de nouvelles transactions apparaissent : des virements mensuels de cinq cents dollars vers un autre compte.

— Au nom d'un autre pseudonyme ? demanda D.D.

— Je ne sais pas encore. J'ai interrogé le fichier national en utilisant les coordonnées du compte, mais j'ai reçu un message d'erreur. Il faudra que j'appelle le directeur de l'agence demain matin.

— Et qu'est-ce que tu crois qu'il faisait de cet argent ? repartit D.D.

— Bonne question. Neil, Carol, en piste », répondit Phil en désignant ses deux collègues d'un signe de tête.

Neil se lança le premier. « Pour répondre à la question de Flora, nous avons demandé au légiste de consulter le fichier des empreintes digitales, mais nous sommes pratiquement certains que Conrad Carter s'appelait en réalité Carter Conner. C'est le nom qui figure sur son vrai permis. Les autres sont des faux.

— Votre macchabée vivait sous un nom d'emprunt ? dit Quincy. Pas banal.

— C'est aussi la piste de l'argent qui nous amène à cette conclusion, cet unique gros dépôt, continua Carol. Neil et moi, on s'est demandé d'où il venait. De la vente d'un bien, d'une transaction juridique, d'un gain au loto ? Vu que Conrad n'avait jamais rien déposé d'autre. Juste ce chèque. »

D.D. l'encouragea à continuer d'un moulinet de la main.

« J'imagine que vous avez une réponse.

— Une assurance-vie. Il a reçu un capital décès il y a douze ans, quand ses deux parents ont été tués par un chauffard qui a pris la fuite sur la route de Jacksonville.

— Evie nous avait dit que les parents de Conrad étaient morts », se rappela Flora. À côté d'elle, Keith fit la grimace, pianota de plus belle, refit la grimace.

« Du coup, on a creusé, dit Neil. On n'a pas trouvé d'actes de décès au nom de Carter, mais comme on connaissait les noms de famille figurant sur les autres permis, on a cherché. Et c'est là qu'on a découvert que William et Jennifer Conner étaient morts dans un accident de la route trois mois avant que Conrad n'ouvre le compte en banque.

— Conrad perd ses parents, touche l'argent de l'assurance et s'en sert pour ouvrir un compte dans une banque de Floride, résume D.D. en regardant ses enquêteurs.

— Mais ça ne s'arrête pas là, dit Carol en se penchant vers eux. William Conner, le père, faisait partie du JSO.

— Le bureau du shérif de Jacksonville, précisa Quincy à l'intention des civils.

— Il était affecté aux affaires criminelles : meurtres, disparitions, agressions. Or, tenez-vous bien, l'accident dans lequel sa femme et lui ont trouvé la mort n'en était pas un. Le chauffard a délibérément foncé sur Bill Conner en sachant qu'il s'en prenait à un policier et à son épouse. »

D.D. voulait être certaine de bien comprendre : « Les parents de Conrad ont été assassinés ?

— Voilà.

— Et, à ce moment-là, Conrad a mis le dédommagement versé par l'assurance sur un compte en banque et il est parti dans le Nord vivre sous un nom d'emprunt ? Jusqu'à son propre assassinat chez lui il y a deux jours ?

— Exactement ! dit Carol, rayonnante.

— Si c'est comme ça, dit D.D., je reprends de la pizza. »

« Je ne pige pas », constata Flora une minute plus tard. Et on ne pouvait pas lui jeter la pierre, parce que D.D. elle-même n'était pas certaine de tout comprendre. « Pourquoi ces noms d'emprunt ? Est-ce qu'il pensait être une cible ? Que l'assassin de ses parents risquait de s'en prendre à lui ?

— Mystère, répondit Neil.

— À moins, continua Flora, qu'on l'ait soupçonné du meurtre de ses parents ? Et qu'il ait fui la police ?

— Ça m'étonnerait, objecta Quincy : il avait à la fois un compte en banque actif et un permis de conduire valide en Floride. Pas très efficace pour échapper à la police. Ni d'ailleurs à un tueur déterminé. »

Toute l'équipe avait le front soucieux.

« Conrad a été vu avec Jacob Ness dans ce bar il y a sept ans, intervint Keith. Conrad et sa famille étaient originaires de Floride, de même que Jacob et sa famille. Je me dis toujours qu'il y a forcément un lien.

— Le FBI a avancé sur ce front, indiqua Quincy. Après notre petit brainstorming de ce matin, nous avons lancé des recherches sur Google en nous servant des idées de pseudonymes qui nous étaient venues, notamment sur certaines plateformes en ligne que Ness avait de fortes chances d'avoir fréquentées. Et nous avons fini par trouver un pseudo qui revenait sur plusieurs réseaux sociaux, mais aussi sur des forums disons plus… confidentiels, où les gens se racontent leurs fantasmes sexuels. Nous sommes encore en train d'établir son profil, mais nous pensons que le pseudonyme de Jacob était très certainement I.N. Verness. Grand I, point, grand N, point, Verness avec un grand V. Ce qui ressemblerait à deux initiales suivies d'un nom de famille, mais serait en fait un clin d'œil à sa ville natale.

— Et à une région associée à un autre monstre de légende, approuva Flora. Ce serait tout à fait son genre.

— Nos experts vont maintenant dresser un profil complet de cet internaute, en recensant les sites sur lesquels il se rendait et leurs coordonnées. Ça nous permettra de requérir des informations de la part de leurs administrateurs. Et, au moment où je parle, nous sommes aussi en train de faire tourner un logiciel de cassage de mots de passe. D'ici douze à quatorze heures, m'a-t-on dit, nous devrions enfin avoir les réponses à nos questions sur les activités en ligne de Jacob. » L'agent du FBI claironnait ses nouvelles d'un air triomphant. D.D. ne pouvait pas lui en vouloir.

Keith revint à la charge.

« Vous disiez que le père de Conrad était chargé des dossiers criminels à Jacksonville. Est-ce qu'il se pourrait qu'il ait enquêté sur Jacob Ness ?

— Il y a douze ans ? demanda Neil d'un air dubitatif. Est-ce que Ness était même déjà connu des services de police ?

— Le FBI ne le connaissait pas avant l'enlèvement de Flora, répondit Quincy, du moins pas en tant que criminel en série. Il avait déjà une agression inscrite à son casier, mais, une fois sorti de prison, il avait disparu des radars.

— Il ne voulait pas y retourner, jamais, murmura Flora. Un homme qui avait des besoins comme les siens n'était pas à sa place entre quatre murs. » Elle leva les yeux vers Quincy. « Il n'a pas arrêté d'agresser des femmes à sa sortie de prison. Mais il s'y est mieux pris.

— Donc il est possible qu'un enquêteur du JSO se soit intéressé à lui, insista Keith.

— Je vais appeler le responsable du service d'enquête, concéda Neil. Les faits remontent à un bon bout de temps, donc la réponse ne sera peut-être pas immédiate, mais il doit bien exister une trace des affaires sur lesquelles Bill Conner enquêtait au moment de sa disparition.

— Je me dis qu'un poids lourd n'aurait eu aucun mal à provoquer une sortie de route, c'est tout », souligna Keith.

D.D., de son côté, pensait que Keith Edgar voyait Jacob Ness partout. C'était bien le problème avec les détectives amateurs : souvent ils abordent une affaire armés d'une théorie et à partir de là ils travaillent à justifier leurs soupçons au lieu de se laisser guider par les indices. En même temps...

D.D. se pencha vers Neil. « Quand tu auras le responsable de Jacksonville au bout du fil, demande-lui si par hasard Conrad ne lui aurait pas posé la même question. S'il s'était renseigné sur les enquêtes de son père. Ça nous aiderait à savoir ce qu'il avait en tête... s'il cherchait l'assassin de ses parents, s'il voulait finir le travail de son père, que sais-je. Il faut qu'on en ait le cœur net.

— Si seulement sa femme n'avait pas détruit l'ordinateur, se lamenta Phil.

— Elle prétend l'avoir fait pour protéger la réputation de son mari, expliqua D.D. Quand elle est arrivée sur les lieux, Conrad était déjà mort et, sur l'écran de l'ordinateur, elle a vu des photos de jeunes femmes... martyrisées.

— Bonne raison de le tuer sur-le-champ, riposta Phil.

— C'est certain, mais... je ne pense pas que ce soit elle. Après le récit qu'elle nous a fait, à Flora et à moi, de son retour chez elle et de son entrée dans le bureau, ce besoin instinctif qu'elle a eu de protéger le père de son enfant...

— D'accord, mais tu n'avais pas déjà cru sa version, la dernière fois ? Celle dont on sait aujourd'hui que sa mère et elle l'avaient montée de toutes pièces ? »

D.D. se tourna avec mauvaise humeur vers son ancien mentor. « Je ne propose pas qu'on la raye de la liste des suspects. Il se passait manifestement beaucoup de choses pas nettes dans ce couple. Mais c'est quand même elle qui nous a fourni la piste du relevé bancaire...

— Pour mieux détourner les soupçons.

— Et il y a ces huit minutes entre les deux séries de coups de feu, insista D.D. en transperçant Phil du regard. Pendant lesquelles elle a pu rentrer chez elle tout de suite après le départ de l'assassin, découvrir le meurtre et, pour des raisons qui lui appartiennent, faire un sort à l'ordinateur.

— Tu veux dire qu'un mystérieux assassin aurait fui au milieu de ce quartier densément peuplé sans qu'il n'y ait aucune trace ni aucun témoin ?

— T'es vraiment un emmerdeur, l'informa D.D.

— Merci du compliment, dit Phil avant de se servir une nouvelle part de pizza qu'il estimait sans doute bien méritée.

— Ce qui nous amène à l'incendie de la scène de crime », intervint Flora, redirigeant les regards vers elle. Elle paraissait fatiguée, se dit D.D. Sans doute n'avait-elle pas dormi depuis qu'elle avait vu la photo de Conrad à la télé, mais elle s'était bien acquittée de sa mission, aujourd'hui.

« L'incendiaire présumé est un pyromane. Qui n'est obnubilé que par une seule chose.

— Ce n'est donc pas l'assassin, traduisit Quincy.

— S'il n'y a pas de flammes, ça ne l'intéressera pas. En revanche, il loue ses services.

— Donc l'assassin l'a engagé pour détruire la maison et supprimer tout indice qu'il aurait pu laisser derrière lui. »

Flora confirma d'un signe de tête. Keith semblait impressionné par son autorité nouvelle. « Cela dit, Rocket, notre pyromane, n'est pas exactement un gros caïd. Plutôt un jeune du quartier qui a la réputation d'aimer jouer avec les allumettes. Mais il est malin. Plus que je ne l'aurais cru au début. Il n'a jamais été pris sur le fait ni inculpé, alors, même s'il propose ses services, je ne sais pas comment il se fait connaître… » Flora laissa sa phrase s'éteindre et regarda Keith.

« J'ai repensé à ces histoires d'internet clandestin. Ce matin, Quincy et toi, vous disiez que Jacob s'en servait à coup sûr. Et, d'après Evie, les images que son mari avait téléchargées sur son ordinateur venaient d'un site en .onion. Ce Rocket, pour que les clients arrivent jusqu'à lui, il faut bien que ses… centres d'intérêt soient affichés quelque part, non ?

— C'est tout à fait possible, répondit Keith. On sait que l'internet clandestin est une plaque tournante où l'on peut se procurer tout et n'importe quoi : drogues, armes, mais aussi bien sûr les services de criminels. D'ailleurs, ajouta-t-il en s'adressant à toute la tablée, on peut également y trouver des tueurs à gages.

— Merveilleux », grommela D.D. La plupart des grandes organisations criminelles opéraient désormais sur Internet et un enquêteur doit savoir s'adapter, mais elle regrettait quand même le bon vieux temps où l'on affrontait les malfaiteurs en chair et en os plutôt que par écrans interposés.

Flora reprit le fil de son récit. « Comme j'ai trouvé Rocket à deux pas de chez lui, on a fait affaire en direct. J'ai obtenu qu'il m'indique où déposer l'argent.

Je dois y laisser un acompte et l'adresse de la cible. Quand il aura ça, il se fera un plaisir d'aller y mettre le feu.

— Vous allez engager l'incendiaire ? s'étonna Quincy. Est-ce que vous n'auriez pas dû l'arrêter pour lui faire cracher l'identité de son précédent commanditaire ? »

Ce fut D.D. qui défendit leur stratégie. « Vu le système de boîte aux lettres morte qu'il utilise, il y a des chances qu'il ne connaisse pas le nom de ses clients. C'est moins dangereux pour lui. L'important, c'est le lieu où se fait le dépôt d'argent. Je suis partie du principe que c'était le même que la dernière fois, alors j'ai demandé à deux enquêteurs de recenser les caméras du quartier. Surveillance de la circulation et de la voie publique, distributeurs de billets. Avec un peu de chance, l'emplacement sera dans le champ d'une caméra. Dans le cas contraire, nous savons que le même individu a dû s'y rendre à deux reprises : une fois pour l'acompte et une autre pour le solde, et ce en un bref laps de temps. Ce n'est pas de la tarte pour identifier un suspect, mais on a déjà travaillé avec moins.

« Bref, résuma D.D. en regardant autour d'elle, Phil, tu es chargé de creuser du côté de la banque. Neil et Carol, le bureau du shérif de Jacksonville. Kimberly, merci de nous tenir au courant des découvertes concernant le mot de passe. Flora, votre mission, c'est de bien dormir cette nuit. Keith, je ne sais pas vraiment ce que vous trafiquez, mais la piste Inverness était sacrément bien trouvée.

— Je creuse encore deux-trois pistes », répondit Keith d'un air placide.

D.D. ne voyait rien à y redire. Elle se leva. « Kimberly, vous rentrez à Atlanta ? » L'agent spécial pourrait leur communiquer toute nouvelle avancée par téléphone.

Mais celle-ci la détrompa. « Certainement pas. Je reste. Mon petit doigt me dit que la fête ne fait que commencer et je n'ai pas l'intention d'en rater une miette. »

27

Flora

Keith et moi sortons ensemble du commissariat central. Au-dessus de nos têtes, le ciel est noir d'encre, autour de nous l'horizon embrasé par les lumières de la ville. Je n'ai aucune idée de l'heure qu'il est. J'ai l'impression que cette soirée dure depuis une éternité, mais la nuit tombe tôt en décembre, alors il n'est peut-être que vingt ou vingt et une heures.

Sa sacoche d'ordinateur à l'épaule, Keith a rentré ses mains dans ses poches pour les protéger du froid. J'aime souffler et regarder le nuage de vapeur. Je n'ai ni bonnet ni gants. Je devrais être morte de froid, mais je remarque rarement ce genre de détails. Je me dis parfois que la colère agit comme une chaudière : cela fait tant d'années qu'elle m'habite que je suis en permanence chauffée de l'intérieur.

« I.N. Verness », dit finalement Keith. Il sourit et je me rends compte qu'il est heureux. J'ai passé la journée à lutter contre les démons de mon passé, mais pour Keith il n'y a que le plaisir d'avoir enfin résolu cette énigme pour enfant de six ans. Je décide d'être contente pour lui.

« Bon, qu'est-ce qu'on fait ? » me demande-t-il.

Je hausse les épaules. « On fait ce qu'a dit la cheffe : on rentre chez nous, on dort un peu et on voit ce que demain nous apporte.

— Tu arrives à trouver le sommeil ? me demande-t-il avec une vraie curiosité.

— Pas beaucoup.

— Terreurs nocturnes ?

— J'ai du mal à me détendre.

— Tu es payée pour ton boulot d'indic ? »

Je fronce les sourcils. « Non. Je devrais ? » Je n'ai jamais pensé à poser la question et maintenant je me demande si je suis passée à côté d'une évidence.

« Je ne sais pas, admet-il. Mais... tu as un travail ?

— Je bricole, par-ci par-là.

— Du mal à te concentrer ? »

Je soupire. Il commence à m'énerver. Je suis sûre qu'il ne le fait pas exprès. Les gens n'ont pas souvent l'occasion de rencontrer une victime qui a échappé à un grand criminel, alors ils ont forcément des tonnes de questions, qui traduisent autant d'erreurs de perception. Ils s'imaginent que les pétards me font sursauter ou que je suis terrifiée dans les lieux confinés. Ou alors ils ont entendu dire que j'avais un million planqué quelque part, cadeau d'un riche bienfaiteur (disons Oprah Winfrey ou un quelconque animateur de talk-show) ému par mon histoire.

Rien de tout cela n'est vrai. Et je ne suis pas non plus de celles qui auraient envie d'en parler. Alors je demande plutôt à Keith :

« Qu'as-tu pensé de la journée ?

— Ce n'était pas parti sur de très bonnes bases...

— Le commandant Warren n'aime personne.

— C'est bon à savoir. Mais, à la fin, le fait d'avoir découvert ce pseudonyme... » Il sautille sur place. « Je suis surexcité. On va résoudre cette affaire. Après toutes ces années, on va retrouver l'antre de Jacob Ness et, j'espère, la trace des six disparues. C'est dingue.

— Tu vas en parler à ton groupe ? »

Il s'offusque. « J'ai signé un accord de confidentialité.

— Tu pourrais leur faire promettre, croix de bois, croix de fer, de garder la nouvelle pour eux.

— J'ai signé un accord de confidentialité, répète-t-il avec fermeté.

— Et là, qu'est-ce que tu vas faire ?

— Je n'ai pas envie de rentrer chez moi. Je suis trop tendu. Bien sûr, je pourrais continuer mes recherches. Si ce Conrad Carter s'appelait en réalité Carter Conner et que son père policier a été assassiné... » Il hoche pensivement la tête. « Il faut creuser de ce côté-là. »

Je l'observe un long moment, puis je m'entends lui demander : « Et si on allait prendre un verre ? »

Mon tout nouvel admirateur et/ou potentiel tueur en série affiche un sourire. « J'ai cru que tu n'allais jamais me le proposer. »

Keith a sur son téléphone une application pour faire appel à un service de covoiturage. Il dit qu'il connaît un bar. Moi aussi, j'en connais plein, mais sans doute pas le genre où il se sentirait à l'aise. Surtout que, dans pas mal de mes bonnes adresses, il se ferait piquer son ordinateur en quelques minutes. Si je prenais le voleur en chasse, que je l'immobilisais par un plaquage et que je revenais crânement vers Keith avec sa sacoche, aurais-je droit à un regard d'adoration ou est-ce que ça mettrait brutalement un terme à la soirée ? Au cinéma, tout le monde apprécie les héroïnes qui ont du punch, mais je suis moins certaine que ce soit ce que l'homme lambda recherche dans la vraie vie. Keith a l'air sportif, mais au fond c'est un passionné des nouvelles technologies. Alors que moi… je suis comme je suis.

Keith m'emmène sur Boylston Street. Nous sommes dans les beaux quartiers, où l'on trouve des boutiques de luxe nichées entre deux vieilles églises, la bibliothèque municipale classée monument historique et, cela va sans dire, des dizaines de restaurants et de bars. Toutes les fenêtres sont encadrées de guirlandes scintillantes, les élégants lampadaires coiffés de couronnes étincelantes et les rangées d'arbres habillées de lumières éblouissantes. Keith monte devant moi les quatre marches d'un vieil immeuble en pierre, très sombre et discret comparé à ses voisins. Ça devrait me mettre la puce à l'oreille. Nous sommes accueillis par un homme en smoking qui pourrait avoir n'importe quel âge entre quarante et cent ans. Il nous salue d'un signe de tête, le visage parfaitement impassible. Je remarque deux choses à la fois : Keith, avec son pull en cachemire et son pantalon bien coupé, semble parfaitement à sa place au milieu des boiseries du vestibule. Et moi, non. Keith est déjà en train de retirer son manteau. Je me sépare de ma doudoune minable avec plus de réticence. J'aime ce blouson : il possède un grand nombre de poches et chacune recèle un trésor de trucs et astuces pour l'adepte de l'autodéfense que je suis.

Le maître d'hôtel tend la main vers moi, mais finalement je ne peux pas m'y résoudre et je serre mon blouson sur ma poitrine. « J'ai facilement froid », dis-je pour me justifier. L'homme au smoking ne dit rien et se retourne pour suspendre le manteau de Keith. Puis il nous conduit dans une salle beaucoup plus grande, mais également décorée de boiseries en noyer merveilleusement sculptées et dominée par un magnifique bar arrondi au marbre moucheté d'or. Autour de nous, quelques tables recouvertes de nappes blanches et divers coins salon où les meubles d'époque sont tout proches les uns des autres pour créer une sensation d'intimité. Au bout de la salle, une flambée impressionnante crépite dans une immense cheminée. Notre hôte s'y rend tout droit, nous indique un coin avec une causeuse devant une table basse gracile et regarde de nouveau mon blouson d'un air interrogateur.

Cela ne m'incite qu'à m'y cramponner davantage.

« Merci », dit Keith. Après un hochement de tête, notre guide silencieux s'efface.

« Où est-ce qu'on est ? »

Keith est déjà assis. Ses jambes sont si longues qu'il doit les étirer de biais pour éviter la table basse. Je m'assois avec gêne à l'autre bout ; cette disposition ne me plaît pas du tout.

« C'est un club privé. Il y en a beaucoup en ville. Pour les universités de l'Ivy League, diverses associations…

— Que des gens de la haute.

— Mon père est membre. J'ai choisi ce bar parce que je pensais que ce serait plus calme et tranquille pour discuter. » Je ne sais pas très bien quoi penser de cette idée. La tranquillité, c'est bien. Mais cet endroit… ça ne me ressemble pas. Et s'il y avait prêté la moindre attention, il aurait bien dû s'en rendre compte. Alors qu'est-ce que c'est ? Sa façon de m'en mettre plein la vue ? Regarde comme je suis riche ?

Regarde ce que je peux t'offrir ?

Le résultat pratique, c'est que je me sens très mal à l'aise et que je regrette de ne pas être plutôt partie à la chasse aux criminels.

« Qu'est-ce que tu prends ? me demande-t-il.

— Une eau gazeuse. »

Sans faire de commentaire, il hèle un autre homme en smoking blanc, muni celui-là d'un plateau en argent, et commande une eau gazeuse pour moi, un single malt pour lui. Je me demande si c'est le genre d'établissement où les femmes n'ont pas le droit de passer commande elles-mêmes ou si, là encore, Keith s'imagine m'impressionner par ce genre d'attitude.

« Tu connais les autres clients ? »

Keith regarde autour de nous. Moi, j'ai déjà pris mes repères. La seule issue qui saute aux yeux est la porte cintrée par laquelle nous sommes entrés.

J'imagine que les boiseries dissimulent d'autres portes dérobées et je suis obligée de lutter contre la tentation de faire le tour de la salle pour tâter toutes les rainures.

« Non, finit-il par répondre.

— Tu viens souvent ?

— Non.

— Mais ce soir, venir avec une fille habillée comme moi, dis-je en baissant les yeux vers mon sweat-shirt gris et mon pantalon de treillis usé, ça t'a paru une bonne idée ?

— Tout le monde s'en fiche. »

Je me renfrogne, parce que moi je ne m'en fiche pas, évidemment, mais il peut toujours courir pour que je l'admette. Alors j'insiste :

« Et si quelqu'un t'abordait, comment tu me présenterais ?

— Comme tu aimes protéger ta vie privée, je dirais que tu es une amie de passage.

— Sans donner mon nom ?

— Sauf si tu voulais que je le fasse. »

Je lui accorde un bon point pour cette réponse, puis j'en reviens à ma théorie selon laquelle c'est un tueur en série et voilà sa technique pour attirer ses futures victimes chez lui : se faire passer pour un homme courtois, charmant, sensible. Ted Bundy, la carte d'accès à un club privé en plus.

« Je ne suis pas claustrophobe », dis-je brusquement.

Il paraît prendre cette information en considération et le deuxième type en smoking revient avec nos consommations sur un plateau. Il apporte aussi un petit bol ; on dirait des cacahuètes enrobées de wasabi. Après la pizza, je me contente de mon eau gazeuse, une tranche de citron vert joliment perchée sur le bord du verre.

Keith lève un lourd verre à whisky en cristal qui contient un liquide ambré. Nous portons un toast en silence.

« Les gens s'imaginent toujours que je suis claustrophobe. À cause du temps que j'ai passé dans un cercueil, tout ça. Mais justement : je suis restée tellement de jours et de semaines dans une caisse qu'il a bien fallu que je m'habitue. Jusqu'à me sentir chez moi.

— Je porte encore des cravates », répond-il après un temps.

Il me faut un moment, mais je finis par percuter. Son cousin a été étranglé avec une cravate en soie. Bien vu.

Je lève mon verre en signe d'approbation et je m'autorise à me détendre un instant sur ce siège trop petit et trop bas.

« Tu as déjà amené un de tes potes passionnés de faits divers ici ?
— Non.
— Pourquoi ?
— En général, on se retrouve chez l'un d'entre nous. Quand on étale des photos de scènes de crime, ça a tendance à déranger.
— Je crois que ça laisserait Jeeves de marbre.
— Jeeves ?
— Celui qui nous a accueillis.

— Il s'appelle Tony.

— Vraiment ? Ça ne lui va pas du tout. »

Il hausse les épaules, prend une gorgée de scotch. « Qui est-ce qui a des préjugés, là ? »

Je suis tentée de lui tirer la langue, mais je me rends compte in extremis que ce serait puéril, alors que je suis censée être un foudre vengeur tout ce qu'il y a de plus sérieux.

« Je crois que tu peux te sentir à ta place dans cette pièce, me dit-il bientôt en me regardant droit dans les yeux. Tu es forte, intelligente, tu peux aller où tu veux et être tout ce que tu veux.

— C'est faux. »

Mon ton est dur et péremptoire. Keith ne proteste pas, il attend.

« Je bosse chez un marchand de pizzas. D'ailleurs, merde, j'étais censée y être cet après-midi. Donc je ne fais même pas une bonne employée de pizzéria. Je n'ai jamais terminé mes études. Je n'aurai jamais de diplôme.

— Tu serais étonnée de voir combien de patrons de boîtes d'informatique n'en ont pas.

— Mais je ne suis pas non plus une crack en informatique. Je suis juste… moi-même. »

Là encore, il attend.

« Les gens croient que le traumatisme, ça se passe dans la tête, dis-je soudain. Que j'ai des blessures, des séquelles psychologiques, ce que tu voudras. Et qu'à force de thérapie, le temps passant, mon esprit cicatrisera jusqu'à ce qu'un jour, ta-da ! je sois tout à fait remise. Mais ce n'est pas seulement mental, c'est aussi physiologique. Le système endocrinien est complètement détraqué, et c'est comme ça que je peux passer plusieurs jours de suite sur le pied de guerre. » En même temps que je prononce cette phrase, je me rends compte qu'un de mes genoux tressaute de manière incontrôlable. « Et ensuite je traverse des phases où j'arrive à peine à sortir de mon lit.

« Je perds tous mes moyens dans les lieux où il y a du monde. Je ne prends jamais le métro aux heures de pointe. Je ne supporte pas les mauvaises odeurs corporelles. Je suis hypervigilante, au point que je ne pourrais jamais me concentrer sur ce que dit un professeur dans une salle de classe et encore moins faire un devoir du début à la fin. J'en suis incapable.

— Tu as tenu le choc, aujourd'hui.

— On n'a pas arrêté de bouger. D'une idée à l'autre, d'un bâtiment à l'autre. C'est le genre d'action dont j'ai besoin. Sans compter que je me sens mieux en compagnie de Samuel. » Après un temps, j'ajoute : « Et D.D. m'est presque devenue sympathique. Presque.

— Donc, si tu te trouves avec les bonnes personnes, à faire diverses activités qui te conviennent, tu es efficace. Tu n'as jamais pensé à entrer dans la police ?

— Impossible. Déjà, il faut un diplôme pour intégrer officiellement les forces de l'ordre. Donc le fait que je n'ai pas terminé mes études pose problème. Et puis, tu peux demander à D.D. : ils croulent sous les tâches administratives. C'est l'avantage d'être indic : j'ai tout le plaisir de l'enquête sans le poids des responsabilités juridiques. À quoi bon entrer dans la police, alors qu'un de ces quatre j'arriverai à convaincre D.D. de me rejoindre du côté obscur de la force ? »

Keith approuve. « Il y a du vrai, si j'en crois ce que me disent mes amis policiers. Est-ce que tu es heureuse ? me demande-t-il à brûle-pourpoint.

— Je n'aspire pas au bonheur.

— Pourquoi ça ?

— Ce n'est tout simplement pas un sentiment que je peux éprouver.

— Culpabilité du survivant ?

— Admettons. Ou encore cette histoire de dérèglement hormonal. Les moments d'euphorie sont rares.

— Et ta famille ?

— Elle m'aime envers et contre tout.

— Pareil pour moi.

— Tu es un brillant expert en informatique. Qu'est-ce qu'ils pourraient te reprocher ?

— Mon blog. Mon intérêt aigu pour les crimes de sang. Mes proches trouvent ça... détestable. J'ajouterais que c'est aussi le cas de beaucoup de femmes. Au début, quand je parle de mon club de criminologues amateurs, ça fait figure de passe-temps sympa. Mais quand elles comprennent que c'est un vrai boulot, avec photos de cadavres, croquis de scènes de crime et analyse de traces de sang... Aujourd'hui j'ai passé une bonne journée, dit-il soudain. Parce que, pour la première fois depuis longtemps, je ne me sentais pas seul au milieu d'une pièce noire de monde. »

En l'entendant dire ça si calmement, si posément, je retiens mon souffle. Mais aussitôt une alarme se déclenche dans ma tête : c'est trop parfait ; trop exactement le genre de phrase à dire à une femme comme moi. On dirait presque qu'il m'a étudiée. D'ailleurs, nous savons tous les deux que c'est bien ce qu'il fait depuis six ans.

« Je dois y aller. » Je repose mon verre. J'ai la main qui tremble. J'ai horreur de ça. Mais sitôt que je reprends mon blouson, je me sens mieux. La poche intérieure gauche contient une bombe au poivre de ma confection. Je l'attrape sans même y penser, mon poing se referme dessus.

Keith cligne des yeux, comme s'il ne comprenait pas ma réaction. Mais je ne suis plus dupe de son petit numéro. Enfin, je crois que c'est un numéro. Je ne sais plus. Si seulement il n'était pas aussi beau. Si seulement je ne savais pas tout ce que je sais.

C'est le pire, quand on a survécu à une tragédie : on n'a plus de sécurité intérieure. On ne peut pas partir du principe que le pire n'arrivera pas, puisqu'il est déjà arrivé. Et que tous vos cris n'y ont rien changé. Autrement dit, même si je n'ai pas envie de penser que ce type séduisant et intelligent est animé de mauvaises intentions, cela ne veut pas dire une seule seconde que je sois en sécurité.

« Je te raccompagne, dit-il en se levant d'un air penaud.

— Non, merci.

— Laisse-moi au moins t'appeler un Lyft.

— Ça ira.

— Flora... »

Je ne l'attends pas. Je slalome déjà entre les tables vers la sortie. Dans le vestibule sombre, le portier, le fameux Tony, se met au garde-à-vous. « Chouette baraque », lui dis-je en tirant la lourde porte en bois.

Keith me rattrape à l'extérieur. Est-ce qu'il a même pris le temps de régler la note ? Mais peut-être que les clubs privés ne se préoccupent pas de choses aussi vulgaires que l'argent. Ils font courir les ardoises jusqu'à la fin des temps.

Keith m'attrape par le bras. Je me retourne d'un mouvement sec, bombe lacrymogène à la main.

Il me lâche aussitôt, recule d'un pas. « Je ne comprends pas, me dit-il finalement.

— Je ne suis pas une énigme que tu aurais à résoudre. »

Mais je lis sur son visage que c'est exactement ce que je suis pour lui. Un rébus dont il faudrait trouver la réponse. Un trophée à conquérir. Une proie à séduire.

Mon expression le fait reculer encore d'un pas.

« Je veux seulement me rendre utile, dit-il prudemment.

— Pourquoi Jacob Ness ?

— Les autres disparues, je t'ai déjà expliqué…

— Pas vraiment.

— I.N. Verness. Si j'avais de mauvaises intentions, est-ce que je vous aurais donné cette idée ?

— Oui.

— Pourquoi ?

— Parce que tous les bons prédateurs mettent un appât dans leur piège.

— Je ne suis pas…

— Bonne nuit. » Puis, pour éviter que cette conversation ne se prolonge davantage et qu'il ne puisse me persuader de faire des choses que je sais dangereuses, je tourne les talons et je m'éloigne en courant. Au dernier moment, je me retourne. Je ne devrais pas, mais c'est plus fort que moi.

Il se trouve exactement là où je l'ai laissé sur le trottoir.

Il regarde droit dans ma direction.

Il n'a pas l'air en colère. Ni contrarié. Non, il a l'air... esseulé.

C'en est trop pour moi. Je reprends ma course et, cette fois-ci, je ne m'arrête plus.

28

Evie

C'est le matin, je me réveille au bruit du robot Cuisinart qui vrombit à tout-va dans la cuisine. Sans doute encore de la bouillie verte agrémentée de graines de lin, d'huile de coco, de probiotiques, d'antibiotiques, et peut-être d'un ou deux remèdes de cheval. Tout ce qu'il y a de meilleur pour la croissance du petit génie qui a plutôt intérêt à avoir fait son nid dans mon ventre.

Je me tourne sur le côté, déjà boudeuse et rebelle. Pourquoi est-ce que je redeviens une gamine de cinq ans dès que je remets les pieds chez ma mère ?

Sept heures, indique l'affichage lumineux du réveil. Le ciel commence tout juste à s'éclaircir. Je ne sais pas comment fait ma mère pour s'envoyer autant de vodka-martinis dans la soirée et être quand même la première debout le matin. Maintenant que j'y pense, comment elle fait, c'est une question que je me pose souvent. Par exemple, je ne sais pas comment elle peut tourner en rond jour après jour dans cette immense maison vide. Ou, à Noël, trouver l'énergie de décorer chaque pièce selon un thème particulier, alors que ses seuls proches, Conrad et moi, ne nous étions même pas engagés à venir pour le réveillon. Nous l'aurions sans doute fait. Nous serions arrivés tard et repartis tôt, en serrant les dents dans l'intervalle.

Il va falloir que j'apprenne à en faire autant. À vivre seule dans une maison. À me lever chaque matin, alors qu'il n'y aura que moi et mon futur bébé. Est-ce que ma mère pense à mon père tous les jours ? Est-ce qu'elle l'imagine encore travailler dans son bureau, laissé pratiquement en l'état ? Ou se détendre dans le salon en attendant que je m'installe au piano ? Ou assis dans la véranda, à fumer un de ces cigares qu'il s'octroyait parfois ?

Ma maison me manque, mais je ne sais pas si j'aurais pu continuer à y vivre sans revoir Conrad dans chaque pièce. Et je ne sais pas ce qui m'aurait fait le plus souffrir : le souvenir de mon mari s'amusant de sa première tentative pour poser du carrelage au sol, qui ne se déroulait pas du tout comme dans la vidéo, ou celui de son cadavre dans le bureau, la cervelle projetée sur le mur, le pistolet sur les genoux ?

Que fabriquait-il ? Et quel genre de femme faut-il être pour épouser un tel homme ?

Je subodore que je vais recevoir une nouvelle visite de la police aujourd'hui, et cette idée suffit à me motiver pour sortir du lit.

Je me douche, en prenant mon temps parce que je ne suis pas pressée d'affronter ma mère ni de commencer la journée. Je ne connais pas les réponses aux questions qui se posent sur Conrad. Flora Dane l'a croisé dans un bar. Cette femme qui était aux mains d'un kidnappeur et mon mari se sont rencontrés dans le Sud. Je n'arrive pas à m'y faire. Plus incroyable encore, Flora pense qu'il a peut-être tenté de communiquer avec elle en morse. Mais où est-ce que Conrad aurait appris le morse ?

J'ai l'impression que cela fait des années que j'essaie de résoudre l'énigme que représentait mon mari. Si je n'ai pas réussi depuis tout ce temps, c'est une cause perdue. Alors je me fixe un autre objectif : mon père. Peut-être que la première étape pour comprendre comment j'en suis arrivée là, c'est de revenir en arrière, d'éclaircir ce qui s'est passé il y a seize ans, quand tout a dérapé pour la première fois.

Ma mère m'a donné le nom de certains des collègues de mon père à cette époque. Il serait temps, je crois, que je leur passe un coup de fil.

Je termine ma toilette en me servant des produits que j'ai achetés hier (mes marques plutôt que celles de ma mère) et cette petite démonstration de force me ragaillardit jusqu'au moment où j'ouvre la penderie et où je me retrouve face à l'assortiment complet de vêtements de maternité flambant neufs, tous dans des coloris pastel de bon goût et rangés par ordre de taille, depuis « enceinte de la veille » jusqu'à « grosse comme une montgolfière ».

Je ne vous le fais pas dire : ma mère est folle à lier. Mais elle est aussi futée. Cette maison parfaitement tenue.

Cette chambre d'enfant aménagée avec soin. Jusqu'où serait-elle capable d'aller pour récupérer sa fille – ou plutôt pour s'accaparer son futur petit-enfant ?

Je n'ai pas vu l'assassin de Conrad. Je n'ai aucune idée de l'identité de la personne qui m'a précédée dans la maison. Je n'imagine pas davantage ma mère tirer sur mon mari que je ne l'imaginais braquer un fusil sur mon père. Mais il faut dire qu'elle n'a jamais été du genre à se salir les mains. Le petit personnel est là pour ça. Les hommes surtout, or, d'aussi loin que je m'en souvienne, elle a toujours su les mener par le bout du nez.

J'ai toujours pensé que mes parents s'aimaient. Mais est-ce que c'était vraiment le cas ? Tous les couples passent par des hauts et des bas. Si elle a cru ne serait-ce qu'une seconde que mon père se désintéressait d'elle, voire qu'il risquait de la quitter... De quelle mathématicienne m'a-t-elle parlé, déjà ? Je choisis un gros pull en maille torsadée caramel clair parce que je me sens tout à coup refroidie par le tour qu'ont pris mes réflexions.

Lorsque j'arrive dans la cuisine, je découvre M. Delaney devant l'îlot central. Il a retiré son manteau, et son pull d'un bleu profond met superbement en valeur sa barbe et ses cheveux argentés. Ma mère, occupée à jeter des poignées de chou frisé dans le mixeur, ne semble pas le remarquer.

M. Delaney me regarde d'un air contrit. « Le petit déjeuner des champions, explique-t-il.

— Dites-moi par pitié que vous avez des beignets dans vos poches. »

Ma mère s'arrête juste avant d'appuyer sur l'interrupteur du robot pour nous considérer avec horreur.

« Je plaisante, lui dis-je. C'est très joli, le vert. »

Elle sourit et retourne à son entreprise de broyage.

Je prends le tabouret à côté de M. Delaney. « Qu'est-ce qui vous amène, ce matin ?

— Je voulais juste voir comment vous alliez. » Mais c'est ma mère qu'il regarde en disant cela. Je considère de nouveau ce pull bleu, une couleur dont il doit savoir qu'elle le flatte.

M. Delaney a une petite réputation d'homme à femmes. Il en plaisante toujours en disant qu'il est trop débordé pour se ranger, mais est-ce la vérité ? Pour autant que je le sache, il n'a jamais eu de relation qui ait réellement compté. En revanche, il revient encore et toujours ici, chez la veuve de son meilleur ami.

Et ma mère ? À ma connaissance, elle n'a jamais fréquenté personne depuis la mort de mon père. Seize ans après, elle aurait bien le droit de refaire sa vie. Peut-être qu'en fin de compte ce n'est pas à mon intention qu'elle a somptueusement décoré la maison.

Est-ce que ça m'ennuierait ? Ma mère et M. Delaney ?

Je ne peux pas me faire à cette idée. Je suis assez adulte pour savoir que ma mère est égocentrique, narcissique et sans doute alcoolique sur les bords, mais je n'arrive toujours pas à la voir comme une femme qui pourrait souffrir de sa solitude, une femme qui aurait des besoins.

Jamais je ne vais arriver à avaler ces légumes liquéfiés. Je me lève pour faire griller du pain. Ma mère me lance un regard réprobateur et jette un concombre entier dans le mixeur. Elle s'imagine que je vais accoucher d'un lapin ou quoi ?

Je fais griller trois tranches de pain de mie, je les beurre, je les coupe en deux et je les apporte à table. Ma mère, qui en a fini avec le Cuisinart, s'emploie à couper frénétiquement des fruits. Depuis que je suis entrée dans la cuisine, elle n'a pas arrêté une seconde et n'a même pas dit bonjour. Ses efforts ont quelque chose d'hystérique. Pour elle, il ne s'agit pas seulement de préparer le petit déjeuner : elle est investie d'une mission. Je sens mon malaise grandir et regarde de nouveau M. Delaney, avec le brusque sentiment que la vraie raison de sa présence ne va pas me plaire.

De fait, une fois les fruits charcutés et disposés sur un plat, un verre de jus de légumes devant chacun de nous, ma mère prend une chaise, s'installe à table, joint les mains et me regarde.

« Tu as de l'argent sur un compte en fiducie », m'annonce-t-elle.

Je la dévisage d'un air hébété.

« Ton père avait très bien réussi dans la vie. »

Je hoche la tête, comprenant vaguement où elle veut en venir. « Tu m'as dit un jour qu'il avait contribué à des projets de grande envergure.

— Il touche encore des royalties. Des sommes importantes. »

J'imagine que ça explique la maison, les vêtements, le train de vie de ma mère, qu'elle n'a jamais réduit.

Je reste quand même perplexe. « Donc tu as ouvert un compte pour moi ?

— Nous avons créé cette fiducie quand tu avais huit ans.

— Pardon ? J'ai un compte depuis mes *huit ans ?* »

J'interroge M. Delaney du regard parce qu'il ne fait aucun doute qu'il a joué un rôle dans cette affaire. « J'ai aidé tes parents à trouver le juriste le plus compétent pour l'ouvrir, explique-t-il. Je suis criminaliste, ce n'est pas mon domaine d'expertise. Mais j'ai accepté, à leur demande, d'être l'administrateur des fonds placés dans la fiducie.

— Donc... c'est vous qui ne m'avez jamais informée de son existence ?

— En fait, je pensais qu'ils t'en avaient parlé », me dit-il, la mine un peu contrite. Mais je n'en crois pas un mot.

« Personne ne m'a rien dit.

— Ce qu'il y a, intervient ma mère, c'est que, comme dans la plupart des fiducies créées pour les héritiers de grandes fortunes... »

Je suis héritière d'une grande fortune ?

« ... le bénéficiaire n'entre pas en possession du capital d'un seul coup. Le versement se fait par étapes, à mesure qu'il atteint tel ou tel âge. Et comme nous avions déjà mis de côté de quoi financer tes études et que nous ne voulions pas que tu touches trop d'argent alors que tu étais encore jeune et écervelée, la première date est tombée pile au moment où tu venais de rencontrer ce Conrad. Ce n'était pas vraiment le moment de faire de toi une riche héritière. Comment aurais-tu su quelles étaient ses véritables intentions ? Et ensuite, naturellement, il a fallu que tu l'épouses. »

J'en reste bouche bée. Sans voix. Ma mère a un petit haussement d'épaules (comme pour me signifier : *c'est comme ça, que veux-tu*) et prend un morceau de melon.

J'hésite entre me mettre à crier et lancer des objets à travers la pièce. Alors je décide de rester parfaitement immobile. J'ai de l'argent. Beaucoup, apparemment. Et personne n'a pris la peine de m'en informer. Conrad n'a rien à voir là-dedans. Elle ne voulait pas que je le sache, c'est tout. Ma mère, cette garce égoïste, voulait rester aux commandes.

Je me tourne vers M. Delaney. « Vous l'aviez compris. Hier, quand j'ai voulu passer à la banque, vous vous êtes rendu compte que je n'avais aucune idée de ce que je possédais. »

Il me le confirme.

« Et c'est vous qui l'avez mise au pied du mur, dis-je en montrant ma mère. Qui lui avez donné l'ordre de me le dire. Sinon, je serais sans doute encore dans l'ignorance. Parce que, si j'ai de l'argent, ça veut dire que je suis indépendante. Et Dieu nous garde, continué-je d'une voix de plus en plus grave et menaçante, que je sois en mesure de m'occuper de moi-même et de mon enfant. »

Ma mère soutient mon regard. Prend une bouchée de pain grillé.

« Il y a beaucoup de vodka dans ce jus d'orange, maman ?

— J'ai cru agir au mieux. Il est inutile de te montrer désagréable. »

Je renonce à lui faire entendre raison. Jamais elle ne s'excusera ni ne réfléchira à ce qu'elle a fait. Elle en est incapable. Je cible plutôt M. Delaney. « Combien ?

— À peu près huit millions de dollars.

— *Huit millions ?*

— Tu ne peux pas tout retirer d'un coup, me prévient-il. Il y a certaines conditions. Je pourrai passer ça en revue avec toi tout à l'heure.

— Qu'est-ce qui valait à mon père d'être aussi riche ?

— Il était brillant, répond simplement M. Delaney, comme si ça expliquait tout.

— Être un génie des mathématiques ne se traduit pas nécessairement en espèces sonnantes et trébuchantes. Beaucoup de génies meurent pauvres.

— Disons les choses autrement : le génie de ton père trouvait à s'appliquer utilement dans le développement de la puissance informatique et de certains programmes de cryptage du ministère de la Défense. »

Je me trouve de nouveau comme un poisson hors de l'eau. Je n'avais aucune idée de tout ça. Mon papa, c'était juste mon papa. Le père que j'adorais et qui, devant son tableau blanc, feutre à la main, marmonnait dans sa barbe.

On distingue les mathématiques appliquées des mathématiques fondamentales. Mon père était du côté de la théorie, ce qui d'après ma mère était la marque du vrai génie. Comme si ceux qui faisaient des mathématiques appliquées avaient secrètement vendu leur intelligence au nom du profit. Sauf que mon père avait finalement tiré des bénéfices de son travail. De gros bénéfices.

Je me demande ce que les spécialistes des mathématiques appliquées en avaient pensé. De même que les chargés de TD et autres assistants de recherche qui l'avaient sans doute aidé à développer certaines des théories qui s'étaient révélées si lucratives. Sans parler du fait qu'elles avaient été mises au service du Pentagone.

Tous ces nouveaux paramètres à prendre en compte. J'en ai la tête farcie, prête à exploser. Je suis dans la maison de mon enfance et cependant, c'est comme si je n'avais jamais vraiment été là. Comme si je n'avais jamais vraiment regardé ma famille, jamais vraiment vu aucun de nous.

« J'ai des coups de fil à passer.

— Tu n'as pas pris ton petit déjeuner », proteste ma mère avec une tête de trois pieds de long.

Je prends mon verre de liquide verdâtre, qui a décanté en deux couches (vert argenté au-dessus, vert marécageux au fond), et je m'envoie ça derrière la cravate. Et ensuite, parce que je me sens puérile, mesquine et énervée, je m'essuie la bouche du dos de la main.

Ma mère me fusille du regard.

Je me tourne vers M. Delaney. « Il faut que je parle à certains des anciens collègues de mon père. J'aimerais les rencontrer, aujourd'hui, en personne. Est-ce que vous pouvez m'aider ?

— Bien sûr.

— Il faut que vous sachiez que les enquêtrices sont passées hier. J'ai discuté avec elles...

— Qu'est-ce que je te disais ! éclate ma mère en se tournant vers M. Delaney avec des yeux de feu. Elle les a vues sans ta permission !

— En tant qu'avocat, répond M. Delaney d'une voix apaisante tout en essayant de partager son attention entre nous, je te déconseille de parler à la police. Ou, si tu t'y sens obligée, laisse-moi organiser la rencontre et y assister. Mon travail est de te protéger, Evie, mais je ne peux pas le faire si tu m'en empêches.

— Elles aussi, elles m'ont donné des informations. Le commandant Warren a fait des découvertes au sujet de Conrad.

— C'est-à-dire ?

— Qu'il avait bel et bien des secrets et des pseudonymes. Mais que tout n'était peut-être pas condamnable. » Je regarde ma mère. « Il se pourrait qu'il ait menti pour la bonne cause. »

Elle prend une gorgée de son jus d'orange, où je suis à présent convaincue qu'il y a une moitié de vodka.

« Je suis sûre qu'elles me recontacteront aujourd'hui pour m'en dire plus. En attendant, je veux en savoir davantage sur mon père : à qui il faisait confiance et sur quoi il travaillait au moment de sa mort. »

M. Delaney ne paraît pas surpris. Suivant mon exemple, il prend son verre de légumes liquéfiés et le siffle. « Quand veux-tu commencer ?

— Tout de suite. »

Je quitte la pièce pour finir de me préparer. En sortant, je vois M. Delaney se rapprocher de ma mère, dont le visage est figé dans une expression sévère.

« Elle t'aime, l'entends-je glisser à son oreille, la main posée avec familiarité sur son épaule. Malheureusement, aucune de vous deux n'est douée pour le dire à l'autre. »

Je pense un instant qu'elle va le rembarrer. Mais elle vient poser sa main sur la sienne et ils restent comme ça une seconde, deux, trois.

Quand elle lève les yeux et me surprend à les observer, elle laisse retomber sa main. Elle me regarde d'un air furieux, plus dure que jamais, jusqu'à ce que je renonce et m'éloigne.

29

D.D.

D.D. fut réveillée par une retentissante cavalcade. Elle eut à peine le temps de se préparer à l'assaut avant que la porte de la chambre ne s'ouvre en coup de vent et que Jack ne débarque dans la chambre, Kiko sur les talons. Puis, dans un même élan, petit garçon et chienne sautèrent sur le lit.

« Deux semaines avant Noël ! hurla Jack. Papa a dit qu'on pourrait aller chercher un sapin ce week-end ! »

À côté de D.D., Alex grogna. Jack trouva l'espace entre eux et se mit à jouer au trampoline, ce qui était son rituel matinal de prédilection. Kiko, sur ses longues pattes au pelage noir et blanc, faisait de son mieux pour danser autour de son petit garçon préféré tout en piétinant Alex et D.D.

Celle-ci réussit à tourner la tête vers son mari. « On va chercher un sapin ce week-end ?

— Sur le moment, ça paraissait une bonne idée.

— On va trouver un vrai sapin tout grand et le couper ! cria Jack à tue-tête. Avec une tronçonneuse et tout. Et ensuite, on va boire du chocolat chaud avec de la crème chantilly et des chamallows !

— Celui-là, quand il découvrira le café, ce sera vraiment la fin des haricots. »

Elle réussit à extirper ses bras de sous les couvertures pour les tendre vers son bambin exubérant. Jack se laissa tomber à genoux et se jeta dans ses bras. Il était encore vibrant d'excitation. Il sentait les mains sales, les pancakes au sirop et la sueur de petit garçon. Dieu, qu'elle l'aimait.

« Est-ce qu'un sapin de Noël pourra survivre dans notre maison ? lui demanda-t-elle.

— Bien sûr ! Kiko et moi, on s'occupera très bien de lui.

— Interdiction de sauter sur le sapin.

— D'accord !

— Interdiction de sauter autour de lui.

— Promis.

— Interdiction de lancer les décorations. Et surtout, interdiction *absolue* de faire pipi sur les branches. »

Jack la regarda avec indignation.

« Je pensais plutôt à Kiko avec cette remarque », le rassura-t-elle. Comme Jack était allongé sur D.D., Kiko s'était rabattue sur Alex, dont elle essayait, que cela lui plaise ou non, de lécher le visage.

« Quelle heure est-il ? marmonna-t-il sous la langue de la chienne.

— Six tête en bas, répondit Jack.

— Zut, grommela D.D. Il faut que j'aille au travail.

— Pas au travail ! On va chercher le sapin.

— Et si on allait à l'école et au travail aujourd'hui, et qu'on s'occupait du sapin demain ? »

Alex, empêchant d'une main Kiko d'accéder à sa joue, haussa un sourcil en la regardant. La règle numéro un avec un enfant de l'âge de Jack, c'était de ne pas faire de promesse qu'on ne pourrait pas tenir. Plus facile à dire qu'à faire, étant donné les exigences du métier de D.D.

« Je vais me débrouiller, lui assura-t-elle. D'ailleurs, j'ai une nouvelle petite camarade de jeux. Une fédérale. Je pourrai peut-être la faire bosser demain.

— Une camarade de jeux ? » demanda Jack. Un peu calmé, il s'était blotti dans ses bras, la tête sur son épaule. Kiko, abandonnant Alex, se mit à lécher le visage de Jack. Elle s'y prenait avec beaucoup de douceur, comme si elle toilettait son chiot. Kiko aussi adorait Jack.

« Une fédérale ? s'étonna Alex.

— L'agent spécial Kimberly Quincy. Elle s'intéresse à ma victime, qui vivait certainement sous une fausse identité.

— Et l'épouse ?

— Je ne sais pas encore. Mais je pense que ce qui s'est passé mardi soir n'était pas une simple querelle de ménage. Et c'est pour ça, dit-elle en se retournant brusquement pour attraper Jack et lui chatouiller la taille jusqu'à ce qu'il soit pris d'un fou rire, que je dois aller au travail.

— Tu vas attraper des méchants ? » C'était la question préférée de Jack.

« Tu l'as dit. Et je vais aussi en mettre en prison certains qui sont sur la liste des enfants pas sages du Père Noël. À cette période de l'année, on doit tous faire notre possible pour aider notre ami. À ce propos, où est notre lutin ? »

Ce lutin, qu'Alex avait eu la bonne idée de rapporter quelques semaines plus tôt et de placer tour à tour à divers endroits de la maison, était censé être les yeux et les oreilles du Père Noël. Il lui signalait toutes les bêtises, il notait toutes les bonnes actions. En son for intérieur, D.D. trouvait un peu glauque cette idée de petit espion domestique, mais Jack se donnait beaucoup de mal pour lui faire plaisir, puisque son futur approvisionnement en Lego en dépendait. Puissance de la magie de Noël !

D.D., quant à elle, s'était mise à chercher sur Google des photos de lutins scélérats surpris en train d'accomplir divers méfaits et/ou sur différentes scènes de crime. Certains la faisaient rire comme une bossue, ce qui n'était pas très convenable. Cela dit, elle savait de source sûre qu'Alex s'était déjà renseigné sur la manière de faire des traces de sang de lutin. La vraie question était de savoir si l'un ou l'autre était apte à élever un enfant. Et pourtant.

Lorsqu'elle évoqua le lutin, Jack s'arracha à ses bras et sortit de la chambre comme une fusée, Kiko à sa suite.

« Est-ce qu'il lui arrive de marcher ? demanda D.D.

— Jamais vu.

— J'aurais bien besoin d'une telle énergie chez mes enquêteurs.

— Qu'est-ce que tu en penses ? demanda Alex, faisant référence à son affaire, maintenant que Jack avait quitté la pièce.

— Aucune idée. Tu sais comme, à l'école de police, tu insistes toujours sur l'importance de la victimologie ? »

Il hocha la tête.

« Eh bien là, ça se vérifie. Il se trouve que Conrad Carter n'était pas du tout Conrad Carter. Il vivait depuis des années sous un nom d'emprunt. Il avait même rencontré Jacob Ness dans un bar du sud du pays, sous un faux nom.

— Jacob Ness... Jacob Ness ?

— C'est pour ça que j'ai eu droit à une visite de l'agent spécial Quincy. Et, juste histoire de corser le tout, le père de Conrad était enquêteur en Floride avant de trouver la mort dans de mystérieuses circonstances. »

Alex ouvrit de grands yeux. « J'ai rarement vu un profil de victime aussi délirant.

— N'est-ce pas ? Et attends un peu de voir ma cellule d'enquête.

— Tu prends ton pied, hein ? » Il savait comme tout le monde que plus l'énigme était complexe, plus grande était la fascination de D.D.

Elle ne put réprimer un large sourire. « Franchement, c'est Noël avant l'heure. »

D.D. arriva au bureau avec dix minutes de retard et décréta que c'était son privilège de superviseuse. Mais, eu égard au fait que plusieurs de ses enquêteurs avaient certainement travaillé toute la nuit, elle arrivait les bras chargés de cadeaux, à savoir un plateau de quatre cafés améliorés, avec crème chantilly, vermicelles de chocolat et pépites de menthe : non seulement de la caféine, mais aussi d'énormes quantités de sucre, cocktail destiné à donner un coup de fouet au système nerveux central.

Elle posa son sac à bandoulière. Largua son manteau. Troqua ses épaisses bottines d'hiver contre sa paire en cuir noir beaucoup plus élégante, qu'elle avait décidé de laisser au bureau, à l'abri des funestes griffes de Kiko. Puis, reprenant le plateau de délices mentholés-chocolatés, elle se mit en quête de ses collègues.

Elle trouva d'abord Phil et lui tendit les gobelets. Il choisit celui qui se présentait devant lui et, sans un mot, en prit une gorgée.

« Quand j'en aurai marre de Betsy, je t'épouserai, dit-il avec une moustache de crème.

— Arrête, tu l'adores, gros nigaud.

— Mais j'adore aussi le café. Crème chantilly. Chocolat. Qu'est-ce que c'est que ça, un brownie liquéfié ?

— Tout à fait possible. Quelles nouvelles ?

— Je n'en peux plus de la vidéosurveillance.

— Comme je te comprends. Raconte. »

Phil la mit au courant des tentatives des techniciens pour retrouver des images de la boîte aux lettres morte utilisée par l'incendiaire, Rocket Langley. Comme celle-ci se trouvait dans un quartier urbain très dense, la question n'était pas de savoir s'il y avait des caméras, mais combien, comment elles étaient positionnées et si les images enregistrées pouvaient leur être d'une quelconque utilité.

« Les patrouilleurs sont passés récupérer les cassettes, expliqua Phil, et le labo a commencé à les visionner. Comme nous avons une photo de Rocket, notre premier objectif était de voir si nous pouvions trouver des images de lui dans le secteur. Et ce fut le cas.

— Ça commençait bien.

— Oui et non. La boîte aux lettres est une brique qui se détache du mur sur le côté d'un immeuble. Tu la retires, tu laisses l'argent derrière, les instructions, et tu la remets à sa place. Le problème, c'est qu'une seule caméra permet d'apercevoir un peu cette partie du bâtiment. On a trouvé Rocket en train de marcher dans la rue. Plein cadre, son visage bien de face, excellent. Mais ensuite cette première caméra le perd. Celle d'un commerce le retrouve devant le mur, mais sous cet angle on ne voit que l'arrière de son crâne. Il est resté planté là tellement longtemps qu'on a franchement cru qu'il était en train de pisser. J'ai fini par aller là-bas à quatre heures du matin et c'est comme ça que j'ai découvert le coup de la brique.

— Quelque chose dans la cache, en ce moment ?

— Rien.

— D'accord. Mais vous avez localisé la boîte et trouvé des images de Rocket en pleine action, c'est déjà ça. Quel jour, quelle heure ?

— Mercredi, sept heures du matin.

— Et l'incendie s'est produit mercredi après-midi ?

— Voilà. Je crois que nous avons retrouvé le moment où il est passé prendre l'adresse de la cible et l'acompte. Maintenant, on avance jusqu'à mercredi soir ou jeudi début de matinée pour trouver celui où il a été récupérer le solde. Quand on aura ça, deux possibilités s'offriront à nous pour identifier le client : le moment où il a laissé l'adresse et celui où il a déposé le solde. Mais ça prend du temps. Les images sont sombres et granuleuses. Ajoute à ça les gens qui n'ont rien à voir mais qui zonent dans le secteur, et ça fait un paquet de séquences à décortiquer. D'ailleurs, je crois bien que j'ai déjà repéré plusieurs deals. Pas un quartier tranquille.

— C'est bien vu de la part de Rocket. Au milieu de toute cette animation, ses propres allées et venues n'ont guère d'importance.

— Le gamin est connu pour être pyromane depuis pratiquement toujours. Ça m'étonnerait que les gens du quartier lui cherchent des poux. Mieux vaut fiche la paix à ceux qui aiment mettre le feu pour le plaisir.

— Il s'est forgé une réputation.

— Oui, mais seulement dans certains milieux. Par le bouche à oreille. Ton indic était peut-être sur une bonne piste, hier soir : Rocket n'est pas ce qu'on pourrait appeler une grosse pointure, donc soit notre assassin habite le coin, soit Rocket sait comment se faire de la pub sur le grand méchant internet. Quelle tristesse ! Même la mafia a pris ses quartiers dans le cyberespace. Bientôt il n'y aura plus dans la brigade que des policiers virtuels programmés pour identifier des criminels virtuels. Tu parles si ce sera drôle. »

D.D. leva les yeux au ciel. « Puisque nous ne sommes pas encore des programmes informatiques, dégote-moi des images du client de notre incendiaire. Une boîte aux lettres morte : une bonne vieille méthode qui a des chances de nous donner de bons vieux résultats. Et dans des délais assez courts, qui plus est. Où sont Carol et Neil ?

— Dans la salle de réunion. Ils ont passé la nuit sur le profil de Conrad Carter. » Phil jeta un œil sur son plateau de cafés. « Arrange-toi pour t'en garder un : tu en auras besoin quand ils auront fini. »

Lorsque D.D. entra dans la salle, Neil et Carol venaient de raccrocher le téléphone avec haut-parleur. Ils avaient tous les deux l'air surexcités.

D.D. leur tendit les cafés et prit un siège. « Alors, qu'est-ce que ça raconte ?

— Sûr et certain que c'était un homicide. La voiture des parents de Conrad a été envoyée dans le décor peu après huit heures du soir. Ils rentraient tranquillement d'un restaurant par une route qu'ils connaissaient bien et leur voiture a dévalé un talus vers un canal. Morts sur le coup, expliqua Carol d'un air navré.

— Des témoins ? Des pistes ?

— Rien du tout, répondit Neil. On était au téléphone avec Russ Ange, du JSO ; c'était un collègue de Bill Conner et il enquête de loin en loin sur cet accident depuis des années. C'était une route de campagne, il n'y avait pas de caméras, mais Ange est certain qu'il y a eu meurtre parce que l'aile arrière présentait des déformations correspondant à un impact. La hauteur de l'accrochage fait penser à un véhicule de grande taille, disons un poids lourd ou un SUV. Pas de traces de peinture, donc peut-être un pare-chocs chromé. Malheureusement, ce ne sont pas les poids lourds ni les SUV qui manquent à Jacksonville ; en l'absence de témoins, difficile de savoir de quel côté chercher.

— Il a bien dû se pencher sur les affaires en cours ? Histoire de voir s'il y aurait des suspects ou des repris de justice avec qui Conner aurait été en contact et qui auraient eu des raisons de lui en vouloir.

— Conner avait une bonne vingtaine d'enquêtes ouvertes au moment des faits, répondit Carol. Deux méritent d'être signalées : d'abord, une affaire de violences conjugales un peu hors norme. Le mari, un salopard plein aux as qui se croyait tout permis, battait régulièrement sa femme et, vu que c'était un salopard plein aux as, ne se sentait pas concerné par les mesures d'éloignement. La situation durait depuis des mois. Conner s'était personnellement intéressé à l'affaire et avait rencontré l'épouse à plusieurs reprises. La semaine précédant l'accident, le mari s'était présenté chez elle, ivre d'alcool et de rage, et avait tenté d'entrer par effraction. Conner était intervenu. Le mari et lui avaient eu une altercation, et M. Salopard avait fini au trou pour la nuit avec un œil au beurre noir. Je te garantis qu'il n'était pas content.

— Conner lui avait mis un coup de poing ? s'étonna D.D.

— Légitime défense, précisa Neil. L'autre avait d'abord voulu lui en coller une.

— Je vois. Quoi qu'il en soit, j'imagine que le mari plein aux as n'a pas trop apprécié qu'un petit flic l'empêche d'exercer son droit absolu de battre sa femme ?

— Exactement, reprit Carol. Lors de son arrestation, M. Jules LaPage a proféré des menaces plutôt désagréables à l'encontre de Conner. Malheureusement, il conduisait une Porsche, pas un gros modèle de voiture, et la police de Jacksonville n'a pu trouver aucune preuve du fait qu'il aurait emprunté ou loué un autre véhicule. Mais, comme il n'avait pas non plus d'alibi, on ne l'a pas rayé de la liste des suspects.

— Qu'est-il devenu ?

— Il a violé l'ordonnance de protection deux semaines après la mort de Conner et tiré sur sa femme, en plein visage. Elle a survécu. Un vrai miracle. LaPage est désormais logé pour un bon moment aux frais de l'État. Mais il n'a rien perdu de sa morgue. D'après Ange, il passe ses journées à former appel sur appel du jugement. Ange pense que ce n'est qu'une question de temps avant que l'autre ne trouve la faille ou le petit vice de procédure qui suffira à invalider la condamnation. Il a tout son temps et des moyens illimités, or on ne peut pas en dire autant du JSO.

— Et sa femme ? » demanda D.D.

Parce que Russ Ange avait raison : à condition de disposer de suffisamment de détermination et d'argent, n'importe qui peut se jouer du système. Si Jules LaPage avait été assez hargneux et arrogant pour supprimer le policier qui s'était mis en travers de son chemin, allez savoir de quoi il aurait été capable en découvrant que son fils poursuivait l'enquête des années plus tard. L'hypothèse rendait D.D. d'autant plus curieuse de savoir à quoi Conrad Carter occupait son temps libre.

« Après avoir pris une balle dans la mâchoire, Monica LaPage a dû subir plusieurs interventions de chirurgie réparatrice. Elle était encore couverte de pansements quand elle a témoigné, puis elle a fui la Floride avec son nouveau visage. Tout le monde s'accorde à dire qu'à la seconde où il sortira de prison, LaPage voudra de nouveau s'en prendre à elle. »

D.D. prenait des notes. « Est-ce que quelqu'un du JSO est resté en contact avec elle ?

— Non, répondit Neil, mais, d'après Ange, si elle avait dû rester en contact avec quelqu'un, ç'aurait justement été avec Conner.

— Est-ce qu'Ange sait où elle se trouve ? »

Neil secoua la tête. « Non, et il n'y a pas été par quatre chemins pour me dire que c'était dans l'intérêt de Monica que ça reste comme ça. Avec sa fortune, LaPage pourrait acheter beaucoup de renseignements, y compris auprès de fonctionnaires sous-payés.

— Autrement dit, le bureau du shérif lui-même pourrait devenir le maillon faible. Est-ce que Conrad aurait parlé à Ange de cette affaire ?

— D'après lui, tout de suite après le décès de ses parents, Conrad a passé beaucoup de temps au JSO. Il discutait avec les enquêteurs qui avaient travaillé avec son père, il les interrogeait sur toutes les affaires en cours. Bref, exactement ce que nous venons de faire.

— Et il a obtenu les mêmes réponses, j'imagine ? »

Neil s'éclaircit la voix. « Confidence entre collègues, Ange m'a laissé entendre qu'ils avaient peut-être fait des copies de... documents intéressants... pour Conrad. Il s'agissait de son père, après tout. »

D.D. haussa le sourcil. Autrement dit, les enquêteurs du JSO avaient photocopié des pièces de dossiers pour le fils de leur ami. C'était strictement interdit par le code de procédure, mais que voulez-vous... Les policiers sont aussi des êtres humains. Et parfois, surtout après un deuil aussi cruel, le respect du règlement passe après la soif de justice. Les collègues de Conner voulaient qu'elle soit faite et visiblement son fils aussi. « Donc Conrad enquêtait sur le meurtre de ses parents ?

— Aucun doute.

— Au point qu'il a dû changer de nom et partir pour le Massachusetts ? murmura D.D., avant de préciser sa pensée : Parce qu'il aurait fait une découverte tellement dangereuse qu'elle ne lui laissait pas d'autre choix que la fuite ?

— Ange ignorait totalement que Conrad vivait sous un nom d'emprunt dans le Massachusetts, répondit Carol. Au début, il avait eu régulièrement de ses nouvelles, mais cela remontait à des années. Il pensait que Conrad avait tourné la page et fait sa vie. Et que c'était une bonne chose, exactement ce que ses parents auraient voulu pour lui.

— Donc, si Conrad continuait à enquêter, il le faisait tout seul. Mais comment est-ce que ça a pu le conduire dans un bar en compagnie de Jacob Ness ?

— La deuxième affaire intéressante, répondit Carol.

— Deux disparitions. Deux femmes blanches. La première, dix-huit ans, était en visite chez des amis en Floride, mais un soir elle n'est jamais rentrée du bar. Tina Maracle était une fêtarde, donc la question s'est posée de savoir si elle avait vraiment disparu ou si elle avait juste décidé d'aller voir ailleurs. Cela dit, elle avait des proches en Géorgie et aucun d'eux n'a plus jamais eu de ses nouvelles. Ils ne formaient pas une famille très soudée, mais il n'était pas habituel qu'elle ne donne pas signe de vie pendant trois mois et ils étaient intimement convaincus qu'il lui était arrivé malheur.

— Et la deuxième ? » demanda D.D. Cette histoire était intéressante et Keith Edgar avait peut-être eu le nez creux, la veille, quand il avait demandé si le père de Conrad n'aurait pas croisé le chemin de Jacob Ness. Comme l'avait souligné Flora, ce n'était pas parce que celui-ci ne s'était pas fait remarquer par le FBI qu'il se comportait comme un enfant de chœur. Il était parfaitement plausible qu'il se soit déjà livré à des enlèvements et à des viols. Ayant grandi en Floride, il devait bien connaître Jacksonville, or beaucoup de prédateurs commencent par sévir dans leur région avant de s'aventurer plus loin.

« La seconde disparue, Sandi Clipfell, dix-neuf ans, était serveuse à la McGoo's Tavern. Elle avait terminé son service à deux heures du matin. Elle avait l'habitude de rentrer chez elle à pied parce qu'elle habitait dans la même rue. Mais ce soir-là, elle n'est jamais rentrée. D'après ses colocataires, c'était une fille qui avait la tête sur les épaules. Elle n'avait pas nécessairement une passion pour son boulot, mais elle économisait pour faire des études d'assistante dentaire. Elle n'avait pas de famille dans la région et travaillait chez McGoo's depuis un an. Toujours ponctuelle, très sérieuse. Elle venait de rompre avec un petit ami de fraîche date, mais cela n'avait apparemment pas provoqué de drame et il avait un alibi pour le soir de la disparition. Lui aussi disait qu'elle n'était pas du genre à filer sans rien dire. Si elle en avait eu marre de son travail, elle aurait donné son préavis et fait ses comptes avec ses colocataires avant de partir.

— Des pistes ?

— À l'époque, Conner avait enquêté sur les habitués des deux bars, pour voir si des recoupements étaient possibles entre ceux qui fréquentaient le McGoo's, où travaillait Sandi, et les clients de la White Dog Tavern, où Tina Maracle avait été aperçue pour la dernière fois. Ange a repris l'enquête et fini par mettre le doigt sur quelque chose : un délinquant sexuel fiché se trouvait au McGoo's le soir de la disparition de Sandi. Un certain Mitchell Paulson. Mais quand Ange a voulu le convoquer pour un interrogatoire, l'appartement était vide et Paulson parti depuis longtemps. Ange a lancé un avis de recherche, mais depuis la piste est froide.

— Paulson avait une voiture ? demanda D.D.

— Un Dodge Ram dernier modèle, répondit Neil. Pas mal cabossé. S'il avait eu un pare-chocs abîmé, personne ne s'en serait aperçu. »

D.D. fronça les sourcils. « Est-ce qu'Ange pense que c'est lui qui a envoyé Conner dans le décor ? »

Neil et Carol haussèrent les épaules. « À l'entendre, répondit Carol, il a toujours soupçonné le mari violent. Cet accident, c'était exactement le genre de sale coup méprisable et sournois qu'aurait fait LaPage, qui en plus vouait une rancune personnelle à Conner. En même temps, il faut bien que quelque chose ait fichu les jetons à Paulson pour qu'il viole les conditions de sa mise en liberté et se carapate. Peut-être qu'il a eu vent de l'enquête de Conner et que ça lui a fait suffisamment peur pour qu'il aille jusqu'à le supprimer.

— Paulson était connu pour des faits de violence ? » demanda D.D.

Neil secoua la tête. « Il avait juste un faible pour les gamines de seize ans.

— Les disparues avaient dix-huit et dix-neuf ans, fit remarquer D.D. Un peu plus âgées.

— Ange ne prétend pas avoir toutes les réponses, plutôt beaucoup de questions, dont il a apparemment fait part à Conrad peu après la mort de ses parents.

— Mais il n'a eu aucun contact avec lui depuis plusieurs années ? s'étonna D.D. en regardant ses enquêteurs. Vous y croyez ?

— Il dit qu'il n'était pas particulièrement proche de Conrad, expliqua Carol. Mais un de ses collègues, Dan Cain, avait travaillé avec Conner pendant des années, il allait régulièrement chez eux pour des barbecues, ce genre de choses. Ange pense que si Conrad était encore en relation avec un membre du bureau, ce serait Cain. Il a pris sa retraite peu après la mort de Conner, mais il vit toujours dans la région. Ange va essayer de le retrouver et nous communiquer ses coordonnées. »

D.D. considéra ses enquêteurs un petit moment. « Votre avis ? »

Neil répondit aussitôt. « Conrad enquêtait sur la mort de ses parents. Ce qui signifie qu'il traquait un criminel déjà incarcéré mais disposant de gros moyens et un délinquant sexuel soupçonné dans deux affaires de disparition.

— Il fallait avoir le cœur bien accroché », constata D.D.

Carol prit le relais. « LaPage savait que Conner avait un fils. Son nom figurait en toutes lettres dans les articles annonçant la mort des parents. Étant donné les menaces qu'il avait proférées contre son père…

— Conrad a pu éprouver le besoin de quitter la région et même de changer de nom ?

— Pour mieux se mettre à l'abri tout en menant sa propre enquête, conclut Neil.

— Mais il n'en aurait jamais parlé à sa femme ?

— Il pensait peut-être la protéger, répondit Carol. D'après Ange, LaPage est toujours un connard plein aux as qui travaille à sa libération. Sans compter que la prison n'empêche pas toujours de nuire. Quand on pense à tous les criminels que LaPage a pu rencontrer depuis dix ans et à qui il a pu offrir de l'argent en échange d'un petit service à lui rendre à leur sortie de prison… »

D.D. était bien d'accord. La prison servait parfois de pépinière d'entreprises criminelles. Par une ironie du sort, la justice avait sans doute mis davantage de moyens d'action illégaux à portée de LaPage.

La décision de Conrad de s'installer dans le nord du pays et d'y vivre sous un nom d'emprunt commençait à lui paraître plus logique. Mais tout cela ne leur disait toujours pas pourquoi il avait été assassiné mardi soir.

Les photos de ces filles martyrisées sur son écran d'ordinateur. La dernière chose qu'il avait vue avant d'être abattu. Comme sa rencontre avec Jacob Ness, la détention de telles images était passible d'une double interprétation : soit Conrad était lui-même un prédateur sexuel et faisait partie du problème ; soit c'était un justicier solitaire qui essayait d'aider à le résoudre.

D.D. savait quelle hypothèse avait sa préférence, surtout pour sa femme et son enfant, mais ça ne la rendait pas exacte pour autant.

« Tu crois que la personne qui a tué Carter il y a trois jours pourrait aussi être celle qui a provoqué l'accident de ses parents ? » reprit Carol.

D.D. haussa les épaules. « N'allons pas trop vite en besogne. Commençons par suivre les pistes qu'on a pour voir où elles nous mènent.

— En tout cas, c'est un vrai cauchemar, cette histoire, murmura Neil.

— Un cauchemar que Conrad vivait apparemment depuis un sacré bout de temps. Trouvez-moi ce Dan Cain, le retraité du JSO. »

Les deux enquêteurs hochèrent la tête.

« Qu'on se renseigne aussi sur le délinquant sexuel évanoui dans la nature et, tant qu'on y est, sur la malheureuse épouse de LaPage. Mais, en ce qui concerne cette dernière...

— ... dans la plus grande discrétion, compléta Neil.

— L'hypothèse la plus probable : à l'époque, le père de Conrad s'est approché de trop près de la vérité. Et quand, des années plus tard, son fils en a fait autant...

— ... il a subi le même sort. On a intérêt à coincer ce salopard, dit Carol.

— Je ne te le fais pas dire. D'autant qu'il a découvert le nom d'emprunt de Conrad, ce qui signifie qu'il connaît aussi l'existence de sa femme et de l'enfant qu'elle porte. Quand on a déjà tué trois fois, pourquoi s'arrêter en si bon chemin ? »

30

Flora

Impossible de dormir. Toute la nuit, je suis hantée par d'horribles cauchemars où je cours comme une folle dans de longs couloirs, tout ça pour me retrouver nez à nez avec Jacob quand je tourne au coin. Sauf que ce n'est pas Jacob, c'est Keith Edgar, qui me dit qu'il va s'occuper de tout, et là je repars comme une fusée, encore plus vite.

Je n'ai même pas réussi à rejoindre mon lit. Je me suis effondrée sur le canapé ; mes jambes sont animées de mouvements convulsifs, mes paupières se rouvrent brusquement et je me redresse en sursaut comme un diable sort de sa boîte, l'air dément.

Mon passé et mon présent sont entrés en collision. Je ne sais plus dire où s'arrêtent les vieux démons et où commencent les nouveaux. Keith Edgar n'est-il qu'un petit génie de l'informatique qui, pour avoir vécu une tragédie familiale, est obsédé par les faits divers comme moi-même je le suis ? Ou bien est-ce qu'il est trop beau pour être vrai ? Cet homme séduisant qui m'écrit avec constance depuis ma libération, qui m'a étudiée, qui a mis au point le discours parfait à me tenir le jour où il me rencontrerait en personne...

Combien d'aficionados des faits divers aimeraient pouvoir se vanter de sortir avec Flora Dane ? À moins que sa personnalité ne soit encore plus perverse, plus inquiétante ? Et si ce type s'intéressait aux tueurs parce que tout ce qui touche au meurtre le fascine ? Dans ce cas, ne serait-ce pas un coup de maître d'avoir Flora Dane comme première victime à son tableau de chasse ?

Quel égocentrisme, quelle arrogance de ma part ! Supposer que je vaux tant que ça. Mais de parfaits inconnus m'arrêtent dans la rue pour me demander : « *Hé, vous ne seriez pas cette fille ?* » Ou bien : « *Pourquoi vous ne vous êtes pas enfuie la première fois qu'il vous a laissée seule ?* » Ou carrément : « *Ça veut dire que vous l'aimiez au moins un peu, non ?* » Des psychopathes me demandent en mariage. D'autres pensent que je suis la seule qui puisse vraiment les comprendre.

Ce n'est pas parce qu'on est parano qu'on n'a pas d'ennemis.

À six heures du matin, je renonce. Je me douche. Je laisse un message au patron de la pizzéria en prétendant que je suis malade à en crever et en m'excusant de lui avoir fait faux bond hier. Vu mon état, ce n'est qu'un demi-mensonge. C'est aussi pour ça que j'en veux à Keith. Soi-disant que je pourrais être tout ce que je veux. Tu parles d'un ramassis de conneries.

Si j'étais capable de mieux, tu ne crois pas que je l'aurais fait, depuis le temps ? Au lieu de tourner en rond dans un appartement fermé à triple tour et tapissé d'articles sur des affaires de disparition. Je ne suis même pas une bonne employée de pizzéria. Et je n'ai aucune envie d'écrire un livre où je déballerais tout, de vendre les droits de mon histoire au cinéma ou d'exploiter la situation pour me faire du fric facile.

D'accord, j'accompagne d'autres survivantes. Et j'assiste la police. Mais, six ans après ma libération, je suis toujours à peu près celle que j'étais : je vois des monstres partout et je m'entraîne jour après jour à les terrasser.

La haine de Keith Edgar me reprend. Lui et son club de rupins, sa compétence tranquille, cet air de montrer qu'on peut lutter contre les prédateurs et pourtant mener une vie presque normale en apparence.

Je décide qu'il faut qu'on se parle. Alors j'attrape ma doudoune préférée, j'en remplis les poches avec les derniers gadgets que j'ai dénichés et, la tête rentrée dans les épaules pour me protéger du froid, je me traîne jusqu'à la station de métro d'Harvard Square.

L'idée me paraît excellente. Jusqu'au moment où je tambourine avec énergie à la porte de Keith Edgar et où c'est l'agent spécial Kimberly Quincy qui m'ouvre.

J'ai aussitôt l'impression d'avoir interrompu quelque chose, sans savoir quoi. Quincy ne dit pas un mot et se contente de m'ouvrir plus largement. Elle ne semble pas surprise de me voir. Peut-être qu'après la séance d'hier, elle pense que Keith et moi sommes amis. Et plus si affinités.

Elle porte un tailleur-pantalon très semblable à sa tenue de la veille, mais avec un haut moulant vert foncé sous son blazer court noir. Des chaussures à talons d'une hauteur raisonnable, remarqué-je en la suivant à contrecœur vers le fond de la maison.

Ils se sont installés dans la salle à manger, à une table en bois sombre aux lignes épurées. Je remarque le long manteau de Quincy posé sur le dossier d'une chaise dont le siège est occupé par sa sacoche. Son ordinateur est allumé sur la table et, en face d'elle, Keith est penché sur un portable, mais qui ne ressemble pas à celui dont il se servait hier soir. Il paraît à la fois plus grand et plus vieux. Après une seconde de perplexité...

« Est-ce que c'est... ? » demandé-je à Quincy en regardant l'ordinateur avec une fascination sans mélange. Keith ne lève pas les yeux. Il semble décidé à se montrer fuyant. Tant mieux.

« L'ordinateur de Ness ? Non. C'est la première règle en matière d'investigation numérique : on clone le disque dur pour ne jamais travailler sur l'original. Cela dit, cette copie a été faite il y a six ans, ce qui donne un petit air d'authenticité à ses cicatrices.

— Et vous l'avez apportée à Keith ? » Je ne formule pas à voix haute la question qui me brûle les lèvres : Pourquoi ?

« Il en connaît un rayon à la fois sur Jacob Ness et sur l'informatique. J'ai des profileurs qui peuvent me fournir la première moitié de l'équation et des techniciens qui peuvent me fournir la seconde, mais quelqu'un qui réunit à lui seul les aspects psychologique et technique… »

Quincy ne termine pas son explication. Je m'assombris. Je n'ai pas envie que Keith joue un rôle aussi précieux dans cette enquête, même si c'est moi qui ai été le chercher.

« Vos techniciens ont craqué le mot de passe ?

— C'est ce qu'on pense, mais ce n'est qu'une partie du puzzle. Vous connaissez le dark web ? »

Quincy tire une chaise, s'assoit sans rien demander à personne. Clairement, il ne tient qu'à moi d'en faire autant si je le souhaite. En face de nous, Keith, l'air mécontent, pianote toujours comme un forcené sans quitter son écran des yeux. Le regard de Quincy fait un rapide aller-retour entre lui et moi. Je pense que peu de choses doivent lui échapper.

« Ce sont les bas-fonds d'internet, dis-je. La maison hantée.

— Bonne comparaison. Généralement, quand on va en ligne sur l'internet visible, c'est pour y trouver des entreprises, associations ou prestataires de services qui ont pignon sur rue. Sur l'internet clandestin, ce sont les mêmes, mais en moins fréquentables. Dealers. Marchands d'armes. Tueurs à gages. Et trafiquants d'êtres humains, bien sûr. »

Je m'assois.

Quincy se penche vers moi. « Une des difficultés que nous avons rencontrées avec l'ordinateur de Ness, c'était que, de prime abord, il paraissait trop propre. Grâce au logiciel SteadyState, chaque fois qu'il redémarrait son ordinateur, toute trace des sites sur lesquels il avait pu aller et des contenus qu'il avait téléchargés était automatiquement effacée. »

Je hoche la tête.

« Même en sachant qu'il avait bien dû aller sur l'internet clandestin (vu la présence du navigateur Tor), nous n'arrivions pas à progresser avec le seul pseudonyme dont nous disposions. Mais Keith et vous avez débloqué la situation hier en nous aidant à trouver le "vrai" pseudo de Jacob, si j'ose dire.

— I.N. Verness. Mais il vous faut encore le mot de passe.

— Oui, pour accéder aux sites. C'est pour ça qu'on a sauté de joie quand, à quatre heures du matin, le logiciel a fini par cracher le sésame. La bonne nouvelle, c'est que, comme beaucoup de gens, Jacob se servait du même un peu partout. Résultat, cet ordinateur que voilà, le clone de celui de Ness, est connecté sur plusieurs places de marché et forums de l'internet clandestin. Alléluia ! »

Keith lève brièvement les yeux vers Quincy pour lui adresser un signe de tête reconnaissant. Le regard qu'il me décoche ensuite est plus difficile à interpréter. Boudeur ? Peiné ?

« Mais c'est là que ça se corse, continue Quincy. Même si nous pouvions retrouver toutes les adresses IP sur lesquelles Ness s'était rendu il y a six ans, l'internet (visible ou clandestin) change tout le temps. C'est comme si nous étions enfin arrivés dans le bon pays, mais que toutes les routes et tous les points de repère étaient différents. Nous ne savons absolument pas où aller ni comment nous y prendre.

— Alors qu'est-ce qu'il fait ? demandé-je en montrant Keith. Des repérages ?

— Non, j'ai déjà des techniciens qui reconnaissent le terrain, y compris un spécialiste de ce milieu qui teste le pseudonyme de Jacob sur toutes les pages susceptibles d'attirer un individu avec ses penchants.

— Pornographie, prostitution, trafic d'êtres humains.

— J'ai donc confié une autre mission à Keith. Celle, disons, de flâner sur différents sites. Au cas où quelqu'un le contacterait pour lui donner des instructions. »

Cela me prend quelques secondes, mais je finis par comprendre le principe. « C'est la première fois depuis six ans qu'I.N. Verness se connecte à ces sites, dis-je lentement. Vous attendez de voir si quelqu'un qui avait l'habitude de faire affaire avec lui, ou simplement de bavarder avec lui sur un forum, le reconnaîtrait et lui ferait signe.

— Exactement. Pour autant qu'on le sache, Ness n'avait pas divulgué sa véritable identité même à ses copains du dark web. Autrement dit, ils ignorent qu'I.N. Verness était Jacob Ness et qu'il est mort. Pour eux, ce sera juste le retour d'une vieille connaissance.

— Est-ce qu'ils ne vont pas se méfier, au bout de six ans ? Pourquoi maintenant ?

— Par chance, comme une bonne partie des activités hébergées sur ces sites est illégale, on peut facilement laisser entendre que Verness a passé ces dernières années en prison et qu'il vient d'être libéré. Pas de quoi s'étonner ni s'émouvoir, dans ce milieu.

Et il est naturel qu'il cherche à reprendre ses marques après son incarcération. »

Je ne peux m'empêcher de faire le tour de la table pour regarder par-dessus l'épaule de Keith. D'aussi près, je sens l'odeur de son shampoing, je vois l'extrémité de ses cheveux encore humides après la douche. Et je devine la tension de ses épaules. Mon ventre aussi s'est crispé, comme si je me préparais à recevoir un coup.

Je tourne mon attention vers l'écran. Je ne sais pas à quoi je m'attendais, mais ce que je découvre me paraît d'une effarante banalité.

« Il y a des centaines, sinon des milliers de portails sur le dark web », explique Keith. Ses doigts sont en permanence en mouvement et il fait défiler un écran, trop vite pour que mes yeux en discernent tout le contenu. « Un des plus célèbres, Silk Road, était administré par un certain Terrible Pirate Roberts.

— Comme dans *Princess Bride*, dis-je tout bas.

— Jacob Ness n'était pas le seul criminel à se croire malin.

— Mais cette page a l'air ennuyeuse comme la pluie », fais-je remarquer. Un fond blanc, une liste d'articles sur le côté, avec des appellations apparemment inoffensives. De petites photos que je ne peux déchiffrer qu'en m'arrachant les yeux et de brèves descriptions. Franchement, ça me rappelle les vieux sites de commerce en ligne.

Déjà passé à une autre page, Keith la fait défiler rapidement. Je me demande comment il fait pour assimiler les informations à cette vitesse. Cela dit, moi j'ai toujours été plutôt une femme de terrain. J'avais bien une vague idée de l'existence de choses comme l'internet clandestin, mais je n'avais jamais essayé de m'y rendre ou de l'explorer par moi-même. Pas assez douée en informatique. Et puis, pour être franche, j'avais peur que l'insoutenable réalité d'un tel univers me bouleverse. Je passe suffisamment de nuits blanches comme ça à patrouiller dans Boston, alors tout un monde virtuel peuplé de prédateurs... je sais que, même moi, je ne pourrais pas le supporter.

« Après la chute de Silk Road, ces sites ont dû apprendre la prudence. La plupart se présentent maintenant comme des boutiques lambda.

— C'est ce que je vois.

— En fait, il y a des portes dérobées qui conduisent à la vraie page. Même là, les articles sont souvent présentés sous des étiquettes astucieuses, du genre "quincaillerie" pour des armes à feu. Ou alors, tu peux te retrouver sur un site de vente de médicaments qui semble parfaitement réglo à première vue, sauf que, quand tu cliques sur la photo de l'aspirine, le fichier jpeg est beaucoup plus lourd qu'il ne devrait.

— Les données sont cachées dans la photo. Il y a un nom pour ça... » Je me triture les méninges.

« La stéganographie. Tous les sites clandestins ne s'encombrent pas de ça. Mais les officines qui donnent dans la pornographie infantile ou le trafic d'êtres humains...

— Le genre d'endroit qui aurait plu à Jacob. »

Keith me regarde. « Ce sont elles qui prennent les mesures de sécurité les plus drastiques. Elles n'ont pas le choix. Même les autres criminels les haïssent, ils les dénonceraient dans la demi-seconde. Ce qui rend bien sûr le parcours de Jacob d'autant plus difficile à retracer. Il ne se contentait pas seulement de se promener dans les mauvais quartiers, si je puis dire ; il fréquentait les ruelles les plus malfamées et les plus dangereuses, celles où tout le monde se méfie et prend un luxe de précautions. »

Je ne comprends plus. « Dans ce cas, comment a-t-il même appris l'existence de ces boutiques ? Comment a-t-il su qu'en cliquant sur telle photo il accéderait en réalité à une image pornographique ? Où est-ce qu'on apprend les codes de cet univers ?

— C'est là qu'interviennent les forums de discussion – ou les chat-rooms, comme disent certains. Vu tout ce qu'il savait, Ness devait en fréquenter au moins un. Malheureusement, avec le niveau de paranoïa qui règne sur les forums les plus pervers, savoir qui fait quoi et comment est encore plus difficile qu'ailleurs.

— Alors comment tu t'y prends ?

— Il faut savoir que le dark web est un marché concurrentiel. Qu'elles soient illégales ou non, le but des transactions reste de gagner de l'argent. D'où l'existence de commentaires clients, d'un système de notation, la totale.

— Je vois.

— Mon espoir, c'est qu'un des anciens partenaires en affaires de Jacob Ness nous repère et engage une petite discussion privée dans une fenêtre : Tiens, ça faisait un bail qu'on ne s'était pas vus, content de vous retrouver pour vous faire profiter de notre offre de trente jours gratuits…

— Les affaires sont les affaires… Bref, comme vous ne connaissez pas tous les forums sur lesquels Jacob a pu aller, ni tous les membres avec qui il a pu "bavarder", vous ne pouvez pas aller à eux, mais vous espérez que l'un d'eux viendra à vous.

— Exactement. Tu disais que Jacob consommait beaucoup de drogue ? »

Je confirme.

« Crois-le ou non, ces sites-là sont moins sécurisés, donc ils auraient pu faire un bon point de départ. Malheureusement, je pense que Jacob devait se fournir auprès de dealers locaux parce que, pour commander en ligne, il aurait fallu qu'il se fasse livrer dans une boîte postale. Comme il passait sa vie sur les routes, toujours entre deux États…

— Il se faisait envoyer son courrier chez sa mère.

— Précisément. Ça signifie qu'il aurait fallu qu'il y retourne chaque fois qu'il lui fallait sa dose, or nous savons qu'il n'y allait pas très souvent. Quels autres biens illicites aurait-il pu vouloir se procurer ?

— Des images pornographiques. Pas pédophiles. Plutôt du classique. » Je grimace de dégoût en formulant cette nuance. Puis je montre à l'écran de nouvelles images qui viennent d'apparaître. « Attends, qu'est-ce que c'est que ça ? On dirait un catalogue d'horticulture. Est-ce que ce ne sont pas différentes sortes de jonquilles ? »

Keith lève les yeux, l'air désolé.

« C'est abominable », dit-il.

Je regarde l'écran. « Tu disais que les sites les plus révoltants emploient la stéganographie. Ceux que même les autres criminels détestent.

— C'est abominable », confirme-t-il.

Autrement dit, ces jonquilles n'en sont pas réellement. Des jeunes filles ? Des images d'enfants à vendre ? Il a raison : les possibilités sont trop abominables pour y penser. Je me laisse tomber sur la chaise à côté de lui. Et, juste à ce moment-là, une fenêtre s'ouvre à l'écran.

Keith se redresse, lève les yeux vers Quincy de l'autre côté de la table. « On a une touche. »

L'agent du FBI nous rejoint et se poste derrière l'épaule de Keith.

Elle lit le message, hoche la tête avec une satisfaction sans joie, puis sort son iPhone. Elle le dirige vers l'écran et commence à filmer.

« Bien, dit-elle, jouons ensemble. »

31

Evie

M. Delaney a tenu à prendre le volant. Allez savoir s'il juge qu'une femme dans mon état ne devrait pas avoir le droit de conduire ou s'il fait juste partie de ces types qui veulent toujours être aux commandes.

À l'origine, je voulais rencontrer le docteur Martin Hoffman, directeur du département de mathématiques à l'époque où mon père était en poste à Harvard. Comme ma mère avait laissé entendre qu'il connaissait tous les collègues de mon père, je me disais que ce serait le point de départ idéal. Malheureusement, il n'a pas décroché quand je l'ai appelé. Je lui ai laissé un message, mais j'ai décidé que j'étais trop sur les nerfs pour attendre les bras croisés. Alors j'ai appelé Katarina Ivanova, dont j'avais trouvé le numéro de téléphone professionnel sur le site de l'université. Coup de chance, elle a répondu et accepté (après une petite hésitation et avec une certaine froideur, m'a-t-il semblé) de me rencontrer.

J'avais vu sa photo en ligne. Comme je m'y attendais, elle était très belle, avec une épaisse chevelure bouclée, des yeux bordés de cils sombres, une peau dorée. Tout ce que ma mère blond platine n'était pas.

À part ça, cette photo n'a pas suscité beaucoup de réactions chez moi. Une vague réminiscence : je l'avais sans doute croisée à l'occasion d'une soirée poker, mais je n'ai pas réussi à retrouver le moindre souvenir précis. Et une légère stupeur à découvrir qu'une femme aussi sublime puisse être professeur de mathématiques à Harvard – réaction paradoxale de la part d'une consœur qui aurait dû être à l'abri de tels stéréotypes. Mais ce n'est pas parce qu'on se plaint des préjugés qu'on sait forcément s'en préserver.

M. Delaney et moi traversons Cambridge dans un silence agréable. Le campus d'Harvard n'est pas très loin, à peine une poignée de kilomètres. Dans les rues étroites et embouteillées de Cambridge, on irait sans doute plus vite à pied, mais en cette saison, entre les températures glaciales et les trottoirs glissants, va quand même pour la voiture.

Nous parcourons encore quelques centaines de mètres au ralenti, puis je ne peux pas m'empêcher de poser la question :

« Est-ce que ma mère et vous sortez ensemble ? »

M. Delaney quitte la route des yeux le temps de m'adresser un regard étonné. La voiture de devant pile pour éviter un piéton qui traverse la rue en courant, M. Delaney enfonce la pédale de frein et tend le bras comme pour m'empêcher de passer à travers le pare-brise. J'ai bouclé ma ceinture et nous roulons pratiquement au pas, mais je lui suis reconnaissante de ce geste instinctif.

« Pourquoi cette question ?

— Pourquoi ne pas répondre ? » je réplique. Je l'ai déjà vu à l'œuvre au tribunal. « Je ne dis pas que ce serait un problème. J'ai juste envie de savoir.

— Ta mère est une belle femme », concède-t-il enfin.

Je hoche la tête pour l'encourager. M. Delaney et ma mère. Plus j'y pense, moins cela m'ennuie. C'est bien que ma mère ait quelqu'un dans sa vie. Mon père était tout pour elle, je le sais mieux que quiconque, et les années qui se sont écoulées depuis sa disparition n'ont pas été faciles. Je suis contente qu'un homme comme M. Delaney prenne soin d'elle.

« Je serais honoré d'avoir une relation avec elle, continue-t-il, si j'étais le genre d'homme qu'une relation avec une belle femme intéresse. »

Il me faut quelques instants pour comprendre ce qu'il vient de dire. La voiture devant nous redémarre. Nous progressons au tour de roue. J'ai l'impression que tout tourne dans ma tête, mon cerveau ressemble à ce cercle sans fin qui s'affiche sur un smartphone quand il rame pour télécharger un fichier. Une petite minute. Est-ce que ça veut dire… ?

Un déclic, et je comprends tout ce que je n'avais jamais réellement remarqué jusque-là. Cet homme incroyablement séduisant qui ne s'était jamais marié, qui n'avait jamais eu d'enfant. Qui flirtait éhontément avec toutes les invitées d'une réception, mais qui jamais n'arrivait ni ne repartait avec une femme à son bras. J'avais vu combien ces dames s'intéressaient à lui et je l'avais pris pour un Don Juan à cause de ses sourires charmeurs. Mais les faits étaient là : durant toute mon enfance, puis toute ma vie d'adulte, aucune petite amie ni relation sérieuse.

Je me sens idiote au point d'en être ridicule.

« Je suis désolée », dis-je.

Il sourit avec indulgence. « Ce n'est pas un sujet dont je parle. Mes parents n'avaient pas vraiment les idées larges.

— Est-ce qu'ils ne sont pas décédés ?

— Les habitudes ont la vie dure. Mes amis intimes et mes proches connaissent mes goûts, mais je ne les crie pas sur tous les toits.

— Je suis désolée, dis-je encore.

— Pourquoi donc ?

— Parce que... parce que vous ne devriez pas avoir à me dire qui vous êtes, ni à en être gêné. Et encore moins à vous justifier auprès d'une imbécile comme moi. D'autant que je m'en fiche, m'empressé-je d'ajouter, avant de me rendre compte que ma phrase pourrait être mal interprétée. Enfin, je ne me fiche pas de vous, mais de savoir avec qui vous sortez.

— Du moment que ce n'est pas ta mère ? me demande-t-il d'un air taquin.

— Voilà. Et dites-moi par pitié que je n'ai pas à vous interroger sur mon père ! »

J'ai lancé ça par boutade en levant les yeux au ciel, mais le regard qu'il m'adresse en retour me laisse pantoise.

« Quoi ? Attendez ! Dites-moi que ce n'est pas vrai. »

Il éclate de rire et je comprends qu'il me charrie.

Bon sang, il faudrait que je refasse de bonnes nuits parce qu'à chaque fois que je crois mieux comprendre ma famille, la vision que j'en ai est de nouveau bouleversée.

« Mes deux parents étaient au courant ? »

J'essaie de retrouver des repères.

« J'ai compris qui j'étais au moment de mon entrée à l'université. C'est ton père qui s'en était rendu compte le premier. Comme je te le disais, je ne le criais pas sur tous les toits. Le fait qu'il l'ait totalement accepté a été très précieux pour moi, à une période de ma vie où j'avais encore du mal à me sentir bien dans ma peau. »

Je me retiens in extremis de lui dire encore une fois que je suis désolée.

« Quant à ta mère... Elle a joué au chat et à la souris avec moi pendant des mois. Elle n'avait d'yeux que pour ton père, évidemment, mais elle éprouvait le besoin de me garder dans les parages – pour le rendre jaloux, certainement. Nous n'avons pas jugé bon de la détromper, c'était trop drôle de la voir se donner du mal. Je crois que le jour où je lui ai dit ce qu'il en était, elle m'a giflé (pour lui avoir menti) et ensuite elle m'a pris dans ses bras, tellement elle était soulagée de savoir qu'il y avait une bonne raison si je ne m'étais pas encore rendu à ses charmes. Ta mère est une femme compliquée.

— Sans blague.

— Mais elle t'aime. »

Je hausse les épaules. « Elle est le soleil. Elle sera toujours le soleil ; moi, je ne peux que tourner en orbite autour d'elle et parfois c'est vraiment usant.

— Elle est comme elle est, tout comme je suis comme je suis.

— Est-ce que c'était ça, le point commun de votre trio ? Que ça vous ait plu ou non, ma mère avait un tempérament de feu, mon père un intellect hors du commun et vous des préférences particulières ?

— Trois personnes qui ne rentraient pas dans les cases », reconnaît M. Delaney.

J'ai du mal à voir mes parents de cette manière. Mon père a toujours eu l'aura du génie et ma mère celle de l'hôtesse sublime jusqu'au bout de ses cheveux méchés. Quant à M. Delaney, le renard argenté en personne, ténor du barreau de Boston…

Mais, avant d'être tout cela, ils avaient été jeunes. Étant donné l'adolescence ingrate qui avait été la mienne, était-il tellement difficile d'imaginer qu'eux aussi en étaient passés par là ?

« Tu veux connaître un autre secret ? me propose M. Delaney.

— Volontiers !

— À l'époque, j'étais une vraie crapule.

— De la mauvaise graine ?

— On dit qu'en chaque avocat de la défense sommeille un excellent criminel et que tout notre talent vient de là. J'ai rencontré ton père à la sortie d'un bar, en pleine rixe avec un autre étudiant.

— Vous vous battiez ? À coups de poing, vous voulez dire ? » Je regarde son pull en cachemire à trois cents dollars et je n'arrive pas à me l'imaginer.

« Et je te prie de croire que j'avais le dessus. Il ne faut pas être surprise comme ça, plaisante-t-il.

— Si vous le dites... Pourquoi est-ce que vous vous battiez ?

— Je ne sais même plus. À l'époque, il ne m'en fallait pas beaucoup. Un caractère d'Irlandais au sang chaud. Beaucoup de colère mal placée. Le besoin, je crois, de prouver que j'étais un homme de la manière la plus primaire qui soit, puisque, d'un certain point de vue essentiel, je ne le pouvais pas. »

Cela m'échappe encore une fois : « Je suis désolée.

— Tout ça, c'était avant ta naissance. Et il faut bien faire des bêtises dans sa jeunesse. C'est comme ça qu'on trouve sa voie vers l'âge adulte.

— Ça n'a pas ennuyé mon père que vous tabassiez l'autre étudiant ?

— L'autre lui avait aussi cherché des noises dans le bar. Ton père était tellement mignon et maladroit quand il a voulu me remercier d'avoir fichu une raclée à son bourreau... je n'ai pas pu refuser lorsqu'il a proposé de me payer une bière. »

Je ne sais plus quoi penser des relations entre M. Delaney et mon père, ni combien de nouvelles versions de mon enfance je serai encore capable de supporter.

Il me sourit. Arrivés au campus, nous commençons à en faire le tour. Bientôt, nous n'aurons pas d'autre choix que de nous garer pour rejoindre le bureau du docteur Ivanova à pied.

« C'est vrai que j'ai eu le béguin pour ton père. Au tout début. Il s'en est peut-être aperçu. On ne savait jamais avec lui. En société, il pouvait donner l'impression d'être mal à l'aise, l'esprit ailleurs. Mais si on lui posait après coup des questions sur une soirée, une personne, une situation... il était très observateur. Et d'une perspicacité stupéfiante, au point que j'en avais parfois le souffle coupé. Je me demandais quel fardeau ça devait être de voir tout et tout le monde de manière aussi claire et précise.

— Il me voyait telle que j'étais, dis-je en regardant mes genoux. Il savait que j'étais une enfant timide et que ma mère pouvait m'imposer tous les goûters du monde avec des petites camarades, jamais je ne serais à ma place avec elles. Il savait aussi à quel point j'avais besoin de mon piano, de cette chose qui n'était qu'à moi. Et que j'avais besoin de lui.

— Earl t'aimait profondément.

— Il nous aimait tous profondément. »

M. Delaney, un sourire triste aux lèvres, tourne pour s'engouffrer dans le parking couvert. « Sincèrement, il a été l'une des grandes histoires d'amour de ma vie. Et il ne se passe pas un jour sans qu'il me manque. »

Vu la tête qu'il fait, je le crois.

Le docteur Katarina Ivanova lève les yeux de son bureau à mon entrée. Elle semble plus âgée que sur sa photo en ligne. Le visage un peu empâté. Elle n'a pas l'air heureuse de me rencontrer, et son humeur s'aigrit encore lorsque M. Delaney apparaît derrière moi.

Son bureau est de petite taille, rien que de très ordinaire. Un sol en lino, pas de fenêtre, des néons.

Elle se lève. Sa robe cache-cœur rouge cerise flatte sa silhouette pulpeuse et sa chevelure opulente. Visiblement, le docteur Ivanova n'éprouve aucun besoin de faire profil bas sous prétexte qu'elle est un des seuls éléments féminins du département de mathématiques. Ça devrait me la rendre sympathique, mais sa méfiance m'agace. Je ne suis plus certaine de vouloir en apprendre davantage sur elle – ni sur sa relation avec mon père.

« Evelyn Hopkins ? »

Elle m'appelle par mon nom de jeune fille et je ne la corrige pas. Je suis là pour parler de mon père, alors quand je lui ai téléphoné il m'a paru logique de me présenter comme ça.

« Dick », dit-elle en adressant un signe de tête à M. Delaney. Si je ne venais pas d'avoir une conversation aussi instructive avec le meilleur ami de mon père, je serais en train d'échafauder des hypothèses sur le degré d'intimité entre le docteur Ivanova et M. Delaney. Mais là, je ne sais plus.

Je prends un siège et, au bout de quelques secondes, M. Delaney en fait autant. Puis nous restons tous les trois à nous regarder en chiens de faïence. Maintenant que je suis là, je ne sais plus ce que je voulais demander. Ce que j'ai besoin de savoir. Je finis par me lancer :

« J'ai des questions au sujet de mon père.

— C'est ce que vous m'avez dit au téléphone. » Le docteur Ivanova a repris sa place derrière le bureau. Elle se penche vers nous et pose les coudes sur son plateau dégagé. Cette position projette sa poitrine vers l'avant et, vu la coupe de sa robe, nous offre une vue plongeante sur son décolleté. Je me demande si elle cherche à déconcentrer M. Delaney ou si elle fait partie de ces femmes qui se servent de leur beauté comme d'une arme depuis si longtemps qu'elles ne s'en rendent même plus compte.

Je m'apprête à lui apprendre que la police a rouvert l'enquête sur les circonstances de la mort de mon père, mais je me ravise in extremis. Sans être experte en la matière, je sais pour avoir regardé d'innombrables séries policières que je ne devrais pas en révéler autant à ce stade. Si cette femme a trempé dans le meurtre, la reprise de l'enquête la mettra sur ses gardes. Inutile pour l'instant de l'en informer.

Cela dit, le véritable assassin sait que je n'ai pas tué mon père. Que je mens depuis seize ans. Est-ce qu'il y aurait moyen que cela me serve ?

Soudain, un plan se forme dans mon esprit.

« Est-ce que vous m'avez vue à la télé ? lui demandé-je, en prenant soin de mettre beaucoup de sérénité dans ma voix.

— Vous avez été arrêtée pour le meurtre de votre mari.

— Ce n'est pas moi qui l'ai tué. M. Delaney est mon avocat. »

Le docteur Ivanova laisse échapper un petit rictus. Elle n'a pas l'air de le porter dans son cœur.

« Il me disculpera rapidement, continué-je. Mais, en attendant, je suis enceinte. Et à la rue. »

Elle hausse un sourcil.

« Oh, vous n'êtes pas au courant ? Ma maison a brûlé il y a deux jours. »

Lentement, elle secoue la tête, le visage toujours fermé. Ce que je dis ne la surprend pas et pourtant on la devine sur la défensive.

« Je connais un revers de fortune, dis-je en omettant de lui faire part de ce que j'ai brutalement appris ce matin au sujet de la fiducie. Et j'aimerais que nous trouvions un arrangement. » Elle me regarde sans ciller. Elle est vraiment à tomber.

J'imagine sans peine que mon père a pu être sous le charme. Rien que le choix de sa tenue laisse deviner un caractère aventureux dont nul n'aurait songé à accuser ma mère. Aurait-il pour autant cédé à la tentation ? J'ai toujours pensé que ma mère et lui étaient éperdument amoureux, mais, comme tous les couples, ils avaient leurs différends. Une autre idée me passe par la tête, encore plus étrange.

Si Conrad avait rencontré cette femme, est-ce que lui aurait cédé à la tentation ? Est-ce qu'il allait voir ailleurs ? Faux papiers, liasses de billets : à côté d'un tel degré de trahison, est-ce qu'une infidélité aurait même de l'importance ? Mais cette seule idée me donne le vertige.

Mon trouble doit se voir dans mes yeux parce que le docteur Ivanova me regarde d'un air agacé. « Je ne comprends pas où vous voulez en venir.

— Il vous aimait. » Autant ne pas y aller par quatre chemins. Je marque un point. Ça se lit dans son regard.

C'étaient les mots qu'elle avait envie d'entendre. Toutes les femmes en ont envie.

« Il n'aurait jamais quitté ma mère pour vous, mais il vous aimait. »

Elle détourne les yeux, mais trop tard pour me cacher l'émotion qui l'a traversée. À côté de moi, M. Delaney ne dit rien. Il me laisse mener la danse, dévider des secrets qu'il connaît déjà certainement.

De fait : « Tu lui as dit ? lui demande-t-elle brusquement.

— Ce n'était qu'une enfant. Bien sûr que non.

— Alors comment...

— Je ne suis plus une enfant. Je suis une adulte. Une femme mariée. Veuve, désormais. Je n'ai pas besoin qu'on m'explique la vie.

— Que voulez-vous ?

— Je sais ce que vous avez fait. Cela fait des années que je vous couvre. La moindre des choses, ce serait que vous me renvoyiez l'ascenseur. »

Elle me considère d'un air frondeur. « Je ne vois pas...

— La police vient de rouvrir l'enquête sur la mort de mon père. »

Elle écarquille les yeux.

« Le meurtre de mon mari a fait naître de nouveaux soupçons qui nécessitent des vérifications.

— Vous n'avez pas tué votre père par accident ?

— Je ne l'ai pas tué du tout. Nous le savons toutes les deux.

— Pardon ? » D'un seul coup, elle se rassoit en arrière dans son fauteuil. Elle semble réellement abasourdie, ce qui me coupe un peu mes effets. Jusqu'ici, je n'ai fait que rejouer un épisode de *New York, police judiciaire* en le mettant à ma sauce. Sauf que, dans mon scénario, c'était le moment où elle avouait. Pas où elle me regardait sans comprendre.

J'en rajoute une louche : « Je sais ce qui s'est réellement passé dans la cuisine, ce jour-là. Ma mère était folle de douleur. La vérité l'aurait démolie encore un peu plus, alors j'ai menti pour la protéger. Mais ça ne veut pas dire que je n'aie pas gardé des preuves.

— Vous êtes ridicule.

— On oublie souvent des cheveux sur une scène de crime. Par exemple, de longs cheveux bruns. Éclaboussés de sang. » Elle blêmit. À côté de moi, M. Delaney a un petit mouvement de surprise.

« La police pourra encore les analyser.

— Elle ne vous croira pas. Vous avez tué votre mari. Elle sait qui vous êtes.

— Je n'ai pas tué mon mari. Simplement tiré sur l'ordinateur. Et la police me croit. »

Là, elle ne sait plus du tout où elle en est. Il y a de quoi. Je m'applique à la déstabiliser en permanence et je me révèle assez douée à ce petit jeu.

« Qui a tué votre mari ? me demande-t-elle sans ménagement.

— Qui a brûlé ma maison ? » répliqué-je aussitôt.

Elle secoue la tête, l'air de trouver que je perds les pédales. Il faut que j'en finisse avant qu'elle ne découvre toutes les failles du mensonge que je suis en train de tisser au petit bonheur la chance.

« Je sais ce que vous avez fait. J'ai des preuves. Seulement il se trouve que je traverse aussi une mauvaise passe. Alors, pour peu que vous y mettiez le prix, je pourrais tout faire disparaître. »

M. Delaney se tourne carrément vers moi avec de grands yeux. Est-ce qu'il est épaté ou atterré ? Je n'ai pas le courage de le regarder pour en avoir le cœur net.

« J'ignore ce que vous croyez savoir, répond le docteur Ivanova d'un air mauvais, mais je n'ai pas tué votre père. Oui, j'ai couché avec lui. Il était séduisant et brillant. Mais je ne m'attendais pas à ce qu'il quitte votre mère. Je ne l'aurais pas voulu, d'ailleurs. Il était beaucoup trop vieux pour moi et je n'éprouve aucun besoin de me marier. Je préfère de loin la vie que je mène.

— Mais votre relation était houleuse.

— Certainement pas. Nous étions deux adultes consentants, avec des désirs. Nous avons eu envie l'un de l'autre et ça s'est fait. Le problème, évidemment, c'est que votre mère l'a su. Elle lui en a voulu, même si ce n'était pas la première fois qu'elle apprenait ce genre de frasques. Votre père s'est un peu inquiété, elle était plus remontée que d'habitude. C'était, comment disait-il, déjà ? "La goutte de trop" ?

— La goutte d'eau qui fait déborder le vase.

— Voilà, c'est ça. Quand j'ai appris qu'Earl avait été assassiné, j'ai pensé que c'était sa femme.

— Ma mère était avec moi au moment du meurtre. »

Pour la première fois, le docteur Ivanova sourit. Une expression féline. « Voyons, jamais votre mère ne se serait sali les mains ! Et j'ai toujours pensé qu'elle était beaucoup plus intelligente que votre père ne voulait bien le croire. » D'un geste de la main, Ivanova me signifie mon congé. « Vous n'avez rien du tout. Si la police m'interroge, je dirai la vérité. Votre père et moi avons été amants, il y a très longtemps. Et nous avons rompu, il y a très longtemps aussi. Je ne tire pas sur mes ex. Franchement, je n'ai pas les moyens de me payer autant de munitions. »

Elle me lance un regard de défi. Et je me retrouve le bec dans l'eau. Elle a gagné. J'ai perdu. Jeu, set et match.

Je me lève et découvre avec surprise que je tremble sur mes jambes. Pour être franche, je crois Katarina Ivanova quand elle dit qu'elle n'avait aucune raison de tuer mon père. Mais maintenant j'ai des doutes sur ma mère, ce qui est pire.

Je veux partir le plus loin possible d'ici. Cette matinée m'a mise sens dessus dessous. Peut-être que les enfants ne sont pas censés en savoir aussi long sur leurs parents. Et que personne ne devrait se repencher de trop près sur ses souvenirs d'enfance.

M. Delaney se lève à son tour. Alors que je gagne la porte, lui hésite. Je l'entends glisser quelque chose au docteur Ivanova. Peut-être une dernière pique pour la route. En tout cas, elle lui répond vertement, visiblement mécontente de lui. Ça m'est égal, désormais. Tout ce que je veux, c'est retourner à la voiture. Et ensuite, quoi ? Rentrer chez ma mère ? La regarder préparer ses sempiternels martinis dans la cuisine ? Ou lui demander enfin, à brûle-pourpoint, si elle a commandité le meurtre de mon père ?

J'ai des doutes là où je voudrais avoir des certitudes. Je découvre des choses que je préférerais ignorer.

Alors que nous ressortons dans le froid cruel de la mi-décembre, le téléphone de M. Delaney sonne. Il répond sèchement : « Delaney. Oui. Je vous demande pardon ? Qu'est-ce que vous dites ? »

Aussitôt sa foulée s'accélère. Je presse le pas pour rester à sa hauteur jusqu'à ce qu'il raccroche et rempoche son téléphone.

« Il y a le feu, dit-il d'une voix cassante.

— Où ça ? » Et je ne peux pas m'empêcher de demander :

« Maman ?

— Ta mère va bien. Ce n'est pas chez elle, Evie. C'est chez moi. »

32

D.D.

D.D. mit fin à sa réunion avec Neil et Carol. Toutes leurs découvertes semblaient confirmer que Conrad Carter avait repris les enquêtes de son père à la mort de ses parents. Ce qui signifiait qu'il avait dû agir sur plusieurs fronts, cherchant à protéger Monica LaPage de son ex-mari (toujours vindicatif malgré son incarcération) et poursuivant les investigations sur la disparition d'au moins deux jeunes filles en Floride. Pour ce faire, d'après le témoignage d'Evie qui avait vu un site internet en .onion sur l'ordinateur de son mari, Conrad avait eu recours à l'internet clandestin. Était-ce par ce biais qu'il avait rencontré Jacob Ness et qu'il lui avait donné rendez-vous dans un bar ? Ou qu'il avait croisé des prédateurs de tout poil, dont l'un avait fini par déceler ses véritables intentions et s'était senti obligé de le supprimer ? À moins que Conrad n'en ait trop su pour son propre bien ?

Ils avaient progressé, mais pas encore assez. Neil et Carol devaient maintenant joindre Dan Cain, le policier à la retraite qui était vraisemblablement resté en contact avec Conrad. Ils devaient aussi se renseigner discrètement pour localiser Monica LaPage. D.D. s'interrogeait en particulier sur les virements mensuels effectués depuis le compte de Conrad : est-ce qu'il aurait soutenu financièrement cette femme aux abois, prenant là aussi la suite de son père, qui avait voulu lui venir en aide ?

Une montagne de questions.

En attendant, D.D. retourna dans son bureau pour appeler l'experte incendie. Elle voulait en savoir davantage sur Rocket, leur suspect numéro un dans le sinistre qui avait frappé la maison des Carter. Il y avait aussi ces histoires d'incendiaires à gages. Est-ce que Di Lucca avait connaissance de telles pratiques ? Est-ce que cela pouvait correspondre au profil de ce gringalet ? Et comment les clients potentiels apprenaient-ils l'existence de tels services ?

« Un gamin ingénieux à sa façon », avait dit Flora au sujet de Rocket. Pour D.D., ce n'était pas une bonne nouvelle.

Elle venait d'attraper son portable lorsqu'il sonna. Un regard sur l'écran et elle sourit.

« Les grands esprits se rencontrent, dit-elle en guise de bonjour à Patti Di Lucca.

— Comme les ânes à l'abreuvoir, répondit celle-ci en complétant la maxime.

— Mince. Est-ce que ça veut dire que ce coup de fil ne va pas me plaire ?

— Ça dépend. Qu'est-ce que vous diriez d'un deuxième incendie ?

— Où ça ?
— Chez Dick Delaney, l'avocat. Ça pue l'essence et il paraît que les premiers pompiers arrivés sur les lieux ont découvert un fait-tout cramé sur la cuisinière et une épaisse fumée d'huile de cuisine.
— Rocket Langley...
— Je suis déjà sur place, lui indiqua Di Lucca.
— Des blessés ?
— Personne. La maison était vide quand le feu s'est déclaré.
— Je vous rejoins. »

Phil dut se garer à plusieurs pâtés de maisons de l'incendie. Une colonne d'épaisse fumée noire montait droit devant eux et D.D. fut prise d'une quinte de toux à la minute où elle descendit de voiture. La rue de Back Bay où vivait Dick Delaney était déjà engorgée par les camions de pompiers et autres véhicules d'intervention. Dans cet élégant quartier peuplé de maisons mitoyennes cossues, les services anti-incendie n'avaient pas traîné pour étouffer les flammes.

Phil et D.D. montrèrent leurs plaques et passèrent sous le ruban de scène de crime. D.D. repéra Di Lucca réfugiée derrière un camion de pompiers, à l'abri de la chaleur du brasier. La spécialiste des incendies, à la tenue très chic, les salua d'un signe de tête.

« Je n'en sais pas plus que ce que je vous ai dit au téléphone. La température est beaucoup trop élevée pour qu'on puisse entrer dans la maison. Mais tous les intervenants ont signalé une odeur d'essence. Ils ont aussi repéré des traces de carbonisation très visibles, ce qui tendrait à prouver l'usage d'un accélérant. »

D.D. prit acte de ces informations et tourna lentement sur elle-même. Comme il convenait à un avocat très en vue, Dick Delaney vivait dans un quartier extrêmement huppé. Des voitures de marques étrangères s'alignaient le long du trottoir et chaque maison restaurée à grands frais semblait un brin plus luxueuse que la précédente. D'énormes couronnes de Noël ornaient les portes sombres, des pots de plantes vertes de saison flanquaient les perrons et les buissons taillés au cordeau étaient parés de guirlandes lumineuses blanches.

« Il est forcément en train de regarder, murmura D.D.

— Les pyromanes aiment bien admirer leur œuvre, reconnut Di Lucca.

— Des logements vacants dans le quartier ? » demanda D.D. à Phil en scrutant les fenêtres des maisons d'en face. À cette heure de la journée, impossible de rien voir à l'intérieur, les vitres ne faisaient que refléter le ciel enfumé. Rocket pouvait très bien être posté derrière l'une d'elles en ce moment même et les observer d'en haut. À moins qu'il ne soit tapi dans un escalier de secours ou embusqué dans la foule des badauds. Les possibilités ne manquaient pas, mais elle aurait juré sentir son regard peser sur elle.

« Des témoins ? demanda D.D. à Di Lucca alors que Phil partait à la pêche aux informations.

— Aucun. Mais peu de gens sont chez eux en pleine journée.

— Il sait se fondre dans le décor, dit D.D. Nous avons des raisons de penser qu'il était déguisé en désinsectiseur quand il est entré chez les Carter. Personne ne se pose trop de questions devant ce type de prestataire de services. Et ça lui donnait un prétexte pour se balader avec d'énormes pulvérisateurs.

— Plus finaud que je ne l'aurais cru pour un gamin qui, jusque-là, ne s'intéressait qu'aux entrepôts à l'abandon.

— Nous pensons qu'il a pris du galon et qu'il propose désormais ses services comme incendiaire. Ce qui lui permettrait d'être payé pour assouvir sa passion. »

Di Lucca poussa un profond soupir. « Parfait, un voyou qui monte sa petite entreprise. Tout juste ce dont cette ville avait besoin. »

Il y eut un mouvement de foule et, lorsqu'ils se retournèrent, D.D. et Di Lucca aperçurent Delaney qui remontait vivement la rue dans leur direction. Evie, derrière lui, était en pleine conversation téléphonique. Delaney s'immobilisa devant l'agent en tenue qui interdisait l'accès au périmètre et qui avait levé la main pour l'arrêter. Il prononça quelques mots brefs et le jeune policier fit pratiquement un bond de côté pour le laisser passer.

Evie leva les yeux et découvrit D.D. qui les attendait. Un sentiment fugace se lut sur son visage. Culpabilité ? En tout cas, Evie mit brutalement un terme à sa communication et rangea l'appareil dans la poche de son blouson.

« Maître Delaney ! » lança D.D. en leur faisant signe d'approcher. Le temps qu'ils arrivent, elle scruta la foule. Toujours rien. Mais Rocket était forcément dans les parages, elle le sentait.

« Je suis désolée pour votre maison, dit D.D. lorsque Delaney et Evie l'eurent rejointe.

— Est-ce qu'il y a des blessés ? » s'enquit aussitôt l'avocat.

Ce fut Di Lucca qui répondit : « Non, un voisin a très vite repéré la fumée et les pompiers sont arrivés en quelques minutes. Malheureusement, il semblerait que les dommages structurels soient importants. »

Delaney haussa les épaules d'un air dépité. « Entre la fumée et l'eau des lances à incendie... Même sans parler du feu, ça m'étonnerait qu'il y ait quoi que ce soit de récupérable. »

D.D., silencieuse, observait l'avocat.

Il contemplait sa maison, mais ses sentiments étaient impossibles à déchiffrer. Tristesse ? Colère ? Surprise ? Un mélange des trois ?

« Est-ce que je peux vous demander où vous étiez, ce matin ?

— Je m'occupais de ma cliente, dit-il en désignant Evie, laquelle contemplait l'édifice fumant avec un air de désolation non dissimulé.

— Et que fabriquiez-vous ? » demanda D.D. à Evie. Le silence s'éternisa à tel point que D.D. crut qu'Evie n'allait pas répondre. Mais finalement :

« C'est la même chose que chez moi ? Incendie criminel ? demanda-t-elle.

— Nous avons des raisons de le penser », répondit Di Lucca.

Evie se tourna vers elle. « C'est vous qui avez mené l'enquête chez moi ? Chez les Carter ?

— Oui.

— Vous croyez que c'est le même individu ?

— Je ne commente pas les affaires en cours.

— Ça veut dire oui. Mais pourquoi ? Pourquoi incendier ma maison ? Et celle de mon avocat ? Pourquoi, pourquoi, pourquoi ?

— J'espérais que vous pourriez nous le dire, reprit D.D. en regardant Delaney et Evie d'un air candide.

— Je n'en ai aucune idée », répondit Evie.

Elle semblait en proie à une telle détresse que D.D. était à deux doigts de la croire.

« Est-ce que vous auriez emporté quoi que ce soit en quittant votre maison après l'assassinat ?

— Bien sûr que non. J'ai été arrêtée, je n'ai même pas pu attraper mon sac à main ni mon téléphone portable.

— Huit minutes, fit remarquer D.D. C'est le temps qui s'est écoulé entre les deux salves de coups de feu. Largement assez pour planquer quelque chose.

— Mais je n'étais pas là au moment des premiers tirs. Je vous l'ai dit : ce n'était pas moi. Je n'étais là qu'à la fin, quand j'ai détruit l'ordinateur dans l'espoir d'épargner un peu de chagrin à mon enfant.

— Tout ce qu'elle aurait pu emporter aurait été saisi lors de son incarcération, intervint brutalement Delaney avant de se tourner vers Evie : Tu as été fouillée, j'imagine ? »

Elle rougit, baissa les yeux. « Oui.

— Donc elle ne pouvait rien avoir sur elle.

— Et vous ? insista D.D. Est-ce que vous l'avez vue à son entrée en prison ?

— Non, nous nous sommes seulement parlé au téléphone. Et nous nous sommes retrouvés le lendemain matin au tribunal.

— Le coupable doit penser que vous avez quelque chose de précieux en votre possession. Voyons. D'abord sa maison détruite par les flammes, maintenant la vôtre. Ça ne tient pas de la coïncidence. »

Delaney restait crispé. « J'en suis bien convaincu. Quant au lien entre les deux... franchement, commandant, je n'en ai aucune idée.

— Où étiez-vous ce matin ? » insista D.D., mais cette fois auprès d'Evie, qui semblait plus coopérative. Di Lucca écoutait la discussion avec un intérêt manifeste, mais son portable sonna. Elle s'éloigna à regret de quelques pas pour prendre l'appel.

« Nous sommes allés voir une ancienne amie de mon père, répondit Evie.

— Dans quel but ?

— J'ai réfléchi. Je sais que je n'ai pas tué mon père et, d'après ce que vous dites, je comprends qu'il ne s'est pas non plus suicidé. Donc la question se pose...

— Dites-moi que je rêve : vous êtes en train d'enquêter sur l'assassinat de votre père ? Mais qu'est-ce que vous avez tous, en ce moment ? Pourquoi personne ne comprend-il que c'est un vrai métier, enquêteur ? »

Evie resta ébahie par cette sortie.

« Votre mari menait sa petite enquête, lui aussi. Vous le saviez ? » reprit D.D.

Evie secoua la tête.

« L'accident de ses parents n'en était pas un. On les a envoyés dans le décor. Peut-être à cause d'une des deux affaires sur lesquelles le père de Conrad, enquêteur à Jacksonville, travaillait à l'époque.

— Je n'ai jamais su... Il ne m'a jamais dit...

— Il vivait sous un nom d'emprunt. Il se cachait, Evie. Votre mari se cachait. Est-ce que vous savez de qui ? »

Evie était maintenant pâle comme un linge. « Non.

— Lui avez-vous un jour parlé de votre père ? Lui avez-vous dit que vous ne l'aviez pas tué ?

— Jamais. Souvenez-vous, je croyais que mon père s'était suicidé. Donc, non, je n'ai jamais abordé le sujet.

— Mais Conrad était sous tension. D'après ce que vous nous avez dit, vous pressentiez qu'un malheur allait arriver. Seulement vous pensiez que ça concernait votre couple.

— C'est sûr que Conrad était tendu.

— Auriez-vous remarqué quelqu'un en train de surveiller votre maison ?

— Non.

— Des coups de téléphone bizarres, où on vous raccroche au nez ?

— Non, mais Conrad était commercial. Il passait sa vie sur son portable.

— Il était en train de creuser une piste, Evie. Il tenait quelque chose. J'ai besoin que vous réfléchissiez.

— Mais je ne sais rien ! Juste l'ordinateur. Ces filles à l'écran. Dire que je l'ai pris pour un monstre. J'en étais tellement certaine. Et au lieu de ça... son père était dans la police ?

— Vous étiez au courant de quelque chose ? demanda D.D. en se tournant tout à coup vers Delaney.

— En aucun cas », répondit-il avec raideur. Mais la technique avait fonctionné : D.D. avait surpris une lueur dans son regard avant qu'il ait le temps de la dissimuler. Et elle comprit :

« Vous vous étiez renseigné sur lui. Le jour où Evie avait fait la connaissance de Conrad. La fille de votre meilleur ami venait de faire une nouvelle rencontre... ça vous a paru naturel. Et vous avez découvert que Conrad n'était pas son vrai nom. »

C'était maintenant au tour d'Evie de dévisager Delaney. L'avocat parut sur le point de tout nier, mais se ravisa :

« C'est vrai. J'ai fait des recherches. Je me sentais responsable de la sécurité et du bien-être d'Evie. Je ne plaisante pas avec ça.

— Et comment avez-vous réagi ? » demanda Evie, le souffle coupé.

Delaney poussa un soupir. Le petit jeu était terminé et il le savait. « J'ai demandé à Conrad de s'expliquer. Je lui ai dit que je savais que son identité était un mensonge. C'est à ce moment-là qu'il m'a parlé de ses parents, des enquêtes de son père. Et nous sommes tous les deux arrivés à la conclusion qu'il valait mieux pour toi, dit-il en regardant Evie, qu'il continue à vivre sous un nom d'emprunt.

— Sur qui enquêtait-il ? demanda D.D.

— Il menait deux enquêtes de front. La première concernait des affaires de disparition. Mais il se faisait moins de souci de ce côté-là qu'au sujet d'un certain Jules LaPage. D'après lui, si jamais LaPage sortait de prison, il chercherait à lui nuire. D'où le nom d'emprunt.

— Pourquoi LaPage s'en serait-il pris à lui ?

— Parce que son père avait protégé son ex-femme et que Conrad l'avait aidée à s'enfuir. Il savait où elle se trouvait et sous quelle identité elle vivait. LaPage n'était pas idiot. S'il était libéré, le plus court chemin menant à sa femme passerait par Conrad.

— Il ne m'a jamais rien dit, murmura Evie en secouant légèrement la tête. Pas un mot. Rien.

— C'était sa croix. Il ne voulait pas que tu t'inquiètes. Les années ont passé, il ne m'en a plus jamais reparlé et j'ai sincèrement cru que la situation s'était réglée d'elle-même. LaPage était toujours incarcéré, donc pas de nouvelles, bonnes nouvelles. Et je me suis dit que Conrad était peut-être simplement paranoïaque. Ça arrive. » Delaney se tourna vers D.D. « Quand j'ai appris son assassinat, mon premier réflexe a été de vérifier ce qu'était devenu LaPage. Et je peux vous certifier qu'il est toujours derrière les barreaux.

— Mais la situation avait changé, rappela D.D. Evie nous l'a dit. Conrad était sur les nerfs. Il s'inquiétait.

— J'étais tombée enceinte, fit remarquer Evie. Si l'un de ces types sur lesquels il enquêtait retrouvait sa trace… les conséquences risquaient d'être plus dramatiques. »

D.D. n'était pas convaincue. « La menace devait être plus directe. Il avait découvert quelque chose. De suffisamment grave pour que non seulement on l'assassine, mais qu'on mette le feu à votre maison. Sauf que le criminel n'est toujours pas rassuré, et c'est pour ça qu'il vient de brûler aussi la vôtre, dit D.D. en regardant Delaney. Pourquoi donc ? Parce que vous êtes l'avocat d'Evie ou parce que le coupable sait que vous connaissiez la vérité au sujet de Conrad ?

— Je n'en ai pas la moindre idée, répondit Delaney avec flegme.

— Avec qui avez-vous discuté ce matin ?

— Juste une ancienne amie de mon père, expliqua Evie. Le docteur Katarina Ivanova. Mon père et elle avaient eu une liaison. J'ai pensé qu'elle avait peut-être fait une crise de jalousie. Qu'elle l'avait tué. »

D.D. était curieuse : « Et ?

— Je ne pense pas qu'elle soit du genre jaloux. Plutôt du genre à jeter son dévolu sur une autre proie plus intéressante. »

D.D. ne comprenait pas. Plus elle en savait, plus cette affaire partait dans tous les sens. La mort du père d'Evie. La mort de son mari. Evie qui enquêtait sur son père. Le mari d'Evie qui enquêtait sur deux affaires criminelles.

Tout le monde s'amusait à remuer la vase. Vieux secrets, crimes récents. Beaucoup de choses avaient pu remonter à la surface. Mais où était le lien entre tous ces éléments ? Deux meurtres par balles. Deux maisons incendiées. Il y avait forcément un rapport.

Phil la rejoignit. « On l'a repéré. »

Elle n'eut pas besoin de lui demander de qui il parlait.

« Où ça ?

— Il a pris le métro à trois rues d'ici. La ligne verte, direction Lechmere.

— Mets la MBTA sur le coup, lui ordonna-t-elle en parlant de la sécurité des transports publics.

— Déjà fait.

— Vous deux, dit-elle en fusillant Delaney et Evie du regard, pas bouger. Ça suffit de courir partout en posant des questions dangereuses. On a assez à faire comme ça. »

Puis elle s'éloigna, son téléphone à la main. Elle avait une dernière arme à déployer. Quelqu'un qui avait déjà rencontré Rocket Langley, qui connaissait le métro de Boston sur le bout des doigts et qui pourrait intervenir avec plus de rapidité et d'efficacité que n'importe quel agent de police.

Elle appela Flora.

33

Flora

Keith pianote comme un forcené. De là où je me tiens, derrière l'épaule de Quincy qui filme toujours l'écran d'ordinateur, j'ai du mal à tout lire. D'autant que Keith a l'air de se servir d'une sorte de langage codé connu des seuls informaticiens et cybercriminels.

Je déchiffre des bribes de la conversation. Du classique : *Tiens, un revenant !* Keith répond qu'il a dû prendre de longues vacances, ce qui semble être un euphémisme pour un séjour en prison. Suit une avalanche de questions qui m'échappent totalement.

Lorsque Quincy souffle certaines réponses, je commence à comprendre : notre interlocuteur essaie de vérifier que Keith a bien été incarcéré. Quelle prison, quel bloc, et qu'est-ce que tu as pensé du corned-beef ? Les questions sont d'une précision qui ne me serait jamais venue à l'esprit et, sans l'aide de Quincy, je ne suis pas certaine que Keith saurait s'en dépatouiller. Il transpire à grosses gouttes, mais ça ne l'empêche pas d'incarner avec énergie un I.N. Verness qui, après avoir passé quelques années sur la touche, serait plus prêt que jamais à revenir dans la partie.

« Ne prenez pas les devants », conseille Quincy en posant une main sur l'épaule de Keith pour l'arrêter dans son élan. Il venait d'écrire : *Ce qui m'intéresserait…*

« Laissez-le venir. »

Mon téléphone sonne. Je jette un coup d'œil sur l'écran, découvre que c'est D.D. et m'éloigne de la table.

« Flora, dis-je en décrochant.

— Rocket Langley a repris du service. Il vient d'incendier la maison de Dick Delaney. Pas de blessé, mais des agents l'ont vu quitter le secteur. Il a pris la ligne verte, direction Lechmere. »

Je tique. « Quelqu'un de chez vous le tient à l'œil ? La ligne verte est un axe majeur. Il y a un paquet de stations où il peut descendre ou prendre une correspondance.

— La police des transports le recherche. Mais vous l'avez déjà rencontré. Vous savez comment il raisonne. J'ai pensé que ça vous intéresserait de filer un coup de main. »

Oh que oui ! Jusqu'ici, la séance de lutte contre le cybercrime a principalement consisté pour moi à me tourner les pouces en regardant Keith pianoter. Je devrais être plus patiente, mais je ne le suis pas : je préfère le combat mano a mano.

« Pourquoi avoir mis le feu chez Delaney ? C'est l'avocat d'Evie, on est d'accord ?

— Evie et lui prétendent qu'ils n'en ont aucune idée, répond D.D., l'air de ne pas en croire un mot.

— D'abord la maison d'Evie, maintenant celle de son avocat. » J'essaie de suivre son raisonnement. « Quelqu'un essaie de faire disparaître quelque chose, mais quoi ?

— Attendez, il y a encore plus bizarre. Nous avons maintenant la quasi-certitude que Conrad Carter enquêtait sur deux affaires en Floride, dont l'une avait certainement provoqué le meurtre de ses parents.

— Conrad s'est pris pour Batman ? Il s'est transformé en justicier solitaire pour venger la mort de ses parents ?

— Je suis entourée de cinglés qui n'ont aucun respect pour le travail de la police, confirme D.D. La première affaire concernait la disparition de deux jeunes femmes : c'est peut-être celle-là qui a mis Jacob Ness dans le collimateur de Conrad. J'oubliais : Dick Delaney connaissait sa véritable identité. Il s'était renseigné sur lui quand il avait commencé à sortir avec Evie.

— Est-ce qu'elle était au courant pour Batman ou est-ce qu'elle croyait avoir épousé Bruce Wayne ?

— Très drôle », répond D.D.

Mais une idée me passe par la tête. Je ne sais absolument pas ce qu'elle vaut, mais je baisse mon téléphone pour m'adresser à Keith et Quincy.

« Dites, je suis en ligne avec le commandant Warren. On aurait une question : est-ce qu'I.N. Verness en serait à parler… marchandise » (le mot me fait horreur au moment même où je le prononce) « avec son interlocuteur ?

— On y vient, répond Keith.

— Est-ce que tu pourrais l'interroger sur un ami commun ? »

Keith et Quincy me regardent d'un air étonné. « Qui ça ? demande Quincy.

— Conrad Carter. Il allait sur le dark web pour enquêter sur des disparitions. S'il s'agit d'un trafic d'êtres humains et que Jacob se servait de ce pseudo pour nouer des contacts, il y a des chances qu'il ait croisé Conrad, non ? Ça expliquerait qu'ils se soient retrouvés dans ce bar. Parce que le pseudo de Conrad (Jacob l'appelait Conner) et celui de Jacob s'étaient mis d'accord. »

Keith embraye sur mon idée.

« I.N. Verness ne s'était pas connecté depuis six ans, mais Conrad était sans doute présent jusqu'à sa mort mardi soir. Donc, si on pouvait établir ce qu'il fabriquait et quels ont été ses derniers contacts, ça nous donnerait peut-être des informations sur son assassin, voire un autre lien avec Jacob. »

Keith interroge Quincy du regard. Elle approuve. Il se remet à taper.

« Je crois que c'est l'internet clandestin, dis-je à D.D. en reprenant le téléphone.

— Qu'est-ce qui est l'internet clandestin ?

— Le lien entre toutes ces affaires. Jacob s'en servait pour peaufiner ses crimes. Conrad pour enquêter. Et je parierais que même Rocket Langley y va. On peut y proposer ses services, pas vrai ? Or c'est exactement le genre de prestataire que recherchent les gens qui y vont.

— Rocket se sert d'un système de boîte aux lettres derrière une brique pour ses contacts.

— Non. Ça, c'est pour récupérer l'argent. Il n'est pas assez pointu pour se faire payer en bitcoins, mais il a un smartphone et il faut bien qu'il trouve des clients, pas vrai ? Alors pourquoi ne pas se faire de la pub, si j'ose dire, sur le panneau de petites annonces le plus discret du monde ?

— C'est possible, reconnaît D.D. Autrefois les voyous ne sévissaient que dans leur quartier. Mais pour un jeune de cette génération, Internet est un outil comme un autre. Autant passer à la vitesse supérieure pour développer sa petite entreprise. »

Je me tourne de nouveau vers Keith. « Ce serait difficile pour un incendiaire de se créer un compte sur ces réseaux ? Est-ce qu'il suffirait de rédiger une petite annonce, mais secrète, en quelque sorte ?

— Se faire une réputation en tant que vendeur n'est pas une mince affaire, m'explique Keith depuis la salle à manger. Déjà, il y a une liste d'attente. »

J'en reste effarée. « Une *liste d'attente* ?

— Je te le confirme. Et un certain nombre d'obstacles à franchir, qu'on soit acheteur ou vendeur. Le but est de rester anonyme, mais n'oublie pas que les vendeurs doivent aussi prouver qu'ils sont fiables et dignes de confiance. Il ne faudrait pas que le premier imbécile venu se mette à faire des promesses qu'il ne pourrait pas tenir. Ni, inversement, qu'il achète des services qu'il n'aurait pas les moyens de payer.

— Comment on s'en assure ?

— Les nouveaux clients doivent ouvrir un compte bloqué pour garantir leur solvabilité. Et on demande aux vendeurs de présenter des références pour vérifier leur aptitude à fournir le service attendu.

— Des criminels se portent garants d'autres criminels ? » L'internet clandestin m'apparaît comme un univers de plus en plus étrange.

« Plus ou moins.

— Mais ça signifie qu'un tiers doit vérifier ces références et l'existence des comptes bloqués ?

— Tous les sites internet ont des administrateurs, même les illégaux. Et, de la même façon, chacun des forums cryptés où Jacob a pu rencontrer d'autres prédateurs est animé par deux ou trois modérateurs qui se connaissent dans la vraie vie. Ils se font confiance et forment le noyau de la petite communauté. Ensuite ils prennent des contacts et recrutent de nouveaux membres en leur demandant des preuves d'activités criminelles, par exemple la copie d'images pédopornographiques, la vidéo d'un meurtre filmé en direct, etc. De cette manière, tous les membres du forum sont aussi coupables les uns que les autres, et donc aussi protégés. On a beau être dans le cyberespace, le système repose quand même sur de l'humain. On ne peut pas se promener, bavarder ou commercer comme on veut. Il faut qu'une personne réelle se porte garante pour vous. Et qu'un administrateur en chair et en os vous ouvre la porte. »

Hochant la tête, je sens de nouveau ce lien ténu se former dans ma tête, aussi délicat que la toile sur laquelle je suis en train d'apprendre tant et plus. J'imagine Conrad penché sur son ordinateur, année après année, pour écumer ce cloaque. Un petit jeu du chat et de la souris d'un genre particulier, avec des cibles multiples. Il enquêtait sur deux affaires différentes. Des disparitions et…

« C'était quoi, l'autre affaire, déjà ? demandé-je précipitamment à D.D. La deuxième enquête de Conrad. Vous m'avez parlé de disparitions et… ?

— Un mari violent qui avait tiré une balle sur son ex en plein visage. Elle a survécu. Il est allé en prison. De l'avis général, il attend simplement de sortir pour terminer le boulot. Et nous pensons que Conrad savait où se cachait cette femme. Peut-être même qu'il la soutenait financièrement.

— Le type est en taule ?

— C'est ça.

— Donc il ne peut pas chercher sa femme lui-même ?

— Voilà.

— Les prestataires en ligne, dis-je. Jacob faisait appel à eux. Conrad a dû entrer en relation avec un paquet d'entre eux. Proxénètes, prédateurs, tueurs à gages. Kidnappeurs. Et pourquoi pas un incendiaire ou deux. Or derrière chaque transaction se cache une vraie personne, client ou vendeur. Quand on pense que Conrad a passé des années sur le dark web…

— Au moins dix ou quinze, confirma D.D.

— Vous imaginez le réseau qu'il a dû se constituer sous ses différents pseudos ? Des vendeurs qui le connaissaient et qui lui faisaient confiance. Ça lui permettait d'approfondir ses enquêtes, sauf que lui ne s'intéressait pas à un type de crime en particulier, mais à toutes sortes d'entreprises. Et s'il avait compris quelque chose ? S'il avait démasqué quelqu'un ? Comme le dit Keith, le système ne fonctionne que grâce à des gens qui tirent les ficelles en coulisses. »

Long silence. « Comme ce Ross Ulbricht qui dirigeait Silk Road, vous voulez dire.

— Par exemple. Mais il n'a pas nécessairement identifié un grand manitou. Il suffirait qu'il ait découvert que le principal du lycée administre un site de pédopornographie ou que la gentille vieille dame du quartier est secrètement tueuse à gages. Ça expliquerait aussi nos incendies. Si Conrad a démasqué un criminel, cette personne craint peut-être qu'il en ait laissé une trace. Un calepin rangé dans un tiroir. Un carnet de notes confié à un célèbre avocat en droit criminel qui se trouve être un proche de sa femme. »

D.D. étudie cette idée. « La théorie n'est pas mauvaise, finit-elle par dire, mais comme ça reste une hypothèse, nous ne sommes pas plus avancés.

— Pour l'instant. Mais laissez un peu de temps à Keith. Il pourra se pencher sur la question depuis le cœur du dark web, en se servant des différents pseudos de Conrad pour établir des rapprochements. Il va nous résoudre cette énigme. » Je regarde Keith droit dans les yeux pour la première fois de la matinée. Il hausse les sourcils en entendant l'énormité de la promesse que je viens de faire en son nom, mais ne proteste pas. Il va y arriver. Alors peut-être que je me suis trompée sur lui, finalement. Peut-être qu'il y a de l'espoir pour nous deux. Et pour moi.

« Nous savons que Conrad connaissait Jacob, raisonne Quincy, toujours postée derrière Keith. Si nous nous servons d'I.N. Verness comme garant de Conrad et de Conrad comme garant d'I.N. Verness... »

Keith approuve. Quincy scrute l'écran. Ils sont sur le coup. Ce qui signifie que mon travail ici est terminé. Je mets fin à ma communication avec D.D. et me dirige vers la porte.

« Tu vas où ? lance Keith.

— À la chasse au pyromane. »

Je commence par afficher un plan de la ligne verte sur mon téléphone. C'est un axe majeur, mais le réseau des transports publics de la ville en compte plusieurs. Et malheureusement, vu l'endroit où Rocket a pris le métro, il a dû passer par plusieurs grandes stations avec correspondance, de sorte qu'il a pu quitter cette ligne pour en emprunter une ou plusieurs autres. Il me faut à peu près trente secondes pour me rendre compte que les possibilités sont infinies et que rester en arrêt devant un plan de métro en couleur ne me mènera nulle part. Alors j'entreprends de placer des repères sur la carte. Le quartier de Rocket. Où je me dis qu'il y aurait des chances qu'il rentre, une fois sa mission accomplie. Ce serait une manière de retrouver sa zone de confort en attendant que les choses se tassent. J'ajoute l'emplacement de sa boîte aux lettres. Après avoir rempli un gros contrat, il voudra aussi aller chercher ses honoraires.

Mais ces deux points se trouvent à l'exact opposé de la direction prise par Rocket. Cherchait-il à tromper son monde ? Sachant que la police l'avait peut-être à l'œil, a-t-il essayé de la semer ? Mais s'il est tellement malin, il sait aussi qu'il sera attendu chez lui. Donc peut-être qu'en réalité, il ne peut pas retourner dans son quartier. Il lui faut un endroit plus sûr où se terrer un petit moment.

Je décide d'être courageuse et j'appelle non pas D.D., mais son bras droit : Phil, celui qui a toutes les chances d'être élu Père de l'année. Il ne m'aime pas et je ne sais jamais sur quel pied danser avec lui. Ayant grandi sans père, je me demande toujours s'il faut prendre son éternelle moue de désapprobation pour argent comptant ou si c'est une marque d'affection.

« Est-ce qu'on connaît les proches de Rocket Langley ? lui demandé-je sans préambule. J'ai le plan du métro sous les yeux et, comme il est parti dans la direction opposée à celle de son quartier, je me dis qu'il doit avoir un autre endroit où crécher.

— D.D. vous a demandé de vous lancer à sa poursuite ? » Qu'est-ce que je disais : il désapprouve.

« J'ai déjà rencontré Rocket.

— Et si vous l'attrapez ?

— Promis, juré, je ne ferai que lui parler. À moins, bien sûr, qu'il commence à jouer avec des allumettes. Là, je ne réponds plus de rien.

— Rocket a un frère aîné et un copain de lycée. Mais ils vivent dans le même quartier. »

Ma théorie tombe à l'eau. « Est-ce que vous savez quand il a reçu la mission de brûler la maison de Dick Delaney ?

— Nous avons deux enquêteurs qui regardent seconde par seconde toutes les images des caméras, mais la seule fois où on le voit à la boîte aux lettres remonte à mercredi matin, avant le premier incendie. S'il a été engagé pour récidiver chez Delaney, nous n'avons pas encore repéré à quel moment. »

Je suis perplexe. Rocket avait une méthode ; pourquoi s'en écarter maintenant ? J'ai discuté avec lui hier soir, mais il n'a aucune raison de penser que je représente une menace. Au contraire, je suis une future cliente, même si je fous un peu les jetons. Alors une nouvelle fois...

J'ai un désagréable pressentiment. Lechmere. La même direction que Cambridge. Où Evie vit chez sa mère.

La maison d'Evie. Celle de son avocat. Celle de sa mère.

« Il n'y avait pas qu'une seule cible, dis-je.
— Pardon ?
— Lorsqu'il a reçu le premier message. On ne lui demandait pas de brûler seulement la maison d'Evie, mais les trois endroits où Conrad avait pu cacher un secret. Sa maison, celle de l'avocat et celle de sa belle-mère. Rocket est parti pour Cambridge et il va s'attaquer à la dernière. »

34

Evie

« Vous n'aviez aucun droit ! »

M. Delaney me poursuit, en me tendant la main en signe de réconciliation. Cela ne m'intéresse pas. Je me heurte au mur des badauds qui regardent la maison dont s'échappe encore de la fumée et je sens mon énervement redoubler. J'en ai marre de la foule, marre des camionnettes de télévision et marre de tous ceux qui considèrent ma vie comme un spectacle. Marre aussi de ma mère et de M. Delaney, deux personnes qui prétendent m'aimer, mais qui ne m'ont jamais dit la vérité.

Je tourne les talons. *Et puis merde*. Je passe sous le ruban jaune. Les gens s'écartent et je me fraye un passage. J'imagine que M. Delaney va rester en arrière, mais non, il plonge dans la cohue à ma suite.

« Donne-moi juste une minute.
— Je ne veux rien savoir !
— Une minute !
— Non ! »

Nous émergeons de l'autre côté de l'attroupement. Le choc de l'air froid m'arrête. M. Delaney me prend par le bras.

« Je ne vais pas m'excuser, me dit-il sèchement, à ma grande surprise. Ton père était mon meilleur ami. Quand il est mort, j'ai estimé qu'il était de mon devoir de veiller sur toi. Jamais je ne m'en excuserai.

— Mais vous m'avez menti !
— À quel moment ?
— Ne jouez pas sur les mots, monsieur l'avocat. Des mensonges par omission. Vous ne m'avez jamais informée que j'étais à la tête d'une fortune…
— Je pensais que ta mère l'avait fait.
— Vraiment ? Et ça expliquait ma grande maison, ma voiture rutilante et ma garde-robe toute neuve ?
— Ces choses-là ne t'ont jamais intéressée, Evie. C'est ta mère qui s'accroche aux apparences. Toi, tu as choisi d'exercer ton métier dans un lycée public où tes compétences pourraient être utiles. Je ne me posais pas de questions devant tes choix de vie ; je les admirais. »

Je lui lance un regard mauvais. Je voudrais haïr cet homme. Comment ose-t-il être gentil avec moi dans un moment pareil ?

« Vous ne m'avez jamais dit que mon mari vivait sous un nom d'emprunt.

— Ce n'était pas à moi de te l'apprendre.
— Non, mais on rêve ! Vous vouliez me protéger ? Je vivais sans même le savoir avec un imposteur !
— Conrad m'avait donné ses raisons. Et j'avais vérifié son histoire. La mort de ses parents. Le travail

de son père. Tout était cohérent. S'il jugeait moins dangereux pour toi de le connaître sous son nom d'emprunt... je te le répète, ce n'était pas à moi de te prévenir.

— Hier, j'ai déjeuné avec vous. J'ai pleuré sur mon mariage. Je vous ai confié que je pensais que tous les problèmes venaient de moi. Que, sous prétexte que j'avais des secrets, j'avais cru que mon mari en avait aussi. *Et à aucun moment vous ne m'avez dit la vérité !* »

C'était là la véritable source de ma colère. J'avais raison, en réalité : Conrad me mentait bel et bien. Et, même s'il prétendait que c'était pour la bonne cause, M. Delaney, ma mère et mon père à l'époque en avaient fait autant. Tout le monde avait ses raisons pour mentir à la pauvre petite Evie. Je les détestais tous.

Mais j'aurais aussi voulu que Conrad revienne, pour le prendre dans mes bras et lui dire à quel point j'étais désolée d'apprendre ce qui était arrivé à ses parents. Quel terrible fardeau cela avait dû être pour lui ! J'aurais pu le porter avec lui. Je l'aurais aidé. Son histoire nous aurait rapprochés, nous aurions fait front commun.

Au lieu de ça, nous vivions dans une maison hantée par des secrets. Chacun de nous craignant l'autre. Tous deux incapables d'avouer.

Nous nous aimions. Nous nous faisions souffrir. Mais aujourd'hui, Conrad n'est plus là et nous ne pourrons jamais réparer nos erreurs.

J'essuie les larmes de mes joues. M. Delaney en profite pour m'attirer dans ses bras et me serrer très fort contre lui.

« Je vous déteste, lui dis-je d'une voix étouffée par son gros manteau de laine.

— Je suis navré pour toi, Evie. J'aimerais pouvoir remonter le cours du temps. Faire en sorte que les choses tournent mieux.

— J'en suis malade de regret.

— Je sais, ma belle. Je sais. Allons… »

Pour finir, je me détends et j'accepte son étreinte paternelle. Je me rends compte que cela faisait très longtemps que personne ne m'avait prise dans ses bras. Une petite éternité que personne ne m'avait réconfortée. Voilà à quel niveau de tension notre couple en était arrivé. À quel point j'étais seule.

« Est-ce que Conrad m'aimait ? dis-je à voix haute sans être bien certaine de vouloir entendre la réponse.

— Profondément. C'est lui-même qui me l'a dit. Avant de te rencontrer, il était totalement obnubilé par le passé. À tes côtés, il avait un avenir. »

Un avenir qui devait le terrifier autant que moi. Après toutes ces années à travailler sous couverture (je ne vois pas comment appeler ça autrement), à poursuivre les enquêtes de son père, à prendre de nouvelles identités pour entrer en contact avec des criminels comme Jacob Ness. Ce devait être terrible de s'immerger dans cet univers, de voir toutes ces horreurs, cette perversité, et ensuite de devoir faire comme si tout allait bien une fois rentré chez soi – il n'avait fait qu'établir des devis pour des fenêtres sur mesure, rien qui vaille d'en parler. Et tout cela, sans trouver ce qu'il cherchait et en craignant qu'un jour ses activités parallèles ne le rattrapent jusque sous son propre toit.

Il était extrêmement tendu depuis quelques semaines. Qu'avait-il fini par découvrir ? Et à quel prix, mon Dieu ? Celui de sa vie, de notre maison et maintenant de celle de M. Delaney.

Je me rends compte à quel point mon existence est devenue dangereuse. Mon mari tué par balles. Ma maison dévorée par les flammes. Celle de mon avocat réduite en cendres. Conrad avait dû finir par mettre le doigt sur quelque chose et, même si j'ignore quoi, cela pourrait nous coûter la vie, à mon bébé et à moi.

Il faut que je garde le cap. J'ai encore du travail pour aujourd'hui. Pendant que Delaney était distrait par l'incendie, j'ai passé un deuxième coup de fil dans l'enquête sur la mort de mon père. Et cette fois-ci, j'ai obtenu un résultat.

« Il faut que j'y aille, dis-je en m'écartant.

— Tu te sens bien ? me demande-t-il avec douceur en essuyant les larmes de mes joues.

— C'est vous qui venez de perdre votre maison.

— J'ai deux résidences secondaires, répond-il avec philosophie. J'imagine que je vais devoir travailler dans celle de Cape Cod pendant un petit moment. À moins que j'aille en Floride. »

Je ne peux pas m'empêcher de rire. « Vu comme ça, il y a pire. De mon côté, je vais rentrer voir comment va maman. Si elle voit ça à la télé… »

M. Delaney se tend immédiatement. « Vas-y. Tiens-lui compagnie. Et freine-la sur la vodka, dit-il avec un soupir. Dis-lui que tout va bien ici. Il n'y a que des dégâts matériels, rien de plus. Je ferai un saut dès que possible.

— Entendu. J'ai d'abord quelques courses à faire, dis-je d'un air évasif, mais je vais l'appeler, sans faute. Et si jamais vous arrivez à la maison avant moi... »

Delaney me regarde d'un drôle d'air. « Qu'est-ce que tu mijotes, Evie ?

— Rien. Juste des emplettes pour le bébé. Je... disons que je n'ai pas envie de passer directement de cet incendie à ma mère en tête à tête avec une bouteille de vodka. »

Les lèvres pincées, M. Delaney a l'air de vouloir protester. Et il devrait sans doute, puisque je suis en train de lui mentir comme une arracheuse de dents. Mais avec tous les mensonges que les gens m'ont servis ces derniers temps...

J'agite la main pour lui dire au revoir et, avant qu'il ait le temps d'ajouter quoi que ce soit, je tourne les talons et m'en vais flirter avec le danger.

Cette fois-ci, Katarina Ivanova ne dissimule pas sa contrariété lorsque je la rejoins. Pas dans son bureau : pour cette conversation, il nous fallait un endroit plus discret, d'où le choix d'un café très fréquenté par les étudiants d'Harvard et plein comme un œuf à la veille des partiels. Personne ne me prête attention lorsque je franchis la porte et me faufile jusqu'au fond de la salle surchauffée et surpeuplée. Katarina a pris une table dans le coin. Avec son long manteau noir ceinturé à la taille, elle a l'air tout droit sortie d'un film d'espionnage. Du coup, quel rôle est-ce que je joue ?

« Je vous ai déjà tout dit », commence-t-elle avec raideur.

Je lève la main pour lui intimer le silence. « Vous m'avez dit ce que vous pensiez devoir me dire pour que je m'en aille. Maintenant, je veux la vérité. Celle que M. Delaney et vous connaissez, manifestement, mais pas moi. »

Elle se rembrunit. J'ai déjà retourné plusieurs fois notre précédente conversation dans ma tête. Et notamment la fin, ce moment où M. Delaney lui a glissé quelque chose à l'oreille. C'est peut-être de la paranoïa, mais ça m'a donné l'impression que tous les adultes autour de moi avaient des secrets. Or je n'en veux plus, des secrets. Je veux la vérité, même si elle doit me faire souffrir.

Alors j'ai rappelé Katarina. Sauf que, cette fois-ci, je l'ai menacée de rendre publique la liaison qu'elle avait eue avec mon père si elle refusait de me revoir. Je connais les milieux universitaires. Que le comportement de Katarina ait été déplacé ou non, l'odeur de soufre qui accompagnerait une telle révélation lui serait insupportable. D'autant qu'avec la réouverture de l'enquête sur le meurtre de mon père, elle se retrouverait aussitôt au cœur du scandale.

« Vous n'avez pas tué mon père. » La colère me donne de l'audace. Ça me plaît.

Elle quitte son air boudeur, la perplexité prend le dessus.

« La fin de votre liaison vous a réellement laissée indifférente. »

Haussement d'épaules slave.

« Mais lui ? Est-ce qu'il en a souffert ? » C'est la question que j'avais commencé à me poser après notre entrevue. Que cette liaison n'ait guère eu d'importance pour Katarina était une chose, mais ça ne voulait pas dire qu'elle n'en avait pas eu pour mon père. Ou pour ma mère.

Était-ce cela que M. Delaney, ami intime et confident de mes parents, avait confié à Katarina ? Que savait-il que j'ignorais ?

« Votre père multipliait les aventures, finit par répondre Katarina avec désinvolture. C'était de notoriété publique. Il ne ressentait aucun besoin de se plier aux règles. Un esprit aussi brillant que le sien…

— Est-ce qu'il vous aimait ? »

Elle me répond avec une franchise surprenante. « Les hommes sont prêts à dire n'importe quoi pour mettre une femme dans leur lit. Quant à ce qu'il faut réellement comprendre… la maîtresse est toujours la dernière au courant, n'est-ce pas ? »

Je ne sais toujours pas quoi penser de cette femme. « Vous croyez qu'il aurait quitté ma mère pour vous ?

— Non. »

Cette fois, sa réponse est immédiate et sans appel.

« Mais cela ne vous ennuyait pas.

— Non. » Même ton.

« Je ne comprends pas. »

Elle semble aussi déconcertée par ma réaction que je le suis par la sienne. « Qu'y a-t-il à comprendre ? Nous nous sommes rencontrés, il y a eu une attirance physique. Nous avons cédé à notre désir. Et la terre a continué de tourner, comme toujours. Je ne suis pas en quête de serments éternels. Et votre père n'était pas du genre à quitter sa femme.

— Il l'aimait ? »

Pour la première fois, Katarina affiche une moue songeuse.

« Je crois. Leur relation était, disons, singulière. Mais là encore, Earl n'était pas homme à respecter les traditions. Votre mère lui convenait. Vous aussi, il vous aimait, d'ailleurs. Un génie qui aimait la vie de famille : ça ne court pas les rues.

— Mais vous n'auriez pas voulu de lui.

— J'ai toujours su qu'il était déjà pris.

— Ma mère. »

En guise de réponse, Katarina me regarde sans ciller. Et je lis dans ses yeux ce que j'avais peur d'entendre. Le soupçon que je nourris depuis des heures. Certes, ma mère était avec moi ce jour-là, mais, comme l'a dit Katarina, elle n'aurait pas été du genre à faire le sale boulot. Cette mère volcanique, incontrôlable, mélodramatique...

« Elle était au courant, dis-je tout bas. Vous disiez que mon père vous en avait parlé. Que ça avait été la goutte qui fait déborder le vase.

— Elle est venue me voir. »

Je reste sans voix. Maintenant que le moment est arrivé, j'ai sincèrement peur de ce que je vais entendre.

« Elle m'a dit de me tenir éloignée de son mari. Toute la tirade habituelle, dit Katarina d'un air blasé. "Comment osez-vous ?" et "Si je ne peux pas l'avoir, personne ne l'aura !"

— Que voulait-elle dire par là ? »

Katarina hausse le sourcil. « À votre avis ? »

Je suffoque. Je me dis qu'il fait trop chaud dans ce café, qu'il y a trop de monde. Ma mère est connue pour ses crises de rage. Alors si elle pensait réellement que mon père allait la quitter pour une autre, surtout une femme aussi belle et douée que Katarina Ivanova... Toute sa vie tournait autour de son mari : cultiver son génie, protéger son œuvre. Une veuve inspirera toujours le respect, tandis qu'une épouse répudiée...

« Elle n'a pas pu le faire elle-même. » Toujours ce regard soutenu.

« Qui aurait-elle pu... Comment... Voyons, on parle de ma mère, là. Ce n'est pas comme si elle avait eu les coordonnées d'un tueur à gages à côté de celles du plombier. »

Katarina sourit enfin. « Elle n'en avait pas besoin.
— Comment ça ?
— Elle savait à qui s'adresser. Pas vous ? »

Je la regarde sans mot dire, complètement perdue. Elle finit par secouer la tête. « Vous ne connaissez vraiment pas votre famille, n'est-ce pas ?
— Il faut croire que non.
— Mais vous voulez quand même savoir la vérité ?
— Oui.
— Alors ce n'est pas à moi qu'il faut parler. Parce que, en toute sincérité, je n'ai pas les réponses. Des soupçons, oui. Des certitudes, non. »

Je comprends alors. Où il faut que j'aille. Qui je dois voir. Katarina se lève. Elle en a fini avec moi. Et sans doute, en me voyant défaite et sous le choc, s'imagine-t-elle que je ne pousserai pas plus loin mon enquête. On croit qu'on veut savoir, mais ensuite on regrette.

Je la regarde traverser la salle pleine de clients en se faufilant entre les tables. Certains hommes lèvent les yeux à son passage et ne peuvent plus détacher leur regard. Elle a un sourire pour chacun. Elle est belle, ensorcelante, rayonnante. Si je le vois, ma mère l'a vu aussi. Cette menace nouvelle et inattendue pour son cœur, sa famille, son identité même.

Je me lève à mon tour. Ce n'est pas ici que j'apprendrai ce qu'il me faut désormais savoir.

Je viens de sortir du café quand j'entends le hurlement des sirènes.

35

D.D.

« On a un problème. » Phil raccrocha et se tourna vers D.D. qui montait dans leur voiture.

« Raconte. » Ils avaient fini leurs constatations sur l'incendie de la maison Delaney et s'apprêtaient à partir pour Cambridge, puisque Flora soupçonnait que leur incendiaire était en train de se rendre chez les Hopkins.

« Une série d'incendies viennent d'éclater à Cambridge.

— Rocket est déjà chez la mère d'Evie ?

— Non. Sur le campus d'Harvard. Feux de poubelles. Trois, quatre, cinq, on ne sait pas très bien, le téléphone n'arrête pas de sonner chez les pompiers. Je n'ai pas beaucoup de détails, mais on dirait que ça flambe aux quatre coins de la fac. »

D.D. ne savait plus quoi dire. « Est-ce que ça peut vraiment être un hasard si notre incendiaire a été vu se dirigeant vers Cambridge et que les feux se multiplient sur le campus ? En même temps, dit-elle en regardant

Phil avec perplexité, Rocket aime faire brûler des bâtiments entiers. Pourquoi s'amuserait-il tout d'un coup à déclencher de minables feux de poubelles ? »

Phil ne savait pas. « Par désœuvrement ? Pour passer le temps ? Va comprendre. Moi, ça m'échappe toujours qu'on puisse aimer le feu à ce point. Mais je te rejoins : la dernière fois qu'on a vu Rocket, il se dirigeait vers Cambridge. Il doit être à l'origine de ces incendies ; la coïncidence serait trop improbable. »

D.D. était dépitée. « À peine trouve-t-on un semblant de logique dans cette affaire qu'elle nous échappe de nouveau. Mettre le feu à la maison d'Evie, je comprends. Faire brûler celle de son avocat, passe encore. Mais des incendies de poubelles sur le campus où travaillait son père il y a seize ans ? Ça défie l'entendement. » Elle fit la grimace, donna une claque sur la boîte à gants de Phil, grimaça encore. « Il n'a pas été repéré ?

— Pas encore. Mais les pompiers viennent juste d'arriver. Et comme ça se passe sur un campus universitaire à la veille des vacances de Noël…

— … ça grouille d'étudiants paniqués.

— Je préviens Flora.

— Ah bon ? Tu donnes des ordres à mon indic, maintenant ? Je croyais que tu ne l'aimais pas beaucoup.

— Elle a marqué un ou deux points dans cette affaire. Et elle est déjà en route pour Cambridge. Vu les embouteillages qui nous attendent, elle y sera bien avant nous. Et puis, comme tu le disais, ajouta-t-il d'un air gêné, elle sait à quoi ressemble Rocket. C'est un atout.

— Parfait. Occupe-toi de mon indic. Ça ne m'ennuie même pas. » Mais D.D. restait contrariée. Ils avaient un train de retard. Pire, ils couraient après un incendiaire qui semait des feux partout derrière lui. Or une bonne enquêtrice ne se contente pas de réagir à tous les crimes et délits qui se produisent autour d'elle. Elle doit avoir un coup d'avance.

Trois incidents liés au feu. Chez Evie. Chez Dick Delaney. Et maintenant cette multiplication d'incendies à l'université où le père d'Evie avait autrefois enseigné.

Qu'avait donc pu découvrir Conrad ? De toutes les pistes dont ils disposaient, la plus prometteuse était celle des activités de Conrad sur l'internet clandestin. Des années qu'il avait passées à enquêter sous couverture. Avec le temps, il avait dû gagner la confiance des acteurs du milieu et se faire ouvrir bien des portes. Percer bien des secrets…

Puisque Phil se chargeait de Flora, D.D. prit l'option numéro deux et appela Quincy. Celle-ci décrocha à la première sonnerie.

« Agent spécial Quincy.

— On a encore des feux : une série d'incendies de poubelles sur le campus d'Harvard.

— Ça n'a aucun sens.

— Je ne vous le fais pas dire. Et de votre côté, ça avance ?

— Flora nous a suggéré de changer notre fusil d'épaule pour voir si on pouvait se servir du pseudo de

Jacob, I.N. Verness, pour déceler des traces des activités de Conrad.

— Bonne pioche ?

— Si on veut. Conrad cherchait apparemment à s'offrir les services d'un assassin.

— Pardon ? » D.D. ne s'attendait pas à cela.

« On peut vraiment se procurer tout et n'importe quoi sur ces sites. Depuis des êtres humains jusqu'aux tueurs à gages.

— Conrad avait l'intention de commanditer un meurtre ?

— Vu l'ampleur de ses activités en ligne, notre hypothèse de travail est qu'il se fait passer depuis des années pour un criminel multicarte. Un type de la pègre qui s'adonnerait dans l'ombre au trafic de drogue, à la traite des femmes, toutes sortes d'activités peu recommandables. Jusqu'au moment de sa mort, où il se disait en butte à des menaces sérieuses qui nécessitaient une solution sérieuse. Il voulait qu'on lui recommande un individu capable de faire le sale boulot.

— Il voulait identifier de possibles tueurs à gages, conclut D.D.

— Visiblement.

— Parce qu'il se rendait compte qu'il était dans de sales draps ? Un de ces malfrats avait fini par comprendre son manège et allait s'en prendre à lui ? À moins que… » Une autre idée venait de lui traverser l'esprit. « L'ex-épouse de Jules LaPage. Si le mari retrouvait sa trace, son premier mouvement serait d'engager un tueur. Conrad espérait peut-être prendre un coup d'avance. Identifier les grandes figures du milieu, pour être au courant si jamais l'un d'eux recevait une telle mission.

— Quoi qu'il en soit, Conrad était lui-même en train de se renseigner sur les tueurs à gages quand il s'est fait descendre.

— Il devenait trop dangereux. Flora avait raison : il avait découvert un secret compromettant. Bon sang, si seulement Evie n'avait pas détruit cet ordinateur... » La contrariété de D.D. reprenait le dessus. Elle poussa un soupir énergique et se remit en selle.

« Du point de vue d'un agent du FBI..., commença Quincy.

— Je vous écoute.

— C'est une opération de nettoyage. D'abord le meurtre, maintenant ces incendies. Quelqu'un cherche à tout prix à faire disparaître la moindre trace de Conrad Carter et de ce qu'il a pu découvrir.

— Mais pourquoi ces feux de poubelles ?

— Aucune idée. Mais les pyromanes sont comme les tueurs en série : parfois incapables de maîtriser leurs pulsions. Peut-être que celles qui couvaient chez votre fameux Rocket se sont tout d'un coup embrasées.

— Dans ce cas, il va continuer.

— Jusqu'à ce qu'on l'arrête », confirma Quincy.

D.D. était irritée. C'était tout juste ce dont ils avaient besoin : un jeune pyromane en folie au milieu d'une enquête déjà trop compliquée. Il fallait se concentrer sur l'essentiel, se dit-elle. Oublier Rocket et les feux de poubelles. Réfléchir au mobile. Conrad avait passé des années à naviguer sur l'internet clandestin. À fréquenter des individus dissimulés derrière leur cyberidentité. À gagner leur confiance. À construire des relations. Année après année. Qu'avait dit Keith à Flora ? Que le système reposait fondamentalement sur de l'humain ? Des administrateurs en chair et en os qui se connaissaient les uns les autres, des modérateurs de forums qui se portaient garants de leurs membres. Et ce tueur à gages qu'il avait voulu embaucher ? Peut-être avait-il organisé une entrevue en face à face ?

« Il faut que je raccroche, dit D.D.

— On continue le travail de notre côté, lui assura Quincy.

— Keith se débrouille ?

— Mieux que je ne m'y attendais. Intéressant. »

D.D. n'avait pas de commentaire à faire. Elle raccrocha et donna le signal du départ à Phil, qui déboîta dans un grondement de moteur et partit sur les chapeaux de roue vers Cambridge et la nouvelle menace qui planait sur la ville.

36

Flora

Je viens de sortir de la station de métro et je me retrouve dans l'air froid d'Harvard Square et sur ses trottoirs couverts de neige fondue quand le premier camion de pompiers passe en trombe devant moi. Je le suis des yeux, mais il parcourt à peine quelques centaines de mètres avant de s'arrêter dans un hurlement de sirène et je m'aperçois que si le ciel est gris, ce n'est pas à cause de nuages bas, mais de panaches de fumée.

Ça se bouscule sur les trottoirs. Aux grappes d'étudiants qui, dans le calme, s'éloignent de l'incendie, se mêlent des curieux isolés qui ont envie de voir ce qui se passe. Je décide de jouer les badauds, moi aussi. Je remonte la capuche de mon sweat gris sur ma tête, j'enfonce les mains dans les poches de ma doudoune et je me fraye un chemin à coups d'épaules vers les pompiers qui s'activent déjà, déroulent leurs tuyaux, crient des ordres.

Je pensais que Rocket était en route vers la magnifique demeure coloniale où vit la mère d'Evie dans le quartier résidentiel de Cambridge. Mais, vu son goût du feu, je suis bien obligée de penser qu'il est derrière ce nouvel incident, même si je ne comprends pas pourquoi.

Ce qui signifie qu'il se trouve quelque part dans les parages. Qu'il observe.

Mais lorsque je découvre l'objectif des pompiers, je m'arrête net. Ce n'est pas un bâtiment en proie aux flammes que j'ai devant moi. Une scène grandiose, inquiétante, impressionnante. Non, c'est un mince nuage de fumée qui se dégage, suivi d'un chétif embrasement. Sauf qu'il y en a un autre, et un autre, encore un autre. Des poubelles. J'ai devant moi quatre poubelles, disposées à intervalles irréguliers, en flammes.

Qu'est-ce que c'est que cette histoire ?

Je repense au soir où j'ai rencontré Rocket, justement autour d'une poubelle en flammes. Et, pile à ce moment-là, une nouvelle colonne de fumée s'élève au loin.

Sans même avertir les pompiers, je me mets à courir. C'est Rocket. Je le sais. Il se promène dans le campus en larguant des bombes incendiaires sur son passage. Pourquoi ? Je n'en ai aucune idée. Mais j'ai rencontré le garçon et c'est tout à fait son style. Semer le feu partout, sa beauté et son mystère. Des cris. De la pagaille. Aucun de ces feux n'est grave ; c'est leur nombre et le caractère aléatoire de leur apparition qui provoquent la panique. Des poubelles s'embrasent ici et puis là et de nouveau ici. C'est le sauve-qui-peut chez les étudiants, qui cherchent à quitter le campus aussi vite que les pompiers et moi essayons d'y entrer. Les pompiers doivent arroser toutes ces poubelles et éteindre les braises. Moi, il faut que je remonte à la source de ce chapelet d'incendies.

Comment Rocket s'y prend-il ? Il n'a en aucun cas pu voyager en métro avec des bidons d'essence ou un sac à dos plein de cocktails Molotov. Est-ce qu'il avait stocké son matériel à l'avance à proximité de ses cibles ? Une partie près de chez l'avocat ? Une autre planquée derrière une benne sur le campus ? Y a-t-il encore une autre cible ?

Je repère une silhouette devant moi. L'individu ne court pas, mais marche à pas décidés, droit vers son but. Un sweat à capuche sombre (assez semblable au mien) dissimule son visage. Je ne prends pas le temps de me demander si c'est raisonnable de le suivre ni ce que je vais faire si je me rapproche trop et qu'il me repère. Je m'en remets à mon entraînement et au flux d'adrénaline qui m'électrise gentiment des pieds à la tête.

Comme je l'ai dit à Keith, les moments d'euphorie sont rares chez une fille comme moi.

Mais une situation comme celle-là... à tous les coups, je suis sur un nuage.

Rocket. Droit devant. Il se retourne juste au moment où j'entreprends de le rattraper. Nos regards se croisent une seconde. Il porte un sac à dos sur une épaule. Je le vois en sortir une petite bouteille translucide. De l'alcool. Un chiffon enfoncé dans le goulot. C'est bien ce que je pensais : un cocktail Molotov, transporté dans un sac qu'il avait dû planquer dans les parages. Donc il savait qu'il allait venir ici. Cela faisait partie du plan. Incendier une maison bourgeoise d'avocat dans le centre-ville et ensuite venir à Cambridge mettre un peu d'animation sur un campus universitaire.

Mais dans quel but ?

Il n'est plus temps de réfléchir. Rocket n'a plus le cocktail à la main : après en avoir allumé la mèche, il vient de le lancer droit vers moi. Je pousse un petit cri, plonge vers la gauche. L'alcool enflammé atterrit à ma droite, où, par chance, il s'éteint dans la bouillasse neigeuse. Je ne prends pas la peine d'y regarder de plus près. Il y a assez de professionnels sur le campus et j'ai une mission précise. Je me relève tant bien que mal et me mets à courir. Là, à midi, le sweat à capuche sombre. Rocket court comme un dératé au milieu d'une foule étonnée d'étudiants emmitouflés. Il va à une vitesse folle. Dans un sprint en ligne droite, je n'ai aucune chance. Alors je m'efforce de deviner la direction qu'il va prendre et je pars en diagonale pour l'intercepter.

Alors que je gagne du terrain, il jette un coup d'œil par-dessus son épaule et comprend ma stratégie. Du coup, il vire à gauche, dans la direction opposée. Je redouble d'efforts, fends un groupe d'étudiants, saute par-dessus un banc.

Je me reçois mal et mon pied droit part en dérapage sur le sol glissant. Mon épaule heurte violemment le sol et j'en ai un instant le souffle coupé.

« Ça va ? » me demande un passant.

Un autre : « Qu'est-ce qui s'est passé ? »

Je secoue la tête, me relève en titubant et reprends ma course-poursuite. Mais ma cible a disparu. Peut-être là, derrière le coin. Attendez, et ce café ? Ou cette bouche de métro ?

Je dévale les marches aussi vite que possible, mais sur le quai je me heurte à un mur humain. Gros manteaux, bonnets qui cachent les visages, écharpes bonnes à se faire étrangler.

Je regarde autour de moi, mais c'est inutile.

Je l'ai perdu.

37

Evie

Quand j'arrive chez ma mère et découvre que les journalistes ont déserté, j'en suis presque déboussolée. Où sont les flashs des appareils photo, les questions lancées à tue-tête ? Au bout de trois jours, ce silence serait presque dérangeant. Qu'est-ce que j'ai fait pour mériter ça ?

Et là, je me souviens des camions de pompiers que j'ai vus à Harvard Square. Il y a le feu en ville : bien sûr que les médias sont partis couvrir cette actualité plus brûlante. Comme c'est gentil de leur part !

Je suis venue à pied depuis le café où j'avais donné rendez-vous à Katarina. Ces deux kilomètres de marche active étaient exactement ce qu'il me fallait pour remettre de l'ordre dans mes idées. Mais quand je pose ma main gantée sur la poignée de la porte de la cuisine, je vois qu'elle tremble quand même. Toutes ces années… Toutes ces années à penser que mes parents avaient vécu une grande histoire d'amour. Tout ça pour quoi ? Découvrir que mon père trompait ma mère. Et, pire, qu'elle l'avait su et qu'elle avait sans doute pris des mesures drastiques pour assurer son avenir.

Est-ce que c'était pour ça qu'elle avait pu continuer à vivre dans cette maison ? Parce que trouver le cadavre de mon père en rentrant ce jour-là n'avait pas été une horrible, une abominable tragédie ? Juste un élément d'un plan mis à exécution ? Et qui impliquait de faire porter le chapeau à sa fille ?

Je me sens comme la dernière des idiotes. J'ai passé le plus clair de ma vie à n'être qu'un pion dans le jeu de ma mère. Je n'ai jamais été assez forte ou intelligente pour aider mon père. Et ensuite, j'ai eu la bonne idée d'épouser un homme qui m'a lui aussi tenue dans une ignorance complète.

Quand je pense que, pendant toutes ces années, j'ai cru que c'était moi qui avais des secrets. Alors que ce sont les gens que j'aimais qui ne m'ont jamais confié la vérité. Et qui n'ont cessé de me manipuler.

J'ouvre la porte et entre d'un pas décidé.

Ma mère n'est pas dans la cuisine, mais la bouteille de vodka est sortie et un citron pelé attend sur la planche à découper, donc elle ne doit pas être bien loin. Je retire mes gants, suspends mon manteau et pars à sa recherche.

Le séjour et sa cheminée à la décoration raffinée : personne. Le ridicule salon d'apparat, avec ses canapés recouverts de soie : pas là non plus.

Alors je devine.

Je vais dans le bureau de mon père. Ma mère s'y trouve, silencieuse et immobile, assise à son bureau.

À en juger par son verre de martini vide, ça fait un moment qu'elle est là.

Et, à cet instant, elle a l'air si petite, si perdue, si seule au monde, que ma colère retombe comme un soufflé.

« C'est dans cette pièce que je sens le plus sa présence », dit-elle tranquillement. Elle ne me regarde pas, mais sait manifestement que je suis sur le pas de la porte. « C'est pour ça que je n'ai jamais pu me résoudre à la refaire. La cuisine était mon domaine. Mais ce bureau... Parfois je jurerais encore sentir son odeur, son après-rasage, la craie sur ses doigts, le shampoing que je faisais venir d'Italie parce qu'il lui épaississait les cheveux. Il prétendait qu'il n'y avait que moi pour accorder de l'importance à ce genre de choses, mais il souriait chaque fois que je lui en offrais une nouvelle bouteille. C'était mignon, cette façon qu'on avait de se connaître sur le bout des doigts. Mais c'est terrible comme il me manque encore après toutes ces années.

— Tu l'as fait assassiner. »

Elle finit par lever les yeux. Son visage exprime une tristesse incommensurable. Là encore, je ne reconnais pas du tout ma mère. « Mais de quoi tu parles ?

— Arrête de me mentir ! J'ai parlé à Katarina Ivanova. »

D'un seul coup, elle se démonte. « J'ai été idiote, finit-elle par dire. Par vanité, par bêtise, par affolement. Ton père connaissait ces défauts chez moi. Il comprenait.

— Comprenait quoi ? Que si tu avais le choix entre le fait qu'il te quitte et le fait qu'il meure, tu préférais qu'il meure ?

— Je ne voulais pas qu'il meure. Je l'aimais ! C'était elle, le problème. Il fallait qu'elle disparaisse ! »

Je suis tellement désarçonnée qu'il me faut un moment pour comprendre. Quand elle avait dit : « Si je ne peux pas l'avoir, personne ne l'aura », cela ne signifiait pas forcément qu'elle allait s'en prendre à mon père, mais à sa rivale. Si Katarina mourait, elle ne lui enlèverait pas son mari.

« Tu as engagé un tueur pour te débarrasser de Katarina Ivanova ? Tu as voulu supprimer la maîtresse de papa ?

— Je ne suis pas allée au bout de ce projet. J'ai juste… eu un moment de faiblesse. J'étais en colère. Blessée. Ça arrive.

— Maman, tu as engagé un homme de main pour tuer une femme et tu appelles ça un "moment de faiblesse" ?

— Tu ne comprends pas ! Ton père était ma vie, mon univers tout entier ! S'il m'avait quittée… je n'aurais pas pu le supporter. Je ne suis pas comme toi, Evie. Je n'ai jamais été comme toi.

— Mais qu'est-ce que tu as fait, maman ? » Je suis toujours perdue. Si elle avait le projet de tuer Katarina, pourquoi est-ce que celle-ci est toujours en vie, alors que mon père est mort ? Et où ma mère avait-elle été dénicher un tueur à gages ? Qui était-ce ?

« J'étais bouleversée. J'avais lu les messages de ton père et on avait l'impression qu'il allait me quitter. Je me suis laissé déborder par mes émotions. Cette femme... il fallait qu'elle disparaisse. Mais je ne savais pas comment m'y prendre. Surtout que je n'aime pas les armes à feu. Alors je suis allée voir... un ami. Je lui ai expliqué la situation. Il a essayé de me dissuader, mais pendant qu'il avait le dos tourné je lui ai piqué son carnet d'adresses. J'ai trouvé ce qu'il me fallait et j'ai passé un coup de fil. Mais ton père est rentré à la maison. Il savait tout de ma rencontre avec Katarina. Il m'a promis qu'il n'avait pas eu un instant la tentation de mettre fin à notre mariage. Que c'était moi et moi seule qu'il aimait. Que j'étais le grand amour de sa vie. Et... les choses sont rentrées dans l'ordre. »

J'ai du mal à comprendre. « Donc papa envisage de te quitter, tu envisages de tuer sa maîtresse, mais vous décidez d'un commun accord que vous êtes parfaitement heureux ensemble ?

— Tu n'as jamais connu de grande passion, Evie. En réalité, c'est pour ça que je trouvais que Conrad n'était pas ce qu'il te fallait. Oh, il était bien gentil. Mais cette façon que tu avais de le regarder... tu avais choisi la sécurité. Une fois de plus.

— Oh, pardon ! Mon mari ne me trompait pas et je n'ai pas essayé d'assassiner ma rivale, donc forcément mon mariage était ennuyeux comme la pluie... Je tâcherai de m'en souvenir.

— Inutile de prendre ce ton sarcastique, Evie. Je te dis simplement ce que je pense. Franchement, je ne comprends pas d'où tu tiens ce caractère anxieux. »

Je regarde son verre de martini vide et je me dis que ça doit être du second degré.

« Un homme comme ton père, capable de voir ce que personne d'autre ne voyait... Que représentent les règles pour un être dont l'intelligence s'affranchit de toute idée préconçue ? Ce n'était pas seulement un penseur hors du commun, mais un individu hors du commun. Il n'acceptait pas les limites et ne voyait pas en quoi les conventions sociales auraient dû s'appliquer à lui. C'était pour ça que je l'aimais, tout comme il m'aimait. Nous étions faits l'un pour l'autre. Quant à toi, me dit-elle avec un air légèrement contrarié, tu étais une enfant étrange, introvertie, qui ne se serait jamais fait une seule amie si je ne t'y avais pas forcée.

— Mais je détestais ces satanés goûters !

— Qui aime bien châtie bien, ma chérie. Ce n'est pas ce qu'on dit ? » Ma mère lève son verre de martini et s'aperçoit qu'il est vide.

J'insiste : « Qui a tué papa ?

— Je ne sais pas. J'avais déjà passé ce coup de fil idiot. Alors quand ton père et moi nous sommes réconciliés, il a bien fallu que je rappelle cet homme pour lui dire que j'avais changé d'avis au sujet de Katarina. Il m'a ri au nez. Soi-disant qu'il n'y avait pas de clause de renoncement. Allons donc ! N'importe quel contrat peut être annulé, il suffit de négocier. Mais le type s'est entêté, même quand je lui ai promis de doubler la somme pour qu'il se tienne tranquille. Alors j'ai dû me retourner vers notre... ami commun pour lui expliquer la situation. Je lui ai fait promettre de régler cette histoire et j'ai cru qu'on en resterait là.

— Sauf que Katarina Ivanova est tout ce qu'il y a de plus vivant, maman, et que papa n'est plus là. Tu n'as pas trouvé ça bizarre ? Tu ne t'es pas du tout posé de questions quand tu as découvert le cadavre de ton mari par terre dans la cuisine ? » J'en viens à pratiquement crier ces questions. C'est plus fort que moi. Toute cette colère, cette rage, cette impuissance.

Ma mère me regarde sans s'émouvoir. « J'ignore ce qui s'est passé, répète-t-elle. Je ne l'ai pas su à l'époque et je ne le sais pas davantage.

— Qui était cet ami ? Comment as-tu trouvé les coordonnées d'un tueur à gages ? » Mais, sitôt que je pose la question, je n'ai plus besoin qu'elle me réponde. Je sais. Depuis toujours. D'ailleurs, il me l'a dit lui-même. Un homme au passé violent. Qui a fait le choix de défendre les pires criminels de Boston. C'est sûr qu'il devait avoir un sacré carnet d'adresses.

« M. Delaney. »

Ma mère confirme d'un petit signe de tête.

« Dick m'avait assuré qu'il s'était occupé de tout. Il avait appelé le type directement, il s'était mis d'accord avec lui sur un dédommagement. Bien sûr, il m'a fait la leçon, je m'étais comportée comme une belle idiote. Mais en fin de compte, il ne s'était rien passé et tout était rentré dans l'ordre. Alors ce jour-là... quand nous sommes rentrées... » Ma mère ne finit pas sa phrase. Elle regarde ailleurs et je sais ce qu'elle revoit : le cadavre de mon père, effondré contre le frigo. Son grand homme, tombé si bas. Et ce sang, tout ce sang. Lorsqu'elle reprend la parole, c'est d'une voix si douce que je l'entends à peine. « Quand nous sommes rentrées... j'ai réellement pensé que ton père avait eu un mauvais jour. Nous nous étions disputés, évidemment. La situation lui était peut-être devenue insupportable, alors il avait fait ce que font souvent les génies. Je m'étais inquiétée pour lui par le passé. J'avais fait de mon mieux pour lui offrir un équilibre. Mais ce n'est pas facile d'être un esprit supérieur. Ni d'être son épouse. »

Je ne la crois pas une seconde. Elle dit cela sur un ton trop désinvolte. Trop détaché. Et sa main, toujours autour du pied du verre de martini, tremble.

« Tu as demandé à M. Delaney ? S'il avait vraiment repris contact avec le tueur à gages ? S'il l'avait dédommagé ? Peut-être que l'autre était réellement mécontent que tu l'aies décommandé. Franchement, un tueur à gages. Qui peut croire qu'on négocie de bonne foi avec ce genre d'individu ? »

Ma mère pince les lèvres. Elle a l'air moins tragique, plus rebelle. « Pour ton information, oui, j'ai reparlé avec Dick de ce qui s'était passé. Et il m'a assuré qu'il s'était occupé de tout. Et puis j'avais engagé cette personne pour régler son compte à cette sorcière, pas à mon mari !

— Et c'est toi qui as payé le "solde de tout compte" ? demandé-je avec ironie.

— Non. Dick s'en est chargé.

— Autrement dit, tu ne sais pas ce qui s'est passé de ce côté.

— Je sais que mon mari était en vie ! Il m'avait dit qu'il m'aimait. Tout nous souriait de nouveau. Jusqu'à ce que... tout s'arrête. »

Je secoue la tête. Je n'en reviens pas que ma mère puisse faire preuve d'une telle naïveté, ni qu'elle ait pu être assez folle pour s'adresser à un tueur professionnel afin de régler ses problèmes conjugaux et ensuite croire qu'elle pouvait tout annuler d'un simple coup de fil. Mais je ne comprends pas non plus l'attitude de M. Delaney. Ce qu'il a pu faire, ou peut-être ne pas faire, il y a seize ans. Voyons, il était le meilleur ami de mon père. Son premier mouvement aurait dû être de l'aider, non ?

Je tousse, sentant comme un chatouillis au fond de ma gorge. J'essaie de retourner toutes les pièces du puzzle dans ma tête. Tousse de nouveau.

Et la lumière se fait en moi. J'aurais dû comprendre beaucoup plus tôt, mais j'étais tellement focalisée sur ma mère et son histoire ridicule.

« Maman, dis-je, alors que mes yeux commencent à larmoyer, tu ne sens pas une odeur de fumée ? »

38

D.D.

« C'était Flora, dit D.D. à Phil en raccrochant. Elle a repéré Rocket qui traversait le campus avec un sac de cocktails Molotov et elle l'a pris en chasse. Mais elle l'a perdu.

— Donc c'est bien lui l'auteur de ces incendies. » Phil observait la progression des pompiers sur le terrain enneigé, s'attaquant d'abord à cette poubelle, puis à celle-là. Dans leur débandade, les étudiants en avaient renversé quelques-unes. Heureusement, les conditions hivernales avait tôt fait d'éteindre toute flamme vagabonde. « C'est moi ou on dirait qu'il a fait ça au petit bonheur la chance ? continua Phil. Je veux dire, pour un jeune qui a l'habitude de faire partir en fumée des bâtiments entiers arrosés d'essence, ça ressemble à des gamineries, non ? »

D.D. hocha la tête. Elle s'était fait la même réflexion. L'opération ne semblait pas à la hauteur des talents de Rocket.

Le téléphone de Phil sonna. D.D. le laissa répondre, tandis qu'elle-même contemplait les multiples panaches de fumée qui flottaient au-dessus du campus. Il fallait tout de même reconnaître que Rocket avait couvert un sacré terrain. Où qu'elle posât le regard, il y avait un petit brasier. Si on ajoutait à cela les évacuations de bâtiments et les piétons paniqués, les pompiers n'auraient pas trop du reste de la journée pour maîtriser la situation.

« C'étaient Neil et Carol, lui annonça Phil. Ils viennent de localiser l'ex-femme de Jules LaPage. Ou plutôt, elle vient de les appeler. »

D.D. attendit qu'il développe.

« Carol s'était mise en relation avec Dan Cain, l'ancien collègue de Bill Conner. Comme Ange le supposait, Conrad s'était réfugié dans la clandestinité presque aussitôt après le meurtre de ses parents, mais il était resté en contact avec Cain et poursuivait les enquêtes de son père.

— Batman, marmonna D.D.

— Pardon ?

— Non, rien.

— Parmi les différentes pistes étudiées par Conrad, la plus probable lui semblait être que Jules LaPage avait organisé l'accident de voiture. Il ne s'en était pas chargé lui-même, mais avait profité de ses moyens financiers considérables pour engager un sbire. C'était en partie ce qui fascinait Conrad dans ces réseaux. Il s'était rendu compte qu'identifier celui qui avait tenu le volant ne serait jamais suffisant : ce n'était qu'un rouage de la machine. Conrad voulait donc comprendre tout le système pour remonter jusqu'à LaPage, puisqu'il continuait de penser que le type dirigeait un véritable empire criminel depuis sa cellule.

— Ça s'est déjà vu.

— Comme nous le pensions, Conrad soutenait Monica, l'ex de LaPage. Financièrement. Cain devait aussi savoir où la joindre parce que, dès qu'il a raccroché avec Carol, il a prévenu Monica, qui a rappelé Carol quelques minutes plus tard. Conrad l'avait contactée il y a environ une semaine, peut-être dix jours. Il était convaincu que non seulement LaPage avait découvert la nouvelle identité de Monica, mais qu'il avait engagé un tueur. Depuis, elle est en fuite et on ne peut plus la joindre que sur un téléphone jetable. Elle attendait que Conrad la tienne au courant.

— Sauf qu'il ne l'a jamais rappelée, dit D.D. avec un soupir. Bon. Résumons-nous : Conrad mène une double vie sur Internet, où il passe plus de dix ans à se bâtir une réputation de malfrat. Il arpente l'internet clandestin à longueur de journée, apprend des choses dans divers domaines. Il croise un ou deux Jacob Ness. Noue peut-être des relations avec des tueurs à gages parce que c'est le genre d'individu auquel LaPage pourrait faire appel depuis sa cellule. Jusqu'au jour où Conrad apprend la nouvelle qu'il redoutait : un contrat a été passé sur la tête de la malheureuse Monica. LaPage a repris sa traque, avec son ex-femme terrifiée dans sa ligne de mire.

— Conrad appelle Monica pour la prévenir, compléta Phil.

— Après quoi, il reste chez lui les bras croisés ? demanda D.D. d'un air dubitatif.

— Peut-être qu'il cherchait à faire jouer son réseau. Savoir qu'un contrat a été passé n'est pas la même chose que connaître l'identité de l'exécuteur.

— D'accord, il avait besoin d'en savoir davantage.

— Sauf que le tueur à gages a dû le démasquer le premier.

— Et puis quoi ? Le type débarque chez Conrad pour le descendre de trois balles tirées avec le pistolet de la victime ? C'est l'exécution la moins professionnelle que j'aie jamais vue. Attends une seconde. Il n'y a pas que Conrad qui aurait eu besoin d'en savoir davantage. Nous aussi. »

Ressortant son téléphone, D.D. appela Kimberly Quincy et s'éloigna sur le trottoir pour échapper au vacarme que faisaient les pompiers. Phil lui emboîta le pas. L'air était imprégné d'une odeur âcre. Tout à l'heure, elle trouverait de la suie dans son mouchoir, se disait-elle. Tous ces incendies en un seul aprèsmidi. Et encore, elle avait le désagréable pressentiment qu'ils n'étaient pas au bout de leurs peines.

« Quincy, dit Kimberly en décrochant.

— D.D. à l'appareil. J'ai une question pour vous et Keith : disons que vous êtes Conrad Carter. Vous enquêtez sur une ordure, Jules LaPage. Le type est derrière les barreaux, mais vous êtes pratiquement certain qu'il a organisé l'assassinat de vos parents et qu'à la première occasion, il frappera de nouveau pour supprimer son ex. Alors vous prenez vos quartiers sur le dark web pour repérer le terrain.

— Est-ce que votre histoire se termine bien ? demanda Quincy.

— Je ne sais pas encore. Conrad finit par trouver ce qu'il cherchait : il apprend qu'une exécution se prépare. Il est en contact avec un tueur qui se vante d'avoir décroché un nouveau contrat, je ne sais pas. Quoi qu'il en soit, Conrad avait appelé Monica LaPage, il y a plus d'une semaine, pour la mettre en garde. Il avait eu un tuyau.

— Je vois », dit Quincy d'une voix plus songeuse. Elle commençait à comprendre où D.D. voulait en venir.

« Quel a pu être son geste suivant ? L'intérêt de l'internet clandestin, c'est d'être anonyme, mais ça ne peut pas l'être totalement. Flora parlait de comptes bloqués, d'évaluation des vendeurs. En bout de course, il s'agit toujours d'individus qui offrent leurs services à d'autres. Et quelqu'un doit connaître les tenants et aboutissants. Au moins une personne réelle. »

D.D. entendit un froissement, puis un échange lointain. Quincy avait baissé son téléphone et discutait avec Keith.

« Alors…, dit-elle en revenant en ligne. Vous êtes sur la bonne piste. Bien sûr, l'internet clandestin n'est qu'un outil technologique qui permet de relier des individus en chair et en os. Et, oui, ça demande l'intervention de pas mal d'acteurs. À commencer par des informaticiens – même si, d'après Keith, ils passent plus de temps à programmer qu'à se poser des questions sur les vendeurs. Ensuite, il faut une équipe de direction. Qui finance les sites, entretient l'infrastructure, rémunère les informaticiens et imagine de nouveaux services, de nouvelles sources de revenus et, surtout, de nouvelles garanties de sécurité, puisque c'est le principal attrait du dark web. Enfin il y a les commerciaux, je dirais, faute de mieux. Des gens qui, depuis leur bureau, recrutent de nouveaux vendeurs pas très catholiques. C'est un marché concurrentiel. Il faut toujours pouvoir proposer le dernier cri.

— Donc, si Conrad avait appris qu'un tueur à gages venait de décrocher un nouveau contrat, il a pu entreprendre des démarches pour découvrir son identité. En s'adressant à l'administrateur du site ? »

Encore un dialogue inaudible, puis Quincy revint en ligne :

« Déjà, Conrad aurait pu faire une contre-offre. Par exemple, je vous paie le double pour que vous fassiez un autre boulot pour moi tout de suite. Mais, en cas d'échec, il lui restait la solution (et je dois admettre que la manœuvre aurait été habile) de porter plainte contre le vendeur.

— Pardon ?

— C'est Keith qui vient d'avoir cette idée. Souvenez-vous que les évaluations jouent un rôle crucial. Donc, si Conrad voulait mettre un tueur à gages dans la mouise, il pouvait porter officiellement plainte contre lui. J'ai payé le vendeur Machin et la prestation n'a pas été réalisée. Ou encore mieux : le vendeur Machin est un flic. L'administrateur du site se retrouve obligé d'enquêter. Tant que l'affaire ne sera pas réglée, la crédibilité du réseau sera en cause.

— Donc Conrad contacte le responsable du site. Le vendeur Machin m'a arnaqué ou est une taupe, résuma D.D.

— À ce moment-là, l'administrateur doit ouvrir une enquête, comme dans une véritable entreprise. Entendre Conrad. Entendre le tueur à gages. Démêler le vrai du faux.

— C'est dingue », dit D.D. À part que l'internet clandestin était peuplé de criminels, la procédure de gestion des plaintes y était à peu près la même que dans la police. « À cette occasion, Conrad a pu apprendre la véritable identité du tueur à gages, supposa-t-elle.

— Keith et moi en sommes encore à reconstituer ses activités en ligne mais, a priori, sa couverture était la plus solide que j'aie jamais vue. Honnêtement, un professionnel n'aurait pas fait aussi bien. En dix ans de présence sur le dark web, Conrad ne s'était pas contenté de passer en touriste, il y avait fait son trou.

— Jusqu'au jour où il en a trop su.

— Sauf que ça marche dans les deux sens, précisa Quincy. Peut-être que ce n'est pas seulement Conrad qui a découvert l'identité d'un vendeur, mais qu'un vendeur, un administrateur ou un acheteur a découvert la sienne. »

Et cette simple remarque fournit à D.D. la solution de l'énigme. La pièce du puzzle qui leur manquait. Elle raccrocha. S'arrêtant de marcher, elle se tourna vers Phil. Et lui annonça la triste vérité les yeux dans les yeux : « Phil, on a été des imbéciles.

— Encore ? soupira-t-il.

— Règle de base dans une enquête : ne pas oublier ce qu'on sait déjà. On était tellement obnubilés par l'internet clandestin et la mystérieuse double vie de Conrad qu'on a perdu de vue l'essentiel : notre scène de crime.

— Mais on vient d'en parler : Conrad a été tué chez lui avec son propre pistolet.

— Exactement. Et pourtant, ça fait vingt-quatre heures qu'on se presse le citron sur des histoires de tueurs à gages, de cybervendeurs et de mystérieux criminels agissant à la faveur de la nuit. Et puis quoi encore ? Comment un tueur à gages aurait-il su que Conrad avait une arme planquée dans sa chambre ? Comment se serait-il fait ouvrir la porte, alors que Conrad vivait sous une fausse identité et qu'il était constamment en alerte depuis dix ans ? Et, admettons qu'il se soit introduit dans la maison et qu'il soit monté discrètement à l'étage pour mettre la main sur le pistolet caché : comment est-ce que ce ninja serait arrivé jusqu'au bureau pour tirer trois fois sans même que Conrad ne lève le petit doigt pour se défendre ?

— Conrad devait être sur ses gardes.

— Ce qui signifie qu'il n'a pas vu venir la menace, conclut D.D. Il a fait entrer le tueur. Il ne s'est pas méfié quand l'autre l'a accompagné dans son bureau à l'étage. C'était quelqu'un de son entourage. Conrad connaissait forcément son assassin, et même, il lui faisait confiance. C'est la seule explication. »

Phil la regarda. « Il aurait identifié le tueur à gages engagé par Jules LaPage et c'était justement quelqu'un qu'il connaissait personnellement ? Sacrément tiré par les cheveux.

— C'est pour ça que je ne pense pas qu'il ait identifié le tueur à gages. Ni l'inverse. Il a dû démasquer un plus gros poisson. Pas le vendeur, mais la tête de réseau. Un individu prêt à mettre le feu à toute la ville pour protéger sa double vie.

— Mais qui... » Phil s'interrompit. « Mais oui, quelle bande d'imbéciles !

— Voilà. Il faut qu'on file chez la mère d'Evie. Tout de suite ! »

39

Flora

Incapable de renoncer, j'arpente Harvard Square dans l'espoir d'y repérer un pyromane. Mais, d'une part, je me trouve au cœur d'un quartier universitaire, donc ça grouille de jeunes en sweat à capuche et Rocket peut se fondre dans le paysage. Et, d'autre part, entre les véhicules d'intervention et les camionnettes de journalistes qui affluent, c'est de plus en plus difficile de circuler.

Je n'aime pas la foule. Sentir des corps qui me percutent, me bousculent, me cernent. Mon cœur bat trop vite et ce n'est pas seulement parce que j'ai couru après Rocket.

Je découvre une petite rue, sors de la masse grouillante et prends un moment pour respirer plus librement, exhalant de petits nuages d'air vaporeux. Est-ce que tous ces jeunes gens ne devraient pas être en vacances de Noël ? Tout ça est trop loin pour moi ; je ne sais plus comment était organisée mon année quand j'étais étudiante, ni ce qu'on fait dans un endroit comme Harvard. Je me sens vieille et, l'espace d'un instant, à la dérive. Au souvenir de la vie qui était autrefois la mienne. Des rêves que je n'ai jamais retrouvés.

Bon, raisonnons comme un pyromane. Si je ne peux pas suivre Rocket, comment le devancer ?

Il va vouloir de l'argent. Après avoir rempli deux gros contrats dans la même journée, il pourrait rentrer dans son quartier récupérer son fric. Mais Phil m'a dit que des agents surveillaient les parages, donc ce ne serait pas faire bon usage de mon temps.

D'ailleurs, une petite seconde : est-ce que Rocket a vraiment fini sa journée ? Incendier la majestueuse demeure de Delaney a dû exiger une certaine ingéniosité. Cet avocat en vue était forcément équipé de ce qui se fait de mieux en matière d'alarme – et, dans ce quartier chic, un gamin comme Rocket avait toutes les chances de se faire remarquer. Il avait donc dû agir en finesse. Comme chez les Carter, quand il s'était déguisé en désinsectiseur. Il aurait pu recourir au même stratagème chez Delaney, mais lorsque la police l'avait aperçu, il ne portait aucune tenue particulière.

Peut-être qu'il s'était fait passer pour un livreur ? De pizzas ? Pour ça, il peut suffire d'une casquette. Dans une ville où on se commande des plats à emporter vingt-quatre heures sur vingt-quatre, les livreurs passent totalement inaperçus. Peut-être qu'il avait préalablement laissé de l'essence sur place : beaucoup de ces maisons de ville disposent d'un jardin à l'arrière. Un jeune aussi sportif que Rocket n'aurait eu aucun mal à escalader une clôture.

Pour ensuite ressortir par le même chemin et admirer son œuvre. Avant de filer quand la présence policière serait devenue trop dense ou qu'il était temps de passer à la mission suivante. D'où le trajet en métro. Une simple correspondance pour prendre la ligne rouge et il s'était retrouvé à Harvard Square.

Où il avait dû planquer sa réserve de cocktails Molotov. Aujourd'hui où tout le monde est en permanence sur ses gardes, on ne peut pas laisser un sac à dos sans surveillance dans une station de métro ni, d'ailleurs, à proximité d'une fac. Donc il avait dû prendre toutes ses dispositions à l'avance. Préparer le matériel, repérer les coins de stockage. Et, une fois le premier incendie allumé chez Delaney, la course effrénée avait commencé. Il avait filé, semant le feu et le chaos derrière lui.

L'impression ne me quitte pas qu'il n'en a pas encore terminé.

Puis une idée se précise. Comme un murmure dans un coin de ma tête. Tous ces journalistes qui tendent le cou pour mieux voir le branle-bas de combat à Harvard.

Ces mêmes journalistes qui faisaient le pied de grue chez la mère d'Evie. Surveillaient toutes les allées et venues. Empêchaient pratiquement quiconque de s'approcher de cette maison.

Ces journalistes qui ont été attirés vers le campus, où éclataient une série d'incendies clairement plus palpitants que de poireauter sur un trottoir.

Ma première intuition était la bonne : Rocket Langley en a encore après Evie Carter. Et s'il a allumé des foyers aux quatre coins de la fac, c'était pour éloigner les médias et laisser sa véritable cible sans défense. Des cocktails Molotov en guise d'intermède. Et certainement une autre cache d'essence pour le clou du spectacle.

Je repars en courant.

40

Evie, D.D. et Flora

Le temps que je tire ma mère hébétée du fauteuil de mon père et que je la convainque de laisser son verre de martini vide, la fumée est devenue visible. Nous sortons du bureau et nous arrêtons net.

D'épaisses volutes noires s'échappent de la cuisine.

Je me rappelle ce que j'ai entendu concernant l'incendie qui a détruit ma maison. Il est très certainement parti de la cuisinière : un dispositif artisanal à base d'huile ; celle-ci s'est enflammée et a ensuite embrasé une traînée d'essence...

Je jette un regard vers le salon de réception en face de nous et, presque comme en réponse à mes pensées, une rivière de feu apparaît sous mes yeux et court sur toute la longueur de l'entrée jusqu'à la porte où (*wouf !*) elle trouve un maximum d'accélérant.

Ma mère et moi reculons en titubant et essayons de nous protéger le visage de la chaleur soudaine. L'entrée n'existe plus, elle n'est plus qu'un mur de flammes tandis que, dans la cuisine à notre droite, la température augmente encore et que le brasier redouble dans un vomissement de suie noire. Ma mère est la première à réagir. Elle me prend par la main, m'entraîne vers l'escalier. Je tente de résister. Si on le prend, qu'est-ce qu'on va devenir ? Le feu a tendance à monter, la chaleur aussi. On sera simplement piégées un étage plus haut. D'un autre côté, les deux issues du rez-de-chaussée sont désormais inaccessibles. Je cède et je la suis.

Ma mère ne dit rien. J'entends sa respiration oppressée lorsqu'elle gravit les premières marches, ma main toujours dans la sienne, m'entraînant avec insistance.

« Un extincteur ? réussis-je à demander d'une voix entrecoupée.

— Dans la cuisine. »

Il ne risque pas de nous servir à grand-chose. « On devrait... appeler... le 911, dis-je ensuite.

— Tu ne crois pas qu'ils sont déjà au courant ? »

C'est vrai qu'avec un incendie de cette ampleur dans un quartier où les maisons sont aussi proches les unes des autres, la moitié de la rue a sans doute déjà lancé l'alerte. Mais, vu la violence du brasier, les pompiers ont intérêt à être miraculeusement rapides.

Continue à monter. Les secours arrivent. Il faut y croire. La fumée me fait suffoquer, je plaque ma main sur ma bouche tout en me disant : *Ça ne peut pas être bon pour le bébé.*

Nous arrivons à l'étage. Ma suite se trouve sur la droite, mais, vu la voracité avec laquelle le feu est en train d'engloutir l'entrée juste en dessous, nous n'osons pas prendre le risque et nous dirigeons plutôt vers la chambre de ma mère, au-dessus de la cuisine. En chemin, nous passons devant la salle de bains d'amis. Je m'arrête net. Maintenant c'est moi qui tire sur la main de ma mère.

« Serviettes mouillées, réussis-je à dire d'une voix étranglée alors que la fumée s'épaissit. À nous... mettre... sur le visage. »

Elle comprend. Pour une fois dans notre vie, nous collaborons. Je jette des draps de bain dans la baignoire, elle jette des essuie-mains dans le lavabo et nous faisons toutes les deux couler de l'eau froide pour tremper notre tas. Nous ne disons plus rien, agissons aussi vite que possible. Je lance le premier drap de bain dégoulinant sur ses épaules pour la protéger de la chaleur et elle me flanque carrément une petite serviette sur le visage.

Il nous faut une poignée de minutes pour revêtir nos tenues de linge froid et mouillé ; puis nous bravons de nouveau le couloir. Et nous nous retrouvons nez à nez avec un homme à contre-jour.

Ma mère pousse un cri.

Et moi, j'ouvre simplement de grands yeux en voyant ce que l'homme tient à bout de bras : le fusil de mon père.

*

« Là ! » cria D.D. en donnant une claque à la boîte à gants. Phil pila en pleine rue. « Rocket Langley. Il vient de s'enfuir à travers ce jardin. »

Phil n'eut même pas le temps de se ranger sur le côté. D.D. ouvrit sa portière et descendit dare-dare vers le talus enneigé. Son téléphone bourdonnait à tout va dans sa poche. Elle le sortit par habitude et se lança à la poursuite de Rocket, alors qu'elle entendait derrière elle Phil demander des renforts par radio.

« Rocket Langley a mis le feu à Harvard pour faire diversion, expliqua précipitamment Flora au téléphone. C'est la maison de la mère d'Evie, sa vraie cible.

— Je m'occupe de Langley. Je l'ai pris en chasse.

— Parfait. Je suis presque chez les Hopkins... Merde ! Il y a le feu. Les fenêtres de la façade sont totalement englouties. Il est arrivé le premier. Saloperie !

— Est-ce qu'Evie et sa mère sont à l'intérieur ? » demanda D.D.

Là ! le sweat à capuche noir de Rocket disparaissait au coin d'une maison. D.D. voulut donner un coup d'accélérateur, glissa dans la neige et s'obligea à des foulées plus légères. Voilà pourquoi les policières de Boston devaient porter de solides bottines en décembre.

« Leur voiture est dans l'allée, répondit Flora, anxieuse. Avec une autre. Une voiture de luxe. Une Lexus.

— Dick Delaney... Écoutez-moi, Flora : c'est lui, notre assassin. L'auteur de ce coup monté. S'il est dans la maison, elles sont doublement en danger.

— C'est pour ça ! s'écria Flora. Je me demandais comment Rocket avait pu entrer dans une maison aussi sécurisée. C'est Delaney qui avait tout organisé ! »

Droit devant D.D., le pyromane gagnait du terrain. Il était jeune, véloce, tout en jambes. L'espace d'un instant, D.D. regretta amèrement d'avoir la quarantaine et aucun de ces atouts de son côté.

Mais il n'était pas nécessaire d'être le plus frais. Seulement le plus malin.

« Phil a appelé des renforts, lança-t-elle tout en surveillant la progression de Rocket, en calculant les angles pour préparer sa manœuvre.

— Je m'en occupe », dit Flora.

D.D. raccrocha et rangea son téléphone dans sa poche. En sachant que son rôle à elle était de coincer l'incendiaire. Mais qu'elle venait d'envoyer son indicatrice (une femme qu'elle respectait et pour laquelle elle se faisait même du souci) dans une maison en proie aux flammes.

*

Je m'avise de nouveau que je n'y connais rien en incendies. Je suis entraînée, prête à faire face à divers scénarios dangereux, mais le feu, je ne connais pas. Comment en démarrer un en situation de survie, ça je sais. Mais je l'ai étudié comme un outil, pas comme une menace à laquelle il faudrait que je survive.

Je frémis en songeant à l'ironie de la situation : si je ne me suis jamais inquiétée à ce sujet, c'est parce que le feu n'intéressait pas Jacob. Encore une preuve que, des années après, ce connard régit toujours mon existence.

Je m'appuie sur ma colère. On peut forger des choses intéressantes dans le feu d'une fureur intense.

La façade de la majestueuse maison coloniale n'est plus qu'un gigantesque brasier. Les vitres de l'entrée explosent, les flammes rugissent de plus belle grâce au nouvel afflux d'oxygène et dansent de frustration autour de ce qui doit être une porte d'entrée ignifuge.

Le feu est un monstre avide, me dis-je. Mais, comme toutes les bêtes féroces, il est esclave de ses appétits.

Guidée par cette idée, j'élabore une stratégie. L'escalier de secours à l'arrière. Cette maison en a forcément un. Cambridge est très à cheval sur le règlement anti-incendie. Les pièces doivent avoir deux issues, donc s'il y a des chambres côté jardin, il doit y avoir une deuxième sortie.

Une autre vitre vole en éclats. Par réflexe, je lève un bras tout en courant vers l'arrière de la maison. Du coin de l'œil, je vois que les voisins sont sortis et observent le désastre avec horreur.

« Appelez les secours ! dis-je par automatisme.

— Il y a quelqu'un dans la salle de bains du premier, me crie une femme. Je l'ai vu par la fenêtre !

— Merci ! »

C'est là que je découvre l'escalier de secours branlant. Je pose le pied sur la première marche métallique et commence à monter.

41

Evie, D.D. et Flora

Je ne parle pas tout de suite. À côté de moi, ma mère est totalement figée.

M. Delaney s'avance dans la fumée, droit vers nous. Je m'aperçois qu'en réalité, c'est une arme de poing qu'il tient. Mes yeux m'ont joué des tours et m'ont fait voir le passé alors que j'ai besoin de me concentrer sur le présent. Je ne sais pas très bien quel type d'arme il a, mais sa prise est ferme, sa visée précise.

« Tu n'étais pas censée être ici, me dit-il d'un air sévère, la voix enrouée par la fumée. Tu disais que tu avais des courses à faire.

— J'ai fait vite. » Ma voix sonne bizarre à mes oreilles. Trop normale. Trop polie. Comme s'il s'agissait d'une banale conversation. Comme si nous n'étions pas en plein drame et que sa remarque ne signifiait pas à elle seule que je n'étais pas censée être là, mais qu'il comptait bien trouver ma mère.

« C'est vous qui avez tué mon père. »

Quand je l'observe à cet instant, avec sa façon de tenir cette arme, de se déplacer dans la maison comme s'il était chez lui... comment n'ai-je pas compris plus tôt ? Le jour du meurtre, je n'avais vu personne quitter les lieux ni courir à toutes jambes dans la rue – raison de plus de penser que mon père s'était suicidé. Mais il y avait une autre explication possible : l'assassin n'était pas sorti de la maison. Peut-être que Dick Delaney nous avait vues arriver et qu'il était parti vers les pièces sur rue, ou même qu'il était monté à l'étage. Il connaissait notre maison par cœur, ce vieil ami de mes parents, leur ami le plus cher. Il avait pu se laver dans une des salles de bains de l'étage pendant que ma mère poussait des cris, que je sanglotais. Et quand ma mère l'avait contacté, il avait pu profiter de notre égarement pour ressortir par la grande porte et rentrer par celle de la cuisine. Ni l'une ni l'autre ne faisait attention.

Mais maintenant... j'ai l'impression que mes yeux se dessillent.

« Ma mère vous avait dit ce qu'elle avait fait. Elle me l'a avoué. »

Delaney s'étonne. Il semble nerveux, mais tient le pistolet avec assurance. La fumée s'épaissit autour de nous, le feu se rapproche. L'idée me traverse l'esprit qu'il a beau avoir une arme, c'est maman et moi qui avons des serviettes mouillées. Le feu ne craint pas les balles, mais il a horreur de l'eau.

« Tu as toujours été trop impulsive », dit Delaney avec hargne à ma mère. Elle se tient avec raideur à côté de moi. Elle mijote quelque chose, mais je ne sais pas quoi.

« On ne décommande pas un tueur à gages, continue-t-il, agacé. Il n'y avait que toi d'assez bête pour en engager un et ensuite croire sincèrement que tu pouvais changer d'avis. Ça ne marche pas comme ça avec ces gens-là.

— Vous étiez du milieu, dis-je, exprimant mes soupçons à voix haute. C'est pour ça que vous saviez à qui vous adresser. Vous étiez l'un des leurs.

— J'ai fait de mon mieux, se défend Delaney. J'ai même réglé la note, quand ta mère est redescendue sur terre. J'ai dédommagé le type et je lui ai dit de laisser tomber. Mais j'ai vu son regard. Ces tueurs ne renoncent pas comme ça. Cet après-midi-là, j'étais venu prévenir ton père. Tuer sa maîtresse ? dit-il en s'en prenant à ma mère. Dieu sait que tu as toujours aimé le mélodrame, mais là, c'était de la folie furieuse. De la démence. J'ai essayé d'expliquer ça à Earl, puisqu'on savait tous qu'il n'allait pas changer de comportement. Alors qu'est-ce que tu aurais fait avec la maîtresse suivante ? continue-t-il en mitraillant ma mère du regard. Et la suivante ?

— Vous avez essayé de prévenir mon père ? » Je recule insensiblement pour m'éloigner de lui et de l'incendie.

« Il nettoyait son fusil. Il m'a dit que Joyce lui avait déjà tout avoué. Qu'il était désolé du dérangement et qu'il espérait qu'on trouverait un accord amiable. J'ai voulu lui faire comprendre la gravité de la situation, qu'on ne peut pas engager un assassin professionnel et le renvoyer comme ça, que c'est une chose d'être possessive et une autre d'organiser un meurtre. Bon sang... »

Delaney s'interrompt, pris d'une déchirante quinte de toux. Je jette un coup d'œil à son pistolet, mais il est toujours pointé sur la poitrine de ma mère.

« Il ne vous a pas cru ? » Ça non plus, je ne comprends pas. Mon père était un homme très rationnel, or une femme qui tente de résoudre ses problèmes conjugaux en engageant un tueur à gages, ça n'a rien de rationnel.

Pour la première fois, M. Delaney me regarde. Et il me répond avec brusquerie : « Il m'a accusé d'être jaloux. »

C'est là que je comprends. M. Delaney. Si proche de mon père. Mais toujours en tant qu'ami, de l'autre côté de la vitre, parce que mon père avait ma mère et toute une ribambelle de maîtresses.

« Il savait ce que vous ressentiez pour lui, dis-je. La vraie nature de vos sentiments. » J'en serais presque peinée pour cet homme, il a dû beaucoup souffrir.

« Il devinait toujours tout, répond-il d'une voix enrouée, ce qui en dit assez long.

— Vous l'aimiez.

— Mais quelle importance ! Puisqu'il l'avait, elle. Il n'y en avait que pour elle ! cria-t-il en agitant le pistolet en direction de ma mère. Au point que, même quand son comportement est devenu dangereux pour lui, pour sa réputation, pour sa maîtresse, et que moi, son meilleur ami, bordel, j'ai essayé de lui faire entendre que rien de bon ne sortirait de leur mariage de plus en plus explosif, il n'a rien voulu savoir. Il m'a ri au nez. Il m'a... il m'a...

— Il vous a rejeté. » J'imagine très bien la conversation. Mon père pouvait être arrogant et il n'avait pas voulu entendre ce qu'il y avait de pervers dans sa relation avec sa femme. C'était plus facile de s'en prendre au messager. De ne voir dans ses légitimes avertissements que des élucubrations, une crise de jalousie de la part d'un ami dont il avait toujours su qu'il éprouvait plus que de l'amitié pour lui. Et Delaney, qui était venu de bonne foi lui parler d'un sujet qu'il connaissait par cœur... Delaney, qui aimait mon père, respectueusement, à distance, avait vu son ami le plus cher se retourner contre lui.

Je vois toute la scène. Je me la représente parfaitement. Et c'est douloureux.

« J'ai pris le fusil, continue Delaney, comme s'il regardait le film qui se déroule dans ma tête. Earl a compris ce que j'allais faire. Nous nous sommes battus. Le coup est parti. » La voix de Delaney se brise. Nous savons lui et moi qu'un coup ne part pas comme ça. Il faut actionner la détente. Il faut tirer. Dans la poitrine de son meilleur ami.

« Il s'est effondré. Et j'ai entendu une voiture. La vôtre, dans l'allée. » Il regarde ma mère. « J'ai essuyé le fusil, j'ai enlevé mes chaussures et je suis sorti de la cuisine sur la pointe des pieds. Je suis monté dans la salle de bains d'Earl, je me suis nettoyé les mains, le visage, les cheveux. J'ai roulé mes vêtements sanglants en boule dans l'idée de revenir les chercher plus tard et j'ai pris une tenue de rechange dans la penderie d'Earl. Tu ne t'es jamais aperçue de rien. »

Ma mère ne parle pas, ne bouge pas. Mais je la sens qui tire discrètement sur ma main, pour que je me rapproche d'elle. Je résiste parce que je veux entendre la suite.

« Ensuite j'ai dit que c'était moi qui l'avais tué et vous êtes tranquillement rentré chez vous.

— Je croyais que tu savais, dit Delaney en regardant ma mère. Et que tu avais demandé à Evie d'avouer pour me protéger. Je m'attendais à chaque instant que tu viennes me demander quelque chose en retour. Mais ça n'est jamais arrivé. Et un jour, j'ai réalisé que mon meilleur ami était mort. » Delaney prend une inspiration saccadée, tousse de nouveau dans la fumée qui s'épaissit de plus en plus rapidement. « Et que moi, je m'en étais sorti.

— Et Conrad ? » Je pose la question parce que cette histoire ne s'arrête pas là ; je le sais, maintenant. Il y a une suite, que je n'ai pas envie d'entendre, mais besoin de savoir. Je colle la serviette humide sur mes lèvres et mon nez. La chaleur augmente encore. Le feu se rapproche de nous.

En fait, j'en viens à l'espérer.

« Vous êtes sur le dark web, c'est ça ? Avec l'expérience et les relations que vous avez. Qu'est-ce que vous faites ? Vous gérez un site, un forum ou je ne sais quoi ?

— Même sur Internet, il faut avoir des contacts pour se porter garant de certains... prestataires, disons », explique Delaney, comme si ça tombait sous le sens. Et peut-être que c'est le cas, pour lui. Peut-être pour mon mari aussi, lui qui se connectait depuis des années sous pseudonyme. Je trouve que j'en sais déjà trop, et pourtant j'ai l'impression de ne rien savoir.

J'ose une hypothèse : « Conrad vous avait démasqué. Il était tombé sur une piste en naviguant.

— L'ironie du sort, c'est qu'il s'était plaint d'un tueur à gages. Quand j'ai voulu arbitrer le litige… j'ai découvert qui avait envoyé le message. Alors j'ai su que ce n'était qu'une question de temps avant que lui ne comprenne que j'étais l'administrateur. »

Je le regarde fixement. Peu importent désormais la fumée qui me pique les yeux, la violence des flammes qui se rapprochent, la main de ma mère qui tire sur la mienne.

« Dites-moi, ordonné-je d'une voix rauque que je reconnais à peine. Je veux l'entendre. De votre bouche. Dites-moi exactement comment vous avez tué mon mari.

— Je n'avais pas le choix…

— Dites-moi !

— J'ai attendu que tu sois sortie, dit-il lentement. Je suis monté dans la chambre et j'ai trouvé le pistolet de Conrad, vous m'en aviez tous les deux parlé. Il est rentré et il s'est mis au travail dans son bureau. Je suis arrivé sur le seuil, il a dit : "Je ne vous ai pas entendu frapper" et ensuite… j'ai fait le nécessaire. C'était fini.

— Vous avez tué mon mari. Vous avez incendié ma maison.

— J'ai fait le nécessaire.

— Vous avez incendié votre propre maison. Et maintenant celle-ci ? La maison de ma mère ? » Je suis pratiquement en train de hurler. Je crois, en tout cas. Difficile de s'entendre avec le bruit des flammes.

« Elle savait tout, dit-il. Et maintenant, tu sais aussi. » Il regarde de nouveau ma mère avec sévérité. « Tu ne t'es doutée de rien, il y a seize ans ? »

Ma mère ne dit pas un mot.

« Mais quand Evie a avoué la vérité à la police, toi aussi tu t'es remise à penser à cette journée. Si Earl ne s'était pas suicidé, alors il ne restait que deux possibilités : soit le tueur à gages était venu, peut-être pour te voir, et il s'était battu avec Earl. Soit c'était la seule autre personne qui était au courant de tout, c'est-à-dire moi. À ton avis, qui aurais-tu accusé en premier ?

— Tu as tué ton meilleur ami, lâche enfin ma mère. Lui qui t'aimait !

— Tu avais engagé un tueur pour supprimer ta rivale et il t'aimait encore !

— Il allait me quitter !

— Mais non ! Il suffisait d'être patiente, Joyce. Tu n'allais pas le perdre, bon sang.

— Au lieu de ça, tu me l'as pris. »

Soudain, la main de ma mère se resserre sur la mienne. Mais cette fois, elle ne se contente pas d'une simple pression, elle me tire brutalement en arrière. Je perds l'équilibre et manque de basculer dans la salle de bains. Pendant que ma mère, cheveux blond platine et collier de perles, charge l'ennemi tête baissée.

Elle fonce droit vers Delaney, son pistolet, la fumée noire.

« Cours, Evie, cours ! » me crie-t-elle.

Avant que Delaney et elle ne disparaissent dans le brasier.

*

Quand on passe suffisamment de temps à essayer de coincer un chien pour récupérer sa bottine chérie, on se met à penser comme lui. Et pareil quand on passe le reste de ses journées à traquer des criminels.

Rocket allait sauter par-dessus la palissade en bois sur le trottoir d'en face. D.D. en était certaine. Il comptait sur sa jeunesse et sur ses qualités athlétiques pour se propulser de l'autre côté et laisser sa poursuivante mordre la poussière.

D.D. ne pouvait pas le rattraper avant la palissade. Et il n'était pas non plus question qu'elle franchisse l'obstacle avec aisance. Il y a dix ans, peut-être, mais aujourd'hui il ne fallait pas se faire d'illusions.

Ce qu'elle pouvait faire, c'était le déstabiliser juste le nécessaire, puisque le saut en hauteur exigeait rythme, équilibre et décollage efficace. Rocket savait démarrer un feu, D.D. savait neutraliser un fugitif.

Elle piqua un dernier sprint. Ses poumons n'apprécièrent pas et elle se promit de reprendre ses joggings matinaux, même s'il y avait de la neige, qu'il faisait froid et qu'elle détestait l'hiver. Bruit de voiture droit devant. Rocket l'entendit à la même seconde qu'elle. Il choisit de passer comme un dératé devant le véhicule, jugeant probablement que celui-ci pilerait – ou, mieux encore, qu'il ferait une embardée pour l'éviter et percuterait D.D. à sa place.

D.D. sourit.

En voyant Phil se mettre en travers du chemin de Rocket, qui heurta violemment l'aile avant de la voiture. Aussitôt, D.D. lui tomba dessus et lui coinça les deux bras dans le dos. Phil descendit de voiture et la couvrit avec son arme.

« Comme au bon vieux temps », dit-elle en menottant sa proie. Avec ses nouvelles fonctions administratives, cela faisait un moment qu'elle n'avait pas procédé à une arrestation. La sensation était agréable, même si elle n'arrivait pas à reprendre son souffle et qu'elle était à deux doigts de gâcher l'instant en vomissant.

« N'importe quoi pour ma partenaire », dit Phil.

Carol qui ? pensa D.D. avant d'échanger un sourire avec lui. Puis tous deux se concentrèrent sur Rocket, à plat ventre sur le capot.

« Qui vous a embauché ? demanda D.D.

— Putain, mais je sais même pas de quoi vous parlez...

— Oh que si. Et si vous ne voulez pas que ça se termine trop mal pour vous après le feu d'artifice d'aujourd'hui, vous feriez mieux de parler.

— Je ne connais pas son nom, esquiva Rocket.

— Allons, allons. » Elle se pencha vers lui. « On sait, Rocket. On sait tout. La seule question, c'est de savoir qui lâchera l'autre le premier. Vous ? Ou un avocat qui vous a manipulé depuis le début et qui n'hésitera pas à vous mettre dedans ? Parlez. »

Rocket ouvrit de grands yeux. « Vous connaissez M. Delaney ?

— M. Delaney ? Très intéressant. Continuez. »

Et Rocket parla. De l'incendie d'une scène de crime, puis de l'avocat qui avait désactivé sa propre alarme pour qu'il puisse entrer chez lui. Et ensuite des feux de poubelles pour faire diversion et attirer tout le monde à Harvard Square, ce qui laissait sa véritable cible à découvert. Une méga-belle maison à Cambridge.

« Qu'est-ce que ça brûle bien, ces vieilles baraques ! » dit Rocket avec une lueur fanatique au fond de la prunelle.

Phil et D.D. échangèrent un regard. Ils entendaient les sirènes au loin.

« Flora est déjà là-bas », dit D.D.

Phil n'eut pas besoin qu'elle en dise davantage. Il balança Rocket à l'arrière de la voiture et ils partirent vers l'incendie.

*

J'atteins assez facilement le deuxième palier de l'escalier de secours. Le métal est déjà en train de chauffer à cause des flammes qui ravagent l'intérieur de la maison. De la fumée s'échappe des fenêtres du rez-de-chaussée et elle sent un peu le graillon, comme le soir où Rocket et moi avons lancé des bouteilles d'huile dans le feu.

À cet étage, l'escalier de secours donne accès à une vieille fenêtre à guillotine double. La voisine disait avoir aperçu quelqu'un dans la salle de bain. Je suis tentée de briser un carreau pour passer une main à l'intérieur et ouvrir la fenêtre. Mais au dernier moment, j'hésite.

Sans être une spécialiste, je sais que le feu aime l'oxygène. Si j'ouvre une fenêtre d'un seul coup et que je lui donne une énorme bouffée d'air frais, je suis relativement certaine que ça va faire du grabuge.

Je ne sais pas si c'est la meilleure ou la pire idée que j'aie jamais eue, mais je continue à monter. Jusqu'au troisième palier de l'escalier de secours. La fenêtre est beaucoup plus petite. Il faudra me faufiler – mais ce ne sera pas un problème pour moi, que la tension nerveuse rend mince, tendance maigre.

Ce n'est pas la première fois que je dois briser une vitre. Le souvenir me revient fugitivement d'un autre temps, d'un autre lieu, d'une autre jeune fille qui agonisait sous mes yeux alors que je cherchais désespérément un moyen de nous évader d'une maison. Mais je le chasse de mon esprit. Le coude est un outil épatant. Si vous êtes une fille, dans un combat au corps à corps, votre coude est une arme cent fois plus efficace que votre poing. Mais on peut aussi faire des dégâts avec son genou ou son talon.

Je détourne le visage et, comptant sur mon gros blouson pour me protéger, donne un bon coup au milieu du carreau. Pluie de verre. Vite, je retire ma doudoune, l'enroule autour de mon bras et m'en sers pour enlever les derniers morceaux. Puis, pour faire bonne mesure, je la pose sur le rebord de la fenêtre le temps de me faufiler tête la première dans l'ouverture.

J'atterris lourdement. Pas avec une roulade gracieuse, plutôt cul par-dessus tête. Mais je suis dans la place. Aussitôt, je tousse et sens l'odeur de fumée.

Bon, il ne me reste plus qu'à descendre d'un étage, trouver Evie, sa mère et je ne sais qui d'autre, le tout en me méfiant d'un avocat capable de tuer. Je me dis que j'ai déjà connu pire, mais le feu m'inquiète quand même. Rocket Langley a raison : les flammes exercent un charme mortel bien à elles. La porte du grenier est fermée. Je me remémore vaguement les exercices d'évacuation de mon enfance : avant d'ouvrir une porte, la toucher avec le dos de la main. Elle est chaude, mais pas brûlante. M'abritant derrière le panneau, je la tire. Rien. Mais en bas, j'entends un bruit de mauvais augure.

Une sorte de ricanement effrayant, comme celui d'une sorcière, ou des langues de feu qui, sentant la nouvelle source d'oxygène à l'étage supérieur, changent avidement de trajectoire.

Vite, me dis-je. Quoi que je décide de faire, il vaudrait mieux que ce soit rapide. Le feu ne me laissera qu'une seule chance. Et ensuite, il faudra impérativement que je reprenne cet escalier. Soit je ressors avec ceux que j'aurai trouvés, soit ce sera fichu.

Si je survis à ça, me dis-je, *il faudra vraiment que j'appelle ma maman.*

Je prends l'escalier tête baissée, dans la fumée de plus en plus dense. Je ne suis même pas encore sur le palier que mes yeux piquent et que la fumée m'oppresse la poitrine. Je retire mon sweat pour le nouer sur ma bouche et mon nez, sans être certaine que ça serve à grand-chose. Au moment où j'arrive en bas des marches, j'entends une toux qui n'est pas la mienne.

J'accélère le mouvement, mais j'ai parfaitement à l'esprit ce que m'a dit D.D. : si Dick Delaney est dans la maison, il représente une menace aussi grave que le feu.

Puis, avant que j'aie le temps de m'écarter, une silhouette émerge de la fumée du couloir et manque de me rentrer dedans. La personne est en larmes, elle tousse et elle est... mouillée. Des serviettes humides, voilà ce qu'elle a. Sur la tête, les épaules.

« Evie ?

— Ma mère. » Elle hoquette, cherche son souffle. « Elle s'est jetée sur lui. Elle l'a poussé dans les escaliers, je crois.

— L'avocat ?

— Il a tué mon père. Il a tué mon mari. Je vous en prie – *kof* –, retrouvez ma mère.

— D'accord, on va vous... » Petite pause, pendant que moi aussi je tousse. « ... sortir de là...

— Ma mère !

— Evie ! Écoutez-moi : *vous aussi*, vous êtes une maman ! » Cette phrase la rappelle à la réalité. Aussitôt, ses mains se posent sur son ventre et je devine qu'avec tout ça, elle avait oublié cette évidence.

« Votre mère a fait ce qu'il fallait pour vous. » J'ai la voix cassée, je siffle, je tousse. « Maintenant c'est à vous de faire... ce qu'il faut... pour le bébé.

— Ma mère me déteste.

— Aucune mère ne déteste sa fille, Evie. On a juste parfois du mal à se comprendre. » Je l'entraîne dans le couloir. Tout en jacassant un peu parce que j'ai besoin qu'elle avance, et vite. Je ne veux pas qu'elle se retourne. Ni qu'elle voie la colonne de flammes qui viennent de découvrir qu'il y avait une fenêtre ouverte au dernier étage.

Je ne veux pas qu'elle comprenne que si sa mère s'est réellement jetée là-dedans... ni elle ni moi ne pouvons plus rien pour elle.

« Vous devriez... rencontrer ma mère », dis-je d'une voix rauque. Impossible de monter au grenier. Avec son ventre de femme enceinte, Evie ne passera jamais par la fenêtre. Ce qui nous laisse la sortie du premier étage. Une pièce au bout de ce couloir, j'imagine. Mais c'est une chose d'étudier une maison de l'extérieur et c'en est une autre d'arriver à garder son sens de l'orientation quand on se retrouve dans un labyrinthe enfumé.

« Elle vous adorerait », continué-je. Je passe devant une porte à ma droite. Je l'ouvre. Découvre un placard à linge. Nous entraîne plus loin.

« Elle a une ferme. » Je remonte mon sweat sur ma bouche. La fumée est très épaisse, écœurante, irritante. « Tout ce qu'elle aime dans la vie... c'est prendre soin d'une fille qui se met en permanence en danger... le drame de sa vie. Vous... elle pourrait vous nourrir. Alors que moi. Désolée. »

La porte suivante. Faites que ce soit celle-là, parce que j'entends un rugissement monter. Rien de bon ne peut venir de ce bruit. Mes yeux pleurent à tel point que je n'y vois presque plus rien. Et cette pression dans mes poumons...

Je vacille, je m'effondre.

L'oxygène. Ce feu dévorant a consumé tout l'oxygène.

Nous croyions avoir de l'air, mais non.

Evie tire sur ma manche. Elle a encore sa serviette mouillée autour de la tête. La maligne.

Je me demande ce que ça ferait d'être enceinte. De devoir prendre soin d'un bébé. De faire grandir une vie au lieu d'essayer tous les jours de me supprimer.

Je crois que je vais m'évanouir.

Evie me donne une claque. Carrément. Je crachote. J'essaie de me relever, mais ça n'a pas l'air possible.

« L'escalier de secours, dis-je. Dernière chambre. La fenêtre. »

Elle approuve. Puis elle regarde au-dessus de mon épaule, et je vois la peur agrandir ses yeux.

Le feu vient nous chercher, toutes les deux. Mais Evie peut encore s'en sortir.

Je pense que maman l'aimera beaucoup. Elles seront heureuses ensemble.

Elle est partie. Je ne la vois pas vraiment partir, mais je sens son absence. Pas grave. La chaleur est intense à présent. Comme un amant qui me lècherait le visage.

J'ai l'impression d'entendre un rire. Et je sais qui se trouve dans ces flammes. Jacob. Lui aussi marche au milieu des flammes de l'enfer. Il s'en donne à cœur joie. Il a toujours aimé faire souffrir.

Et ça me donne la force de ramper encore. Parce que je sais, au fond de moi, que toutes les bonnes actions que j'ai pu accomplir ces six dernières années ne seront jamais suffisantes. C'est pour ça que je ne dors pas, que je ne mange pas. Les flammes de l'enfer m'attendent, moi aussi. Un jour, je rejoindrai Jacob là-bas. Comme il l'a promis.

Mais pas encore. Pas encore.

De l'air frais. Je le sens, je l'aspire avidement. Evie. Elle a ouvert la fenêtre. Elle a trouvé l'escalier de secours. Son bébé et elle vont s'en sortir.

J'ai soudain la terrible prémonition de ce qui va se passer. Quand l'air frais va atteindre ces flammes.

Je m'aplatis au sol, pose mes mains sur ma tête comme si cela pouvait changer quelque chose. Un linge mouillé claque sur mes bras.

« Courez, crie Evie d'une voix rauque devant moi. Bougez, bon sang ! »

Elle repart vers la fenêtre. Je me relève, je cours en titubant. Le feu enfle, ronfle, rugit. La chaleur me cuit le dos.

Evie sort tant bien que mal par la fenêtre. Je crois qu'elle crie. Et moi aussi. Mais tout ce que j'entends, c'est le grondement de l'incendie galopant.

Je me jette vers l'ouverture, m'effondre contre le chambranle.

Mais juste à ce moment-là, une main entre par la fenêtre, m'attrape le poignet et me tire violemment.

« Ah non, vous n'allez pas me claquer entre les doigts ! » grogne D.D. Warren en me tirant à l'extérieur. Le panneau du haut vole en éclats. Nous nous aplatissons sur la plate-forme métallique, tandis que les flammes explosent au-dessus de nous et qu'un jet d'eau mortellement froide nous atteint depuis le sol, repoussant mes cheveux. Les pompiers à la rescousse.

Je m'accroche à D.D. À moins que ce ne soit le contraire.

Je crois que nous rions toutes les deux.

Logique : nous sommes folles toutes les deux.

« Evie ? réussis-je à demander.

— Phil s'en occupe. »

Je ne dis plus rien. Nous attendons que les pompiers repoussent suffisamment les flammes pour que nous puissions nous laisser glisser jusqu'au sol. Et ensuite, nous restons un long moment dans la boue.

Je regarde le ciel. Je repense à un milliard de choses. À Jacob, renvoyé dans l'enfer d'où il était sorti. À Keith, peut-être plus dangereux que je ne le croyais, mais pour des raisons bien différentes.

À Evie. À la maternité. Aux mères.

Je prends une décision. Puis je ferme les yeux, parce que je suis simplement trop épuisée pour penser.

Jacob rit encore. Mais cette fois-ci, c'est moi qui lâche prise.

42

Evie

Quand Flora disait que sa mère vivait dans une ferme au fin fond du Maine, ce n'était pas une plaisanterie. Cela fait une éternité que nous roulons. Au moins quatre heures que nous avons quitté Boston, direction le nord.

Flora conduit. C'est ma voiture (elle n'en a pas), mais c'est elle qui a pris le volant, puisque je ne sais pas où nous allons. Sortir de la ville a été une expérience... intéressante. La conduite de Flora est comme sa démarche : rapide, impulsive, agressive. Moi, j'aurais peut-être laissé ce couple de personnes âgées traverser, mais bon.

Flora ne parle pas beaucoup. Ça me convient. Ces jours-ci, je n'ai pas souvent envie de parler.

Une fois Boston derrière nous, elle a pris la route côtière. Ça rallongeait le trajet, mais les paysages étaient plus spectaculaires. C'était agréable de voir défiler les petites villes coquettes et les vues sur mer. Sandwichs au homard pour le déjeuner. Elle avait une bonne adresse, dans un coin totalement perdu, donc c'était forcément le meilleur homard de la Nouvelle-Angleterre.

Je me suis contentée d'une salade de crudités. Un mois après notre baptême du feu, nous sommes toutes les deux en convalescence. La gorge de Flora est toujours irritée. Je tousse de la suie noire qui me fait craindre pour le bébé. Mais nous avons subi toute une batterie d'examens. Je suis en bonne santé et mon bébé pète la forme. Mon ventre n'est plus gentiment arrondi ; c'est maintenant un joli bidon et rien ne pourrait me rendre plus heureuse. Tous les jours, je commence la matinée en parlant à mon bébé. Je lui dis à quel point je me réjouis d'être maman. Que j'ai hâte de le ou la rencontrer. Que je suis déjà raide dingue de mon petit bout.

« Et ton papa t'aime aussi. » J'ajoute toujours ça parce que, au fond de mon cœur, je sais que c'est vrai. Conrad avait des secrets, mais ils étaient seulement douloureux, pas sordides. Mon mari était un homme bien. Un homme extraordinaire, diraient beaucoup de gens, qui œuvrait dans son coin et en toute discrétion pour les autres.

Le commandant Warren m'a dit qu'ils en sont encore à reconstituer le puzzle, mais, grâce aux renseignements donnés par le bureau du shérif de Jacksonville et au témoignage de l'ex-épouse que Conrad aidait à se cacher, la police de Boston a pu retrouver plusieurs autres femmes que mon mari avait aidées au fil des années. Flora aurait pu en faire partie. Elle n'en parle pas. Et je ne lui pose pas de questions indiscrètes. Nous savons toutes les deux qu'il ne sert à rien de remâcher ses regrets.

Flora quitte la route côtière pour une route de campagne balayée par les vents, puis une autre, une autre encore. Elle fredonne tout bas, marque le rythme sur le volant.

Nous avons passé pas mal de temps ensemble, ces dernières semaines, d'abord à l'hôpital, puis pendant le débriefing avec la police, et ensuite... pour le plaisir. Le jour où je suis sortie de l'hôpital, D.D. et elle avaient imaginé un plan : la location au mois d'une jolie petite maison à Waltham. Peut-être pas le quartier idéal, en fin de compte, vu l'endroit où je travaille, mais cela fait des semaines que je n'y vais plus et, avec le bébé qui arrive et en l'absence de famille pour me dire *fais-ci, reste là-bas, pense à ça*, cette maison n'est pas un mauvais point de chute.

Qui eût cru qu'un jour viendrait où les manières autoritaires de ma mère me manqueraient ?

La semaine dernière, j'ai déjeuné avec la principale du lycée et mon amie Cathy Maxwell. L'ambiance était bizarre, comme je m'y attendais. Et en même temps... elles étaient toutes les deux très gentilles. « *On est désolées de ne pas avoir su tout ça.* » « *Que pouvons-nous faire ? Comment t'aider ?* »

J'ai l'impression d'avoir passé ma vie à me barricader derrière des murs, à me cacher derrière des idées préconçues tout en jugeant les autres pour les leurs. Je me croyais trop timide pour avoir de vrais amis. Et puis, qui pourrait apprécier une femme mal dans sa peau et surtout connue pour avoir tué son père ?

Je leur ai dit la vérité, au cours de ce déjeuner. À peu près tout. Mon père. Conrad. Les hommes que j'ai aimés. Les gens que j'ai perdus. Ma mère qui s'est sacrifiée pour me sauver, alors que j'avais cru toute ma vie qu'elle n'avait aucune affection pour moi.

Elles ont pleuré. Elles se sont levées, elles m'ont serrée dans leurs bras. Elles m'ont demandé comment je voyais mon avenir : bien sûr, il fallait que je pense au bébé, mais que je n'oublie pas que j'étais un excellent professeur, que les élèves m'adoraient et qu'elles espéraient toutes les deux que je reprenne mon poste, même si ça devait n'être qu'à l'automne.

Moi aussi, j'ai pleuré. Je leur ai rendu leur étreinte. Nous avons pris date pour nous revoir et je me suis rendu compte que ma vie pourrait ressembler à cela. Qu'elle aurait toujours pu ressembler à ça. Il suffit de tendre la main. De laisser quelques portes ouvertes.

Surtout quand on a tant perdu.

Quant à Flora… Cela fait plusieurs semaines qu'elle me travaillait au corps : il fallait que je rencontre sa mère ; et réciproquement. On allait s'adorer.

Mon premier réflexe a bien sûr été de décliner l'invitation. Je ne voulais pas déranger, j'avais déjà pris tellement de temps à Flora… Mais, pour finir, je me suis obligée à dire oui. Je me répète avec énergie que je ne suis pas en train d'essayer de remplacer ma mère. Parce que rien que de la revoir se jeter avec détermination dans les flammes et emporter M. Delaney avec elle…

Je ne peux toujours pas y penser. Dans mes mauvais jours, je suis en colère. Tout était sa faute, de toute façon, à cette sorcière égoïste et narcissique, qui avait manigancé le meurtre de Katarina Ivanova dans un accès de jalousie et qui m'avait laissée porter le poids de la mort de mon père sous prétexte de protéger sa mémoire. Qu'il s'agisse de moi ou même de mon bébé, nous n'étions que des utilités dans cette pièce de théâtre qu'était sa vie. Si elle s'est précipitée dans le brasier, me dis-je, c'est parce que c'était le geste le plus mélodramatique à faire et qu'elle a toujours eu le goût de la tragédie.

Ma mère est morte. La police a découvert son cadavre et celui de M. Delaney au pied de l'escalier. Encore entremêlés.

Totalement carbonisés. Ma mère est morte.

Mais avant, elle m'avait dit de m'enfuir. Elle avait foncé sur M. Delaney et les avait tous les deux envoyés dans les flammes.

Ma mère est morte.

Je n'arrive pas à m'y faire.

Je suis riche. Encore une idée nouvelle pour moi. Agréable, celle-là, parce que Dieu sait que mon bébé et moi allons avoir besoin de cet argent. Je me cherche un avocat. Pas un défenseur, cette fois-ci. Juste après l'incendie, je ne savais pas ce qui allait se passer : M. Delaney m'avait avoué qu'il avait tué Conrad, ainsi que mon père, mais ensuite il était mort, donc c'était ma parole contre ce que voudrait bien croire la police.

Le commandant Warren m'a rassurée. Delaney avait organisé l'incendie de sa maison, mais pas avant d'en avoir retiré son ordinateur, ses objets de valeur et ses dossiers personnels. Les enquêteurs ont découvert une mine d'informations dans son bureau. Y compris une confession rédigée de sa main il y a des années, puis mise à l'abri dans son coffre-fort. Peut-être une tentative pour se purifier de ses péchés et retrouver le sommeil ? Je ne sais pas.

Apparemment, les informaticiens ont l'intention de décortiquer son disque dur dans les mois qui viennent ; je pourrai les aider à repérer tous les pseudonymes de Conrad et eux pourront reconstituer ses activités en ligne, découvrir ce petit jeu très dangereux dans lequel il s'était lancé : croyant entraver les projets d'un tueur à gages, il avait sans le vouloir alerté M. Delaney sur sa présence et ses activités, et celui-ci avait décidé qu'il représentait une trop grande menace pour être laissé en vie.

On m'en parle moins, mais j'ai surpris des bribes de conversation entre Flora et D.D. : les fédéraux sont en train de se repencher sur l'ordinateur de Jacob Ness. D'ailleurs, ils se servent de certains des pseudonymes de Conrad pour retracer les activités en ligne de Ness pendant la captivité de Flora. Un expert, Keith Edgar, leur prête main-forte. Je le sais parce que D.D. aime prononcer son nom pour faire rougir Flora. Intéressant.

Flora attend quelque chose. Elle espère. De temps à autre, elle alpague D.D : « Est-ce que vous avez des nouvelles ? Mais que fait donc Quincy ? » D.D. lui recommande d'être patiente. Elle aussi attend des informations, manifestement. Mais je vois bien qu'elle s'inquiète beaucoup plus de ce qu'elles pourraient avoir comme conséquences.

La vérité fait mal. Je le sais. Le commandant Warren aussi. Et Flora finira par le comprendre le moment venu. Et quand ce sera le cas, D.D., moi et peut-être aussi ce fameux Keith, nous serons là pour elle.

Mon mari n'est plus là.

Nous nous aimions. Ensemble, nous avions construit un foyer. Nous nous étions construit une vie. En mentant comme des arracheurs de dents.

Son sourire me manque. La force de ses bras vigoureux. L'émerveillement qui se lisait sur son visage quand il regardait mon ventre arrondi, le mystère de notre enfant à naître.

Et voilà que je vais l'élever toute seule.

Je crois que je reprendrai l'enseignement. Pour retrouver ma salle de cours et mes élèves, brillants, paresseux, agaçants, esclaves de leurs hormones, mais avec qui on ne s'ennuie jamais. J'ai l'impression que si je ne plante pas un pieu dans le sol, un repère familier, je n'aurai plus aucune attache et je partirai à la dérive.

Ma vie a trop souvent été faite de mensonges et il faut que j'y remédie. Elle a trop souvent été faite d'isolement ; cela aussi il faut que je le corrige. Et j'ai trop souvent fui au lieu de me fixer un but. J'ai envie d'avoir un but à atteindre. Mon enfant. Des proches. Des amis.

Je crois que Flora et moi sommes amies. Elle ne le sait pas encore, mais quand mon avocat aura tout réglé, elle va recevoir un héritage. Je m'arrangerai pour déguiser ça en don anonyme, legs d'une grand-tante perdue de vue. On peut toujours s'arranger.

Mais elle m'a sauvé la vie. Sans elle, jamais je ne serais sortie de la maison en proie aux flammes. Elle m'a sauvée et elle a sauvé mon enfant.

Mon bébé vit.

Cela, je le comprends. Je le sens chaque nuit ; mon corps se dilate, fait de la place à cette nouvelle force incroyable. Je peux fermer les yeux et voir chaque petit doigt, chaque petit orteil se former vaille que vaille, et puis grandir, grandir, grandir. Des bras, des jambes, un nez, une bouche, des oreilles à la courbure délicate.

Mon bébé vit. Nous parlons. Nous nous aimons. Nous partageons. Plus de mensonges. Plus de murs. Mon père était un génie, ma mère était une actrice de mélodrame, mon mari était un héros et un menteur : j'ai eu une famille compliquée.

Fini, tout ça.

Je veux acheter une jolie petite maison dans un quartier normal. Peut-être à proximité d'un parc. Vu mon nouvel état de fortune, je prendrai une nounou pour les premières années et mon enfant ira à la garderie quand il sera plus grand. À moins que je ne rencontre une gentille vieille dame du quartier qui serait ravie d'aider une mère célibataire. J'organiserai des barbecues pour savoir le nom de mes voisins et je les laisserai apprendre à me connaître un peu.

Je ne resterai plus dans mon coin. J'irai vers les autres. Je prendrai ma place dans le monde où je vis, même s'il me fait peur. Parce que la vie fait peur, mais que ça reste préférable aux autres solutions.

Flora prend une autre route, puis une autre encore.

Elle ne fredonne plus, son doigt tapote le volant avec impatience. Nous nous rapprochons, je crois. Je me demande si Flora sait qu'elle sourit.

Et, tout à coup, une maison apparaît. Deux étages, une façade jaune charmante, des volets lavande légèrement excentriques. La véranda qui fait le tour de la maison offre une série de bancs et de fauteuils à bascule avec toutes sortes de coussins bariolés, et la porte d'entrée est rouge cerise.

La voiture n'est même pas encore garée que la porte s'ouvre brusquement et qu'une femme qui ne peut être que la mère de Flora sort en sautillant à cloche-pied, tout en enfilant sa deuxième chaussure. Elle est coiffée comme l'as de pique et porte tant de hauts différents que je renonce à en faire l'inventaire. Elle a attrapé une chemise d'homme à carreaux bleus en guise de dernière couche et époussette ce qui semble être de la farine sur ses mains.

L'emplacement où se garer a été déneigé en prévision de notre visite. Flora arrête ma voiture d'un brusque coup de frein.

« Ma mère, Rosa », dit-elle d'une voix encore un peu enrouée. Il faudra du temps, nous ont dit les médecins, à moi, à elle. Nous avons tous besoin de temps.

Mais ce n'est pas sa voix qui importe. Je regarde son visage et découvre une Flora que je n'avais jamais vue. Plus jeune. Radieuse. Heureuse, me dis-je de nouveau. Plus que cela : elle est chez elle.

Voilà Flora quand elle est chez elle.

Déjà, elle ouvre la portière et traverse la cour en courant. Moi, je ne me presse pas, d'autant que je me débats avec ma ceinture. Mon petit doigt me dit de ne pas me précipiter. Je ne voudrais pas rater ce qui va se passer.

Un temps. Au dernier moment, la maman de Flora s'immobilise. Je jurerais qu'elle s'apprêtait à prendre sa fille dans ses bras, mais qu'elle s'est retenue, par expérience.

Un instant, elle paraît gênée, moins assurée. Elle voudrait quelque chose. Elle regarde son enfant avec un désir évident et profond.

Mon souffle se coince dans ma gorge. Je me demande si ma mère m'a jamais regardée comme ça. J'en suis déjà à promettre à mon bébé de toujours le regarder avec autant d'amour.

Quand…

Flora fait les derniers pas. Elle prend sa mère dans ses bras et la serre très, très fort. Pendant très, très longtemps.

Rosa ferme les yeux. Et lui rend son étreinte. Même d'ici, je sais qu'elle est en larmes. Et qu'elle rit et qu'elle sanglote de plus belle. Je mets ça sur le compte des hormones de grossesse, mais moi aussi, je pleure.

Je prends mon temps pour sortir de voiture. Je traverse la cour plus prudemment, consciente que je marche dans la neige.

Flora s'est finalement détachée de sa mère.

Rosa a les larmes aux yeux, mais elle est rayonnante. Elle me regarde. Elle sent la mélasse, la cannelle et le sucre roux – il paraît que les mères sentent comme ça, mais je n'en avais jamais fait l'expérience.

« Vous devez être Evie », me dit-elle.

REMERCIEMENTS

Ce livre aura été une telle aventure ! Pour commencer, j'exprime toute ma reconnaissance à mon éditeur, Mark Tavani, qui a fait en sorte que je reste concentrée et au clavier, même quand le livre me faisait des misères et que tous mes personnages me détestaient (ce qui arrive plus souvent qu'on ne le croit !). Il n'est pas donné à tout le monde de savoir s'y prendre avec les auteurs grincheux. Merci, Mark, d'être ma voix de la sagesse.

En ce qui concerne les détails de l'enquête, nouveau coup de chapeau au lieutenant Michael Santuccio, du bureau du shérif de Carroll County, qui a fait mon éducation sur le traitement des vieilles affaires, les antécédents d'homicide et la procédure en cas d'arrestation. Comme ce roman est aussi une plongée dans l'univers glauque de l'internet clandestin, merci à Robin Stuart, qui m'a aidée à comprendre toutes les techniques épatantes qui existent pour nettoyer un ordinateur et toutes celles encore plus épatantes qu'utilisent les experts des forces de l'ordre pour reconstituer quand même un disque dur. Rob Casella, de Northledge Technologies, m'a aussi éclairée sur le cloud et l'authentification multifactorielle. Dans la guerre qui oppose policiers et criminels, je suis heureuse que nous ayons des gens aussi brillants de notre côté. N'oubliez pas, bien sûr, que toutes les éventuelles erreurs sont de mon seul fait. Mes sources sont des experts, mais je ne suis que moi.

La liste est très longue cette année des gens qui ont été aux petits soins pour moi. D'abord et avant tout, merci à Laurie Gabriel pour l'accueil chaleureux que sa famille et elle m'ont réservé. Merci à ma petite bande, toujours là pour moi : Michelle, Kerry, Genn et Sarah. Toute ma gratitude à ma famille de cœur dans ma région (Pam et Glenda, Bob et Carol), qui a si bien veillé sur moi, particulièrement cette dernière année. Et bien sûr, tout mon amour et toute mon affection à ma véritable famille, y compris à ma grand-mère de quatre-vingt-dix-neuf ans, qui m'envoie des courriels toutes les semaines pour vérifier que le livre avance, et à mon adolescente de fille, qui remet toujours tout en question, mais qui me fait aussi des tartes au chocolat maison pour que j'aie au moins l'espoir de survivre une journée de plus.

À mon équipe d'attachés de presse : vous êtes formidables. À mon agente, Meg : merci de m'avoir plus que jamais accompagnée et de m'avoir soutenue de tout cœur. Enfin, jamais je ne serais venue à bout de la tâche sans la fidèle présence de mon vieux terrier qui ronfle, Ruby, et de la jeune classe, Bowie et Annabelle, qui dormaient par terre dans le salon. On peut dire que la vie est pleine de surprises.

À ce propos, plusieurs personnes ont participé à la création de ce livre en remportant le droit de nommer des personnages. Patty Di Piero a pu désigner celui de son choix et opté pour Patricia Di Lucca, remarquable experte incendie. Rhonda Collins a remporté le tirage au sort *Kill a Friend, Maim a Buddy*, et donné le nom de son amie Sandi Clipfell à une femme portée disparue et présumée morte. Tina Maracle a remporté la version internationale du concours (*Kill a Friend, Maim a Mate*) et également donné son nom à une disparue. D'autres livres sont encore à écrire ; qui sait ce qui se passera alors ? Merci en tout cas à tous pour votre généreux soutien ; j'espère que vous appréciez votre immortalité littéraire.

Enfin, à tous mes lecteurs, merci d'avoir réservé un accueil aussi chaleureux à Flora et à son parcours hors norme. L'aventure ne s'arrête pas là. J'espère qu'elle vous plaît.

*De la même autrice
aux Éditions Albin Michel :*

L'Été d'avant, 2024.

Série D.D. Warren
Sauver sa peau, 2009.
La Maison d'à côté, 2010.
Les Morsures du passé, 2012.
Preuves d'amour, 2013.
Arrêtez-moi, 2014.
Lumière noire, 2018.
À même la peau, 2019.
Retrouve-moi, 2021.
Au premier regard, 2023.

Série FBI Profiler
Disparue, 2008.
Derniers adieux, 2011.
Juste derrière moi, 2020.

Série Tessa Leoni
Famille parfaite, 2005.
Le Saut de l'ange, 2017.

*Découvrez le début du nouveau roman
de Lisa Gardner,
disponible aux éditions Albin Michel :*

L'Été d'avant

ROMAN TRADUIT DE L'ANGLAIS (ÉTATS-UNIS)
PAR CÉCILE DENIARD

Titre original :

BEFORE SHE DISAPPEARED
Publié chez Dutton, New York.

© Lisa Gardner, Inc., 2021.
© Éditions Albin Michel, 2024, pour la traduction française.

1

L'eau caresse mon visage d'une main froide. Un battement de jambes et je plonge vers les ténèbres, mes longs cheveux derrière moi telle une anguille noire. Je suis tout habillée. Jean, tennis et un tee-shirt surmonté d'un coupe-vent dont les pans se déploient comme des ailes et freinent ma descente. Mes vêtements se font de plus en plus lourds, jusqu'à ce que je ne puisse pratiquement plus battre des jambes ni bouger les bras.

Pourquoi suis-je tout habillée ?

Palmes.

Oxygène.

Des pensées me traversent sans que je puisse les retenir.

Il faut que je rejoigne le fond du lac. Là où la lumière du soleil ne pénètre plus et où rôdent d'ondulantes créatures. Il faut que je trouve... que je...

Mes poumons sont maintenant aussi lourds que mes jambes. La pression monte dans ma poitrine.

Un vieux pick-up Chevrolet. Rayé, cabossé, au toit si délavé par le soleil qu'il a pris la couleur d'un petit matin gris. L'image se présente à mon esprit et je m'y accroche fermement. Voilà pourquoi je suis là, ce que je cherche : un reflet métallique dans la vase du lac.

J'ai commencé avec un sonar. Le souvenir me revient de nulle part, mais tandis que je m'enfonce dans les profondeurs aquatiques, je revois aussi cette scène. Moi, à la barre d'un petit bateau dont j'ai payé la location de ma poche. Pour sillonner ce lac de long en large pendant deux jours (tout ce que je pouvais m'offrir) et vérifier une hypothèse que tout le monde avait écartée. Jusqu'à ce que...

Mais où sont mes palmes ? Et ma bouteille d'oxygène ? Il y a un problème. Il faut que... que je...

L'idée m'échappe. Mes poumons sont en feu. Je les sens qui se compriment dans ma poitrine, l'envie de respirer est irrésistible. Une bonne goulée d'eau trouble et noire. Cesser de lutter contre le lac pour ne faire plus qu'un avec lui. Alors, je n'aurai plus à nager. Je coulerai comme une pierre jusqu'au fond et, si ma théorie est exacte, je rejoindrai celle que je cherche et disparaîtrai à mon tour à jamais.

Un vieux pick-up. Toit délavé, petit matin gris. Rappelle-toi. Concentre-toi. Trouve-le.

Ce ne serait pas un éclat argenté là-bas, à moitié caché derrière un épais rideau d'algues mouvantes ?

J'essaie de partir dans cette direction, mais m'empêtre dans mon coupe-vent. Je m'arrête, pédale frénétiquement tout en me débattant pour libérer mes bras de cette camisole.

Cette sensation d'oppression, toujours plus forte dans ma poitrine.

Je n'avais pas une bouteille d'oxygène ?

Une combi, des palmes ?

Il y a vraiment quelque chose qui ne va pas. Il faudrait que j'arrive à retenir cette idée, mais le lac est en train de gagner, ma poitrine me fait mal, mes bras et mes jambes s'épuisent.

L'eau est douce sur ma joue. Elle m'appelle et je me sens venir à elle.

Mes jambes battent moins vite. Mes bras se lèvent au ralenti. Je succombe au poids de mes vêtements, à ce plomb dans ma poitrine. Je sombre de plus en plus vite. Une chute sans fin.

Je ferme les yeux et me laisse aller.

Paul disait toujours que je luttais trop. Que je compliquais tout. Même son amour pour moi. Bien sûr, je ne l'ai pas écouté.

Une étrange chaleur se répand dans mes veines. Ce lac n'est ni noir ni sinistre, en fin de compte. C'est un sanctuaire qui m'enlace comme un amant et promet de ne jamais me lâcher.

Et là...

Pas un éclat métallique. Pas le toit d'un vieux pick-up cabossé avec deux cent mille kilomètres au compteur. Non, ce que j'aperçois, c'est une forme noire qui apparaît par intermittence dans cet environnement verdâtre. J'attends que les algues ondulent vers la gauche, et j'ai de nouveau cette vision : un trait sombre, puis un autre, un autre encore. Quatre formes identiques au fond du lac.

Des pneus. Ce sont quatre pneus que j'ai devant moi. Si je n'étais pas aussi exténuée, je pourrais en rire.

Le sonar disait vrai quand il me montrait l'image imprécise d'un objet de taille et de forme correspondantes gisant au fond du lac. Sauf qu'il ne m'était jamais venu à l'idée que l'objet en question puisse être à l'envers.

Je me secoue, le sentiment d'urgence provoque en moi un dernier sursaut de détermination. Tout le monde m'avait dit que je me trompais et s'était fichu de moi. Les gens d'ici avaient levé les yeux au ciel en me voyant peiner pour mettre à l'eau un bateau que je ne savais absolument pas piloter. Ils m'avaient ouvertement traitée de folle et avaient sans doute murmuré pire dans mon dos. Seulement voilà...

Avance. Cherche. Nage. Avant que le lac ne l'emporte.

Combi. Palmes. Les mots palpitent dans un coin de ma tête. Oxygène. Il y a un problème. Un gros, gros problème. Mais je suis trop désorientée pour le résoudre.

Je m'obstine, avance en luttant contre l'eau, contre l'asphyxie. Ils ont raison : je suis folle. Je suis une rebelle, une tête dure, une tête brûlée.

Mais je ne suis pas vaincue. Pas encore, du moins.

Arrivée au premier pneu, je m'accroche au caoutchouc visqueux pour me repérer. Vite, il ne me reste plus beaucoup de temps. C'est une roue arrière. Je me déplace en crabe le long de la carcasse couverte d'algues pour rejoindre la cabine.

Et là, j'ouvre de grands yeux.

Lani Whitehorse. Vingt-deux ans. Serveuse, mère d'une fillette de trois ans. Une femme qui avait depuis longtemps fait la preuve de son mauvais goût en matière d'hommes.

Dix-huit mois qu'elle avait disparu. Elle avait fichu le camp, avait-on décrété ici. Impossible, avait soutenu sa mère.

Et voilà qu'on retrouve Lani piégée au fond d'un lac dangereusement proche du virage en épingle à cheveux qu'elle empruntait toutes les nuits à deux heures du matin à la fin de son service. Conformément à la conclusion à laquelle je suis arrivée après m'être penchée pendant des mois sur des interrogatoires, des cartes et des rapports de police qui ne pesaient pas bien lourd.

Avait-elle commis une erreur d'appréciation à l'approche de cette courbe tant de fois empruntée ? Avait-elle été surprise par un cerf sur la route ? S'était-elle simplement endormie au volant, éreintée par une vie trop exigeante ?

Je n'ai pas toutes les réponses.

Mais je peux au moins donner ça à sa mère, à sa fille.

Lani, encore retenue par la ceinture bouclée il y a dix-huit mois, flotte dans l'habitacle, tête en bas, visage perdu dans le halo de sa chevelure noir de jais.

Mes poumons ne me brûlent plus. Mes vêtements ne pèsent plus des tonnes. À l'instant de refermer la main sur la poignée, je n'éprouve plus qu'un profond respect.

La portière s'ouvre sans difficulté.

Attendez… Ce n'est pas possible sous l'eau ! Palmes. Oxygène. Qu'est-ce qui ne va pas, qu'est-ce qui ne va pas… Mon cerveau donne enfin l'alerte : attention danger ! Réfléchis, enfin ! Mais rien n'y fait, je n'y arrive pas.

Je prends une inspiration. J'aspire l'eau du lac, je l'accueille dans mes poumons. Je ne fais plus qu'un avec le lac, ou le contraire.

Lani Whitehorse tourne la tête vers moi.

Elle me regarde avec ses orbites vides, sa bouche béante, son visage de squelette.

« Trop tard, me dit-elle, trop tard. »

Son bras osseux se tend d'un seul coup vers moi, m'attrape par le poignet.

Je me débats, je veux m'éloigner. Mais j'ai lâché la poignée, je n'ai aucune prise. Je n'ai plus d'air, je me confonds avec l'eau du lac et les algues fines.

Lani m'attire dans l'habitacle avec une force inouïe.

Un dernier cri. Je le regarde s'échapper sous forme d'une bulle d'air qui remonte vers la surface. Tout ce qu'il reste de moi.
Lani referme la portière sur nous.
Et je la rejoins pour toujours dans les ténèbres.

Grondement. Crissement. Soudain, une annonce tonitruante : « Prochain arrêt : South Station ! »

Réveillée en sursaut dans ce train qui s'immobilise brutalement, je cligne des yeux et découvre mes vêtements secs.

Un rêve. Un cauchemar, plutôt. Ni le premier ni le dernier, vu l'activité que j'exerce. Toujours enveloppée d'un léger voile d'angoisse, j'attrape mes bagages et je m'empresse de suivre les autres voyageurs qui descendent.

Voilà trois semaines que j'ai retrouvé Lani Whitehorse piégée dans son pick-up au fond d'un lac. Après des mois d'enquête acharnée dans une réserve indienne où ma présence n'était ni regardée d'un bon œil par la population ni souhaitée par la police tribale. Mais en découvrant cette affaire sur Internet, j'avais été émue par la conviction inébranlable de sa mère : jamais Lani n'aurait abandonné sa petite fille. D'accord, c'était une femme perdue qui choisissait mal ses fréquentations, mais elle n'en était pas moins mère. Jamais je ne comprendrai pourquoi les gens s'imaginent que c'est incompatible.

Je m'étais donc installée dans la région, j'avais pris un emploi de barmaid dans l'établissement où travaillait Lani et j'avais mené mon enquête.

LISA GARDNER
est au Livre de Poche

Le Livre de Poche s'engage pour l'environnement en réduisant l'empreinte carbone de ses livres. Celle de cet exemplaire est de : **200 g éq. CO₂** Rendez-vous sur www.livredepoche-durable.fr

Composition réalisée par PCA

Achevé d'imprimer en décembre 2023, en France par
Maury Imprimeur – 45330 Malesherbes
Dépôt légal 1re publication : janvier 2024
N° d'impression : 274577
LIBRAIRIE GÉNÉRALE FRANÇAISE
21, rue du Montparnasse – 75298 Paris Cedex 06

16/6718/8